KB132158

모든 빛깔들의 밤

김인숙 장편소설

문학동네

차례

안녕, 아기야

1991년 8월

아이를 묻은 곳은 나무 아래였다. 너무나 짧은 세월을 살다 간 아이가 나무로 다시 태어나기를 바라서는 아니었다. 그곳에 묻는다면 적어도 다시는 그가 찾을 수 없는 곳으로 아이가 사라지는 일은 생기지 않을 것 같았다. 사라지는 것은 한 번으로 족했다. 죽음도 마찬가지였다. 그는 자주 숲으로 가서 나무 아래에 앉아 있곤 했다. 바람이 불 때마다 나뭇잎 흔들리는 소리 대신 아이의 고른 숨소리가 들리는 듯했다. 그 부근에서 아이가 나타난다는 소문이 돌기 시작한 것은 오래지 않아서였다. 달 밝은 밤이면 아이가 노란 나비무리와 함께 나타나 나비처럼 살랑대다 사라진다고 했다. 그는 믿지 않았다. 워낙 떠들썩했던 사건으로 아이가 세상을 뜬 탓에 그런 식의 헛소문이 생겨난 거라고만 여겼다. 그랬음에도 어느 날 밤, 그는 그 나무를 찾아가지 않을 수 없었다.

깊은 밤, 숲을 가로질러 나무를 찾아가는 일은 쉽지 않았다. 낮의 숲과 달리 밤의 숲은 무시무시한 농도와 밀도로 그를 가로막아섰다. 달빛은 높고 울창한 가지에 가려 보이지도 않았다. 숲은 시커먼 뻘 같은 어둠 속으로 그를 빨아들였다. 한번 들어가면 다시는 못 나올 것처럼 숨이 막히는 어둠이었다. 길을 잃지는 않았으나 그는 몇 번이나 숲에서 넘어지거나 굴러떨어질 뻔했다. 마침내 아이가 묻힌 나무를 찾았을 땐 온몸에서 흘러내린 땀이 눈물 같았다.

"한 번만, 딱 한 번만이라도 내게 나타나주겠니."

한밤의 숲에서 그가 참고 참았던 울음을 거침없이 쏟아냈다.

"너 아직 거기에 있는 거잖아. 아무데도 못 가고 거기에 있는 거잖아. 이리 나오렴. 한 번만이라도 너를 다시 안고 싶구나."

아이가 죽으면서 단숨에 십 년은 늙어버려 중늙은이가 다 되어버린 사내가 한밤중의 숲에서 소리를 높여 울었다. 아이가 죽고 아이를 묻는 동안, 남겨진 가족들을 지키기 위해 있는 힘을 다해 참았던 울음이었다.

"울지 않았던 건 네 죽음이 슬프지 않아서가 아니야. 너 알고 있니. 매일같이 나는 너처럼 죽고 또 죽어. 복수를 위해 매일같이 갈아대서 남아난 이가 없어."

바람이 불면서 나뭇잎들 사이로 달빛이 스며들었다. 그때 아이의 모습이 희끗 비치는 듯했다. 그는 울음을 멈추지 못하며 두 팔을 벌렸다. 간절히 뻗은 두 손이 울음소리를 쫓아 출렁출렁 흔들렸다.

"제발, 한 번만이라도 다시 안겨주겠니. 그러면 내가 살 것 같다. 살고 싶어서가 아니라 살아야 하니 살게 될 것 같다."

―미안해, 아빠.

그것은 분명히 아이의 목소리였다. 그는 간절히 뻗었던 두 손으로 입을 막아 울음소리를 삼켰다. 바스락거리는 기척이 다시 들렸고, 풀숲 사이에서 노란 나비 한 마리가 날아올랐다.

―미안해, 아빠.

아이의 목소리가 다시 들렸다.

―거긴 너무 무서워. 난 다시는 거기 가고 싶지 않아. 내 몸이 전부 으깨졌어, 아빠.

나비는 사라졌다. 아이의 목소리도 사라졌다. 다시 입 밖으로 터져 나오기 시작한 한 남자의 통곡소리가 밤의 숲을 가득 채웠다.

23년 후 3월 오전 열시

기차는 그때 구릉 위를 달리고 있었다. 칙칙폭폭, 칙칙폭폭. 아기가 장난감 기차를 잡기 위해 작은 손을 뻗었다. 우리 아기 기차 타고 어디로 가나? 장난감 기차를 입으로 가져가려는 아기의 손을 끌어당겨 입맞춤을 하며 조안이 속삭였다. 아기가 울먹울먹했다. 저런저런, 울면 안 되지. 할아버지 보러 갈 건데. 칙칙폭폭, 칙칙폭폭, 조안이 다시 기차 달리는 소리를 냈다. 할아버지를 보러 가는 길이었다. 아기는 꽃단장을 하고 있었다. 숱이 많지 않은 머리카락을 깔끔히 빗어올리고, 새로 산 옷을 입고, 온몸의 숨구멍마다 달콤한 젖내를 풍겼다. 조안이 미소지었다. 오래전에 죽은 할아버지의 두 눈도 번쩍 뜨게 할 수 있을 것처럼, 아기는 그렇게 사랑스러웠다.

같은 날 정오

"아이고, 세상에!"

희중은 그 소리를 조제실 안에서 들었다. 봉투에 약을 담다 말고 희중이 조제실 바깥으로 고개를 내밀었다. 약국의 손님들이 모두 일어나 있어서 보이는 거라곤 사람들의 등밖에 없었다. 신종 플루와 환절기 감기가 동시에 유행을 해 아침부터 밤늦게까지 환자들로 붐볐다. 희중과 같이 근무하는 약사 하나도 신종 플루가 의심돼 휴가중인 상태였다. 먼길을 가야 하므로 희중도 하루 휴가가 필요한 날이었지만, 오전 근무까지 뺄 수는 없었다. 아침 내내 희중의 마음이 바빴다.

사람들이 등을 돌리고 일제히 바라보고 있는 쪽에는 대형 티브이가 있었다. 평소에는 볼륨을 완전히 낮춰놓아 소리없이 화면으로만 보는 티브이였는데 누군가 볼륨을 높인 모양이었다. 마치 폭발음처럼 티브이 소리가 높아졌다. 사람들이 한꺼번에 울부짖는 소리가 들렸다. 희중이 조제실 바깥으로 나와 사람들의 등을 밀쳤다. 문이 모두 닫힌 약국 안, 바람이 불 리도 없는데 희중의 흰 가운이 펄럭이는 듯했다.

"조안……"

희중의 입에서 신음처럼 한마디가 흘러나왔다. 그 목소리가 거의 들리지 않았음에도 사람들 모두가 화면에서 시선을 돌려 희중을 바라보았다. 희중의 얼굴이 순식간에 시뻘게졌다. 화면에서 솟구치고 있는 뻘건 불길이 전부 희중의 얼굴로만 쏟아지는 듯했다. 희중은 휘청했고, 누군가가 그의 팔을 붙잡았다.

조안과 아기가 탄 기차였다. 그가 인터넷으로 예약을 했고, 한 시간 전쯤 조안이 그 기차 안에서 전화를 걸어왔다. 아이에게도 그 전화를 바꿔줬었다. 옹알이밖에는 하지 못하는 아이에게 조안이 속삭이던 말이 아직도 귀에 쟁쟁했다. 아빠 바이바이, 해야지.

희중은 미친듯이 약국 바깥으로 달려나갔다. 시퍼런 하늘이 쏟아질 것처럼 다가왔다. 이른 봄날의 맑은 하늘이었다. 하늘이 너무 맑아 모든 게 거짓말 같았다. 거리의 풍경이 눈에 들어온 것은 그후였다. 아무 일도 일어나지 않은 거리였다.

"이 차 타요! 데려다줄게요!"

차 한 대가 희중의 앞에 섰다. 희중은 운전대를 잡고 있는 사람이 누군지 몰랐다. 알고 싶지도 않았다. 아마도 친절이 넘치는 약국 손님 중의 하나일 것이다. 희중씨, 일단 타! 손님, 고맙습니다, 저 친구 좀 데려다주십시오! 오, 하느님, 어쩌면 좋아! 희중이 낯선 차에 올라타고 그 차가 출발할 때까지 약국에서 뛰어나온 모든 사람들이 소리를 질러댔다.

희중이 차에 올라타자마자 운전자가 라디오를 켰다. 기차, 탈선, 사망자와 부상자 속출, 엄청난 재앙…… 그리고 목격자 진술이 이어졌다. 그냥 튕겨나가는 것 같았어요. 그냥 갑자기 튕겨나가더니 엿가락처럼 휘어지더라고요! 하느님 맙소사 세상에, 그런 광경은, 오, 정말이지…… 너무 무서워요.

운전자가 희중에게 핸드폰을 건넸다. 핸드폰을 받아들긴 했지만 손이 덜덜 떨려 아무것도 할 수가 없었다. 운전자가 희중 대신에 통화 연결 화면을 띄워주었지만 어디에다 전화를 걸어야 할지도 알 수가 없었다.

"어디든지 걸어봐요. 어디라도. 일단 119에라도 걸어보라고요."

운전자가 희중 대신 119를 찍어주었고, 희중은 저쪽에서 여보세요, 하기도 전에 마침내 울음이 터진 아이처럼 악을 쓰기 시작했다. 아내와 아들이 그 기차에 타고 있었어요! 사고 기차요! 사고 기차에 집사람과 아이가 타고 있었다고요!

"두 시간은 걸릴 거예요, 거기까지."

통화가 끝났을 때 운전자가 쯧쯧 혀를 차며 말했다. 희중은 완전히 넋이 나간 표정으로 그를 바라보았다.

"누구세요?"

운전자가 다시 한번 쯧쯧 혀를 찼다.

"당신, 누구냐고요!"

정말로 울음이 터져나오기 시작한 것은 그 말 끝부터였다. 마치 딸꾹질처럼 터져나온 울음이었고, 희중은 자신이 울고 있다는 사실조차 알지 못했다. 아직은 울어야 할 이유가 없었다. 그런데도 딸꾹질 같은 울음소리가 계속 목젖을 넘어 입 밖으로까지 흘러나왔다. 끅끅거리는 그 소리 속으로 현장에서는 계속 폭발음이 울리고 있으며 아직 구조되지 못한 사상자가 수십 명이 넘을 것으로 예상된다는 아나운서의 목소리가 파묻혔다. 운전자는 계속해서 혀를 차고 있었다.

쯧쯧, 쯧쯧, 쯧쯧쯧쯧, 쯧쯧, 쯧쯧, 쯧쯧쯧쯧……

그 소리는 고장난 와이퍼가 움직이는 소리 같기도 했고, 오래된 시계 초침이 움직이는 소리 같기도 했고, 마치 무슨 주문을 외우는 소리 같기도 했다. 어쩌면 희중의 심장이 제 속도를 잃고 뛰는 소리일지도 몰랐다.

같은 날 오후 열한시 삼십삼분

쾅!

아니다. 그 소리는 그냥 쾅! 이 아니었다. 고막이 그대로 터져버릴 것 같은 굉음에 덩치 큰 사내가 고꾸라질 듯 달음박질을 멈췄다. 눈앞이 온통 시뻘겠다. 그야말로 어마어마한 불길이었고, 연이은 쾅, 쾅, 쾅 소리는 세상을 깨버릴 듯했다.

"어, 어, 어……"

덩치 큰 사내는 자신이 지금 필사적으로 도망을 치고 있는 중이라는 사실을 까맣게 잊어버렸다. 이제 곧 다섯 명의 깡패들이 순식간에 자신을 덮칠 것이라는 것도 잊어버렸다. 잠시 전에 자신이 그 깡패들 중 몇 명을 식당 바닥에 깔아놓고 잘근잘근 밟아줬다는 것도, 이번엔 그들이 자신을 잘근잘근 밟다 못해 아예 피떡으로 만들어버릴 거라는 것도 잊어버렸다.

기차는 불이 붙어 있었고 선로는 불길과 연기로 완전히 뒤덮인 상태였다. 불길은 점점 더 거세어졌고 굉음도 마찬가지였다. 쾅, 소리에 탕탕거리는 총소리 같은 것이 뒤섞이면서 철근인지 나무인지 플라스틱인지 아니면 시체인지 알 수 없는 것들이 튀어올랐다. 그리고 그는 사람들의 비명과 울음소리를 들었다고 생각했다. 불길에 휩싸인 사람의 형체 하나가 선로 위를 몇 발짝 가다가 쓰러졌다. 그는 또 살과 뼈가 타는 냄새를 맡았다고 생각했다.

그를 뒤쫓아 달려오던 다섯 명의 사내도 거의 동시에 발을 멈췄다. 그중에 제일 반응이 늦었던 스포츠머리 하나가 덩치 큰 남자를 덮치는 데 성공했다. 그러나 주먹을 날리기 전에 그 역시 불길을 봤다.

"뭐야, 저거······"

스포츠머리가 주먹을 날리는 대신 놀란 목소리를 냈다.

덩치 큰 남자는 스포츠머리에게 잡히고 나서야 비로소 자신이 처한 현실로 되돌아왔다. 스포츠머리를 밀쳐내고 덩치 큰 남자가 발을 질질 끌며 다시 달아나기 시작했다. 넘어질 때 발목이 접질린 듯했다. 그가 다시 도망을 치거나 말거나 더는 아무도 그를 쫓아오지 않았다. 다섯 명의 깡패들은 이제 불구경에만 완전히 정신이 팔려 있었다. 다시 정신을 차린 덩치 큰 남자만이 허겁지겁 그 현장을 빠져나가고 있을 뿐이었다.

깡패들 중의 하나가 식당 주방의 칼을 가지고 있었다는 걸 남자는 알지 못했다. 앞으로도 영원히 알지 못할 것이었다. 그 칼이 그의 배를 깊숙이 찔러 두꺼운 지방층을 지나 얇은 근육을 끊고 내장까지 들어갈 수도 있었을 거라는 사실을 남자는 절대로 알지 못할 것이었다. 몽둥이를 들고 있던 놈이 무작스럽기 짝이 없는 놈이라 그의 머리를 한 번에 깨버려 그 자리에서 뇌수가 터져나올 수도 있었으리라는 것 역시 알지 못할 것이었다.

다만 발목이 접질렸을 뿐이다. 그의 발목이 다 나을 때까지 신문과 방송, 인터넷에서는 기차사고 얘기뿐이었다. 사상자 수가 백여 명에 이른다고 했다. 그는 그때마다 몸서리를 쳤는데, 하마터면 자신이 골로 갈 뻔했던 그 순간이 다시 떠올라서였다.

그러나 시간이 많이 흘러 더는 그 순간의 기억이 생생하지 않게 되었을 때에도 그는 자주 몸서리를 쳤는데, 어쩐 일인지 자꾸 울음소리가 들려왔기 때문이었다. 마치 그 기차사고 때 죽은 이들의 귀신들이 그의 몸에 전부 씌어버린 듯이, 사고현장에서 그토록 필사적으로 도망을 치던 그의 등에 너나없이 모두 올라타버린 듯이, 울음소리는 시도 때도 없이, 더할 수 없이 집요하게 그의 귓가에서 울리다가 사라지곤 했다.

어느 한낮이었다. 점심약속을 위해 외출을 하다 말고 그는 복도에서 잠시 멈춰 섰다. 집을 나오면서 현관문을 잠갔는지 아닌지 가물가물했다. 예민해진 신경 때문에 잠을 통 자지 못하는 날들이 이어지고 있었다. 그는 다시 돌아섰다. 현관문의 문고리를 돌리자 과연 문이 그대로 열렸다. 그는 잠시 자신의 눈을 의심했다. 집안에 사람들이 가득했다. 간신히 이십 평을 넘긴 좁은 아파트 안에 족히 수십 명은 되는 사람들이 앉아 있거나, 서 있거나, 서성거리고 있었다. 귀신들이었다. 귀신들이 분명했다.

그들이 일제히 그를 쳐다보았다. 어쩐 일인지 그보다 더 놀란 표정들이었다. 마치 극장의 불이 꺼지듯 그들은 순식간에 사라졌다. 벽 속으로, 천장으로, 마룻바닥 아래로 휘리릭 사라져가면서 귀신들은 흔적도 냄새도 남기지 않았다.

그는 현관문에 몸을 기대고 잠시 눈을 감고 서 있었다. 한낮의 꿈이라고 믿고 싶었다. 숨을 깊이 들이마시고 다시 내쉬면서, 이건 꿈이야, 꿈, 그는 몇 번이나 중얼거렸다. 그즈음의 자신이 얼마나 피로한 상태인지를 생각했고, 전날에는 잠을 설치느라 거의 통으로 밤을 새웠다는 것도 상기했다. 마음이 아주 조금쯤 안정되는 듯했다. 그러나 잠시 후 다시 눈을 떴을 때, 그는 기어코 주르륵 눈물을 흘리지 않을 수 없었다.

"제발, 사라져줘. 제발 사라지란 말이야."

젖먹이 아이 하나가 아직 남아 있었다. 아니, 젖먹이 귀신이었다. 그 어린 귀신은 순식간에 사라지는 방법을 알지 못해, 아직도 반이 남은 몸뚱이로 그의 아파트 안에 머물러 있었다. 반만 남은 몸뚱이에 반만 남은 팔을 뻗고, 안아달라는 듯이, 으앙으앙, 목을 놓아 울어대면서.

1992년 여름

"아, 씨발, 어떤 개좆같은 새끼가!"

오토바이 바퀴에 문제가 있다는 걸 안 것은 출발 직전이었다. 동욱의 입에서 거침없이 욕설이 터져나왔다. 여자아이가 껌을 짝짝 씹으며 팔짱을 낀 채 그를 지켜보고 서 있었다. 저년, 이름이 뭐였더라. 늘 별명으로만 불러서 이름이 가물가물한 그 여자아이는 최근에 바뀐 여자친구였다. 오토바이 바퀴에 빵꾸가 나서 환장할 지경인데 갑자기 왜 여자아이의 이름이 궁금한지 모를 일이다.

그나저나 어떤 씹새가, 이런 씨발, 좆같은 짓을!

오토바이 바퀴의 구멍은 누군가 일부러 내놓은 것이 분명했다. 동욱은 그 누군가, 그러니까 그 씹새가 누구인지를 짐작했다. 여자아이한테 차인 병신 새끼. 100cc 혼다 딸딸이를 모는 놈이다. 동욱의 오토바이도 같은 기종이었다. 그러나 같은 기종이라도 차원이 달랐다. 차원만 다른 게 아니라 몸도 다르고 정신도 달랐다. 쇼바를 잔뜩 올리고 머플러를 빵빵하게 뚫어놓은 동욱의 오토바이는 근방에서 가장 멋진 소리를 냈다. 여자아이가 그 씹새를 걷어차고 그에게로 온 것도 분명 그 소리를 쫓아서였을 것이다.

바퀴는 쉽게 교체되었다. 한때의 폭주족이 중고판매상과 수리점을 겸해서 운영했다.

"살살 해라, 오늘."

한때의 폭주족이 말하는 것을 동욱은 귓등으로도 듣지 않았다. 그는 잇새로 휘파람을 불었고 여자아이가 냉큼 오토바이에 올라탔다. 밤까지는 아직 시간이 남았다. 그는 우선 그 씹새를 찾아볼 작정이었다. 어디에 있을지는 뻔했다. 씹새의 패거리들은 항상 다리 밑에 모였고, 그의 패거리들 역시 마찬가지였다.

바람이 근사했다. 오토바이에서 터져나오는 배기음은 더 근사했다. 언제든지 '이놈'을 몰면 가슴이 둥둥거렸지만 오늘은 더했다. 퍼레이드가 있는 날이다. 그들은, 그리고 그는 도시를 정복할 것이다.

교차로를 달려 지나가는데 택시 여러 대가 한꺼번에 빵빵거렸다. 여자아이가 뒤에서 환호성을 질렀다. 오늘은 여자아이까지 근사하다. 소리 하나는 죽여주게 지른다. 그는 언제나 소리가 좋았다. 소리와 속도. 그는 소리에 미쳐 살다가 귀머거리가 돼서 죽어도 좋겠다고 생각했다. 스무 살이 되기 전에. 열여섯 살이 되기 전에 죽고 싶다고 생각했었던 적도 있었다. 무슨 이유가 있어서는 아니었다. 그냥 그랬다. 지금은 열일곱 살이 되어버렸다.

"앗, 씨바, 저거 저기 있네!"

다리 밑에 이르기 전에 익숙한 한 무리가 반대편 차선에서 달려오는 것이 보였다. 씹새의 패거리였다. 씹새는 맨 뒤에서 쫓아가고 있다. 핸들을 잡은 동욱의 손등에 불끈 힘줄이 솟았다. 눈가와 입가가 동시에 발그레하게 달아올랐다. 넌 씨발, 죽었어, 새꺄. 욕설을 중얼거리는 그의 얼굴이, 온몸이 열기로 뜨거워졌다. 동욱이 핸들을 꺾어 반대편 차도로 넘어가는 바람에 도로의 차들이 전부 급정거를 하거나 핸들을 꺾어야만 했다. 사고에 이르지는 않았지만 도로가 전부 아수라장이 됐다. 아직 퍼레이드가 시작되기도 전이었고, 대부분의 일반 시민들은 퍼레이드가 뭔지도 알지 못했다.

한 무리의 오토바이떼, 그러니까 동욱이 썹새의 패거리라고 일컫는 무리의 뒤를 쫓아오고 있던 시외버스 운전사의 경우는 달랐다. 그날 밤순번을 원하는 그를 배차담당이 만류했다. 그가 도착하는 도시에서 폭주족들이 오늘밤 퍼레이드인지 뭔 지랄인지를 하는 날이라, 교통사정이 엉망일 거라고 했다. 그러니 고생하지 말고 일찍 한번 뛰었다가 밤늦기 전에 돌아오라는 거였다. 그는 배차담당의 말을 받아들였다. 배차담당이 걱정하는 것은 폭주족들이 아니라 바로 자신이라는 것을 알았기 때문이었다. 실은 더이상은 걱정이 아닐지도 모른다. 걱정은 이미 오래전에 끝났고 남은 것은 불신뿐일지도. 그가 툭하면 숙취 상태로 출근하고, 종종 낮술까지 마신다는 걸 회사에서 모르는 사람은 아무도 없었다. 벌써 일 년이었다. 그러나 간신히 일 년, 회사에서 버티고는 있었지만 쫓겨날 것을 걱정한 적은 한 번도 없었다. 아무려나, 무슨 상관이란 말인가.

시동을 걸기 전에 그는 거울에 비친 자신의 얼굴을 보았다. 살아 있는 사람의 얼굴이 아니었다. 그는 그런 자신의 얼굴이 마음에 들었다. 세상에서 가장 사랑하는 사람을 잃고도 멀쩡한 얼굴이라면 그게 오히려 이상한 일이었다. 더구나 그런 식으로 잃은 후라면. 아무리 시간이

지났다고 하더라도.

갑자기 중앙선을 가로질러 넘어오는 오토바이를 발견한 것은 터미널 쪽으로 진입하기 직전 교차로 앞에서였다. 줄곧 그의 전방에서 미친 듯한 속도로 달려가고 있던 한 무리의 오토바이들은 정지신호를 만나자 뿔뿔이 흩어져 차량들의 사이를 뚫고 있는 중이었고 그러느라 속도가 줄었다. 그와 떼거리들 사이에 공간이 생겼다. 그는 다음 신호에는 교차로를 건너고 싶었다. 액셀에 발을 얹고, 겨우 몇 초나 지났을까. 뭔가가 눈앞으로 휙 날아왔는데, 마치 한 마리의 예쁜 노란 나비 같았다. 그의 얼굴이 환해졌다.

'너니? 너인 거야?'

그의 눈앞으로 날아온 것은 오토바이에서 떨어져나온 금속판이었다. 날카롭고 번쩍이는 것. 버스의 운전석 유리창에 거미줄 같은 금이 가는 순간, 그는 본능적으로 두 팔로 얼굴을 감싸는 대신 그 팔을 앞으로 뻗었다.

눈앞에 수도 없이 많은 노란 나비들이 날고 있었다. 정말로 예쁜 나비들이었다. 그 나비들의 환영 너머로 수십여 대의 오토바이들이 도로 한가운데에서 서로 뒤엉켜 부딪치고 깨지고 바퀴가 날아가고, 그리고 여자아이들과 남자아이들의 피가 쏟아지고 있는 중이라는 걸 그는 알지 못했다.

다만 나비떼가 보였을 뿐이다.

그 남자의 첫번째 진술

1

조안이 집으로 돌아온 것은 한 달이 더 지나서였다. 긴 병원생활이었다. 엘리베이터를 타고 집으로 올라가는 내내 조안의 얼굴이 핼쑥했다. 조안이 엘리베이터 안에서 숨을 멈추고 있었다는 걸 안 건 엘리베이터 문이 다시 열렸을 때였다. 조안이 참았던 숨을 후우, 내쉬었다. 집이 오층에 있는 게 다행이었다. 만일 십오층이나 이십오층이었다면 조안이 엘리베이터 안에서 어떤 일을 벌였을지 알 수 없는 일이었다. 불면과 발작, 조증과 울증의 주기적 반복, 그리고 공황장애의 여러 증상들…… 화상과 골절 등의 치료가 끝난 후에도 조안이 병원에서 퇴원할 수 없었던 병명들이었다.

"괜찮아?"

현관문 앞에서 희중이 물었고, 조안은 대답 대신 미소를 지어 보였다.

아침에 청소를 하고 나간 집은 지나칠 정도로 깨끗했다. 조안이 병원에 입원하기 전, 그들의 집은 항상 어딘가가 너저분했었다. 그녀가 오랜만에 돌아오는 집을 병원보다 더 깔끔하게 만들어놓고 싶은 생각은 없었지만, 한 달이 넘게 아침과 저녁, 때로는 하루에 몇 차례씩 쓸고 닦았던 집을 다시 어질러놓기도 힘들었다. 어떻게 해도 흔적은 남을 수밖에 없었다. 아마도 보이지 않는 곳에 더 깊숙이.

희중이 병원에서 꾸려온 짐을 푸는 동안 조안은 식탁 의자에 앉아 있기만 했다. 구석에 숨어 있던 고양이들이 한 마리 두 마리, 모습을 드러냈다. 항상 더 적극적이고 더 애교가 많은 네모가 조안에게 다가가더니 그녀의 무릎 위에 앞발을 얹었다. 머리가 참 동그랗다고 해서 네모라고 이름 붙여준 고양이였다. 조안은 늘 역설적인 것을 좋아했다. 주황색 눈을 가진 고양이의 이름은 블루였다.

아이가 태어날 무렵 다른 집에 보냈던 고양이들을 조안이 병원에 있는 동안 다시 데려왔다. 고양이들에게 정이 든 그 집 아이들이 울음을 터뜨렸다. 그러나 어른들이 희중의 사정을 이해해주었다. 아이들도 희중이 새로 사가지고 간 새끼 고양이에게 곧 마음을 빼앗기는 눈치였다. 정은 새로 들이면 되는 것이다. 희중은 그렇게 믿고 싶었다.

조안은 두 마리의 고양이를 한꺼번에 '모루들'이라고 불렀다. 모루들이 조안을 잊지 않아 다행이었다. 병원에 있는 동안 조안은 아이 이야기를 하는 대신 툭하면 모루들 얘기를 했었다. 할 수 없는 이야기 대신 할 수 있는 이야기를 고르자니 그것이 고양이들에 관한 것이었을까. 조안에게서 고양이들 이야기를 들을 때마다 희중의 마음이 참혹해지곤 했었다. 그러나 내색할 수 없는 마음이었다.

병원에서 집으로 오는 동안 피곤했던지 조안은 희중이 짐을 다 풀기도 전에 침대에 들어 곧 잠이 들었다. 남의 집에 있는 동안 버릇이 달라진 네모가 침대 위로 올라가 자리를 잡았다. 전에는 하지 않던 짓이었다. 그사이에도 서열은 달라지지 않았는지 블루는 침실 문가에서 걸음을 멈추고 쭈그려앉았다.

조안이 잠들어 있는 동안 희중은 조안의 약을 식탁 위에 정리했다. 식전에 먹어야 할 약과 식후에 먹어야 할 약, 일어나자마자 먹어야 할 약과 잠들기 전에 먹어야 할 약. 약병과 약봉지 들이 넓지 않은 식탁의 한구석을 가득 채웠다. 희중은 그 약들을 오래 쳐다보았다. 마법의 약들이었다. 어떤 약은 광장을 견디게 해주고, 어떤 약은 밀실을 견디게 해준다…… 그리고 어떤 약은 기억을 없애고, 어떤 약은 기억을 찾아준다…… 희중은 그 약들의 효능을 믿을 수가 없었다. 믿고 싶지 않은 것일 터이다. 존재해야 할 것이 사라지고 사라져야 할 것이 존재한다면…… 그러면 조안의 삶은 어떻게 될 것인가. 그러면 조안과 자신의 삶은 어떻게 될 것인가.

집안이 어두워지도록 조안은 깨어나지 않았다. 고양이들도 마찬가지였다. 그러는 사이 그 역시 소파에서 깜빡 졸았던 모양이었다. 물소리가 들려 눈을 떠보니 조안이 욕실에 있었다. 욕실 문을 닫지 않은 채 조안이 변기를 쓰고 있었다. 고양이들의 습관이 달라진 것처럼 조안의 습관도 달라진 모양이었다. 조안이 욕실 문을 열어놓은 채 샤워를 하거나 변기를 쓰는 것을 전에는 본 적이 없었다.

욕실에서 나온 후 조안은 거실에 서서 베란다 밖을 내다보았다. 바깥도 어느새 어두워져 있었지만 달려가는 차들의 불빛이 오히려 찬란하게 보였다. 앞에 막힌 것이 없어 멀리 지방도로가 바라보이는 집이었다. 그 지방도로 너머에서는 신도시 공사가 한창이다가 중단이 된 상태였다. 바람이 많이 부는 날에는 그곳에서 날아온 먼지가 희중의 집 베란다에 뿌옇게 쌓였다. 밤이면 빌딩의 골조만 우뚝우뚝 서 있는 그곳은 신도시가 아니라 유령도시로 변했다.

희중은 조용히 걸어 조안의 등뒤로 갔다. 희중이 어깨에 손을 올리자 조안의 손이 그의 손등 위로 올라왔다. 희중이 조안의 등을 안은 채 밤의 거리를 내다보았다. 잠시 후, 조안이 등을 돌려 희중의 가슴에 얼굴을 묻었고 희중은 그런 조안을 다시 끌어안았다. 조안의 작은 귓불이 보였다. 연애 시절 이후 오래 잊고 있던 조안의 귓불이었다. 가슴이 저려왔다. 이 여자를 처음 알았을 때, 그땐 매일매일이 새로운 발견이었다. 하루는 귓불이 너무 예뻤고, 하루는 흘러내린 머리카락이 너무 예뻤고, 또 하루는 코 옆의 보일락 말락 하는 점이 미치게 예뻤다. 어떤 날에는 도드라진 손목뼈까지도 예뻤었다.

이 여자를 내가 얼마나 사랑했던지…… 이 여자의 웃는 얼굴에 내가 얼마나 여러 번, 그리고 깊이 매혹되었던지……

이 여자와 함께 살 수만 있다면 무엇을 바쳐도 좋다고 생각했던 나날들이 있었다. 이 여자의 웃음소리를 갖고, 마침내 이 여자의 전부를 갖고 싶어 온몸이 열에 들뜬 것 같은 나날들이 있었다. 그리고 이 여자를 처음으로 안았을 때, 온몸으로 열꽃이 퍼져 거짓말 같게도 그는 급성 알레르기로 병원까지 실려갔었던 것이다. 사람이 좋으면 그렇게까지 좋을 수도 있었다. 내부의 모든 것이 발화점의 지경에 이르기까지 뜨거워져 모든 땀샘을 통해 폭발해버린 것이다. 그의 급성 알레르기는 말하자면, 발화였다.

조안이 탄 기차가 바로 사고 기차라는 사실을 알았을 때 희중이 도와달라고 애원할 수 있었던 건 오직 신뿐이었다. 조안이 살아 있다는 것을 확인하기까지 그의 전 생애보다 더 긴 것 같은 시간이 흘렀다. 간신히 사고현장까지는 갈 수 있었지만 이미 사상자들이 여러 병원으로 분산되어 후송된 뒤였다. 죽은 사람과 다친 사람의 신원도 불분명했다. 그가 모든 병원을 돌아다니며 조안과 아이의 행방을 찾는 동안에도 사고 기차에서는 훼손된 시신의 일부가 발굴되고 있는 중이었다. 어딜 가나 기자들로 북새통이었다. 기자들이 희중의 앞을 가로막으며 피해자의 가족이냐고 악을 쓰며 물어왔다. 희중이 뭐라고 대답하기도 전에 사방에서 플래시가 터졌다.

제발, 살아 있기만 하면 된다고, 다리 하나 팔 하나가 어떻게 되더라도 살아 있기만 하면 된다고, 그러면 아무 원망도 하지 않을 거라고, 아니 오히려 감사하고 또 감사할 거라고, 희중은 미친듯이 신에게 애원했다. 다리 두 개, 팔 두 개가 다 어떻게 되더라도 그냥 살아만 있게 해달라고, 그래도 감사하고 또 감사할 거라고 맹세했다. 그의 간절한 소망대로 조안은 살아 있는 것이다.

조안을 뒤에서 끌어안은 채로 희중은 조안의 옷 속으로 손을 집어넣었다. 조안의 몸을 만져보고 싶었다. 생생하게 살아 있는, 정확하게 자기 자리를 지키고 있는 조안의 팔과 다리를 쓰다듬고 싶었다. 조안의 생사를 확인하지 못한 채 부상자들이 후송된 병원들을 뛰어다니는 동안 맹세했던 것과 달리 그는 신에게 감사하지 않았다. 신이 그에게 너무 가혹했으므로 그 역시 신에게 한 맹세 따위 엿 먹어라, 해버

릴 수 있었다. 그러나 그날 밤 조안을 안고서, 그녀의 팔과 다리와 손
가락과 발가락을 만지면서, 희중은 자신도 모르는 사이에 속삭였다.

고맙다…… 정말로 고맙다……

어쨌든 조안은 살아 있고, 지금도 여전히, 그와 함께 있는 것이다.
그러므로 희중은 괜찮았다. 천 번 아니라 수천 번이라도 그렇게 말할
수 있었다. 동시에 그런 자신이 괴로워져, 희중은 또 중얼거렸다.

미안하다…… 정말로 미안하다, 아기야.

2

조안의 퇴원에 맞춰 희중은 사흘 동안 휴가를 냈고, 그 사흘 동안
조안과 함께 있었다. 아침부터 저녁까지, 저녁부터 다시 아침까지. 그
사흘 동안 집안에는 고요가 넘쳤다. 사고가 나기 전, 수다스럽다고 해
도 좋을 만큼 말이 많았던 조안은 현저히 말수가 줄어들었다. 희중이
말을 시켜도 그녀는 대개 낮은 웃음소리나 미소로 대답했고, 그렇지
않은 경우에는 짧게 말했다. 그 짧은 말은 자주 엉뚱한 답변이었고,
때로는 잘못 배운 외국어처럼 어색할 때도 있었다. 그녀는 사고와 함
께 많은 것을 잃었다. 한동안은 거의 실어증 상태나 마찬가지였다. 말
을 되찾기까지 긴 시간이 걸렸다. 그러나 어떤 말들은 아직도 돌아오
지 않은 것 같았다. 어쩌면 그 말들은 사고와 함께 완전히 사라져버렸
는지도 모른다.

그들은 늦은 아침을 같이 먹고, 점심은 거르고, 이른 저녁을 또 같
이 먹었다. 희중은 그 사흘 동안 쓰레기를 버리러 나갈 때 말고는 문

밖에도 나가지 않았다. 조안과 함께 있기에 좋은 곳은 집안뿐이었다. 영화를 보러 가고 싶지도, 공원에 산책을 가거나 마트에 장을 보러 가고 싶지도 않았다. 저녁이 되면 습관처럼 티브이를 켰지만, 뉴스도 드라마도 마음에 들지 않았다. 세상은 온통 위험으로 넘쳐나고 또 폭력으로 가득 차 있었다. 채널은 항상 홈쇼핑 방송에 고정되었다. 침구세트와 속옷세트와 간장게장이 불티나게 팔려나갔다.

조안에게는 전에 없던 버릇이 생겼다. 툭하면 베란다 쪽을 바라보면서 미동도 없이 서 있는 것인데, 가만 놔두면 한 시간이고 두 시간이고, 혹은 하루종일이라도 그러고 있을 것만 같았다. 희중이 등뒤로다가가 어깨에 손을 얹으면 그때에야 비로소 알람이 울린 것처럼 깨어났다. 그녀는 손만 들어올려 희중의 손을 마주 잡거나, 돌아서 희중을 가만히 안거나, 혹은 옅은 미소를 짓거나 했다. 저녁, 실내에 불을 켜면 베란다 유리창은 바깥의 불빛 대신 실내의 풍경을 비추었다. 아이가 보행기를 타던 거실, 우유병이 가지런히 놓여 있던 주방, 유모차가 세워져 있던 현관이 공허하게 비추어졌다. 희중은 알 수 없었다. 조안이 보고 있는 것이 베란다 바깥인지, 아니면 베란다 유리창에 비친 실내의 풍경인지…… 알 수 없는 것은 또 있었다. 조안이 그에게 등을 돌린 채 감추고 있는 얼굴이 어떤 얼굴인지……

조안은 아이에 대해서 말하지 않았다. 세상에는 말하지 않는 것이 훨씬 나은 일도 있었다. 그것이 감당할 수 없는 상실에 관해서라면 더욱 그러할지도 모른다. 그래서 희중도 아이에 대해서는 말하지 않았다. 때때로 가슴속에서 회오리바람 같은 것이 웅웅 소리를 내곤 했는데, 마치 매일같이 조금씩 더 넓어지는 구멍을 증명하기라도 하듯이 소리도 조금씩 점점 더 커지곤 했다. 그 구멍을 메우기 위해 희중은 무엇이든 해야만 했지만, 자신을 위해서는 그 무엇도 할 수가 없었다. 그의 구멍에는 조안의 슬픔이 쌓이고, 더는 바깥으로 흘러나오지 않는 조안의 눈물이 쌓이고, 젖어들지 않는 몸의 고독이 쌓였다. 때때로 그 역시 스스로 처방한 약을 먹었으므로 한 움큼씩의 약도 쌓였다. 그래도 괜찮았다. 어떻든 조안은 살아 있으니까 말이다.

사흘째 되는 날, 상윤이 저녁을 먹으러 왔다. 조안이 퇴원을 하던 날부터 달려오려고 하는 것을 희중이 간신히 말려놓았었다. 상윤은 조안의 하나뿐인 동생이었고 누나를 끔찍이 챙기는 동생이기도 했지만 나쁘게 말하면 양아치고 더 나쁘게 말하면 깡패인데다가 조안에게 안정이 필요할 경우에는 결코 도움이 되는 존재가 아니었다. 상윤은 언제나 폭력 과잉인데다가 감정 과잉이었다. 희중은 그런 상윤을 적절히 컨트롤할 수가 없었다.

적당히 좀 하면 안 되겠니? 조안이 손가락만 베여도 넌 비명을 질러대잖아, 그렇게 말하고 싶은 순간마다 희중은 눌러 참아야만 했었다. 상윤이 대꾸할 말이 뻔했기 때문이었다. 이게 그러니까 손가락 베인 정도의 일이란 말이야? 그런 거란 말이야? 상윤에겐 비유란 것이 불가능했는데, 세상에는 비유 없이는 할 수 없는 말들이 얼마나 많은지에 대해서도 설명할 도리가 없었다. 손가락이 베이고, 그 손가락이 잘려나가고, 다시 손목이 잘리고 어깨가 잘리고, 그런데 아직도 목은 남아 있네. 왜냐하면 여전히 악을 쓰고 비명을 지르고 엉엉 울기는 해야 하니까…… 그러라고, 목은 남아 있고, 입은 남아 있네. 눈도 남아 있네. 눈물을 흘리라고 남아 있는 게 아니라, 아직도 보고 보고 또 더

보라고, 그 슬픔을 전부 다 똑똑히 보라고 잔인한 눈이 남아 있네. 비유를 이해하는 것이 불가능한 상윤에게 희중은 그런 말을 다 할 수가 없었다.

집안으로 들어서는 상윤의 손에 소꼬리가 들려 있는 게 보였다. 언제나 떠들썩하게 말이 많은 상윤이 그 소꼬리를 어디에서 샀는지, 정육점 주인에게서 들은 꼬리곰탕 잘 끓이는 방법이 어떤 것인지를 떠들어대는 동안, 조안은 내내 입을 닫고 상윤의 말을 듣고만 있었다. 어쩐 일인지 조안의 표정이 줄곧 냉랭했다.

조안에게 상윤은 각별한 동생이었다. 그들의 어머니가 일찍 세상을 뜬 후 그들의 아버지는 두 번이나 더 결혼을 했다. 그러는 동안 그녀에게 위로가 되었던 건 상윤밖에 없었다. 조안에게 상윤은 동생 이상이었고, 상윤에게는 조안이 또한 그러했다. 상윤의 핸드폰에는 조안이 '상순'이라는 이름으로 등록되어 있었다. 조안은 그들의 부모가 미국 유학중에 낳은 딸이었는데, 존 레논과 조안 바에즈에 미쳐 있던 이 젊은 유학생 부부는 딸의 이름을 '조안'이라고 짓는 데에 서슴이 없었던 모양이었다. 상윤을 낳았을 때 그들은 한국에 돌아와 있었고 아들에게만큼은 항렬을 좇은 이름을 주어야 한다는 부친의 말을 거역할 수도 없었지만, 보다는 그들이 더이상은 존 레논이나 조안 바에즈의 음악을 같이 듣지 않았으며 그런 시절을 추억하는 것에조차도 염증을 느끼기 시작했다는 사실이 더욱 중요했을 것이다. 조안과 상윤의 아버지는 그들의 친어머니와 사별했는데, 친어머니의 암이 이혼 절차보다도 더 빠르게 진행된 탓이었다고 했다.

어쨌거나, 상윤은 조안의 이름이 '조안'인 것이 영 마땅치 않았던 모양이다. 그는 조안에게 역시 항렬을 따른 이름을 만들어서는, 흔히 상순씨, 더 자주는 쌍순이라고 불렀다. 성질을 못 이길 때면 조안에게 서슴없이 년자 붙은 욕설을 내뱉기도 했다. 그랬던 상윤이 사고 후에 핸드폰에 등록된 조안의 이름을 바꾸었다.

하나.

저한테 남은 하나뿐이라고 핸드폰의 이름마저 그렇게 바꿔버린 것이다. 과연 비유가 불가능한 상윤이었다. 상윤의 상상력은 한심하고, 기막히고, 그래서 절박했다. 사고 직후 상윤이 눈물을 뚝뚝 흘리며 말했었다.

"지켜줄 거지? 끝까지 안 놓고 지켜줄 거지? 안 그러면 씨발, 내가 형을 죽여버릴 테니까! 형도 알지, 씨발!"

상윤의 말처럼 희중도 알았다. 상윤의 성미를 알아서가 아니라 상윤이 그렇게 하기 전에 자신이 먼저 죽게 될 거라는 걸 알았기 때문이다. 조안이 그런 식으로 떠나버린다면, 조안마저 지켜내지 못한다면, 그에게도 삶은 없었다.

식사 후에 상윤이 티브이를 켰다. 홈쇼핑 채널에서 과일 원액을 팔고 있었다. 상윤이 채널을 돌렸고, 다른 채널에서는 국가 대항전 축구 경기가 방영되고 있는 중이었다. 희중이 상윤의 옆으로 가서 앉았다. 잠시 후에는 조안도 그들 곁으로 와서 소파 아래에 앉았다. 득점 없이 전반전이 끝날 때까지 조안은 꼼짝도 않고 앉아 축구경기를 봤다. 두어 번 결정적인 슈팅이 있었고, 그때마다 아파트 단지가 떠나갈 듯이 함성과 탄식소리가 연이어 울렸다. 희중도 낮은 탄식을 내뱉었다. 조안은 그때에도 꼼짝도 않고 화면만 바라보고 있었다.

"뭐, 맥주나 그런 거 없어? 마실 것 좀 줘봐."

광고가 시작되고 상윤이 말했을 때 조안에게서는 아무 대꾸가 없었다.

"맥주 없어? 내가 나가서 사올까?"

이번에는 상윤이 희중에게 물었다. 희중이 티브이의 볼륨을 낮췄다. 조안이 무슨 말인가를 중얼거리고 있는 것 같았기 때문이다.

"축구선수가 될 수도 있었는데."

티브이 볼륨이 낮아지면서 조안의 목소리가 들렸다.

"가게 주인이 돼서 맥주를 팔 수도 있었겠네."

"썅순……"

잔뜩 당황한 상윤이 조안을 불렀고, 조안의 얼굴이 상윤에게로 향했다.

"아니면 너처럼 개 같은 양아치 새끼, 깡패 자식이 될 수도 있었겠다."

"조안."

이번엔 희중이 조안을 불렀다. 조안은 희중을 쳐다보지 않았다.

"그런데, 넌…… 넌…… 너 개자식, 넌 아무렇지도 않아. 돼지 같은 입에 밥을 처넣고, 술을 퍼마시고, 개새끼…… 축구를 보면서 소리를 질러."

상윤이 허겁지겁 바닥으로 내려앉아 조안의 어깨를 끌어안으려고 했다. 조안은 상윤을 밀어냈다. 그럴 만한 힘이 아니었을 텐데도 상윤이 그대로 바닥으로 나자빠졌다. 그런 상윤을 그대로 둔 채 조안은 방으로 들어가버렸다. 희중이 여전히 바닥에 누워 있는 상윤을 일으켜 세웠다. 일어나면서 얼굴을 덮고 있던 손을 떼어내는데 그사이에 눈이 새빨갰다. 울음을 참고 있었던 모양이었다. 희중은 상윤을 데리고 집 밖으로 나왔다. 상윤이 주먹으로 복도 벽을 쾅쾅 치기 시작했다.

"그러지 마."

그러지 말라고 했더니 이번엔 주저앉아 기어코는 울음이다.

"쌍순 말이 맞아. 내가 병신이야. 내가 개새끼라고. 그런데 나도 속 편해서 밥 먹고 술 먹고 테레비 본 거 아니거든. 씨발, 정말 그런 거 아니거든!"

"입 다물어."

상윤이 정말로 입을 다물었다. 꺽꺽거리는 울음소리만 다문 입술 사이로 새어나왔다.

"조안이 너한테 한 말 아니야."

상윤이 희중을 올려다보았다. 그럼 누구에게냐고 묻는 눈빛이었다. 누구에게일까. 희중은 잠시 입술을 깨물었다가 놓았다.

"나아질 거야. 시간이 흐르면…… 괜찮아질 거야."

"그렇지? 그런 거지?"

"그래, 그럴 거야."

"우리 쌍순 괜찮은 거지? 괜찮아지는 거지?"

"가라."

희중이 집안으로 돌아왔을 때, 조안은 욕실에 있었다. 욕실 문은 닫히지 않은 상태였다. 옷도 벗지 않은 조안이 샤워부스 안에 웅크려앉아 있었다.

희중은 몸을 돌려 작은방을 바라보았다. 집으로 돌아온 후 조안이 한 번도 문을 열어보지도, 쳐다보지도 않는 방이었다. 칙칙폭폭, 칙칙폭폭…… 방안에서 구릉 위를 달리는 기차 소리가 나는 것 같았다. 고작 팔 개월을 살았던 아들이 팔십 년이 지난다고 해도 돌아오지 못할 방이었다. 그러니까, 영원히.

3

상윤의 차가 좁은 골목으로 이어지는 허름한 주택 단지 앞에 멎었다. 골목 안으로 들어갈 수는 있지만 주차를 할 만한 데는 찾을 수 없을 것 같았다. 명색이 사장이라는 새끼가 어떻게 이런 동네에서 사는 걸까. 골목 입구에 차를 세워놓고 상윤은 껌을 씹기 시작했다. 결정적인 순간에 머리가 돌아가기 시작해 일을 망칠 때가 있었다. 그러니까 몸이나 주먹이 말을 해야 하는 순간에 머리가 먼저 종알대기 시작하는 것이다. 내가 왜 이 자식을 패야 하는 거지? 내가 왜? 그런 날은 어김없이 자신이 선빵을 맞게 되어 있었다.

껌을 씹는 것이 도움이 되었다. 단맛을 보기 위해서도 아니고, 기다리는 동안의 무료를 달래기 위해서도 아니었다. 그저 맹렬히 이빨을 놀려 머리를 잠재우려는 것이다. 하기야 자신에게 잠재워야 할 머리가 있기나 한지는 알 수 없었지만.

뒤에서 경적 소리가 울렸다. 사이드미러로 상윤이 차를 확인했다. 검정색 소나타였다. 껌의 단물도 채 빠지지 않았는데 처음으로 나타난 것이 그 자식의 차인 것 같았다. 상윤은 시동을 끄고 차 밖으로 나왔다. 운전석 창문이 열리고 이마가 완전히 벗어진 대머리가 나타났다. 분명히, 그 자식이었다.

"차를 거기 세우고 있으면 어떡합니까?"

상윤은 아무 대꾸 없이 사내의 면상에 주먹부터 날렸다. 사내가 차 안에서 얼굴을 감싸쥐었다. 손가락 사이로 코피가 주르륵 흘러내렸다. 상윤은 그사이에 차창 안으로 손을 집어넣어 운전석의 잠금장치를 풀었다. 그러고는 사내를 차 밖으로 끌어내 미처 비명을 지를 틈도 주지 않고 발길질을 시작했다.

"네가 무슨 짓을 했는지 알아?"

상윤은 이를 갈며 소리를 낮춰 말했다. 목소리가 퍽퍽, 발길질이 꽂히는 소리보다도 낮았다.

"너 때문에 몇 명이 죽었는지 아느냐고, 이 새끼야!"

"왜, 왜 이러는……"

사내의 목소리가 비명이 되기도 전에 상윤의 발이 곧장 얼굴로 향했다. 사내가 두 손을 머리 위로 올려 발길질을 막았다.

"살려주십시오. 살려주세요!"

"살려줘? 이 개새끼! 그 기차 안에서 몇 명이나 그렇게 소리를 질렀을 거 같아? 응? 응?"

"제발, 제발……"

상윤이 사내의 멱살을 붙잡아 일으켰다. 사내가 다시 한번 비명을 지르려고 하는 것을 상윤이 뺨을 갈겨 막았다.

"한마디만 말해. 너 오늘 축구 봤어, 안 봤어?"

사내는 대답하지 못했다. 상윤이 다시 한번 뺨을 갈겼다.

"너 오늘 축구 봤잖아! 밥도 먹고 술도 처먹고 축구도 봤잖아, 이 씨벌눔아!"

"잘못했습니다, 잘못했어요!"

"소리지르면 죽는다."

"살려주십시오."

"네가 잘못한 게 뭔지나 알아? 뭘 잘못한 건 줄이나 아느냐고!"

상윤이 다시 주먹을 날리기 시작했다. 어금니를 앙다문 상윤의 입 속에 더는 껌이 남아 있지 않았다. 주먹질을 하는 사이에 삼켜버렸을 것이다. 주먹이 한 번 날아갈 때마다 짝짝, 껌이 씹히는 소리가 났다. 입속에서가 아니라 몸속에서 껌이 맹렬하게 씹히고 있었다.

"축구선수가 될 수도 있었다고!"

소리를 질러서는 안 된다는 걸 잊어버린 채 상윤의 목소리가 높아지기 시작했다.

"아니, 분명히 축구선수가 됐을 거야!"

그리고 다시 주먹질.

"나 같은 양아치는 안 됐을 거야! 그거 알아? 공부도 잘하고 축구도 잘했을 거라고! 나 같은 양아치는 진짜로, 절대로 안 됐을 거란 말이야!"

어느 집에선가 창문 열리는 소리가 들렸다. 상윤은 신경쓰지 않았다. 맞는 사내는 간신히 신음소리만 내고 있는데, 누군가의 악쓰는 소리가 사이렌 소리보다 더 크게 울렸다.

4

그날, 상윤이 한밤중의 거리에서 다짜고짜 두들겨 팼던 사내는 기차사고와는 아무 상관도 없는 사람이었다. 그는 심지어 그 동네에 사는 사람도 아니었다. 그는 아들의 등록금을 빌리러 동생 집에 가다가 봉변을 당했다. 그리고 그 대가로 곧 아들의 대학 마지막 학기 등록금을 벌게 될 터였다.

희중이 경찰서에서 걸려온 상윤의 전화를 받은 것이 자정 무렵이었다. 보나 마나 만취해서 전화를 걸었으리라 여겼는데, 받아보니 사정이 더 나빴다. 희중은 곧장 집에서 나와 밤새 경찰서와 피해자가 실려간 응급실을 왔다갔다했다. 새벽녘이 되어서야 집에 들어갔을 때, 조안은 그가 집에서 나갈 때와 마찬가지로 깊이 잠들어 있었다. 약 때문이었다.

퇴원 후, 조안은 의사가 처방한 약만으로는 잠을 잘 이루지 못했다. 희중이 약의 양을 조절해주지 않을 수 없었다. 흥분한 뒤끝이어서 수면제와 안정제의 용량을 좀더 늘려주기는 했지만, 그토록 깊이 잠들 줄은 희중도 미처 짐작하지 못했던 일이었다. 나쁜 꿈을 꾸고 있는지 조안의 이마에 땀방울이 맺혀 있었다. 젖은 머리카락을 쓸어올려주려는데 조안이 눈을 뜨고 미소를 지어 보였다. 당신, 나랑 같이 있구나. 참 다행이야, 하는 듯이. 희중도 미소를 지어주었고, 조안은 희중의 손을 잡아 자신의 가슴 위로 올려놓은 후 다시 눈을 감았다. 곧 깊은 잠에 빠진 듯 고른 숨소리가 들리기 시작했다.

상윤은 이튿날 점심때 풀려나왔다. 언제나처럼 희중이 경찰서로 가서 유치장에서 나오는 상윤을 맞았다. 점심때였지만 희중은 식당을 찾는 대신 경찰서 근처 편의점 앞에서 걸음을 멈췄다. 야외 테이블이 비어 있었다.

"이사를 할 생각이야."

캔커피 두 개를 사서 야외 테이블에 자리를 잡자마자 희중은 이사 얘기를 꺼냈다. 한바탕 욕을 먹으리라 각오하고 있었을 상윤은 난데없는 희중의 얘기가 어리둥절한 모양이었다.

"아무래도 그 집에선 계속 살기가 그러니까."

희중은 상윤의 얼굴은 쳐다보지도 않으면서 말했다. 거리에 봄바람이 모질게 불고 있었다. 황사바람이었다. 영화의 한 장면처럼 여자 행인의 플레어스커트가 거의 뒤집어질 듯 펄럭였다. 희중은 여자의 뒷모습만 좇으면서 말을 이었다.

"그리고 개업을 할까 해. 월급약사 하나 두고 그냥 조그맣게. 조안하고 같이 있을 시간도 더 필요하고 당분간은 어렵겠지만 앞으로는 돈도 좀더 많이 벌어야 할 것 같고."

그 말을 마친 후에야 희중이 비로소 상윤을 바라보았다.

"그야말로 돈 드는 일들투성이인데, 네 합의금이 얼마인지나 알아?"

상윤은 대답하지 않았다. 그래도 뭔가 억울하다는 듯 희중을 쳐다보기는 했는데, 그사이에 눈이 붉었다. 또 금방이라도 울 듯한 얼굴이었다.

희중은 상윤처럼 잘 우는 남자를 본 적이 없었다. 그가 아는 사람 중에 양아치라 불리는 사람은 상윤이 유일했다. 양아치도 마찬가지지만, 양아치이면서 잘 우는 남자를 그전에는 상상도 해본 적이 없었다. 애는 혹시 싸움을 할 때도 울까. 저보다 약한 놈을 두드려 패면서, 미안해, 미안해, 내가 널 때려서 미안해, 그러면서 엉엉 우는 건 아닐까. 물론, 말도 안 되는 상상이라는 걸 알았다. 그러나 적어도, 지난밤에는 그랬을 것이다. 주먹을 휘두르는 것이 미안해 운 것이 아니라 울음을 참을 수가 없어 주먹을 휘둘렀을 테니.

"이게 벌써 몇번째니? 게다가 이게 마지막도 아니겠지? 다음엔 누구야?"

"……"

"아예 철도청이라도 폭파해버릴래? 오, 그렇지. 넌 철도청이 어디에 있는지도 모를 테니 또 엉뚱한 데에다가 짱돌질이나 하겠지!"

"그만해, 젠장."

"그만하라고?"

"깜깜해서 잘못 봤다고. 난 씨발, 눈도 나쁜데. 그렇다고 쥐어패러 가면서 안경 끼고 갈 수도 없잖아. 씨발, 이래서 라식인지 라섹인지, 그걸 빨리 했어야 하는 건데."

상윤은 지금 이런 것도 변명이라고 하고 있는 것이다. 어렸을 때 상윤이 머리를 크게 다친 적이 있었다고 했다. 책상 아래에서 뭔가를 찾다가 갑자기 일어나면서 하필이면 튀어나와 있던 못에 부딪혔는데, '얼마나 미련하면 제 머리를 그렇게 세게 박을 수 있나' 싶게, 뒤통수에 피가 철철 날 정도로 큰 상처를 입었다고 했다. 상윤 본인이 한 말이었다. 그후부터는 머리에 드는 게 없어졌다고. 들어오자마자 그 구멍으로 다 빠져나간다고.

"게다가 그 사장 놈도 대머리라고 그랬단 말야."

"관두자. 너하고 말하는 내 입만 아프다."

"어쨌든 그 사장 새끼는 죽일 놈 맞잖아! 그 대머리 새끼가 그 좆같은 트럭 운전사한테 월급만 제때 줬어도 그 새끼가 선로에 자빠져 있지는 않았을 거 아니냐고!"

"그래. 그 트럭회사 사장이란 놈은 용역비를 못 받은 게 반년째라더라. 왜 그런지는 알아? 환경단체에서 공사를 막고 있거든. 그건 또 왜 그런지 아니? 근처에 철새 도래지가 있거든. 넌 뉴스도 안 봐? 네가 굳이 양아치들 풀어서 알아내지 않는다고 하더라도 그런 얘긴 다 뉴스에 나온 거거든!"

"그래서 뭐, 철새 책임이라는 거야?"

"관두자. 네 머리가 새대가리보다 못하다는 걸 내가 깜빡했다!"

"내가 다 갈가리 찢어 죽일 거니까! 철새? 웃기지 말라고 그래! 내가 그 새새끼들까지 다 쏴 죽여버릴 거니까!"

지나가던 사람들이 상윤을 바라봤다. 희중은 사람들의 시선 따위는 신경쓰지 않았다. 그러나 더는 상윤과 말하고 싶은 기분도 아니었다. 희중은 테이블 위에 놓아둔 핸드폰과 지갑을 챙겼다.

기차가 전복한 것은 선로에 누워 있던 트럭 운전사 때문이었다. 그는 대낮에 만취 상태였고, 그 아침에는 아내와 대판 싸웠고, 술을 마신 뒤 사장을 찾아가 밀린 월급을 내놓으라고 행패를 부렸고, 그러고는 트럭을 끌고 나와 선로 근처에 세웠다. 선로가 높은 곳에 있어서 그는 거의 기다시피 선로 위까지 올라갔다.

그 트럭 운전사가 선로에 누워서 무슨 생각을 했는지는 누구도 알 수 없는 일이다. 봄날의 따듯한 선로에 누워 맑은 하늘을 바라보며 죽음을 생각했을까. 아니면 곧 떠나리라고 작정한 삶에 대해서 생각했을까. 기차가 다가왔다. 기차가 오는 것은 소리가 아니라 선로의 떨림으로부터 전해져왔다. 그는 눈을 감고 기다렸다. 선로의 떨림이 점점 더 세졌고, 뜨거워졌고, 마침내는 감전이라도 일으킬 듯 맹렬해졌다. 기차가 아주 가까이 왔을 때 그는 그토록 만취 상태였음에도 불구하고 믿을 수 없는 속도로 벌떡 몸을 일으켰다. 누워 있는 동안 선로에 끼인 옷자락 때문에 그는 믿을 수 없는 속도로 몸을 일으켰던 것처럼 믿을 수 없는 속도로 자빠졌고, 이번에는 엉금엉금 기기 시작했다. 대체 그때 그의 속도는 얼마나 되었을까.

사고의 일차적인 원인은 선로에 누워 자살을 시도한 트럭 운전사였다. 그러나, 기차는 전복하는 대신 기관사에 의해 멈춰 서야만 했다. 그것이 이치에 맞는 일이었다. 만일 그 운전사가 하필 그 자리에 누워 있지만 않았다면 결과는 달라졌을 것이다. 조사 결과 선로 주변의 지반이 침하된 상태였다는 것이 밝혀졌다. 급제동하던 기차가 침하된 지반을 만나 대형사고로 이어졌던 것이다. 사고지점 근처에는 위락시설이 지어지고 있었다. 그 근방이 철새 도래지로 아름다웠기 때문이다. 그러나 환경단체에서는 공사장의 발파작업이 철새를 쫓아낸다는 이유로 격렬한 반대운동을 했고, 시민들이 광범위하게 서명운동에 동참했다. 공사는 파행적으로 진행되다가 중단되었고, 봄이 왔고, 철새들이 떠났고, 땅이 녹았고, 트럭 운전사가 자살을 시도했고, 기차가 전복했다.

사고 직후 상윤이 그 트럭 운전사의 장례식장을 찾아갔었다. 완전히 짓이겨지고 불태워져 시신조차 제대로 남기지 못한 트럭 운전사의 장례식장은 초라했다. 무슨 짓이든 하려고 거의 눈이 돌아간 상태에서 쳐들어간 것이기는 했지만 막상 그 초라한 장례식장을 보니 할 수 있는 일이 아무것도 없었다. 행패를 부릴 수도, 싸움을 걸 수도 없었다. 그때 한 여자가 뛰어들어 운전사의 영정을 깼다. 장례식장 한가운데서 난동을 부리는 여자를 운전사의 아내는 바라보기만 했다. 죽어도 할말이 없다는 투가 아니라 차라리 자기까지 죽여주기를 바라는 듯한 태도였다. 상윤은 그대로 돌아나왔다.

그곳까지 상윤을 태우고 같이 갔었던 양아치 친구가 있었다. 상윤이 맥없이 돌아나오는 것을 보며 '싸가지 없는 새끼'가 위로 대신 빈정거렸다. 조문 왔던 거냐? 아예 조의금도 좀 내고 오지 그랬냐. 그와 주먹질이 오가다가 싸움을 말리는 사람들과도 싸움이 붙었다. 그리고 희중이 그 뒤처리를 해야만 했었다.

그후에도 몇 차례 상윤은 아무데서나 주먹질을 했고, 그 뒤처리는 항상 희중의 몫이었다. 조안을 빨리 낫게 해주지 않는다고 병원 의사와 말다툼을 벌인 후에 주차해놓았던 의사의 차를 받아놓았을 때도 마찬가지였다. 조안을 보러 오기 전 소꼬리를 샀던 정육점에서도 시비가 붙었다고 했었다. 수입 고기인지 진짜 한우인지 어떻게 아느냐고 말싸움이 오고가다가 결국 주먹까지 날아갈 뻔했다는 것이다.

희중은 이해할 수 있었다. 고기 때문이 아니라 복잡한 마음 때문에 벌어진 시비였을 테니까. 집에 와서도 마찬가지였을 것이다. 조안이 차려준 밥을 먹고, 과일을 먹고, 축구경기를 보면서, 상윤이 얼마나 안간힘을 써서 아무렇지도 않은 척하려고 노력했을지 희중은 충분히 짐작하고도 남았다.

그렇더라도, 희중은 이제 상윤이 지긋지긋했다. 마치 자신의 바짓가랑이를 붙들고 땅바닥을 뒹굴며 떼를 쓰는 아이를 보는 것만 같았다. 더는 눈물을 닦아주거나 달래주고 싶지 않았다. 그냥 귀싸대기를 후려치면서, 너만 아프냐, 이 새꺄, 욕해주고 싶었다.

"먼저 간다."

희중은 일어섰고, 상윤은 그대로 자리에 앉아 있었다. 여전히 분이 남아 있는 모습이었다. 희중은 알았다. 상윤은 또 싸움을 할 것이고 자신은 결국 또 그 뒤처리를 하게 될 것이다. 다시는 상관하지 않을 거라고 아무리 결심을 해도 소용없었다. 조안이 상윤의 하나일 뿐만 아니라 상윤 역시 조안의 '하나'이므로. 그 사실은 변하지 않을 것이므로.

"그런데 형, 형은 그러면 안 되는 거 아냐?"

희중이 자리를 뜨려고 할 때 상윤이 불쑥 말했다.

"형, 지금 씨발 존나 좆같은 거 알기나 해?"

무슨 뜻이냐고 물어볼 필요도 없었다. 그냥 자리를 뜨면 그만이었을 것을, 멈칫하는 사이에 상윤의 말이 이어졌다.

"아무도 잘못이 없는데 다 죽었어? 겨우 한다는 말이 새새끼들 잘못이라고? 나도 이렇게 참을 수가 없는데, 형은 아빠였잖아! 씨발!"

희중의 얼굴이 순식간에 시뻘겋게 달아올랐다. 그 말을 듣자마자 주먹을 날릴 때 상윤의 심정이 어떤 것인지를 알 수 있을 것 같았다. 희중은 달려들어 상윤의 멱살을 거머쥐었다.

상윤이 환기시킨 '아빠'라는 말 때문이 아니었다. 희중을 못 견디게 만든 것은 그 말이 과거형이었기 때문이다. 세상에 일어나서는 안 될 온갖 일이 일어나는 동안, 그 참혹했던 모든 순간들에, 그에게 과거 시제 따위는 없었다. 모든 것은 영원히 끝나지 않을 이야기였다. 그런데 이 양아치 새끼가 감히 말한 것이다. 아빠였잖아, 라고.

"그래, 너, 이 개새끼."

희중이 상윤의 멱살을 잡고 흔드는 바람에 테이블이 넘어졌다. 편의점 주인이 달려나왔다. 희중은 멈추지 않고 상윤을 바닥으로 쓰러뜨렸다.

"그래, 한번 쳐봐. 그러면 별거 아니라는 거 알게 될 거야. 별거 아니니까, 그러니까, 형도 좀 치고 부수고 다니라고! 알겠어? 씨발!"

희중이 주먹을 날렸다. 보잘것없는 주먹이었으나 피냄새가 진동을 했다. 그러나 그때 피를 흘린 건 상윤이 아니라 희중이었다. 상윤은 모를 것이다. 사고 이후, 희중이 쉬지 않고 피를 흘리고 있다는 걸. 숨을 쉴 때마다 모든 숨구멍에서 피가 흘러내린다는 것을. 그 피가 한시도 멈추지 않는다는 것을.

5

그날 오후, 희중은 피해자 대책위원회 모임에 갔다. 모임에 관한 공지사항을 메일로 받았고, 문자로도 받았고, 아침에는 전화로도 받았다. 엄청난 사상자를 낸 사고였다. 칠십대 노부부가 그 사고로 목숨을 잃었는데, 대책위 회장을 그 노부부의 아들이 맡았다. 공교롭게도 사고 당시에 그는 철도청 직원이었다. 사고 후, 뉴스에서 방영된 그의

42

인터뷰가 화제가 되었다.

'누군가는 책임을 져야 합니다. 기차가 아니라 사람이 져야 합니다. 기차가 아니라 사람이 책임져야 하는 거라고요! 기차가 아니라 사람이 말입니다!'

그는 눈물을 뚝뚝 흘리며 "기차가 아니라 사람이 책임져야 합니다"라는 말을 세 번이나 반복했다. 실은 카메라가 돌아가는 내내 반복했지만 세 번으로 편집됐던 것이다. 나중에 특집 프로그램이 편성되었을 때에도 그의 인터뷰가 나왔는데 영상 밑에는 이런 자막이 붙어 있었다. '이 사람의 어릴 적 꿈은 기관사가 되는 것이었습니다.'

어릴 적 꿈이 기관사였던 대책위 회장은 철도청에 사표를 냈고, 사고 원인 규명과 피해자 보상에 매달렸고, 대책위 사무실 벽에 플래카드를 걸었다. 그 자신의 유행어가 된 말이 거기에 적혀 있었다.

희중은 대책위 모임에 거의 나가지 않았다. 시위에도 참여하지 않았고, 기자회견이 열릴 때도 참석하지 않았고, 추모제에도 나가지 않았다. 그렇다고 기차만 원망하며 살았던 것은 아니다.

기차가 전복한 데에는 수없이 많은 원인들이 있었다. 트럭 운전사의 가정불화와 하청건설업체의 부실시공이 가장 직접적인 원인이었지만, 그 배후에는 철도청과 공사수주업체였던 대기업의 관리 책임이 있었다. 물론 그 모든 것을 총괄하는 정부의 책임도 있었다. 위락지 건설을 맡았던 대기업이 공사수주 과정에서 정부 관계자에게 금품을 제공한 사실을 비롯하여 각종 비리가 속속 드러났다. 그중에는 대통령의 인척도 있었다.

언론이 사고 배후에 얽혀 있는 비리를 보도하고, 그 비리를 덮으려는 또다른 비리를 보도하고, 그러다가 자체 내부의 비리까지 보도하는 동안, 피해자 가족들의 슬픔은 비리에 찢겨나간 넝마조각 같아졌다. 사고의 배후가 하나씩 밝혀질 때마다 희중은 다른 모든 피해자 가족들이 그랬던 것처럼 피가 거꾸로 솟는 듯한 분노에 휩싸였다. 나라를 통째로 갈아엎는다고 해도 시원치 않을 것 같은 분노였다. 피해자 가족들이 악을 쓰고 울음을 터뜨리는 소리가 사고현장을 방불케 했다. 희중 역시 악을 쓰고 울음을 터뜨렸다. 그러나 그날 이후, 희중은 더는 모임에 나가지 않았다. 아니, 나갈 수가 없었다. 극심한 분노와 고통의 뒤끝에 남는 슬픔이 그 분노와 고통보다 더 끔찍했다. 살아 있는 날의 그 시간들이 죽음만도 못하게 여겨졌다.

며칠 전 대책위에서 온 메일은 사건 관계자들의 재판 상황에 관한 것이었다. 사고 직후, 관계자들을 적발하는 것이 이례적으로 신속했고 재판도 놀라울 정도로 빠르게 진행이 되었다. 일주일 후가 첫 재판이 있는 날이라고 했다. 판결 결과가 진상 규명과 보상처리에 심대한 영향을 미칠 것이므로 그 어느 때보다 피해 가족들의 단합된 힘이 필요하다는 게 메일의 주된 내용이었다. 희중은 그 메일을 끝까지 읽기는 했지만 여전히 모임에 나갈 생각은 들지 않았다. 기차가 온몸을 밟고 지나가는 듯한 고통과 공포가 다시 생생하게 느껴졌다. 사고 이후 희중은 어떤 종류의 열차도 탈 수가 없었다. 전철도 마찬가지였다.

그러나 경찰서 앞에서 상윤과 멱살잡이를 한 후, 희중의 생각이 달라졌다. 상윤처럼 주먹을 날리지는 않더라도 어쩌면 고통과 대면하는 다른 방법이 있을지도 모를 일이다.

모임 장소는 서울역 근처였다. 상징적으로 정했을 그곳 회의장 창밖으로 거미줄처럼 복잡하게 얽힌 선로가 보였다. 그 복잡한 선로들을 타고 기차들이 느리고 빠르게 달려갔다. 수많은 사람이 죽었어도 기차는 여전히 달리고 있고, 사람들은 여전히 그 기차를 탔다. 대체, 세상에, 달라지는 것은 무엇이란 말인가.

희중처럼 일찍 도착한 사람들이 몇 명씩 모여 재판에 대해 의견을 나누고 있었다. 재판이 빠르게 진행되는 것은 유죄 확정을 신속하게 함으로써 무죄 방면 또한 앞당기기 위한 것이라는 말에 희중은 귀를 기울였다. 재판에 회부된 대기업의 건설회사는 기차사고 직전에 동남아의 한 나라와 엄청난 건설 계약을 따냈다. 기차사고가 나기 직전까지 그 소식이 매일 아침 떠들썩하게 뉴스를 장식했다. 사고가 나고 건설회사의 비리가 드러난 후, 몇몇 네티즌들이 야유하는 댓글을 달았다. 동남아의 어느 나라는 감사해야 할걸. 하마터면 거기도 다 죽을 뻔. 그러나 그 밑에는 또 이런 댓글도 달렸다. 기차사고로는 겨우 몇십 명이 죽었지만, 거기 공사로는 오천만이 산다. 또 이런 댓글도 달렸다. 내가 아는 사람은 아무도 안 죽었는데, 히히.

그 와중에 누군가의 흐느끼는 소리가 들렸다. 희중이 고개를 돌려 바라보다가 깜짝 놀랐다. 흐느껴 울고 있는 젊은 여자가 조안처럼 보였던 것이다. 정말 놀랄 정도로 조안을 닮은 여자였다. 키도 체구도 얼굴형도, 심지어는 헤어스타일까지 같았다.

울지 마요.

희중이 속으로만 중얼거렸다.

당신도 누군가를 위해 살아 있는 거잖아요. 그 사람을 위해서라도 더는 울지 말아요.

속으로만 중얼거린 말이었는데, 마치 알아듣기라도 한 것처럼 여자가 고개를 들어올려 희중을 바라보았다. 순간 희중이 비틀했다. 여자의 눈이 보이지 않았다. 눈물이 줄줄 흘러내리고 있는 눈이 그대로 시꺼먼 구멍이었다.

　더는 회의장에 있을 수가 없을 것 같았다. 머릿속이 웅웅 울려 금방이라도 뇌가 터져버릴 것만 같았다. 발작이라도 일으키게 될 것 같은 징후였다. 덜덜 떨리는 걸음걸이로 회의장을 나서다가 희중은 막 들어서고 있는 누군가와 어깨를 부딪쳤다. 어디선가 본 듯한 얼굴의 남자였다. 그러나 그때부터 회의장과 복도의 모든 사람들이 다 어디선가 본 듯한 얼굴이었고, 다 견딜 수가 없는 얼굴들이었다. 그것은 바로 자신의 얼굴이었으며 구멍으로만 남은 눈을 가진 자들의 얼굴이었다. 희중은 허겁지겁 엘리베이터를 탔다.

　지하 삼층의 주차장에서 엘리베이터를 내렸지만 차를 찾을 수가 없었다. 주차장 전체를 몇 번이나 맴돈 끝에야 간신히 차를 찾기는 했지만 이번에는 시동을 걸 수가 없었다. 희중은 당장이라도 터져나올 것 같은 울음을 간신히 참으면서 열쇠를 돌리고 또 돌렸다. 제발, 누가 날 좀 집까지 데려다줘요! 희중은 기어코 핸들에 얼굴을 묻었다.

　'이 차 타요! 데려다줄게요!'

　희중은 고개를 들었다. 아무도 보이지 않았다. 그러나 익숙한 목소리였다. 사고 당일 그를 현장까지 태워다주었던 사람이 그렇게 말했던 것을 희중은 기억했다.

　그랬다. 지금 희중에게 필요한 것은 그를 어딘가로 데려다줄 존재였다. 불이 타오르고 피가 튀고 숨이 끊기는 그런 사고현장이 아니라 세상에서 가장 안전한 곳으로 데려다줄 존재였다. 아무 일도 일어나지 않던 날들의 안전하고 포근한 집. 밤마다 깊은 잠이 쏟아지고 아침마다 졸린 눈이 나른하게 떠지던 집. 그리고 또다시 시작되던, 아무 일도 일어나지 않는 하루. 그러나 희중은 이제 다시는 그런 곳에 이를 수가 없을 것 같았다. 혼자 힘으로는 도저히 그럴 수 없을 것 같았다.

그날, 집으로 돌아가면서, 희중은 길을 헤맸다. 그가 살고 있는 도시로 진입하는 인터체인지를 잘못 들어선 것이 시작이었다. 신도시가 건설되면서 두 개의 인터체인지가 더 만들어지는 중이었다. 한 인터체인지는 막혀 있었고 또하나는 공사용 차량들만 출입이 가능한 가설 도로였다. 그 두번째 인터체인지로 들어서버리고 말았던 것이다.

해가 지면서부터 안개가 짙게 깔리기 시작했다. 전조등을 켠 희중의 차가 뿌연 도로 속으로 서서히 진입해들어갈 때, 트럭 하나가 옆에서 굉음을 울렸다. 어마어마한 크기의 트럭이었다. 그 트럭을 피하려다가 잠시 핸들을 놓쳤다. 차가 비틀거리는 듯하다가 곧 중심을 잡았다. 돌아나갈 길을 찾기 위해 룸미러를 보던 희중의 얼굴이 질렸다. 그의 차를 쫓아오고 있는 트럭의 행렬이 끝도 없었다. 그 끝도 없는 트럭들이 일제히 경적을 울려대기 시작했다. 이 꼬마야, 비키지 못해! 마치 욕설이라도 하듯이.

차를 세우려고 했지만 갓길이 보이지 않았다. 안개 때문인지, 아니면 모래바람 때문인지, 갓길 하나 없이 일자로 뻗어 있는 도로의 전방으로는 고층 건물의 구조물들만이 음산하게 바라보였다. 트럭들은 계속해서 경적을 울려댔다. 그것은 희중의 작은 차가 낼 수 있는 따위의 그런 경적 소리가 아니었다.

구웅, 구웅……

세상의 모든 구멍을 울리는 소리였다. 희중의 등이 땀에 축축이 젖었다. 트럭 하나가 마침내 희중의 차를 추월했다. 그것은 마치 희중의 차를 옆으로 밀어낼 것처럼 위협적인 추월이어서 희중의 입에서 비명소리가 터져나왔다. 희중은 핸들을 잡은 손에 힘을 주며 옆의 트럭을 올려다보았다. 그 순간 희중은 비명소리조차 낼 수가 없었다. 트럭의 운전자가 해골이었다. 활활 불타고 있는 해골이었다.

6

대전 어머니에게서 전화가 걸려왔다. 희중은 자신이 기억할 수도 없게 오랫동안 어머니에게 전화를 걸지 않았다는 사실을 깨달았다. 기다리다 못한 끝에 어머니가 또 먼저 전화를 걸어온 것이다. 주눅든 어머니의 목소리를 듣는 희중의 마음이 좋지 않았다. 전화를 걸어야 한다는 생각은 늘 있었지만, 희중은 번번이 그 시기를 놓쳐버렸다. 맹세코, 어머니가 상상하듯이, 그가 어머니에게 책임을 묻고 있는 것은 아니었다. 조안이 겪은 기차사고에는 수많은 책임자들이 있었지만, 그중에 어머니가 짊어져야 할 책임 같은 건 결코 없었다.

그날은 죽은 아버지의 생일이었다. 하필이면 아버지가 그날 태어난 건 어머니의 잘못일 수 없었고, 평생 기일도 안 챙기던 어머니가 느닷없이 아버지의 생일까지 챙기려고 했던 것도 이해할 만한 이유가 있었던 일이었다. 손자가 생겨났으니 집안에 역사도 생겨난 것이다. 어머니는 그날 희중이 아들을 데리고 선산에 다녀오기를 바랐다.

그래도 한번 보여주기는 해야 할 거 아니냐.

무심한 듯 하는 말이었지만 희중은 어머니의 마음을 짐작했다. 아버지가 세상을 뜬 당시 어머니는 신도 수가 얼마 안 되는 신흥종파의 교회를 다니고 있었다. 아마도 종교적인 이유로, 어머니는 제사도 지내지 않았고 특별히 추모의 자리를 만들지도 않았다. 다만 기일의 저녁이면 다른 날보다 좀더 긴 기도와 좀더 긴 침묵이 이어졌을 뿐이다. 어머니가 그 교회를 더는 다니지 않게 된 이후로는 그마저도 사라져 아버지의 죽음, 혹은 존재까지도 그들에게서 완전히 잊힌 듯했다. 기일이 그러했으니 생일은 더 말할 나위도 없었다.

어머니는 '니들 식구끼리만' 다녀오라고 했다. 당신은 귀찮아 안 가겠다고 했으나, 조안이 고집을 피웠다. 그 이튿날이 어머니의 생일이기도 했기 때문이다. 그날이 아버지의 생일인 것은 물론이고 그 이튿날이 어머니의 생일이라는 것도 희중은 모르고 있었다. 음력으로 쇠는 아버지의 생일은 그렇다고 치더라도, 양력으로 쇠는 어머니의 생일까지 잊고 있었던 것이다. 조안이 그 사실을 일깨워주기 전까지만 해도 희중은 평일에 휴가까지 내가면서 어린 아들을 데리고 죽은 아버지를 보러 먼길을 갈 생각이 없었다. 그러나 그 사실을 안 후에는 그것이 아버지를 위한 제의일 뿐만 아니라 어머니를 위한 제의이기도 하다는 생각이 들었다. 어차피 아버지에게 아이를 처음 보여드려야 한다면 죽은 날보다는 태어난 날이 더 어울릴지도 몰랐다. 아니, 분명히 그러할 것이다.

선산은 어머니의 집에서 기차로 두 정거장 거리에 있었다. 조안이 어머니를 모시고 다시 기차로 그곳까지 갈 작정이었고, 희중도 그곳 기차역에서 합류할 생각이었다. 그러니까, 그날은 그들 모두가 기차를 타기로 한 날이었던 것이다.

그러니 어머니에게 무슨 잘못이 있겠는가.

뭘 자꾸 성가시게 나까지 가자고 한다니. 어머니는 끝까지 가기 싫다는 듯이 말을 했지만, 어머니의 그날을 상상하는 것은 어렵지 않다. 어머니는 김밥을 싸고, 전을 부치고, 싱싱한 과일을 보기 좋게 깎아 꽤 오랫동안 쓸 일이 없었던 찬합을 꺼내 담았을 것이다. 선산에 도착하는 시간이 다 저녁때가 될 거라는 것쯤은 아무 상관이 없었을 것이다. 어머니의 그날이 갑자기 소풍이 되었을 게 틀림없었다. 조안이 무사히 도착하기만 했다면, 조안은 그저 그 소담스러운 소풍 도시락을 달랑 손에 들고 어머니의 팔짱을 끼기만 하면 되었을 것이다.

어머니는 다정하고 자상한 시모였고, 조안은 애교가 넘치는 며느리였다. 무슨 때마다 늘 바빠서 휴가를 내기 어려운 희중보다 먼저 조안이 대전집에 내려가곤 했다. 시어머니와 며느리는 수다를 떨며 같이 밥을 먹고 같이 장도 보고 또 같이 방바닥에 드러누워 티브이도 보았다. 희중이 많이 늦는 날에는 둘이 고스톱을 치고 있기도 했다. 문을 열어주며 어머니가 앓는 소리를 내곤 했었다.

"쟤가 내 돈을 다 따갔다. 아주 도적 년이 따로 없다."

"며느리한테 욕하는 사람은 엄마밖에 없어요!"

그렇게 대꾸를 하는 건 조안이었다. 조안은 희중의 어머니를 '엄마'라고 불렀다. 대학에 들어가면서부터 '어머니'라고 불렀던 희중도 조안을 좇아 다시 '엄마'라고 부르기 시작했다. 엄마와 아들과 딸 같은 며느리는 늦은 저녁 밥을 한 끼 더 먹었다. 미역국과 조기와 갈비찜과

잡채 등이 거하게 차려진 상을 어머니가 다시 데웠다. 요리 솜씨가 형편없는 조안은 만들어놓은 음식을 데우는 것조차 제대로 하지 못해 너무 졸여놓거나 태워놓기가 일쑤였다. 어머니는 그때마다 달려가 "아우, 애!" 비명 같은 소리를 질렀고 조안은 민망해하지도 않으면서 소리를 내 웃었다.

달리 도움되는 일은 없었지만 조안은 어머니가 상을 차리는 내내 어머니 곁에 찹쌀떡처럼 붙어 있었다. 끝없이 묻고, 얘기하고, 깔깔 웃었다. 어머니는 욕도 거의 할 줄 몰랐는데, 희중이 결혼을 한 후부터 다니기 시작한 노인정에서 '년'자 붙은 욕을 배운 모양이었다.

"쟤가 아주 여우 같은 년이다."

조안과 어머니 사이에 무슨 문제라도 생긴 줄 알고 깜짝 놀랐던 희중은 나중에야 그것이 애정의 표현이라는 것을 알게 되었다. 나쁜 말을 해놓고도 칭찬받기를 바라는 어린아이처럼 그때 어머니의 눈이 반짝반짝했다. 어머니가 그렇게 어린아이 같은 모습을 보이는 것을 희중은 전에는 본 적이 없었다. 그것은 어쩌면 무구한 행복의 표현이었을지도 모를 일이다.

희중의 어머니가 처음부터 조안을 달갑게 여겼던 것은 아니었다. 딸을 키워보지 못했던 어머니는 일찌감치 어머니를 여의고 홀아버지와 새어머니 밑에서 자란 조안에게 겁을 먹었다. 싫어했다기보다는 겁을 먹었다는 표현이 더 정확할 것이다. 조안이 처음으로 희중의 집을 방문했을 때는 조안이 아니라 희중의 어머니 쪽에서 더 당황을 해 물컵을 쏟고, 식탁 아래로 흘러내린 물을 걸레가 아닌 행주로 닦았다. 조안이 같이 식탁 아래에 쭈그려앉아 그 물을 닦다가 둘의 머리가 부

덮쳤다. 조안은 웃음을 터뜨렸지만 어머니의 얼굴은 불에 덴 듯 새빨
갰다.

희중의 어머니를 겁먹게 한 것은, 살아 있는 동안 몇 번이나 보게
될지는 모르겠지만, 어떻든 조안의 마지막 새어머니라는 사람이 외국
인이라는 데에도 있었다. 조안의 아버지는 조안이 대학에 다니던 때
에 세번째 결혼을 해 그후로는 미국에서 살고 있었다. 희중이 조안의
새어머니가 멕시코 사람이라는 말을 했을 때, 어머니의 얼굴이 하얗
게 질렀다. 미국이나 영국이나 일본이나, 그 알 만한 나라들은 다 관
두고라도, 멕시코라고? 어머니는 태어나서 처음으로 멕시코라는 말
을 들어본 사람 같은 얼굴을 하고, 잠시 입을 벌린 채 앉아 있었다. 희
중의 어머니는 그 멕시코 사돈을 두 번밖에 보지 못했다. 한 번은 결
혼 일주일 전에, 그리고 또 한 번은 결혼식 날.

조안이 사고를 당하고 얼마 후, 조안의 아버지에게서 국제전화가
걸려왔다. 조안과 통화가 되지 않는다고 했다. 조안이 병원에 있을 때
였다.

아버지는 숨죽여 울었고, 곁에 있던 멕시코인 아내에게 사고 소식
을 짧게 전했고, 전화기 저쪽에서 스페인어가 아닌 영어로 "오, 갓" 하
는 소리가 비명처럼 들려왔다. 아버지의 울음소리가 멕시코 여자의 목
청 큰 소리에 파묻혔다. 조안의 아버지가 며칠 후에 귀국했을 때는 멕
시코 아내 없이 혼자였다. 그때 조안은 면회가 허용되지 않는 상태였
다. 사흘 동안 울기만 하던 조안의 아버지는 조안의 얼굴조차 보지 못
한 채 다시 미국으로 돌아가야만 했었다. 아버지와는 의절한 듯이 살
던 상윤이 공항까지 차를 몰아 배웅을 해, 오랜만에 아들 노릇을 했다.

조안의 아버지가 떠나기 전에 남긴 한 장의 사진이 있었다. 집에서 오 분 거리에 있다는 바닷가 사진이었다. 조안이 다 나으면 함께 와서 쉬다가 가라고 했다. 멕시코 아내와 함께하는 타코 식당이 아주 잘된 다고 했다. 조안이 병원에 있을 때 희중이 그 사진을 보여주었다. 조안은 사진을 손으로 쓰다듬으면서 언젠가 가보자고 말하며 가만히 미소지었다. 그러나 집으로 돌아온 조안은 비행기를 탈 생각을 하기는커녕 현관문조차 나서지 않았다. 안 하는 게 아니라 못하는 것이었다.

병원에서 돌아온 후 조안은 집에만 있었다. 현관문에 손을 대는 것조차 볼 수가 없었다. 어느 날은 집에서 음식물 쓰레기 냄새가 진동을 했고, 어느 날은 정수기 물에서 수돗물 냄새가 났다. 조안은 쓰레기를 버리러 나가지도 않았고, 필터를 교체해주기 위해 방문한 정수기회사 직원에게 문을 열어주지도 않았다. 희중이 퇴근을 해 들어올 때에도 현관 앞에서 그를 맞이한 적이 없었다. 주방에서 뭔가를 하고 있거나, 화장실에 있거나, 그도 아니면 마치 자다가 깼다는 듯이 침실에서 걸어나왔다. 의도적으로 피하는 것이 분명해 보였고 동시에 그런 자신을 들키고 싶어하지 않는 것 같았는데, 그녀가 그런 방식으로라도 피하지 않으면 안 될 것이 대체 무엇일까. 문이 열릴 때마다 들어오는 바깥의 바람과 냄새, 그리고 무엇보다도 기억. 조안의 바깥세상에서는 여전히 불이 타오르고 비명소리가 울리고 피냄새가 풍기는 듯했다. 의사의 말에 의하면 '오래 걸릴 병'이라고 했다.

조안은 전화도 받지 않았다. 핸드폰은 항상 전원이 꺼져 있었고, 집전화는 몇 번의 신호음이 울리다가 자동응답기로 넘어갔다. 집전화는 문자 송수신이 가능한 것이었다. 뭐 좀 사갈까? 저녁은 그냥 시켜먹을까? 그런 문자에 느리게 '응'이라는 대답이 돌아왔다. 그러나 오늘 마트에서 뭐 사갈까? 물어보면 대답이 없었다.

조안이 그렇게 되어버린 것에 대한 근거 없는 죄책감 때문에 어머니는 전화를 걸어놓고도 조안의 소식을 잘 묻지 못했다. 희중이 내리 혼자서만 말을 했다. 그러니까 건강은 어떠신지, 노인정에는 잘 다니고 계시는지, 집에 별다른 문제는 없는지. 전화를 끊기 직전에야 어머니가 참고 참았던 물음을 던졌다.

"많이 힘든 건 아니지?"

그렇지 않다고, 괜찮다고, 그런 말을 수천 번을 거듭한다고 해도 어머니를 안심시킬 가능성은 없었다. 자신의 진심을 이해시킬 가능성도 없었다.

희중은, 괜찮았다.

조안이 탄 기차가 바로 사고 기차라는 사실을 알았을 때부터 조안이 무사하다는 것을 확인할 때까지, 그의 유일한 소망은 조안과 아기가 살아 있기만 하면 된다는 것이었다. 그렇기만 하다면 무엇을 바쳐도 좋다고 생각했다. 그의 소망은 절반만 이루어졌다. 그러나 그에게는 이루어지지 않은 절반보다 남겨진 절반이 있었다. 어쨌든 조안은 살아 있는 것이다.

조안이 집 밖으로 나가지 않는다는 것을 제외하고는, 조안과 희중의 생활은 대체로 평화로웠다. 조안의 삶에 스케줄이라는 것이 완전히 사라져버렸기 때문에 희중의 생활 또한 그렇게 되었다. 모든 생활이 완전히 미니멀해졌다. 삶에 기름기가 쫙 빠져버린 것처럼.

조안이 집 밖으로 나가지 않기 때문에 그들이 하지 못하는 일은 고작 영화를 같이 보러 가는 일, 쇼핑을 함께하는 일, 같이 산책을 하거나 자전거를 타거나 여행을 하는 일, 그리고 친구와 지인 들을 같이 만나는 일 정도였다. 희중은, 괜찮았다. 사고 이후 영화가 싫어진 건 희중도 마찬가지였다. 그 역시 조안처럼 영화 속에 등장하는 폭력을 감당할 수 없었다. 아무리 가벼운 로맨틱 코미디 영화를 골라도 부지불식간에 폭력이 등장했다. 총알이 날아다니지 않고 차량이 폭발하지 않는다고 해서 비폭력적인 것은 아니었다. 로맨틱 코미디 영화의 주인공들도 상처를 입었고, 눈물을 흘렸고, 피를 흘렸다.

쇼핑은 혼자서도 충분했다. 그는 언제나 메모지를 지녀서 빠지는 것 없이 쇼핑을 할 수 있었다. 산책을 하지 못하고, 여행을 하지 못한다고 해서 인생에 큰 문제가 되는 것은 아니었다. 조안의 세상은 서른 평도 안 되는 아파트 안에 갇혀 있지만, 그것이 안전한 세상인 한, 좁다고 말할 수는 없는 것이었다. 희중과 조안은 그 작은 세상 안에서 얼마든지 무사하고 안전하고 평화로울 수 있었다.

일요일 아침, 희중이 조안과 온종일 함께할 수 있는 일주일 중 하루, 그들은 게으름을 한껏 부리며 침대에서 서로를 바라보고, 서로의 코와 이마를 간지럽히고, 아직은 생길 리가 없는 흰머리를 찾기라도 하는 듯 머리카락 사이를 뒤적였다. 아침의 은근한 햇살 속에서 빛나는 그들의 미소. 조안은 살아 있고, 희중도 살아 있었다.

일요일 아침은 희중이 준비했다. 희중은 조안의 일요일 아침식사를 위해 드레싱 만드는 법을 배웠다. 사고 이후 조안이 채식에 집착했기 때문이다. 새콤 상큼한 드레싱의 향기, 그리고 신선한 야채의 잎에 맺힌 물방울들. 그들은 오랜 시간을 들여 아침을 먹었다. 정성껏, 천천히, 아주 게으르게. 그들이 그렇게 함께 있는 한, 그것이 그들의 세계였다. 세계 어디든지일 수 있었다.

설거지를 하고 청소를 하고 그리고 조안은 요가와 명상을 시작했다. 희중은 소파에 앉아 조안이 몸으로 그려내는 선을 바라봤다. 하루도 빠짐없이 하다보니 조안의 요가 솜씨는 사고 전과는 비교할 수 없을 정도로 늘었다. 어느 일요일, 희중이 감탄에 차서 농담을 던졌을 정도였다.

"너, 그러다가 공중부양도 하겠어."

조안이 또 미소를 지었다. 그러느라 자세가 흐트러졌지만, 곧 다시 바로잡았다. 저 자세의 이름이 뭐였던가. 토끼의 자세였던가, 비둘기의 자세였던가. 아니면 뱀의 자세였던가.

그리고 오후, 그들은 함께 낮잠을 잤다. 낮잠이 잘 오는 것은 아니었지만, 낮잠을 자지 않으면 할 일이 너무 없었기 때문에 희중은 기를 쓰고 잠을 청했다. 사고 전에는 그런 한가한 낮시간 동안에 컴퓨터나 비디오 게임을 했었다. 사고 전, 희중이 이 인용 동작인식 게임기를 사온 적이 있었다. 이 인용 권투를 했을 때, 희중이 조안을 그야말로 묵사발로 만들었다. 조안이 모니터 안에서 그로기 상태가 되어 링에 쓰러졌다. 어찌나 참혹한 패배였는지 모니터 안의 조안은 평생 일어나지 못할 것처럼 보였다.

"마누라를 죽일 듯이 패놓고 나니, 좋니? 좋아?"

희중은 웃음을 터뜨렸지만 조안은 그때 정말로 화가 나 있었고, 그후로 다시는 희중과 게임을 하려고 하지 않았다. 희중도 컴퓨터를 상대로 하는 게임에는 재미를 못 느껴 곧 그 게임기는 무용지물이 되었다.

낮잠에서 깨어난 후에는 또 오전과 같은 시간이 반복되었다. 그들은 같이 앉아 티브이 홈쇼핑을 보고, 그리고 함께 저녁식사를 준비하고, 같이 설거지를 하고, 같이 침대에 누워 책을 봤다. 희중이 보는 책은 언제나 약학 관련 책이었고, 조안이 그 책을 옆에서 같이 봤다. 조안도 희중도 다시는 소설도 인문학 책도 보지 않았다. 힐링 서적도 자기 계발서도 보지 않았다. 영화를 볼 수 없는 것과 마찬가지 이유에서였다. 책은 기본적으로 폭력적이라는 것을 사고 후에야 알게 되었다.

그리고 밤, 그들은 잠자리를 가졌다. 희중은 조안의 벗은 몸을, 생생하게 살아 있는, 건강하게 자기 자리를 지키고 있는 팔과 다리를 매번 처음인 것처럼 만졌다. 그녀의 중심으로 들어가기 직전, 그리고 그녀의 중심에 자신을 쏟아부을 때, 희중은 항상 슬프고도 벅찬 감격을 느꼈다. 어쨌든 그들은 살아 있고, 지금도 여전히, 함께 있는 것이다. 그러므로 희중은 괜찮았다. 천 번 아니라 수천 번이라도 그렇게 말할 수 있었다. 아니, 그렇게 말해야만 했다.

7

아파트를 보러 오겠다는 전화가 걸려오기 시작했다. 조안이 과연 낯선 사람들을 견딜 수 있겠는지 불안한 마음이 들기는 했지만 어떻든 치러야만 할 일이기는 했다.

처음 집을 보러 온 사람은 결혼식을 앞둔 예비 신부라고 했다. 예의도 바르고 눈치도 밝은 사람이었다. 조안은 침실에만 머물고 있었는데, 그런 조안에게 방해가 되지 않도록 조용조용 발소리를 죽여가며 집안을 둘러보았다. 중개인에게 뭔가를 물어볼 때도 속삭이듯 말했다. 침실을 살펴볼 때는 문가에서 들여다보기만 했고, 작은방의 닫힌 문을 봤을 때는 열어봐도 되겠느냐고 먼저 물었다. 그러고는 희중이 대답하기도 전에, 아니라고, 괜찮다고 했다. 아무래도 자기한테는 너무 큰 집 같다고, 희중이 아닌 중개인에게 또 한번 속삭이듯이 말을 했다. 진심을 말하는 것 같지가 않았다. 그 조심스러운 아가씨는 무언가, 이 집의 불길한 비밀을 눈치챈 것일지도 몰랐다.

예비 신부와 중개인이 집을 떠나고 나서도 조안은 한참 동안 침실에 그대로 머물러 있었다. 가슴에 손을 얹고 있는 자세가 방문객들이 들어설 때부터 떠날 때까지 한순간도 달라지지 않았다. 저녁, 불을 밝혀놓지 않은 침실이 어두웠다. 거울에 비친 조안의 얼굴이 어둠 속으로 서서히 지워져가는 그림자처럼 보였다. 그렇더라도 조안이 낯선 방문객을 견뎌냈다는 사실은 여전했다. 비록 희중이 함께 있었고 그녀는 침실 바깥으로는 나오지도 않았지만, 그렇더라도 고무적인 일이 아닐 수 없었다. 그들이 돌아가고 난 후, 희중의 얼굴이 한결 밝아졌다. 조안의 표정을 보기 전까지는 그랬다. 조안의 얼굴이 나무토막 같았다. 감정도 온기도 느껴지지 않는 얼굴이었다. 마치 이목구비를 새기다 만, 혹은 마모되거나 타다 남은 목상처럼.

"조안……"

잠자리에 누웠을 때 희중은 조안의 이름을 낮게 불렀다. 뭔가 나눠야 할 말이 있으리란 생각이었는데, 조안은 대답 대신 희중의 손을 잡았다. 차갑고 축축한 손이었다.

사고 이후 조안의 손은 늘 땀으로 축축했다. 팔도 다리도 멀쩡하고 손가락 하나 어긋난 데가 없는데 보이지 않는 곳들에서는 무언가가 굴절되고 뒤틀려 있는 듯했다. 몸무게가 준 것은 물론이고 생리도 끊겼다. 샤워를 하고 나온 후에는 샤워부스의 수챗구멍에 빠진 머리카락이 수북했다. 아무리 더운 날에도 손과 발의 냉기는 사라지지 않았다. 그런 손을 잡고는 무슨 말도 할 수가 없었다.

두번째로 집을 보러 온 사람은 중년의 남자였다. 자기가 살 집이 아니라 외국에서 귀국하는 동생의 집을 대신 보러 다니는 중이라고 했다. 그는 마치 쇼핑 목록을 들고 마트에 온 사람 같았다. 이 방 저 방의 문을 획획 열어보고 싱크대 수납장을 열어보고 수돗물도 틀어보았다. 그 모든 게 마치 속도전을 치르는 듯했다. 작은방의 문을 열어볼 때도 그랬다. 물어보지도 않은 채 획 열어보고는 다시 획 닫았다.

조안은 이번에도 침실에만 있었다. 이번에는 가슴에 손을 얹는 대신 침실에서 베란다로 통하는 문을 바라보고만 있었다. 그 뒷모습은 뭔가를 있는 힘을 다해 참고 있는 듯도 했고, 뭔가를 체념한 것처럼도 보였다.

괜찮은 거니?

희중은 조안의 뒷모습을 보면서 속으로만 물었다. 괜찮지 않다는 대답이 돌아오면 어찌할 것인가. 이사는 이제 피할 수가 없게 된 일이었다. 개업할 상가 자리를 계약한데다가 다니던 약국에도 이미 퇴직을 통보한 상태였다. 무엇보다도 그들은 이제 다시 시작해야만 했다. 아이와의 추억이 남아 있는 집을 떠나, 무엇이든 다시, 새롭게. 희중은 조안이 자신의 그런 마음을 알아주기를 바랐다.

집이 나갔다는 주인의 전화가 걸려왔다. 개업할 상가 근처에 미리

봐놨던 아파트가 여전히 비어 있는 상태여서 이사 날짜가 쉽게 잡혔다. 조안은 침대에 걸터앉은 채 눈을 내리깔고 희중의 말을 들었다.

"괜찮겠어?"

희중은 이번에야말로 묻지 않을 수 없었다. 이사도, 문밖으로 나가는 것도, 이삿짐센터 직원들이 우르르 몰려다니는 것도, 다 조안이 견디지 않으면 안 될 일이었다. 약의 용량을 늘린다고 해서 그 모든 일들이 한꺼번에 다 견뎌질지 알 수 없었다. 중요한 것은 조안의 마음이었다. 이 집을 떠날 수 있다고 스스로 믿지 않으면 안 되는 일이었다. 약을 처방하는 것은 그후의 일일 것이나, 어떻든 희중은 약 용량을 늘리기는 해야 할 것이다. 조안이 약기운에 취해 있는 동안 모든 일이 감쪽같이 끝나도록…… 아니, 아예 푹 자버리도록, 모든 일이 다 끝날 때까지 아주아주 길게 잘 수 있도록, 게다가 그 긴 잠 동안 좋은 꿈까지 꿀 수 있도록…… 그러나 그런 마법의 약은 대체 어디에 있단 말인가.

조안은 대답하지 않았다. 그러나 팔을 들어올렸고, 희중을 가만히 끌어안았다. 희중의 가슴에 얼굴을 묻고 조안은 혹시 눈물을 흘렸을까. 퇴원한 후, 조안이 우는 것을 본 적이 없었다. 눈 속에 가득 고인 것이 눈물 같을 때도 그 눈물이 뺨으로 흘러내리지는 않았다. 그래서 그 눈물이 희중의 가슴속에서 흘렀다.

무슨 말을 하면, 어떻게 말을 하면 널 사랑하는 내 마음이 다 너한테 갈 수 있을까.

조안을 안은 채로 희중은 홀로 속으로 속삭였을 뿐이다.

이사 전날 밤에는 상윤이 왔다. 가까운 곳으로의 이사였고 포장이사를 할 거라 일손이 필요하지 않은데도 상윤은 요란스럽게 부산을 떨어댔다. 귀중품을 따로 잘 챙겨놓으라고 잔소리를 한다든가, 쓸데 없이 신발장이나 다용도실 따위를 열어보는 식이었는데, 정작 상윤의 의도는 다른 데에 있었던 모양이었다.

"그 방 안 치웠지?"

베란다로 희중을 불러내 상윤이 목소리를 낮춰 물었다. 희중은 문을 먼저 살폈다. 거실 쪽으로도 침실 쪽으로도 문은 모두 닫혀 있었다. 상윤이 베란다에서 담배를 피울 때는 늘 그렇게 문을 먼저 닫아두곤 했었다.

"형이 하기 그러면…… 내가 대신 하든가."

작은방의 아이 짐들을 걱정하고 있는 것이다.

그러나 아이의 짐들은 이미 다 정리가 된 상태였다. 조안이 깊이 잠들어 있는 밤에 희중은 그 일을 혼자서 했다. 소리 죽여, 가만가만히. 조안이 병원에 있는 동안은 엄두도 내지 못했던 일이었다. 아이의 짐을 정리한다는 것은 다시 한번 아이를 죽이는 것처럼 고통스러운 일이어서 그는 차라리 자신의 팔다리를 잘라내는 것이 낫겠다고 여겼다. 그러나 이제 그들은 다시 시작해야 했다. 다시 시작한다고 해도 흔적은 남겠지만, 그것은 몸속 깊이 들어가 더욱 깊은 염증이 되겠지만, 그래도 그들은 그렇게 해야 했다.

희중이 아이의 가구와 물건 들을 밖에다 내다버리기도 하고 잘 싸서 치워놓기도 하는 동안 조안은 한 번도 깨어나지 않았다. 부디 그러기를 바란 건 자신이었고, 그래서 수면제의 용량을 늘려주기까지 했으면서도, 막상 깨어나지 않는 조안을 보자 희중의 마음속에서 뭔가

모든 빛깔들의 밤 61

가 울컥했다.

마치 이건, 세상이 두 조각이 난다고 해도 깨어나지 않을 것 같은 잠이 아닌가.

"내가 했어."

희중의 대답에 상윤은 뜻밖이라는 눈빛이었다. 혹시 상윤은 비난이라도 퍼부으려는 것일까. 어떻게 아이 아빠란 사람이 그렇게 쉽게 아이의 물건을 치워버릴 수 있느냐고. 잃은 지 얼마나 되었다고. 그럴 수가 있느냐고. 그렇게 말하고 싶은 것일까.

"그런데 신발장에…… 신발이 있더라고."

상윤의 말이었다. 희중은 하마터면 '무슨 신발?' 물어볼 뻔했다. 걸음마도 못 뗐던 아이의 신발이 방에도 아니고 신발장에 있다니. 죽은 아이에겐 신발이 아주 많았다. 조안과 희중의 친구들이 약속이나 한 듯이 아이의 백일 선물로 신발을 선물했었다. 그중에는 두 돌 세 돌이나 되어야 신을 수 있을 것 같은, 그러나 정말이지 멋진 수제 가죽신발도 있었다. 아이가 죽고 조안이 병원에 있을 때, 희중은 아이의 그 신발들을 아이의 방 바닥에 가지런히 늘어놓고 가만히 바라보곤 했었다. 그러면 아이가 돌아와 생애 첫 신발을 신고, 그다음엔 한 치수 더 큰 신발을 신고, 그다음엔 희중의 눈앞에서 마구 뛰어다니는 모습이 보이는 듯했다. 희중이 그때마다 울음을 참지 못했었다.

그런데 그 신발이 신발장에 있다니. 희중의 얼굴이 곧 붉게 달아올랐다. 사고 직후 만취했던 어느 날의 기억이 떠올랐다. 그날 아이 방에서 몸부림을 쳤었다. 드러누워 뒹굴다가 발길질을 하고, 일어나 앉아 방바닥을 내리치고, 있는 대로 악을 쓰기도 했었다. 그때 아이의 신발 하나가 눈에 띄었다. 만화영화 주인공 기관차 토마스의 그림이 그려져 있는 신발이었다. 그는 악을 쓰며 그 신발을 창밖으로 던져버렸다. 그러고도 견딜 수가 없어 그는 곧장 집 밖으로 달려나갔다. 그 신발을 잘근잘근 밟아주거나 찢어발기지 않으면 못 견딜 것 같은 심정이었는데, 막상 화단 위에 떨어져 있는 그 나뭇잎 배 같은 신발을 보자 울음이 터져나왔다. 그때 그 신발을 도로 가져와 신발장에 넣어두었던 것이다.

조안이 먼저 침실로 들어간 후, 희중은 상윤을 배웅하면서 신발장을 열었다. 만취했던 날의 격렬했던 고통이 떠올랐지만 내색하지 않고 신발을 꺼냈다. 상윤이 그 신발을 물끄러미 바라보다가 혼잣말을 내뱉었다.

"무슨 이따위 신발이 다 있어."

상윤도 기관차 토마스의 그림을 본 것이다. 희중이 앞장서 현관문을 열려고 할 때였다.

"토마스야."

갑자기 뒤에서 들려온 목소리였다. 거의 기절을 할 듯이 놀란 희중과 상윤이 뒤를 돌아보았을 때, 조안이 거기 서 있었다. 조안이 다시 내뱉듯이 말했다.

"병신. 넌 토마스도 몰라."

8

소도섬에 여름이 다가올 무렵이었어요.

기관차들은 아주 바빴어요.

토마스는 바닷가의 관광객들에게 비치의자와 바람막이를 실어다줄 작정이었지요. 시원한 바다와 푸른 파도, 그리고 아이들이 뛰어노는 모래사장을 보러 갈 생각을 하니 어느새 마음이 설렜답니다. 토마스도 아이들과 함께 모래성을 쌓고 싶었어요.

토마스가 출발을 하려고 하는데 디젤이 다가왔어요. 그러고는 절벽의 저주를 아느냐고 물어보는 거예요. 해변에 도착하려면 토마스는 터널을 한 번 지나고 절벽을 한 번 지나야 했거든요. 디젤이 음산한 얼굴로 말을 하기 시작했어요.

절벽을 지날 때 곳에서부터 안개가 퍼져와서 아무것도 보이지 않게 되는 거야. 네가 아무리 불을 밝혀도 아무것도 보이지 않아. 그냥, 안개 속을 헤쳐나가야 하는 거지. 끝이 어딘지도 모르면서. 그럴 때는 소리도 안 들려. 정말로 아무 소리도 들리지 않는다고. 그리고, 넌 영원히 사라지게 되는 거야.

토마스, 넌 영원히 안개 속으로 사라지게 되는 거야.

아이는 발육이 그리 빠른 편은 아니었다. 다른 아이들보다 뒤집기를 하는 것도 조금 늦었고, 팔 개월이 될 때까지 뭘 붙잡고 일어서려는 시도도 하지 않았다. 그러나 티브이에 대한 반응은 대단했다. 만화영화 〈꼬마 기관차 토마스와 친구들〉을 틀어주면 꼼짝도 않고 앉아 빨려들어갈 듯이 그걸 봤다. 때로는 음악에 맞춰 흔들흔들 몸을 흔들기도 했었다. 희중과 조안은 아이가 장차 예술가가 될 거라고 믿었다.

"누나가 나한테 화가 많이 난 건 알겠어."

편의점 앞 간이의자에서 캔맥주를 따며 상윤이 또 풀이 죽은 목소리로 말했다. 밤바람이 차가웠다. 곧 비가 올 것처럼 습기를 머금은 바람이었다. 냉장고에서 꺼내온 캔맥주는 이가 시릴 정도로 차가웠다. 희중은 캔맥주 한 개를 다 비우지 않았는데, 곧 운전을 해야 할 상윤은 어느새 세 캔째의 맥주를 따고 있었다. 대리를 부르면 된다고 말을 하고는 있었지만 보나 마나 음주운전을 할 것이 뻔했다.

"그렇지만 토마스를 모른다고 내가 병신인 건 아니잖아."

"신경쓰지 마."

"알아. 내가 못된 놈인 거. 장난감 한 번 제대로 사준 적이 없었으니까. 그렇지만 너무 어렸잖아. 장난감 총을 사줬으면 그걸 빨아먹고 있었을걸. 장난감가게에 갔었다고. 정말이야. 그런데 그게 다 그 녀석 입속으로 들어갈 물건으로만 보이더란 말이야. 총이든 칼이든, 기차든 자동차든, 다 그랬다고."

"알았어. 그만해."

"형한테도 그래?"

"뭐가?"

"누나, 형한테도 그러냐고."

희중은 대답하지 않았다. 아니, 대답할 수 없었다. 조안은 상윤에게와는 달리 희중에게는 어떤 노여움도, 불안도, 슬픔도 표현한 적이 없었다. 그러나 조안이 미소지을 때 희중의 마음이 그 미소로 인해 환해진 적도 없었다. 조안과 함께 나란히 앉아 홈쇼핑을 볼 때, 그 앉은 자리가 편안해본 적도 없었다. 자신에게는 늘 부드러운 조안이었지만,

그녀가 상윤에게 쌀쌀맞게 굴 때, 혹은 욕설을 내뱉을 때 희중이 똑같이 풀이 죽고, 똑같이 가슴이 내려앉는다는 것을 상윤은 알지 못할 것이다.

상윤의 캔맥주가 아직 남아 있음에도 희중은 자리에서 일어섰다. 상윤도 그 맥주를 마저 다 마시고 싶은 생각은 없는 모양이었다.

"대리 안 불러?"

"차에서 좀 자다 갈게."

상윤의 차가 주차되어 있는 곳까지 가는 동안 문신을 한 사내 하나가 마주 걸어오는 것이 보였다. 팔뚝의 문신이 워낙 요란스러워서 지나가는 사람 누구나의 눈길을 끌 만했다.

"싸움질 좀 하지 마."

느닷없이 나온 말이었다. 그러고는 희중은 홀로 쓸쓸하게 웃었다. 깡패한테 싸움하지 말라는 말은 혹시 쌀집 아저씨한테 쌀을 팔지 말란 말과 같은 것은 아닐까. 상윤의 공식 직함은 무슨 바의 영업이사였다. 희중은 그 바에 가본 적이 한 번도 없었다. 아마 조안도 마찬가지일 것이다. 한번 가볼까, 희중이 물었을 때 상윤이 나름 머리를 짜내 대답한 말은 이랬다.

"형이 만일에 삼성전자에 다닌다고 그 가족들이 삼성전자 사무실에 와보는 건 아니잖아."

조안이 그때 소리를 내 웃음을 터뜨렸었다. 상윤의 어릴 적 꿈이 삼성전자에 다니는 것이었다고 했다. 그렇게 되면 모든 전자제품을 공짜로 갖게 되는 줄 알았다는 것이다. 희중으로서는 어리둥절한 일이 아닐 수 없었다. 어린아이가 갖고 싶은 전자제품들이란 과연 무엇이었을까.

"어릴 때 말이야."

상윤이 걸어가면서 말했다.

"누나하고 둘이서만 집에 있을 때가 참 많았어. 아버진 외국에 출장 가 있거나 아니면 늘 회사에 있었고, 새엄마도 그랬거든. 그 여잔 차라리 집에 없는 게 나았지. 그년, 진짜 쌍년이었거든. 아버지가 집에 있을 때에도 몰래 막 내 귀를 잡아당기고 팔뚝을 꼬집고 그랬어. 아버지가 집에 없을 때는 밥도 잘 안 줬다고. 이거 진짜야. 내가 밥투정을 한 게 아니라 그 쌍년이 밥을 잘 안 줬단 말이야. 그래서 상순이하고 둘이서만 집에 있게 되면, 그게 그렇게 좋은 거야. 누나는 내 말이면 뭐든지 다 들어줬거든. 놀자 그러면 놀고 밥 달라면 밥 주고, 돈 달라고 그러면 돈도 줬어. 머리도 빗겨주고 옷도 입혀주고, 쪽팔리지만 어떤 땐 목욕도 시켜줬다니까. 중학교 때 파출소에 처음 끌려갔을 때도 누나가 왔어. 누나는 그때 겨우 고등학교 이학년이었는데, 그때 누나가 얼마나 이뻤던지……"

그러면 그렇지. 상윤이 또 울려고 하고 있었다.

"파출소 순경들이 말이야. 쌍순이한테 혹해가지고는 어떻게 한번 꼬셔볼려고…… 겨우 고등학교 이학년짜리를, 그 개새끼들이. 그날 파출소에서 나오면서 쌍순이하고 약속했었어. 다시는 싸움질 같은 거 안 한다고."

상윤이 얼굴을 문질렀다.

"내 말은 말이야. 난 말이지, 한 번도 약속 같은 걸 지켜본 적이 없는 놈이라는 거지."

상윤이 또 한번 말을 멈췄다가 이었다.

"그래도 말이야. 약속은 못 지켜도, 쌍순이는 내가 지킬 거야."

희중은 한숨을 내쉬었다.

"쌍순, 괜찮은 거지?"

아무리 생각이 없다고 해도 상윤도 알 건 아는 것이다. 조안은 괜찮지 않았다. 조안은 괜찮을 수가 없었다. 괜찮은 사람은 오직, 괜찮지 않은 조안이라도 자신과 함께 있어주는 게 고마울 따름이라고, 믿고 또 믿고 싶은 희중뿐일지도 몰랐다.

"가라."

희중이 대답 대신 말했을 때였다. 상윤이 여전히 몸을 돌리지 않은 채로 물었다.

"그런데, 누나, 아직도 기억 못하는 거야? 아직도 그런 거야?"

"뭘?"

상윤은 더 이어 묻지 못했다. 희중 역시 뭘, 이라고 되묻긴 했지만 정말로 못 알아들은 건 아니었다. 아이의 죽음에 대해 조안이 무엇을 기억하고 있는지, 또 무엇을 기억하지 못하는 것인지, 상윤은 그걸 묻고 싶은 것이다. 특정한 부분만을 기억하지 못한다는 심인성 기억상실. 조안이 입원해 있을 때 의사가 진단했던 병명 중의 하나였다. 사고 이후 다행이라고 생각했던 유일한 순간이 있었다면 바로 그 진단을 받았을 때였을 것이다.

세상에는 기억하지 못하는 것이 훨씬 나은 일도 있는 것이다.

9

상윤을 보내고 나서였다. 놀이터 근처에서 누군가의 비명소리를 들은 것 같았다. 희중은 힐긋 뒤를 돌아보았다. 다시 한번 비명소리 같은 것이 들렸는데, 소리는 놀이터가 아니라 아파트 뒤편에서 들려왔고 비명이라기보다는 누군가가 크게 악을 쓰는 소리 같았다. 실은 비명이라고 해도 상관없었다. 희중은 이제 다른 사람의 비극에 대해서는 아무 관심이 없었다. 엘리베이터 안에서 어린아이를 데리고 있는 젊은 부부를 만났을 때, 희중은 또 깨달았다. 그는 이제 누군가의 행복에 대해서도 아무 관심이 없다는 것을.

비밀번호를 누르고 현관문을 여는데 서늘한 기운이 훅 끼쳐왔다. 조안이 혼자 있으면서 창문을 열었을 리가 없었다. 하루에 두 번, 환기를 시키는 일은 늘 희중의 몫이었다. 아침에 일어나서 한 번, 퇴근 후 저녁을 먹고 나서 한 번. 아침에 환기를 시키고 깜빡 잊은 채 창문을 닫지 않고 출근한 적이 있었다. 창문은 저녁까지 열려 있었다. 오후에 한바탕 소나기가 쏟아져 주방 창문으로 들이친 빗줄기가 그대로 얼룩져 있었다. 그후로는 환기 후에 창문 닫는 것을 잊은 적이 없었다.

베란다로 나가는 거실 문이 열려 있었다. 어쩐지 불안한 기분이 들었다. 침실 문이 닫혀 있는 것을 발견했을 때는 더욱 그랬다. 퇴원 후, 조안이 침실 문을 닫는 것을 본 적이 없었다. 어쩌다 희중이 자신도 모르는 사이에 침실 문을 닫으면 어느 틈에 살그머니 그 문을 다시 열어두곤 하던 조안이었다. 뭔가가 잘못된 것이 틀림없었다.

"조안!"

희중이 조안을 부르며 침실의 문고리를 돌렸다. 문은 열리지 않았다. 희중은 주방으로 달려갔다. 주방 서랍장에 방문 열쇠가 있었다. 어지럽게 흐트러진 식탁을 발견한 것은 그때였다. 약병들이 넘어져 있었고 물병은 냉장고 앞 바닥에 깨져 있었다. 물병 근처에 피 묻은 손자국이 사방으로 찍혀 있었다.

열쇠 꾸러미를 집어드는 희중의 손이 덜덜 떨렸다. 서로 뒤엉킨 온 집안의 열쇠들이 덜덜 떨리는 손에서 자꾸 미끄러졌다. 희중은 침실 열쇠 찾기를 포기하고 베란다로 달려갔다. 베란다에는 침실로 통하는 문이 있었다.

하느님 맙소사……

희중은 베란다 창틀을 붙잡고 비틀했다. 피에 흠뻑 젖은 주방수건이 베란다 바닥에 놓여 있었다. 베란다 바닥에 핏자국이 흥건했다. 피는 침실로 통하는 문으로부터 시작돼 베란다 창틀로 이어져 있었다. 희중의 입에서 비명이 터져나왔다.

"조안!"

조안이 거기 있었다. 베란다 바닥이 아니라 베란다 창틀 위였다. 피로 범벅이 된 손으로 난간을 붙들고 창틀 위에 걸터앉아 있었다. 마치 그네에 앉아 저녁노을을 바라보는 어느 평화로운 날의 풍경처럼. 그러나 피를 흘리고 있는 조안이, 거기에 그렇게 매달리듯 앉아 있는 것이었다. 또다시 비명소리가 울렸다. 그것은 희중의 입에서 터져나온 소리가 아니었다. 집으로 올라오기 전에 들었던 바로 그 소리였다. 잠깐만요! 잠깐만요! 잠깐만요! 누군가 필사적으로 다급하게 외치는 그 소리를 향해 조안이 고개를 숙였다. 긴 머리카락이 모두 아래로 쏟아져 그것은 이미 투신의 모습이나 다름없었다.

"조안……"

희중은 더는 비명소리조차 내지 못한 채 덜덜 떨리는 목소리로 조안을 불렀다. 조안이 비로소 희중을 돌아보았다. 그 와중에도 잠깐만요, 소리는 끊임이 없었다. 잠깐만요, 잠깐만요, 저기 제발 잠깐만요! 저기, 제발, 잠깐만, 제발, 그러지, 마세요!

"이것 좀 봐."

조안이 손을 들어 보였다. 손에 뭔가가 들려 있었다. 자세히 보지 않아도 그것이 신발장에 도로 넣어두었던 아이의 신발이란 걸 알 수 있었다. 조안의 다친 손에서 피가 묻어 아이의 신발은 완전히 핏빛이었다.

"토마스야."

조안이 피로 물든 신발을 든 채로 미소를 지어 보였다.

"당신, 토마스가 선로를 벗어나는 걸 본 적 있어?"

"조안, 그러지 마. 거기 위험해. 내려와서 얘기해."

희중이 한 발짝 다가서자 조안의 몸이 희중을 밀어내기라도 하는 것처럼 기우뚱했다. 숨이 멎어버릴 것만 같았다. 희중은 저도 모르게 베란다 벽에 손을 짚었다. 창틀에 걸터앉아 있는 것은 조안인데 흔들리는 것은 희중이었다.

"그러지 마, 제발. 조안, 내려와."

"그럼, 은하철도 구구구는?"

"조안."

"지금도 우주를 날아가고 있겠지?"

"조안!"

"그렇지만 다시 돌아올 수도 있잖아."

"조안, 제발."

"그런데 당신은 어떻게 여길 떠날 수가 있어?"

희중은 아무 대답도 하지 못했다. 무슨 대답을 할 수 있을 것인가. 조안이 다시 말했다.

"그런데 당신은 어떻게 아이를 잊을 수가 있어?"

"그렇지 않아, 조안."

"아니야, 당신은 그래. 당신은 그렇다고. 당신이, 아이를, 그렇게 했잖아."

"무슨 소리를 하는 거야, 조안!"

"당신이 아이를 그렇게 했잖아."

희중은 입을 벌린 채 아무 대꾸도 하지 못했다.

"나는 다 기억해. 내가 한 가지라도 잊어버린 줄 알아?"

조안은 제정신이 아니었다. 조안은 정상이 아닌 것이다. 아무리 부정해도 그 사실을 바꿀 수는 없는 것이다. 희중은 입을 벌린 채 고개만 흔들었다.

"당신, 나라고 말하고 싶은 거지?"

조안이 다시 말했다.

"당신이 아니라 나라고 말하고 싶은 거잖아? 그렇잖아."

조안의 눈이 출렁였다. 눈 속에 가득 담긴 것이 눈물인데, 그 눈물이 흘러내리지를 않고 출렁이기만 했다.

"내가 아니야. 그건, 당신이야. 난 하나도 잊어버리지 않았다고. 다 기억하고 있단 말이야."

딩동딩동딩동, 현관벨이 울렸다. 그리고 쾅쾅쾅, 현관벨의 잔향이 그치기도 전에 두드려 부술 듯이 문 두드리는 소리가 들리기 시작했다. 아줌마, 아줌마! 소리를 지르는 사람이 있었고, 소리지르지 마요! 라고 소리를 지르는 사람도 있었다. 그 모든 사태의 장본인인 조안은 갑자기 어리둥절한 얼굴이었다. 그녀는 현관 쪽을 돌아보고, 희중을 다시 바라보고, 그리고 베란다 아래를 내려다보았다. 그녀가 현실로 돌아온 것은 순식간의 일이었다. 문밖에도 나가지 못하는 자신이 베란다 창틀 위에 걸터앉아 있다는 사실을 깨달은 것도 순식간의 일이었다. 조안이 갑자기 두 팔을 휘저었고, 신발이 떨어졌다. 조안이 희중의 시야에서 사라진 것도 그야말로 순식간의 일이었다. 잠깐만요, 간절하게 외치던 소리도 사라졌다. 대신 어디에선지 알 수 없는, 그리고 누구의 것인지도 알 수 없는 긴 비명소리가 울려퍼졌다.

10

"지난번에는 조기 퇴원을 하셨네요."

의사가 조안의 차트를 뒤적거렸다. 희중은 의사의 얼굴을 똑바로 쳐다보았다.

"퇴원을 하실 때도 말씀드렸지만 환자의 상태가 안정적이지 않았군요. 실은 생각보다 훨씬 더 심각한 상태일 수 있다고 말씀드렸던 것 같은데요."

"진료를 신청한 건 접니다."

의사가 차트에서 눈을 떼고 희중을 바라보았다. 희중의 눈이 곧장 의사의 눈과 마주쳤다.

"조안의 얘기를 하려는 게 아닙니다. 내 얘기를 하고 싶어요."

"네, 그러시군요."

"아무도 내 얘기는 들어주지 않거든요."

"이해합니다. 후유증은 피해 당사자에게만 있는 건 아닙니다. 실은 가족들에게 더 심각할 수도 있지요. 고통은 마찬가지인데 그걸 호소할 데는 없고 피해자를 돌보기까지 해야 하니까요. 그러면서 점차로 자신의 고통을 부인하게 되는 거지요. 그런데 부인께서는 그후에도 전혀 아이 이야기를 하지 않으셨나요? 그러니까 투신 전이라든가……"

"조안 얘기를 하고 싶은 게 아니라고 했잖습니까."

"네, 알고 있습니다. 그러나 부인의 얘기를 좀 듣고 싶군요. 지금 남편분께서 하고 싶은 얘기도 실은 그게 아닐까 싶기도 하고요."

"아니요. 내 얘기를 하고 싶습니다."

"네, 알겠습니다."

의사가 시작하라는 듯이 희중을 쳐다보았고, 희중은 안락의자에 등을 묻었다. 자, 이제부터 이야기를 시작할 것이다. 무엇이든, 다 이야기할 것이다. 괜찮지 않다고, 절대로 괜찮지 않다고, 사고가 일어난 그 순간부터 한 번도 괜찮아본 적이 없다고 악을 쓸 것이다.

의사가 물을 한 잔 따라 테이블 위에 올려놓아주었다. 고맙다고 말을 하려는데, 그 말이 입 밖으로 나오지 않았다. 실은 고맙지 않은 것이다. 물 한 잔 얻어 마시는 게 뭐가 고마운 일이란 말인가. 자신이 낸 비싼 진료비 중에 이 물 한 잔의 값은 얼마나 보잘것없는 것일 터인

가. 게다가 목이 마르지도 않았다. 그에게 지금 필요한 것은 물이 아니었다.

지금 그가 간절히 하고 싶은 일은 조안처럼 창밖으로 뛰어내리는 것이다. 조안처럼 겨우 오층에서 뛰어내리는 게 아니라, 그것도 화단의 관목 위로 떨어져 겨우 몇 군데 부러지고 깨지고 마는 게 아니라, 십오층, 오십오층에서 뛰어내리는 것이다. 곧장 아스팔트 바닥을 향해, 한 조각도 남기지 않고 다 부서져버리는 것이다. 희중은 산산조각이 나고 싶었다.

그럴 수 없다면, 상윤처럼 아무나 붙들고 주먹질을 해댈 수도 있을 것이다. 온몸에 피를 흘리며 주먹질을 하고, 또 누군가의 주먹에 자신의 피를 묻히는 것이다. 그 상대가 지금 자신의 분노와는 아무 상관도 없는 이 의사라고 해도 좋았다. 그는 욕설을 내뱉고 발길질을 하고 피를 보고 그리고 뛰어내리고 싶었다. 그런 후에는, 조안처럼 기차사고 때도 살아나고 투신을 하고도 살아나는 게 아니라 영원히 사라져버리고 싶었다.

"화가 나서 견딜 수가 없습니다."

희중이 마침내 입을 열었다.

"다 죽이고, 다 불살라버리고, 다 없애버리고 싶습니다."

"보통 사람들은 대개 그럴 때 욕설을 섞어 말을 하지요."

희중은 의사를 쳐다보기만 했다.

"욕을 원래 안 하십니까?"

"……"

"본인이 알고 있는 가장 심한 욕설이 뭐예요?"

"……"

"누구한테 그 욕을 하고 싶어요?"

희중은 앉은 자리에서 두 주먹을 쥐었다. 당장 의사의 면상을 갈겨 버리기라도 할 것 같은 얼굴이었다.

"당신 의사 맞습니까?"

"맞습니다."

"정말로 가장 심한 욕설이 뭔지나 알아요?"

"글쎄요."

그걸 알지 못해서 못하는 것이다. 그게 뭔질 몰라서 못하는 거였다. 세상의 그 어떤 욕설도 보잘것없어서 못하는 것이다. 그래서 뛰어내리고 싶고, 피를 보고 싶은 것이다.

"나는 좋은 아빠가 될 수 있었어요."

"그러셨을 겁니다."

"진짜로 좋은 아빠가 될 수 있었다고요."

"알고 있습니다."

"아이를 던진 건 조안이란 말이에요! 내가 아니라 조안이라고요!"

와락 외쳐놓고, 희중은 양손으로 얼굴을 가렸다. 눈물이 걷잡을 수 없이 흐르기 시작했다.

아이의 작은 시신은 기차 바깥에서 발견되었다. 조안이 아이를 창 밖으로 내던졌던 것이다. 불이 붙은 기차 안에서 조안이 아이를 살리기 위해 할 수 있는 일이 그것밖에는 없었을 것이다. 이해할 수 있는 일이었다. 조안이 탔던 기차간 안에서만 다섯 명이 죽었다. 그러나 서른두 명은 살아남았다. 아이는 죽고 조안은 살았다. 조안이 아이를 창밖으로 내던지지만 않았다면 아이 역시 살았을 것이다.

사고 이후, 조안은 아이에 대해 말하지 않았다. 아이가 어떻게 되었냐고 묻지도 않았다. 의사가 심인성 기억상실이라는 진단을 내렸음에도 희중은 그 말을 믿을 수가 없었다. 기억하지 못한다면 침묵하는 대신 어떻게 된 일인지를 물어야 했을 것이다. 조용히 생각에 잠기고 집요하게 침묵하는 대신, 이해되지 않는 현실을 받아들일 수 없어 울고불고, 자신의 온몸을 쥐어뜯어 철철 피가 흐르게 해야 했을 것이다. 그러나 조안은 묻지도 않았고, 아무 말도 하지 않았다. 마치 누구보다 자신의 비밀을 잘 알고 있는 사람처럼, 그리고 마치 누구보다 그 비밀을 악착같이 지키고 싶어하는 사람처럼.

희중의 입매가 단단해졌다. 입속에 신 침이 고여들기 시작했다. 내뱉고 싶은 것, 다 토해버리고 싶은 것…… 마침내 희중의 입술이 벌어졌다.

"나라면 그렇게 하지 않았을 거예요! 아무리 급해도 아이를 창밖으로 던지고 혼자 살아남지는 않았을 거라고요!"

의사는 아무 말도 하지 않았다.

"나라면 절대로 그렇게 하지 않았을 거라고요! 나라면 혼자서만 죽지도 않고, 혼자서만 살아남지도 않았을 거라고요!"

희중의 입에서 거침없이 고함이 터져나왔다.

"아이를 죽인 건 조안이라고요!"

다 내뱉고 싶을 때조차도 수위라는 건 있었다. 희중은 스스로 내뱉은 말에 충격을 받았다. 얼굴에서 핏기가 가셨다. 희중은 다시 두 손으로 얼굴을 가렸다. 이번에는 허리를 굽혀 그 얼굴을 무릎에 파묻을 듯이 숙였다. 얼굴을 가리지 않고는 차마 눈물도 보일 수 없고, 욕도 퍼부을 수 없는 사람처럼. 그리고 지금 자신이 내뱉은 말 때문에 이후 얼마나 격렬한 고통과 부끄러움을 느끼게 될지 잘 알고 있는 사람처럼.

풀잎이 누울 때까지

1

조안이 입원한 병실의 창가에서는 숲이 보였다. 도시를 확장하면서 만든 인공숲이었다. 숲에는 산책로가 있고, 그 산책로를 따라 온갖 종류의 나무들이 늘어서 있었다. 어디선가 통째로 옮겨져왔을 나무들은 크고 울창했다. 옮겨지자마자 굵고 억센 뿌리를 사정없이 흙 속으로 뻗어댔을 나무들이었다. 눈치를 보지도 않고, 쭈뼛거리지도 않고, 처음부터 무작스럽게, 사정없이, 수백 년씩 묵은 힘을 있는 대로 다 내쏟아서. 그 힘찬 뿌리들이 땅 밑에서 벌였을 영역 싸움은 어쩌면 전쟁과도 같았을 것이다. 땅이 흘린 피를 덮듯 들꽃들이 피어났다.

숲은 아름다웠다. 조안이 처음으로 이 병원에 입원을 했을 때 모든 불안에도 불구하고 희중을 안심시켰던 것은 바로 이 숲이었다. 의사나 간호사보다, 주사와 약보다 숲이 더 많이 조안을 치료해줄 것 같았다.

한때 조안은 컴퓨터 시뮬레이션 게임에 빠져 산 적이 있었다. 그녀는 자신의 컴퓨터 안에다 무엇이든 키웠다. 애완동물도 키웠고, 공주도 키웠고, 나중에는 공원과 도시도 키웠다. 조안이 키운 공원을 본 적이 있었다. 그 공원 안에는 나무들이 있었고, 호수가 있었고, 숲에서 어슬렁거리는 동물들이 있었다. 공원을 산책하는 사람들이 있었고, 핫도그와 음료수를 파는 사람들도 있었다. 공원을 키우는 것은 바쁜 일이었다. 조안이 게으름을 피울 때마다 문제가 생겨났는데, 가장 큰 문제는 숲이 숲을 잡아먹어버리는 것이었다. 나무의 개체 수를 조정해주지 않으면 번식력이 강한 나무가 다른 나무들의 영역을 완전히 장악해버렸고, 결국 숲은 황폐해졌다. 그러면 공원을 찾아오는 사람들이 줄고, 핫도그를 파는 사람들은 망해버렸다. 연애 시절, 조안은 집으로 돌아가야 할 시간이면 말하곤 했었다.

　"공원에 나무 뽑으러 갈 시간이야."

　그들이 연애에 가장 황홀하게 빠져 있던 시기에는 연애하는 일이 얼마나 바쁘고 짜릿하던지 컴퓨터 게임에 빠져들 여유 같은 건 없었다. 그러므로 조안의 말은 그저 농담에 불과했는데, 그 농담을 들을 때마다 희중의 마음이 홀로 환해지곤 했다. 연애 초기의 어느 날 조안이 했던 말 때문이었다.

　"공원 안에 이희중씨가 있어서 깜짝 놀랐어요."

　희중은 처음에는 그 말을 알아듣지 못했다. 탄산음료만 많이 마셔도 취한다는 조안은 그날 와인을 몇 잔이나 마셨고, 그후부터는 말이 정신없이 왔다갔다하는 중이었다. 조안이 또 말했다.

　"숲도 거닐고 핫도그도 사먹고, 나중에는 글쎄, 가게도 열었더라니까요."

비로소 희중은 조안이 컴퓨터 게임 얘기를 하고 있다는 것을 알았다. 술에 취해서 했던 그 말을 조안은 나중에 기억하지 못했다. 그러나 조안보다 훨씬 더 취해 있었던 희중은 필름이 끊겼다 이어졌다 하던 와중에도 그 말만큼은 똑똑히 기억했다.

"내가 미쳤나 하고 컴퓨터를 껐더니 글쎄 이번에는 이희중씨가 내 책상 위에 앉아 있더라고요. 참 나, 기가 막혀서."

어떻게 그런 말을 기억 못 할 수가 있겠는가. 술에 취한 정도가 아니라 머리를 쇠몽둥이로 맞아 정신을 잃기 직전이었다 하더라도 그 말은 그보다 더한 진동으로 남았을 것이다. 이튿날 다시 만난 조안이 자신이 어제 무슨 말을 했느냐고 물었을 때, 희중은 자신있게 말할 수 있었다.

"날 사랑한다고 했어요."

조안은 얼굴을 붉히지도, 무안해하지도 않았다. 오히려 미소를 띠며 되물었다.

"그래서 뭐라고 대답했어요?"

"대답 안 했어요."

"왜요?"

"너무 떨려서요. 가슴이 어찌나 뛰던지 심장이 몸 바깥으로 나와 있는 줄 알았어요."

"그럼, 지금은요?"

희중은 조안의 손을 잡았다. 그러고는 얼굴을 잔뜩 붉히며 말했다.

"조안의 숲에서 나오고 싶지 않아요. 늙어 죽을 때까지."

조안은 약국의 단골손님이었다. 일주일에 한두 번은 모습을 나타냈는데 그때마다 사가는 것이 술 깨는 약이거나 두통약이었다. 정작 조안은 술을 거의 마시지 못했고, 약은 전부 상윤 때문에 사가는 것이라는 걸 그때 희중은 알지 못했다. 그래서 조안이 방광염 약을 처방받으러 왔을 때, 희중은 진심으로 말해주고 싶었다. 술을 너무 많이 마셔서일지도 몰라요. 술을 좀 줄이시는 게 어떻겠어요. 희중은 초보 약사가 아니었다. 손님이 묻지 않는 질병에 대해 먼저 아는 척하는 것이 때로 큰 말썽을 부를 수도 있다는 것쯤은 알 만한 이력이었다. 그러나 조안은 특별한 손님이었다. 언제부터인지는 알 수 없었지만 조안이 약국 안으로 들어설 때마다 거리의 바람과 햇살이 쏟아져들어오는 것처럼 희중의 마음이 함께 열리곤 했다. 어쩌다 약국 안에서 그녀가 전화를 받을 때면 자신도 모르는 사이에 귀가 쫑긋거렸다. 그는 조안이 근처 회계법인에서 일한다는 것을 알게 되었다. 웃을 때 큰 소리를 낸다는 것도 알게 되었고, 전화를 끊을 때는 그즈음의 유행어를 좇아 '뿅' 하는 소리를 낸다는 것도 알게 되었다. 그녀가 매우 활달한 성격일 거라는 건 짐작으로만 알았다. 블랙 톤의 옷에 포인트를 주는 것에 매우 신경을 쓰고, 백이나 다른 장신구들보다 신발에 더 많은 비용을 지불할 거라는 것도 짐작했다. 늘 캐주얼한 옷차림이었지만 청바지에 어울리는 티셔츠를 고르기 위해서 시간을 오래 할애할 것이라는 것도 알았고, 그 때문에 늘 약속시간에 늦어 허겁지겁 달려나가는 타입일 거라는 것도 짐작했다.

　그때 희중은 마지막 연애를 끝낸 지 일 년쯤이 되어가고 있었다. 그 일 년 동안 희중은 자주 자신이 십 년도 더 늙어버린 것 같다고 생각하곤 했다. 친구와 함께 개업을 도모하던 일이 수포로 돌아갔고, 헤어진 전 애인이 엄청난 스펙을 자랑하는 남자와 새로운 만남을 시작했다는 소식을 들었고, 대전에서 홀로 사는 노모는 담석을 제거하는 수술을 받았다. 어느 날 기운이 쭉 빠져 앉아 있는 희중을 보고 선배 약사가 무슨 일이냐고 물었을 때, 희중은 한숨을 내쉬며 말했다.

"슈퍼맨이 먹는 에너지 드링크 같은 거 없어요?"

"왜?"

"지구 한 바퀴만 날다 돌아오려고요."

"슈퍼맨도 약국에서는 두통약이나 변비약 같은 걸 찾을걸."

"그렇겠네요."

조안이 눈에 들어오기 시작한 것이 그즈음이었다. 그전까지 약국 손님에게는 단 한 번도 관심을 가져본 적이 없었기 때문에 희중은 자신이 드디어 살짝 맛이 간 거라고 생각했다. 마지막 연애를 끝낸 후 시간이 흐를 만큼 흘렀으니 이제 슬슬 다시 연애가 하고 싶어 환장할 시기에 접어든 거라고 말이다.

그렇더라도 모든 일에는 인연이라는 것이 작용해야 하는 법이었다. 희중이 홀로 저녁근무를 하던 날이었다. 약국 문을 닫기 직전에 한 남자가 들어섰는데, 문을 열자마자 술냄새가 진동을 했다. 뿐만 아니라 옷 앞섶이 온통 피투성이였다.

"어디 다치셨어요?"

잠시 얼이 빠져 있던 희중이 정신을 차리고 묻긴 했지만 그 정도로 피를 흘렸으면 약국이 아니라 병원 응급실로 가야 할 상황일 것 같았다.

"내 피 아니거든요."

남자는 겨우 그 한마디를 하고는 허리를 접었다. 희중이 어떻게 할 사이도 없이 남자의 입에서 엄청난 토사물이 쏟아져나오기 시작했다. 희중은 어, 어 하는 소리를 내뱉었을 뿐이다. 그야말로 재난이라 할 만한 상황이었다. 잠시 후에야 희중은 더듬거리며 입을 열었다.

"여보세요, 여기서 그러시면…… 여기서……"

그때 약국 문이 열리고 한 여자가 뛰어들어왔다.

"내가 못 살아, 진짜!"

그 여자였다. 그 여자, 조안이 그 남자를 쫓아 들어온 것이다. 그사이에 남자는 의자에 쓰러져 있었는데, 뭐라고 웅얼거리는 말이 거두절미하고 약 좀 달라는 소리로 들렸다. 여자는 바닥의 토사물을 보았고, 표정이 참혹해졌다.

"제가 치울게요. 죄송해요."

조안이 사과하며 청소도구를 달라고 말했을 때, 희중은 괜찮다고 하지 않았다. 조안이 오물을 치우는 동안에도 바라보기만 했을 뿐이다. 화가 나서도 아니었고, 비위가 약해서도 아니었다. 그저 얼이 빠져 있었다는 말이 가장 정확한 것일 텐데, 그 와중에 희중의 머릿속을 맴도는 생각은 '이 여자한테 형편없는 애인이 있었네' 하는 것뿐이었다. 그러니까 형편이 없어도 아주 없는, 그런 인간.

오물을 처리하느라 화장실에 다녀온 조안이 그사이에 방향제를 뿌리고 있던 희중의 등에 대고 말했다.

"문을 한참 열어두셔야 할 거예요."

"네."

"죄송해요."

"네."

"그런데 소독약이나 연고 같은 거라도……"

"본인 피가 아니라던데요."

"네?"

"토하기 전에 그렇게 말하던데요."

조안에게선 다시 말이 없었다. 희중이 돌아보았을 때, 조안은 약국 한가운데 서서 울고 있었다. 희중은 어찌할 바를 몰라 자기 의자에 가서 앉았다. 눈물이 날 때 먹는 약은 뭐가 있을까. 순식간에 술에서 깨어나게 하는 약이 없는 것처럼 눈물을 그치게 하는 약 같은 것도 없었다. 그러고 보니 이 약국에는 없는 약이 참 많았다. 슈퍼맨이 되게 하는 약도 없으니까. 그때, 조안이 말했다.

"쪽팔려서 그래요."

"네?"

"쪽팔려서 우는 거라고요."

"……"

밤이면 먹자골목으로 변모하는 거리에 접해 있는 약국은 늦게까지 문을 열었다. 당번인 약사가 사흘에 한 번씩 돌아가며 열한시까지 약국을 지켰다. 취객 둘이 들어와 술 깨는 약을 찾았다. 술을 깨려면 먼저 술을 그만 마셔야 할 텐데, 그들은 약을 사면서도 이차 갈 곳을 궁리했다. "그만 좀 마시자" 한 남자가 비틀거리며 말을 했고, "괜찮아, 약 샀잖아, 약!" 또 한 남자가 그 말을 받으며 가가대소했다.

두 명의 취객이 사라지고 난 후, 희중은 조안 보라는 듯 벽시계를 올려다보았다. 약국 문을 닫을 시간이 훨씬 지나 있었다.

"가야 하는데……"

조안이 중얼거리듯 말했다.

"이 자식이 이 지경이라…… 차도 안 갖고 나왔는데……"

"택시 불러드릴까요?"

"건널목 두 번만 건너면 집인걸요."

그래서? 희중은 더 대꾸하지 않았다. 무슨 대꾸를 더 하겠는가. 조
안의 말은 희중에게 그들을 데려다달라고 하는 것처럼 들렸다. 어쩌
면 이 여자는 생각과는 달리 굉장히 뻔뻔한 여자인지도 몰랐다. 희중
이 설령 친절이 넘치다 못해 주체를 못할 지경인 사람이라고 하더라
도 술 취해 피와 오물투성이가 되어 있는 남자를 자기 차에 태울 생각
을 할 리는 없었다. 게다가 남자는 또 토할 수도 있었다. 그런 재앙을
감수하면서까지 그들을 집에 데려다줘야 할 이유는 없었다. 그러니까
그들이 사는 집에 말이다.

"남편분이세요?"

조안은 대답하지 않았다.

"술을 얼마나 드셨길래……"

조안은 여전히 아무 말도 하지 않았다. 희중이 서랍을 열었다. 약국
열쇠와 차 열쇠가 가지런히 들어 있었다. 열쇠를 꺼내든지 저 술주정
뱅이를 끌어내든지 둘 중의 한 가지는 해야만 할 상황이었다.

"저렇게 취한 데는 약도 없거든요."

욕설을 내뱉지는 않았지만 거의 욕설 같은 말투로 희중이 말했다.
방향제 냄새에 뒤섞인 토사물 냄새를 더는 견딜 수가 없는 지경이었

다. 희중이 다시 한번 무슨 말을 내뱉으려고 할 때 조안이 입을 열었
다. 희중과 마찬가지로 욕설이나 다름없는 말투였다.

"남편이라면 차라리 좋겠어요. 그러면 아주 끝장을 내기라도 하게
요."

그리고 잠시 후, 조안이 다시 말을 덧붙였다.

"동생이라서 어디다 내다버릴 수도 없거든요."

"네?"

희중이 되물었다. 되물어야 할 말이 아닌데도 그랬다.

"술 취해서 자빠져 있는 저 자식이 내 동생이라고요. 그래서 내다
버릴 수가 없다고요."

되물어야 할 말이 아닌데도 되물은 희중처럼 반복해서 대꾸해야
할 말이 아닌데도 조안은 다시 대꾸했다. 그때 오래된 개그맨의 유행
어가 떠올랐는데, '동생이라고라고라!', 그 말을 입 밖에 내지 않아
서 다행이었다. '저 자식, 제가 대신 내다버려드릴까요?' 묻지 않은
것도 다행이었다. 남편이세요, 묻긴 했지만 남편이라고 생각했던 것
은 아니었다. 어디서 이런 형편없는 애인을 얻었느냐고 빈정거리고
싶었을 뿐이었다. 그런데 이 여자에게는 형편없는 애인이 있는 게 아
니라 형편없는 동생이 있었던 것이다. 형편없는 애인을 챙기는 여자
는 한심하기 짝이 없지만, 형편없는 동생을 챙기는 누나는 위대한 법
이다.

그날 밤 희중은 그들을 집까지 데려다주었고, 이튿날 오후 조안은
쿠키 한 상자를 들고 약국을 찾아왔다. 차 안에 토하지는 않았지만 그
래도 냄새가 뱄을 테니 세차비를 지불하고 싶다고 했다. 희중은 마치

오래 외워두었던 대사를 읊듯이 재빠르게 말했다.

"커피도 사주세요."

"네?"

"쿠키, 커피랑 같이 먹어야 하잖아요. 세차비 계산도 해야 하고요."

선배 약사가 조제실 바깥으로 고개를 내밀어 희중을 바라보았다. 저 자식이 드디어 슈퍼맨이 되는 약을 찾았구나, 하는 얼굴이었다.

희중은 소심하지는 않았지만 그렇다고 얼굴이 두꺼운 타입은 아니었다. 소개팅을 받거나 부킹을 도와주는 웨이터가 있는 술집이라면 모를까, 자신이 먼저 낯선 여자에게 다가가 말을 걸어본 적은 없었다. 대학교에 다닐 때는 마음에 드는 타과 여학생과 강의를 같이 들은 적이 있었는데, 한마디도 말을 못 붙인 채 끝내 종강을 맞은 적도 있었다.

그러나 이날 희중은 조안에게 일 초도 망설이지 않고 커피를 사달라고 말했다. 우는 얼굴을 본 여자였다. 집에도 같이 가본 여자였다. 말썽꾸러기 동생을 돌보는 여자라는 것도 알았고, 현관에 세워져 있던 자전거가 브롬튼이라는 것도 알았다. 그에게도 같은 상표를 가진 자전거가 있었다. 애인이 생기면 산티아고에 가서 탈 거라며 호기를 부리면서 샀던 고가의 자전거였다. 그러므로 그는 어쩌면 이 여자 조안과 산티아고에도 같이 가게 될지 모른다. 그러니 커피 한잔 사달라는 말쯤은 얼마든지 할 수 있는 것이다.

그러나 모든 일이 예상대로만 진행되는 것은 아니다. 그렇기만 하다면 얼마나 살 만한 세상이겠는가. 희중이 조안과 함께 약국 바깥으로 나왔을 때, 문 앞에는 어제의 그 형편없는 자식, 상윤이 버티고 서 있었다.

"뭐야?"

누구야, 묻는 대신 상윤은 조안에게 뭐야, 라고 물었다. 그래서 갑자기 누구도 아니고 뭐가 되어버린 희중은 상윤을 사이에 두고 조안과 커피를 마셨다. 커피숍의 좁은 테이블을 가운데에 두고, 희중보다 몇 살이나 어린 상윤이 희중의 학력을 묻고, 월수입을 묻고, 가족관계를 물었다. 그러고는 한참 동안 인상을 쓰고 앉아 있다가 조안에게 한다는 말이 희중에게까지 다 들렸다.

"의사도 아니고 쪽팔리게 약사가 뭐야."

상윤은 화장실에도 가지 않았다. 커피숍에서 나와 상윤이 차를 빼러 간 사이에야 간신히 조안과 단둘이 있을 수 있게 되었지만, 커피숍에서 이미 얼이 다 빠져버린 희중은 무슨 말을 해야 할지도 알 수가 없었다.

"많이 곤란하셨죠?"

조안이 먼저 말했다.

"그런데 미안하단 말, 안 할래요. 쟤 때문에 미안하단 말은 이제 안 하기로 했거든요. 정말로 죽을 것처럼 미안할 때만 하려고요. 그러지 않으면 아예 입에 달고 살아야 해서요."

"네, 뭐……"

"다음번에는 떼어놓고 올게요."

"네?"

"오늘은 제가 쿠키도 드리고 커피도 샀으니까 다음번엔 그쪽에서 갚으셔야 하잖아요."

희중의 얼굴이 와락 달아올랐다. 심장이 또 가슴 바깥으로 튀어나오려고 하고 있었다.

"거절하셔도 되고요. 거절당해도 저 자식 때문이라고 생각하면 되거든요."

그때 조안의 미소가 어찌나 예쁘던지. 희중과 조안의 첫 키스는 어쩌면 바로 그 순간이었을지도 모른다. 적어도 희중에게는 그랬다. 비록 상상 속에서이기는 했지만, 훗날 진짜로 첫 키스를 하게 되었을 때 희중은 바로 그 순간으로 돌아가 있었다. 그토록 예쁘던 미소, 그 미소가 흘러나오던 입술의 감촉, 그 촉촉하고 달콤하던 내부, 그런 것들. 이 여자를 갖고야 말겠다는 각오, 그런 것들.

시간이 흘러 조안과 희중이 기념일 같은 것을 챙기게 되었을 때, 그들은 결코 그들의 첫 기념일을 상윤이 약국 안에다 오바이트를 했던 날로 정할 수는 없었다. 상윤이 늙은 아버지처럼 굴어대던 커피숍에서의 만남을 첫 만남이라고 여기고 싶지도 않았다. 그래서 첫 만남이 아니면서도 첫 만남인 날이 정해졌고, 그들은 그때마다 서로의 선물을 사고 영화를 보고 조안은 잘 마시지도 못하는 와인을 시켜서 스테이크나 파스타와 함께 먹었다. 그런데도 늘 첫번째 날이 떠오르지 않을 수 없었다. 희중은 오랜 후까지도 흥건한 피로 옷 앞섶을 적신 채 약국 문을 들어서던 상윤을 기억했고, 그 상태에서 상윤이 했던 말도 기억했다.

'내 피 아니거든요.'

최소한 십 년 이상, 조안은 늘 상윤이 묻히고 오는 피를 닦으며 살았다.

다행이라고 해야 할지 불행이라고 해야 할지, 상윤은 맞기보다는 주로 때리는 쪽인 모양이었다. 찢어지거나 터진 상처 없이 피멍만 든 상윤의 몸을 닦아줄 때, 조안은 자신이 방금 닦아낸 피가 누구의 것인지 결코 알 수 없었다.

"남의 피까지 닦으면서 살고 싶진 않아."

조안은 호소를 했고, 더 자주는 악을 썼다.

"지겨워, 진짜 지겨워 죽겠어!"

저주를 퍼부을 때도 있었다.

"너 나가서 죽어, 이 자식아! 나 안 보이는 데 가서 조용히 죽어버려! 제발 좀 그러라고!"

그러나 상윤에게 조안이 그런 것처럼 조안에게 역시 상윤은 그녀의 '오직 하나'였다. 상윤의 기억만큼이나 조안에게도 첫번째 새어머니의 기억은 끔찍했다. 삼 년 정도 함께 살았던 새어머니가 집을 떠날 때, 그 여자가 남긴 말은 "저 아이들이 싫다"는 것이었다. 그때 그들을 돌아보던 아버지의 눈빛이 잊히지 않았다. 마치 아버지도 말하는 것 같았다. '나도 너희들이 싫구나.'

그후 그러잖아도 외국 출장이 잦았던 아버지는 전보다 더 외국을 떠돌면서 살았다. 국내에 있을 때보다 해외 출장중일 때가 더 많았고, 국내에 있을 때에도 집에 있을 때보다는 외박을 할 때가 더 많았다.

아버지의 세번째 아내는 해외 출장중에 만난 여자라고 했다. 아버지에겐 늘 같이 살 여자가 필요했고, 그들 말고도 아버지를 기다리는 어떤 여자가 늘 어딘가에 있다는 사실을 알고 있었기 때문에 아버지가 또다시 결혼을 한다는 사실이 충격적일 것은 없었다. 문제는 아버지에게 세번째 결혼을 결심하게 만든 여자가 한국 여자가 아니고 미국 여자, 더 정확히는 멕시코 여자인데다가, 아버지는 한국을 떠나 그 여자와 죽는 날까지 미국에서 살 작정이라는 것이었다. 회사도 때려치우고, 그 여자와 함께 타코 식당을 할 거라고 했다.

조안과 상윤은 충격을 받았고 한동안 그 충격을 이겨내기가 힘들었다. 아름다운 그레이로맨스 대신 마치 무슨 막장 드라마를 보고 있는 듯한 기분이 들기도 했다. 조안은 자신이 아버지에 대해서 아무것도 알지 못한다는 사실을 깨달았다. 새삼스러운 깨달음은 아니었다. 그렇더라도 이렇게 완벽히 알지 못하는지는 몰랐다. 자식들과 자신의 삶과 그 모든 것들이 함께 어우러져 있는 추억, 그리고 여타의 모든 것들을 깡그리 다 버리고 떠나면서까지 아버지가 꿈꾸는 욕망이란 대체 무엇일까.

어쩌면 아버지는 모든 인생을 완전히 새롭게 다시 시작하고 싶은 걸지도 몰랐다. 그러나 무엇 때문에? 그것이 욕망 때문이 아니라 다만 소박한 행복을 찾아서일 수도 있다는 생각은 한참 후에야 들었다. 단지 아버지는 '다만 소박한 것'이 얼마나 큰 대가를 치러야 하는지 잘 알고 있을 뿐인지도 몰랐다. 그리고 그것이야말로 이제 인생을 시작하는 조안과 지금부터는 회복할 수 없을 정도로 저물어가는 생의 끝 무렵에 접어든 아버지와의 차이일지도. 그것은 어쩌면 로맨스나 사랑이라 이름 붙이는 것보다 더 절박한 것일지도 몰랐으나, 어쩌면 빌어먹게도, 오직 그 나이까지도 식지 않고 들끓어대는 욕정일지도 몰랐다. 조안은 아주 오래 혼란을 겪었다.

그러나 어떤 일이든 결국에는 받아들이지 않으면 안 되는 순간이라는 게 있었다. 언제나처럼 조안이 훨씬 더 빨리 아버지의 세번째 결혼을 받아들였다. 아버지가 그들로부터 자유로워지는 순간, 그들 역시도 아버지로부터 자유로워질 수 있으리라 믿으려고 애썼다. 아버지로부터 자유롭지 않았던 적이 거의 없었고, 성장기 동안 겪었던 많은 상처가 바로 그 때문이었다는 것을 잘 알고 있었음에도 그랬다. 조안은 태연하려고 애썼다. 그렇더라도 드러낼 수 없는 슬픔까지는 어떻게 할 수 없었다. 조안은 이제 아버지와의 마지막 끈이 완전히 끊겼다는 것을 알았다.

조안과 상윤은 아버지의 결혼식이 촬영된 시디를 소포로 받아 보았다. 샌디에이고에서 진행된 결혼식에 참석하기 위해 비행기 티켓까지 끊어놓은 상태였지만 출국 며칠 전에 상윤이 갑자기 맹장이 터져 병원에 입원해야 했다. 상윤을 간호하느라 조안 역시 비행기를 탈 수 없었다.

상윤이 맹장을 일부러 터뜨린 건 아닐 터였고 그럴 수도 없는 일이었다. 그러나 맹장이 터지지 않았다면 상윤은 아마 자기 머리라도 깼을 것이다. 아버지의 결혼식에 참석하지 않기 위해서라면, 죽는 것만 빼고 뭐든지 할 작정이었을 테니까. 어쨌든 조안은 상윤의 병실에서 아버지에게 전화를 걸어 축하한다고 했고, 아버지의 멕시코 부인에게도 같은 말을 전했다. 미안하다…… 아버지가 말했다. 아버지가 미안하다고 말하는 소리를 난생처음 들어본 것 같았다. 미안하다는 말을 할 수 있을 만큼 아버지가 편안해진 것 같아 다행이라는 생각도 들었고, 또 그만큼 뻔뻔해진 것도 같아 미운 마음이 동시에 들었다. 그러나 언젠가 그녀 역시 아주 많이 편해지면, 혹은 좀더 뻔뻔해지면 말할 수 있을 것이다. 나도 미안해요. 더 빨리 아버지를 놔드렸어야 했는데 그러지 못해서 미안해요. 내가 아버지의 딸이어서, 아버지를 내 아버지이게 해서, 정말 미안해요.

아버지가 멕시코 여자와 결혼한 후, 조안에게 상윤의 존재는 더욱 각별해졌다. 그녀는 어떻게든 상윤이 정신을 차려 제대로 된 삶을 살아가는 것을 보고 싶어 성화를 부렸다. 아버지의 결혼 이후 조안의 존재가 더욱 각별해진 것은 상윤 역시 마찬가지였을 것이다. 그러나 상윤의 반응은 조안과는 전혀 달랐다. 그는 간신히 이름만 걸쳤던 대학을 겨우 한 학기만 다니다 때려치웠고 그후로는 무슨 일을 하고 다니는지 알 수도 없었다. 아버지에게서 꼬박꼬박 학비가 송금되어왔는데, 그 돈을 출금하지 않은 것이 일학년 이학기 때부터였다. 그즈음부터 상윤은 집에도 잘 들어오지 않았고, 어떤 때는 열흘이 넘도록 연락이 없었다. 조안은 울면서 상윤을 찾아다녔다. 하도 울어서 다 터버린 얼굴이 빨간 능금 같았다. 상윤의 모든 친구들을 찾아다니고 상윤이 있을 만한 모든 곳을 찾아다니면서 조안은 그동안에는 짐작만 했던 상윤의 삶을 거의 다 알게 되었다. 상윤이 양아치인 것은 분명했지만, 영화나 드라마에서 보던 조폭에는 근처에도 못 미친다는 것도 알았다. 그게 더 나쁜 것인지 더 좋은 것인지는 알 수 없었다. 상윤의 친구들은 전부 양아치들이었고, 상윤은 그런 선배나 친구 들이 하는 술

집과 포장마차 들을 전전하며 술과 싸움질로 하루하루를 보내는 것 같았다. 상윤이 느닷없이 자기 포장마차를 열겠다며 그동안 아버지가 보내온 학비를 모두 털어가던 날, 조안의 꿈에 어머니가 나타났다. 어머니는 그녀와 상윤의 눈물을 번갈아 닦아주었다.

어려서 그들은 울보 남매였다. 하도 자주 울고 하도 많이 울어 아버지가 그들을 도돌이표 남매라고 부를 정도였다. 기분이 좋을 때는 농담처럼 했지만 그렇지 않을 때는 매질보다도 더 무서운 말이어서 그러지 않아도 번갈아 우는 울음을 멈출 수가 없었다. 그때는 꿈에서라도 어머니를 보고 싶었는데, 그런 좋은 꿈은 한 번도 꾸어지지 않더니, 그로부터 오랜 세월이 흘러서야 어머니가 나타나 그녀와 상윤의 눈물을 닦아준 것이다. 조안은 이제 자신이 울음을 멈출 때가 되었음을 알았다.

상윤이 양아치생활을 하는 게 나쁜 면만 있는 것은 아니었다. 그녀가 대학교 때 사귀던 남자가 양다리를 걸치고 있다는 사실을 알았을 때, 그 자식을 그야말로 시원하게 패준 사람이 바로 상윤이었다. 친구들과 함께 갔던 클럽에서 지저분한 남자들을 만났을 때 삼십 분 만에 달려와준 사람도 상윤이었고, 전세로 들어간 원룸이 경매로 넘어갔을 때 보증금을 전부 돌려받아준 사람도 상윤이었다. 식당에서 본 통나무 테이블이 너무 예뻐서 갖고 싶다고 했더니 그다음 날 거실에 그게 놓여 있기도 했었다. 무슨 수로 그걸 뺏어왔는지, 혹은 훔쳐왔는지 알 수 없을 정도로 무거운 테이블이었다.

어머니가 꿈에 나타났었다는 얘기를 조안은 상윤에게 하지 않았다. 아무래도 어머니가 상윤의 눈물을 다 닦아주지는 못한 것 같아 보였기 때문이다. 상윤은 여전히, 양아치가 된 후에도 여전히 눈물이 많았다. 어머니 제삿날이면 울었고, 조안이 감기에 걸려 고열만 나도 울었다. 아버지가 미국에서 보낸 소포 속에 나초가 들어 있는 걸 보고도 갑자기 엉엉 울음을 터뜨렸다. 상윤이 싸움을 하는 것은 어쩌면 눈물 때문인지도 몰랐다. 눈물 대신 피를 흘리고, 울음 대신 피를 쏟는 것이다. 마음속에 상처와 멍울이 쌓이지 말라고 온몸에 대신 피멍을 만드는 것이다. 그래서 조안은 가끔, 잠들어 있는 상윤의 얼굴을 쓰다듬어주었다. 어머니가 꿈속에서 자신에게 그랬던 것처럼.

울지 마. 상윤아. 이젠 울지 마, 말하면서.

3

조안을 태운 차가 인공숲의 옆길을 달렸다. 상윤이 운전을 하고 희중이 조수석에, 조안은 뒷자리에 앉아 있었다. 기차사고 후 첫번째 입원 때 그랬던 것처럼 조안의 외상은 병원에서 다 아물고 나아 이제는 어디 긁힌 상처, 멍자국 하나도 보이지 않았다. 한 달 넘게 병원에서 끼니 때마다 주는 밥을 꼬박꼬박 다 먹어 오히려 살이 붙은 듯 보이기까지 했다. 인공숲의 그늘이 차를 온통 다 덮어 조안의 흰 얼굴에 숲의 푸른 물이 드는 것을 희중은 룸미러로 바라보았다. 조안은 여전히 아름다웠다. 내부에 무엇을 감추고 있는지는 알 수 없으나 감춘 것을 드러내지 않은 겉모습은 아름답기만 했다. 희중이 한참 룸미러로 조안을 바라보고 있는 동안 조안과 눈이 마주쳤다. 조안이 미소를 지어 보였다.

'넌 어떻게 웃을 수 있니. 내 마음은 아직도 이렇게 찢어지는데 넌

어떻게 웃을 수 있니.'

희중은 자신의 마음속에서 울려오는 그 소리를 듣지 못했다. 듣지 않으려고 했다는 편이 옳을 것이다.

집으로 올라가는 엘리베이터 앞에 섰을 때였다. 상윤의 이마에 땀방울이 잔뜩 맺혀 있는 것이 보였다. 희중이 조안을 돌보는 동안 차에서 짐 내리는 것을 상윤이 도맡아 했었다. 그러나 그것이 땀을 흘릴 정도로 고된 일은 아니었을 것이다. 상윤은 땀만 흘리는 게 아니라 정신없이 입술을 달싹거리고 있기도 했다. 짐을 들고 서 있느라 흔들 수 없는 다리 대신 입술을 정신없이 움직이고 있는 것이다. 상윤의 입술 사이에서 무의미하게 퍼져나오는 '빠바바바' 소리가 희중의 귀까지 들렸다.

엘리베이터 문이 열렸다. 엘리베이터 안으로 들어가 버튼을 누른 사람은 희중이었다. 버튼을 누른 후 희중이 조안을 바라보았을 때 조안은 엘리베이터의 벽면 거울을 쳐다보고 있는 중이었다. 거울에 비친 조안의 표정이 나른했다. 약기운 때문일 것이다. 병원을 떠나기 전, 희중은 조안의 약에 안정제 분량을 늘려주었다. 의사가 알았다면 용납하지 않았을 일이지만 약사인 희중 역시 어느 정도의 분량이 위험하고 위험하지 않은지 정도는 알았다. 게다가 한두 번 해본 일이 아니었다. 그러나 병원에서 출발하기 전 두 개의 약봉지를 뜯어 약을 혼합할 때는 슬픔으로 손끝이 떨렸다. 어느 정도의 분량이 위험할지는 알았지만 어느 정도의 분량이 조안에게 마침내 안정을 가져다줄지는 희중도 알 수 없었기 때문이었다. 안정, 혹은 평화, 혹은 모든 것의 망각…… 이사 전날의 기억이 고통스럽게 떠올랐다.

조안은 오층에서 투신을 했지만, 기적적으로 화단의 관목 위로 떨

어져 몇 군데 찰과상과 골절상만 입고 살아났다. 그러나 병원에 실려
갈 때까지도 그녀는 정신을 잃은 상태였고, 병원에 도착한 이후로는
수시로 발작 증세를 보였다. 조안이 응급실에 있는 동안 희중은 완전
히 공황상태에 빠져 있었다. 이튿날 아침, 진동으로 맞춰놓았던 전화
기가 끊임없이 울리고 있다는 것을 안 건 옆자리의 보호자 때문이었
다. 응급실에서 전화기 켜놓고 있는 놈이 누구야! 옆자리에서 내뱉는
욕설을 듣고서야 희중은 그 전화기가 자기 것이라는 걸 알았다. 낯선
전화번호가 몇 분 간격, 혹은 몇 초 간격으로 십여 차례나 부재중전화
목록에 떠 있었다. 희중이 전화기 전원을 끄기 직전 다시 진동이 울렸
고, 그는 응급실 바깥으로 나가 전화를 받았다.

"이삿짐센턴데요. 댁에 안 계세요?"

그랬다. 이사를 해야 하는 날이었다. 그러나 이 와중에 이사라
니…… 희중은 간신히 네, 라고만 대꾸했다. 물었으니 대답을 했을
뿐 머리가 텅 빈 것처럼 아무 생각도 떠오르지 않았다.

"어우, 참! 집에 안 계실 거면 미리 말씀을 하시든지! 한 시간이나
대기하고 있었잖아요! 전화도 안 받으시고!"

이삿짐센터 직원이 현관 비밀번호를 알려달라고 했고, 그는 번호를
알려주었다. 관리비 정산은 전부 끝났느냐고 저쪽에서 또 물었다. 희
중은 또 네, 하고 대답했다. 실은 했는지 안 했는지 기억도 나지 않았
다. 몇 시간 후 다시 전화가 걸려왔다. 이번에는 이삿짐이 들어갈 집
의 비밀번호를 알려달라고 했다. 그러나 그는 그 낯선 비밀번호를 기
억해낼 수가 없었다.

이삿짐센터 직원이 마침내 언성을 높이기 시작했다. 오후에 다른

작업이 있어서 빨리 일을 마쳐야 하는데 이러시면 어쩌냐고 하더니 뒤이어 돌아버리겠네, 라는 말이 이어졌다. 죄송합니다, 희중이 대꾸했고 이삿짐센터 직원이 또 대꾸했다. 죄송이고 뭐고, 이 이삿짐 마당에다 풀어놓을 거 아니면 와서 문을 열어주든가, 아니면 비밀번호라도 말해주든가!

죄송합니다, 죄송합니다, 죄송합니다…… 그러다가 기어코 희중 역시 악을 쓰기 시작했다. 마음대로 해, 새끼들아! 마당에다 풀든지, 내다버리든지, 도로 갖다놓든지! 마음대로 하란 말이야! 니들 마음대로, 다 하란 말이야! 상윤에게 전화를 한 것은 그후였다. 핸드폰에 이사할 집의 비밀번호가 저장되어 있다는 것을 기억해낸 것은 상윤과 통화를 끝내자마자였지만 그때는 이미 아무래도 상관없다는 생각이 들었다. 상윤은 곧 병원으로 달려왔다. 이삿짐은 끝내 집으로 들어가지 못하고 이삿짐센터의 창고로 들어갔다고 했다. 전화만 걸어서 그렇게 처리한 것인지, 아니면 양아치 친구들에게 부탁했던 것인지, 아무튼 상윤이 병원으로 달려온 것은 희중의 전화를 받은 지 삼십 분이 채 안 지나서였다. 그야말로 앞 차의 지붕을 넘어서 달려왔을 속도였다. 상윤의 눈이 시뻘겠다.

"도로 물러."

병원 복도에서 상윤이 씹어뱉듯이 말을 했다. 뭘? 희중이 넋이 나간 눈으로만 물었고, 상윤이 다시 말했다.

"내가 도로 무르게 해줄게. 씨발, 무슨 수를 써서든!"

"뭘?"

이번에는 희중이 입 밖으로 소리내어 물었고, 상윤 쪽에서 오히려 대답이 없었다. 희중이 이어 말했다.

"이사? 아니면 사고?"

상윤이 희중을 노려보았다.

"무슨 말인지 몰라서 그래? 씨발, 돈 좀 쥐여주고 도로 집 비워달라고 하는가! 아니면 쥐어패서라도 그렇게 하게 하는가! 누나, 이사 때문에 이렇게 된 거잖아! 그 집에서 안 나가고 싶은 거잖아! 죽어도 안떠나고 싶은 거잖아! 그러니까 도로 무르자고!"

"그것보다 다른 것 좀 물러줄래? 너 할 수 있으면 기차 타기 전으로 시간 좀 물러줄래? 아니면 우리 아이 좀 다시 살려서 데려다줄래? 너그럴 수 있어? 그러면 좋겠는데. 정말 그럴 수만 있으면 좋겠는데. 네가 그렇게 해줄 수 있어?"

얼굴이 시뻘겋게 달아오른 상윤이 주먹을 불끈 쥐는 듯하더니 복도 의자에 발길질을 해대기 시작했다.

"씨발, 존나, 씨발, 개새끼들! 씨발, 씨발, 씨발, 씨발 새끼들!"

상윤이 개새끼들이라고 부르는 것은 누구일까. 씨발 새끼들이라고 부르는 것은 누구일까. 트럭 운전사, 기관사, 건설업체 사장, 그리고 대통령, 환경단체 회원들, 수십만 마리의 철새들…… 하필이면 그날 태어난 희중의 아버지, 그리고 그들을 기다렸던 희중의 노모, 무엇보다도 그토록 수많은 기차 중에 하필이면 그날, 그 시간의 기차를 예약했던 희중…… 그들 모두에게 책임이 있을지는 모르지만 그 누구도 '그 시간을 도로 무를' 방법 같은 건 알지 못할 터였다.

그래도 그 며칠 후, 희중은 부동산에 전화를 걸었다.

"517호, 이사 들어갔나요?"

"아마 그럴걸요. 왜요?"

희중은 잠깐 침묵했다가 말을 이었다.

"그게, 그 집에 정이 들어서…… 아직 비어 있으면, 혹시나 해서요."

"저런…… 거기 벌써 이사 들어갔을 텐데."

"……네."

"그런데, 잠깐만요."

잠깐만요, 말했던 여자가 동료와 뭔가를 확인하는 목소리가 전화기 저쪽에서 들려왔다. 17호라는 단어가 여러 번 들린 후, 다시 전화기 저쪽에서 여보세요, 했다.

"그 아랫집이 급매로 나왔네요. 417호요. 집 상태 좋고, 급매라 계약도 싸게 될 것 같은데요. 한번 보실래요?"

"급매라고요?"

"원래 팔려고 내놓았던 집인데 갑자기 무슨 사정이 생겼는지 전세라도 좋으니까 하루라도 빨리 이사만 나가게 해달라네요. 애들 없이 부부끼리만 살던 집이라 아주 깨끗해요."

희중은 417호 여자를 알았다. 희중이 안다기보다는 조안이 알고 지내던 여자였다. 엘리베이터 안에서 만나면 앳되게 생긴 여자가 눈꼬리만 가만히 접어 상냥하게 눈인사를 하곤 했었다. 사고 후에는 달랐다. 여전히 눈꼬리를 접기는 했지만 어색해하는 표정이 역력했다. 어떤 경로로 알게 되었는지는 모르지만 사고 소식을 알고 있는 것 같았다. 어쩌면 병원으로 실려가는 조안을 뉴스 화면으로 보았거나, 피해자 가족들과 함께 있는 희중을 역시 뉴스 화면에서 보았을지도 모른다. 가능할 수도, 가능하지 않을 수도 있는 상상이었다. 어쩌면 희중

혼자서 지레 여자의 표정이 어색해졌다고 여긴 것일지도 몰랐다.

그러나 그 상냥한 여자가 어쩌면 자기 집 창밖으로 떨어져내리는 조안을 보았을지도 모른다는 상상은 보다 구체적이었다. 긴 머리를 아래로 쏟고 귀신처럼 떨어져내리는 조안. 한없이, 한없이 떨어져내리는 조안…… 그 상냥한 아랫집 여자는 더는 자기 집 창밖을 내다보지 못하게 되었을 것이고, 밤마다 악몽을 꾸었을 것이다. 그러니 어차피 내놓았던 집, 하루라도 빨리 이사를 가고 싶어 거의 미칠 지경에 이르렀을 것이다.

희중은 부동산 중개인이 권하는 대로 그 집을 보러 가기로 했다. 무슨 작정이 있어서가 아니었다. 어쩌면 희중 역시 조안이 떨어져내리던 창을 내다보고 싶었는지 모른다. 뛰어내리는 창이 아니라 떨어져내리는 창을…… 그러나 부동산 중개인과 함께 그 집을 방문했을 때, 희중은 그 자리에서 당장 이사를 결심했다. 과장을 섞어 말하지 않는다고 하더라도, 그 집은 거의 완벽했다.

아마도 희중과 조안처럼 첫 입주로 들어왔던 집인 모양이었다. 벽지와 바닥은 물론 싱크대와 욕실도 새로 손댄 구석이 하나도 보이지 않았다. 물론 세월의 흔적이 없을 수는 없었다. 각기 다른 삶들이 세월에 묻혀놓은 흔적들…… 액자가 붙어 있는 자리도, 그 액자를 떼어냈을 때 그 자리에 남겨질 얼룩도 다를 것이다. 그랬음에도 희중이 그 집을 '완벽하다'고 생각한 것은 자신의 집에 있는 것과 똑같은 모양, 똑같은 색깔의 패브릭 소파 때문이었다. 조안이 일 년 전쯤 새로 사들였던 소파인데, 아마 조안이 이 집에 놀러왔다가 그 소파에 반한 것이거나 혹은 그 반대의 경우였던 모양이다. 혹은 둘이 나란히 쇼핑을 가서 역시 나란히 똑같은 것을 샀을 수도 있었다. 확인할 방법은 없었다. 그 상냥한 여자는 집에 없었고, 무슨 회사에 다닌다는 그 여자의 남편 역시 마찬가지였다. 어쨌든 희중은 그 집에 들어서자마자 그 초록색 소파에 완전히 압도당해버렸고, 그러고는 일 분도 채 지나기 전에 생각했던 것이다. 완벽하다고.

희중은 이미 계약했던, 그러나 비밀번호조차 기억하지 못하는 집의 위약금을 물고, 이삿짐의 창고 보관료를 물고, 그리고 돌아왔다. 517호 대신 417호로. 조안이 뛰어내리던 창가 대신 조안이 떨어져내리던 창가 앞으로. 모든 것이 달랐고, 모든 것이 같은 집으로. 그리고 조안 역시 돌아왔다.

"우리집이네."

집안으로 들어서며 조안이 입 밖에 낸 첫마디였다. 상윤이 여전히 입술을 달싹거리며 불안한 눈길로 희중을 쳐다보았으나 희중은 그 시선을 외면했다. 상윤이 꿀걱, 침을 삼키는 소리가 희중의 귀에까지 들려오는 듯했다.

"……좋다."

조안이 초록색 소파에 앉으며 다시 나른한 표정을 지어 보였다. 상윤은 조안의 짐을 거실로 들여놓으면서도 자꾸 희중을 쳐다보았다.

"청소 열심히 했나봐. 집이 굉장히 깨끗해졌네."

상윤의 얼굴에 긴장하는 표정이 역력했다. 어쩌면 희중도 마찬가지였을지 모른다. 그러나 조안의 시선이 가닿은 곳은 베란다 쪽이었다.

"새 날아간다."

희중도 베란다를 내다보았다. 전에 살던 집에서도 새가 날아가는 것을 보았던가? 아마 그랬을 것이다. 한 층 차이로 다를 것이 뭐가 있겠는가. 오히려 중요한 것은 조안이 창밖을 내다보면서 떨어지는 것이 아니라 날아가는 것을 보고 있다는 사실일 것이다.

조안이 침실로 들어갔다. 그러고는 익숙하게 옷장을 열고 편한 옷을 꺼내 입었고, 잠시 후에는 침대에 반듯하게 드러누웠다. 조안은 한참 동안 미동도 없이 누워 있었다.

"왜 그래? 뭐 불편해?"

가슴이 불안하게 뛰기 시작했다. 그도 침실로 들어가 조안처럼 천장을 올려다보았다. 혹시 조안은 그곳에서 낯선 얼룩 같은 것을 발견하기라도 한 것일까.

"무슨 소리가 들려."

조안이 여전히 천장을 바라보며 말했다. 희중은 귀를 기울였다. 과연 쿵, 쿵 하는 소리가 들렸다. 그리고 잠시 후에는 드르륵, 하는 소리. 이어서 다시 쿵, 쿵. 귀기울여 듣기 시작한 탓인지, 아니면 소리가 실제로 점점 더 커지고 있는 것인지, 곧 그것은 참을 수 없는 소음이 되었다. 거실로 나오자 소리는 훨씬 더 커졌다.

소리는 거실 천장에서 울리고 있었다. 희중은 불안을 감추지 못하고 거실 천장을 올려다보았다. 위층에 혹시 개구쟁이 아이들이 이사를 온 것은 아닐까. 그래서 시도 때도 없이 〈꼬마 기관차 토마스와 친구들〉 노래를 불러대는 것은 아닐까.

상윤도 비슷한 생각이었던 모양이었다. 조용히 집을 빠져나갔다가 돌아왔는데, 그사이에 위층에 다녀왔다는 것은 나중에 그가 돌아갈 때에야 알았다.

"위층에 뭐가 사는 줄 알면 형은 아마 놀라 자빠질걸."

"뱀이라도 키워?"

희중은 농담 같지도 않은 대꾸를 하며 517호를 올려다보았다. 결혼을 하면서부터 살았고, 아이를 낳았고 그 아이를 잃은 집이었다. 그리고 조안이 뛰어내렸던 집이었다.

"뱀은 아니고, 곰이 살더라고."

"무슨 헛소리야?"

"내가 덩치들을 알 만큼은 아는데, 세상에 그런 덩치는 또 처음 봤네. 현관문에 몸이 끼일 정도더라니까. 몸을 이렇게 돌려서 나오더라고."

상윤은 다시 생각해봐도 여전히 놀랍다는 듯 휘파람을 불며 몸을 돌려 나오는 시늉을 해 보였다.

"주먹이 살아?"

"그런 건 아닌 것 같은데, 그냥 물살만은 또 아닌 것 같고. 한마디로 말해서 그냥 곰이더라니까."

무슨 말을 하건 얼마쯤 과장이 섞이는 상윤이었다. 희중은 말을 자르며 물었다.

"아무튼. 왜 그렇게 시끄러웠대?"

"러닝머신이 있더라고. 거실에."

"그래서 좀 조용히 해달라고 했어?"

상윤이 미간을 잔뜩 좁히면서 희중을 바라보았다.

"형, 쪽팔리지만, 내가 기죽었다는 거지. 그냥, 그 덩치를 보는데 말이 안 나오더라고."

"네가?"

"선수끼리는 말이야. 인터벌이라는 게 있는 거거든. 다짜고짜 치고 들어가다가는 골로 가는 수가 있단 말이지."

"주먹 아닌 것 같다면서?"

"그래서 내가 쪽팔리다고 했잖아."

상윤과 말이 길어지면 언제나 배가 산으로 갔다. 시끄럽다고 항의를 하러 올라가서 그 덩치만 보고 그냥 기가 죽었다면, 대체 상윤이 위층에 올라가서 한 일은 뭐란 소린가. 더는 묻기도 성가셔 그냥 작별 인사를 하려고 할 때, 상윤이 갑자기 희중의 팔을 잡았다.

"왜?"

"그냥 이대로 넘어갈 거 같아?"

"뭐가?"

"주소가 다르잖아. 아까는 못 보고 들어갔지만 금방 알게 될 텐데……"

희중은 대답하지 않았다. 어차피 안 나가잖아. 몇층 몇호인지 쓰여 있는 건 문밖인데. 그런 대꾸가 너무 냉소적으로 들릴 것 같았기 때문이다. 그뿐만은 아니었다. 조안이 평생 집안에만 있을 것처럼 생각하는 자신이 두렵기도 했다. 그러나 투신을 해야만 집 밖으로 나갈 수 있는 그 여자는, 무슨 수로 달라진 자기 집의 층호수를 알아차릴 것인가.

"누나가 정말로 모르는 건지도 모르겠어. 나는 한눈에 다 알겠더만. 그냥 모르는 척하는 거 아니야, 혹시?"

"가라."

희중은 말을 끊고 돌아섰다.

집으로 돌아오는 길에 희중은 사층을 올려다보았다. 더 정확히 말하면 사층과 오층 사이. 상윤에게는 아무 말도 하지 않았지만 조안이 바뀐 집을 정말로 알아차리지 못하는 것인지 상윤만큼이나 그도 확신할 수가 없었다. 병원에서 조안이 이사를 했느냐고 여러 번 물었다. 처음에는 그렇다고 대답했다가 나중에는 아니라고 대답했는데, 그 엇갈린 대답을 조안은 되묻지도 않았다. 자신이 듣고 싶은 대답만 들으려고 하는 듯했다. 그렇다면 집에 돌아와서도 자신이 믿고 싶은 것만 믿으려고 하는 것일까.

상윤에게는 말하지 않았지만 이 상황이 가장 두려운 것은 희중 자신이었다. 조안이 아무것도 모르는 채 그냥 넘어가기를 바라는 마음과 알아차리기를 바라는 마음의 크기가 거의 같았다. 아니 실은 후자쪽이 더 컸다. 그래서 빨리 이 장난 같은, 혹은 거짓말 같은 일이 끝나기를. 사층으로 이사했어. 그렇게 말하는 게 어려울 것은 없었고, 조안 역시 어쩌면 그 말을 아주 쉽게 받아들일지도 몰랐다. 아, 그랬구나. 멀리 간 것보다 낫네. 그런 식으로 말이다.

그러나, 과연 그럴 수 있을까.

희중의 시선이 천천히 오층으로 올라갔다. 그런데 곰이라니……
아이에게 읽어주던 동화가 떠올랐다. 어느 날 아침 눈을 떴더니, 글쎄 집안에 곰이 들어와 있는 거예요. 아주아주 커다란 흑곰이었어요. 배가 고팠는지 글쎄 곰이 냉장고를 열어보고 있네요…… 아니다. 동화가 아니었을 것이다. 캐나다 어느 지역에선가 실제로 있었다는 해외토픽이었을 것이다. 곰이 이른 아침 편의점으로 걸어들어와 냉장고 문을 열었더라는…… 세상에는 그런 거짓말 같은 일이 실제로 일어날 수도 있는 것이다.

집에 돌아와서도 희중은 천장을 올려다보았다. 위층에 산다는 곰 때문인지 아니면 위층에 남겨두고 온 아이에 대한 고통스러운 추억과 그리움 때문인지는 알 수 없었다. 무언가 감당할 수 없게 무거운 것이 짓누르는 듯한 기분이 들었는데, 슬픔인지 자포자기의 심정인지도 알 수 없었다.

조안은 침실에서 잠들어 있었다. 몸을 잔뜩 구부려 거의 무릎이라도 끌어안을 듯한 자세였다. 잠이 편안하지가 않은 모양이었다. 어쩌면 집이 바뀐 것을 몸이 먼저 알아차렸는지도 모른다. 희중은 한동안 조안을 내려다보고 있다가 다시 거실로 나와 소파에 누웠다. 긴장을 하고 있는 것은 희중의 몸 역시 마찬가지였다. 온몸의 마디에서 덜그덕 소리가 나는 것 같았다.

그 와중에 천장이 다시 울리기 시작했다. 쿵쿵, 쿵쿵, 쿵쿵, 쿵쿵…… 마치 장단을 맞추듯 울리는 그 소리가 어두워질 때까지 멈추지 않더니, 잠에서 깬 조안이 침실에서 걸어나오는 순간에 거짓말처럼 멈췄다. 갑작스러운 정적과 어둠 속에 조안이 그림자처럼 서 있었다. 길을 잃고 완전히 낯선 곳에 던져진 아이처럼 조안의 얼굴이 울먹울먹하는 것처럼 보였다. 희중은 거실의 불을 켜는 대신에 조안에게로 다가가 어둠 속에서 조안을 가만히 안았다.

4

희중이 위층의 곰을 만난 건 이사 후 며칠이 지나지 않아서였다. 퇴근을 하고 돌아오는 길이었다. 사층 엘리베이터에서 내렸을 때 복도 전체를 가로막고 있는 거대한 덩어리가 보였다. 그것은 그러니까,

거대한 덩어리라고밖에는 달리 표현할 수가 없는 그 무엇이었다. 잠시 멈춰 한동안 바라본 후에야 그것이 덩어리가 아닌 사람이라는 것을 알 수 있었고, 그 덩어리도 아니면서 사람도 아닌 것 같은 자가 복도를 서성거리고 있는 것을 알 수 있었다. 마치 조금씩 커져가는 거대한 눈덩이처럼 가까이 다가올수록 덩어리의 위압감이 점점 더해졌다. 집안으로 들어서기 직전, 희중은 그 엄청난 덩어리의 흰 피부를 볼 수 있었다. 놀랍게 희고 깨끗한 피부였다. 백곰! 그때 희중이 떠올린 단어였다. 상윤이 만났다는 위층의 남자가 틀림없는데, 무슨 까닭으로 사층 복도를 서성거리고 있는 것인지 알 수 없었다. 눈이 마주쳤다. 묘하게 불안한 눈길이 느껴졌다. 좋은 인상의 사내가 아니었다.

그리고 바로 그날 밤이었다. 쓰레기를 버리고 돌아오는데, 다시 그 남자가 복도에 있었다. 이번에는 서성거리는 대신 어느 집의 문을 뚫어지게 바라보고 있었다. 바로 희중의 집이었다.

"뭡니까?"

희중이 한 발짝쯤 떨어진 곳에서 물었다. 남자가 희중을 향해 돌아섰다. 싸움꾼인 상윤이 그 체구만 보고도 '쪽팔리게 쫄아버렸다'고 말했었다. 늘 과장을 입에 달고 사는 상윤이지만 그때만큼은 어느 정도 사실을 말했었다는 걸 희중도 인정하지 않을 수 없었다. 희중도 살면서 그처럼 거구의 남자를 본 적이 없었다. 족히 일 미터 구십 센티는 될 것 같은 큰 키에 체구 또한 엄청났는데, 그 거대한 몸집이 한순간에 희중을 덮쳐버릴 것만 같았다.

"무슨 볼일이 있으십니까?"

그럴 필요가 전혀 없었음에도 희중이 그 체구에 질려 자신도 모르는 사이에 아랫배에 힘을 주며 물었다.

"여긴 저희 집입니다만?"

희중이 다시 한번 말했을 때였다.

"시끄러워서요."

백곰의 말이었다. 낮은 목소리가 복도 바닥으로 깔려오는 듯했다. 희중은 그자의 말을 이해할 수가 없었다.

"뭐라고 그러셨습니까?"

"너무 시끄럽습니다."

두 번이나 반복해 들었음에도 백곰, 그러니까 그자의 말을 이해할 수 없기는 마찬가지였다. 시끄럽다니…… 희중의 집은, 아니 조안의 집은 세상에서 가장 조용한 집이었다. 혼자 있을 때 조안은 음악을 듣지도 않았고 티브이를 보지도 않았다. 심지어는 청소기를 돌리지도 않았다. 조안은 소리없이 움직였고, 소리없이 밥을 먹었고, 소리없이 몸을 씻었다. 할 수만 있다면 그녀는 소리없이 숨을 멈춰버리리라.

퇴근 후의 희중도 마찬가지였다. 그는 작게 말했고 낮게 웃었다. 조안과 함께 티브이 홈쇼핑을 시청할 때에도 볼륨을 높여본 적이 없었다. 둘은 소리를 높여 싸운 적도 없었고, 소리를 높여 크게 웃어본 적도 없었다. 세상에서 가장 조용한 집 콘테스트가 있다면 우승도 노려볼 만하리라. 희중이 쓸쓸히 했던 생각이었다.

"무슨 소리가 들렸다고 그러십니까?"

"애가 너무 웁니다."

희중의 얼굴이 순식간에 굳었다. 이자가 지금 무슨 말을 하고 있는 것인가. 애가 너무 운다니…… 물론 헛소리에 지나지 않을 것이다. 그러나 헛소리라고 쳐도 이건 너무 지독하고 고약한 헛소리가 아닌가.

"잘못 들으신 겁니다."

희중은 굳은 목소리로 대답했다. 그리고는 백곰의 몸을 밀치듯이 하고 현관문을 열려고 할 때였다. 백곰이 물러나지 않고 말했다.

"어떻게 잘못 듣습니까?"

희중의 몸이 다시 백곰에게로 향했다.

"뭐요?"

"애 있잖습니까?"

희중의 얼굴이 점점 더 붉게 달아올랐다. 어느 순간부터는 아랫입술을 깨물고 있었는데 입술에 새겨지는 잇자국이 점점 더 선명해졌다. 희중은 간신히 입을 열어 말했다.

"애, 없습니다."

자신도 모르는 사이에 그 말을 뱉어놓고는 희중의 달아올랐던 얼굴이 순식간에 참혹해졌다. 무심결에 튀어나온 그 말이 되돌아온 화살처럼 가슴에 꽂혔다. 견딜 수 없는 통증이 느껴졌고 가슴이 완전히 무너져내리는 듯했다. 희중은 홀로 비틀했다.

"있잖습니까, 애."

그때 백곰의 말이 이어졌고, 희중의 참혹하던 얼굴이 이번에는 아예 터질 듯이 달아올랐다.

"꺼져, 이 새꺄."

희중은 어떤 의미로 말한다고 하더라도 폭력적인 성향의 사람이 아니었다. 싸움도 할 줄 몰랐고 욕도 잘 할 줄 몰랐다. 자기 집 문 앞에서 만난 이웃에게라면 더욱 그랬다. 그러나 희중은 거침없이 욕설을 내뱉었고, 잠시 후에는 그 '미친놈'을 한 대 갈기게 될지도 모를 것 같았으므로, 서둘러 그러나 단호히 현관문을 쾅, 하고 닫아버렸다. 고양이 두 마리가 현관 문턱에 나란히 앉아 밖에서 일어난 일을 궁금해하듯이 그를 쳐다보고 있었다.

그 '미친놈'이 들었다는 아이 울음소리는 어쩌면 고양이들의 울음소리였을지도 모르겠다는 생각이 비로소 들었다. 조안이 입원해 있는 동안 동물병원에 맡겨두었던 고양이들을 퇴원 전날에 찾아왔었다. 자꾸만 뒤바뀌는 환경 때문에 고양이들의 스트레스도 적지 않은 것 같았다. 새집에 도착한 첫날, 고양이들이 이 방 저 방을 돌아다니며 번갈아 새된 울음소리를 냈다. 조안은 눈치채지 못한 이사를 고양이들은 이미 다 알고 있는 것 같았다.

그러나 대체로는 얌전하고 조용한 고양이들이었다. 울음소리를 내도 너무 가냘파서 달려가 곧 머리를 쓰다듬어주고 싶게 만들 정도였다. 그런 고양이들의 울음소리가 위층까지 올라갈 수도 있으리라고는 생각도 못했다. 전에는 한 번도 고양이들 울음소리 때문에 문제가 생긴 적이 없었기 때문에 더욱 그랬다.

잠들어 있을 줄 알았던 조안이 거실 한복판에서 그를 향해 서 있었다. 현관 문턱에 앉아 그를 쳐다보고 있는 고양이들처럼, 밖에서 무슨 일이 일어났냐고 묻는 듯이. 희중은 조안을 마주 바라보지 않았다. 문밖에서 자신이 백곰에게 했던 말을 조안이 들었을까봐 겁이 났던 것이다.

애가 너무 웁니다, 그렇게 말하던 백곰에게 자신이 했던 말.

'애, 없습니다.'

아무리 무심결이라고 하더라도 자신이 어떻게 그런 말을 할 수 있었을까. 그가 지금 바라보고 싶지 않은 것은 그를 책망하는 조안의 얼굴이 아니라 그런 조안의 눈에 비친 자신의 모습일지도 몰랐다.

희중은 욕실로 가서 손을 씻었다. 거울에 비친 얼굴이 여전히 붉었다. 그는 한동안 변기에 앉아 있었다. 몸속에서 무언가가 자꾸 울컥울컥하는데, 아무래도 울음인 것 같았다. 변기에서 일어나 그는 다시 한 번 손을 씻고, 또 세수를 했다.

욕실 밖으로 나왔을 때, 조안은 침실에 있었다. 그사이에 어떻게 그토록 깊이 잠들었을까 싶게 미동도 없는 자세였다. 희중은 조심스럽게 조안의 옆자리에 누웠다.

그 밤에, 또 천장이 쿵쿵 울렸다. 쿵쿵 드르륵, 쿵쿵 드르륵, 박자까지 맞춰가며 울리는 그 소리를 견딜 수가 없었다. 처음에는 무시하려고 했지만 그럴수록 소리가 점점 더 커져 나중에는 그 소리가 귓속에서 울리는 정도가 아니라 터지는 것 같았다. 화를 참지 못한 희중이 침대에서 일어나 앉았다. 천장이 울리거나 무너지거나 조안은 등을 돌린 채 누워 꼼짝도 하지 않았다. 잠이 든 건지 잠든 척하는 건지 알 수가 없었는데, 어느 쪽이든 자신을 책망하는 모습이라는 생각이 드는 것은 마찬가지였다.

희중은 침실에서 나와 물을 한 잔 마셨다. 소리는 거실에서 더 잘 들렸다. 천장을 향해 고개를 꺾은 희중의 얼굴이 시뻘겠다. 꼭지가 돌아버린다는 느낌, 살면서 몇 번이나 그런 느낌에 빠져봤는지는 알 수 없었지만, 그 밤에 희중의 느낌이 꼭 그랬다. 아무래도 백곰이 자신이 내뱉었던 욕설에 대해 복수를 하고 있다는 생각이 들었고, 그 생각이 일 초 단위로 점점 더 확고해져 겨우 일 분도 지나기 전에 의심할 여지가 없게 굳어졌다.

희중은 위층으로 올라갔다. 초인종을 눠둔 채 문을 쾅쾅 두드렸고, 잠시 후 문이 열렸다.

"당신, 미친 거 아뇨?"

희중이 버럭 소리를 질렀을 때, 백곰은 대꾸도 없이 희중을 쳐다보기만 했다.

"이 밤중에 러닝머신을 뛰는 사람이 어디 있소?"

"그런 거 없습니다."

"뭐요?"

"없습니다, 그런 거."

희중의 꼭지가 다시 한번 돌아갔다. 그런 거 없다는 백곰의 말이 '애, 없습니다'라고 했던 그의 말을 좇아 하는 게 분명해 보였기 때문이다. 그 와중에 백곰의 말이 이어졌다.

"새벽 한십니다."

"뭐요?"

"지금 시간이요."

말이 짧은 인간이었다.

"문, 닫습니다."

말이란 게 틈새를 뚫고 들어갈 수가 없을 정도로 짧을 수도 있다는 걸 희중은 그때 처음 알았다. 꼭지가 돌아간 희중이 욕설도 부족해 몸이라도 날릴 기세로 두 주먹을 쥐는 동안 문이 먼저 닫혀버렸다. 희중은 주먹을 들어올렸다. 그리고 있는 힘껏 내리치려는 찰나였다. 무슨 소리가 들렸다. 분명히 무슨 소리가.

아이의 울음소리였다.

희중이 자신도 모르는 사이에 한 발짝 뒤로 물러 등이 복도 난간 벽에 닿아 휘청했다. 그것은 그의 아이의 울음소리가 분명했고, 방금 전그가 내리치려 했던 문틈 사이로 스며나오고 있는 것이 틀림없었다. 희중은 손바닥으로 신음이 터져나올 것 같은 입을 막았다. 517호. 바로, 그의 집이었다. 그와 조안과 아이의 집. 그러나 아이만 두고 그와조안이 떠나온 집. 아이가 울고 있었다. 자기만 놔두고 떠나버린 엄마아빠를 찾으며……

희중은 몸을 돌려 복도 난간 벽에 가슴을 기대었다. 들숨과 날숨 때문에 몸이 들썩들썩했다. 어쩌면 미친 건 자신인지도 모른다. 적어도그 순간에 그는 미친 것이 분명했다.

희중을 상담했던 의사는 아픈 건 조안만이 아니라고 했다. 아프다는 말을 하지 않는 것 역시 조안만이 아니라고 했다. 의사의 말이 맞을지도 모른다. 그러나 세상에 아프지 않은 사람이 어디 있나. 나 혼자 아프다고 말할 수 있는 사람은 누가 있나. 복도에서 내려다본 새벽한시의 아파트 주차장에는 빈틈 하나 없이 차들이 꽉 들어차 있었다. 집으로 돌아온 사람들의 차들이었다. 밤마다 하루도 빠짐없이 집으로돌아오는 사람들의 차들이었다. 그는 그 수많은 차들의 지붕을 내려다보며, 홀로 물었다.

누가 아프지 아니하냐. 지금 아프지 않은 사람은 누구이냐.

5

백곰의 집에서 내려와 희중은 술을 마셨다. 숨겨두었던 위스키 병에는 남은 술이 거의 없었다. 병을 바닥까지 기울여 따른 후, 희중은 그 한 잔의 술을 한입에 털어넣었다. 그러고는 술생각을 지우기 위해 있는 힘을 다해야만 했다.

그러나 그 밤에, 아니 거의 새벽 세시에 희중은 기어코 다시 집을 나갔다. 술을 더 사러 가기 위해서가 아니었다. 그렇게 믿고 싶었다. 잠깐 밤바람을 쐬고 나면 술생각도 사라지고 훨씬 기분이 나아질 것 같았다.

그 새벽에 엘리베이터가 움직이고 있었다. 엘리베이터 문이 열리자 술에 떡이 된 이웃 남자 하나가 고꾸라질 듯이 밖으로 나왔다. 그후 비현실적일 정도로 환하게 불이 밝혀진 엘리베이터 내부에 또 한 사람의 모습이 보였는데, 그것은 거울에 비친 바로 자신의 모습이었다. 거울 속의 그는 방금 전의 이웃 남자처럼 술에 떡이 된 것 같은 모습이었다. 희중은 혀로 입술을 핥았다. 위스키에 절어버린 것 같은 입술이었다.

자신은 정말로 한 잔만 마셨던 것일까. 위스키 병에는 정말로 한 잔의 술만 남아 있었던 것일까. 혹시 이미 자신이 그 자리에서 술 한 병을 다 비워서 그렇게 되었던 것은 아닐까. 그렇다면 자신은 도대체 술을 언제부터 마셨던 것일까. 혹시 오층에 올라가기 전부터는 아니었을까. 희중은 느닷없이 자기 자신을 믿을 수가 없었다.

아이를 잃은 후 늘기 시작한 술이었다. 한 잔을 마시든, 한 병을 다

116

마시든 취하지 않기는 마찬가지였으므로 차라리 마시지 않는 편이 낫겠다고 생각했었다. 그러나 생각뿐이었다. 숨겨두었던 위스키 병을 꺼낼 때마다 마치 도둑이 들었던 것처럼, 도둑이 들어와 몰래 술만 마시고 나간 것처럼, 술의 양이 현저히 줄어 있었다.

희중은 술을 많이 마시는 사람이 아니었다. 사고 전까지는 분명히 그랬다. 술을 전혀 안 하는 것은 아니었지만 자신을 주체할 수 없을 정도로 과하게 마신 적은 없었다. 술을 마시고 완전히 필름이 끊겼던 것도 사고 이후에 처음 있었던 일이었다.

조안이 병원에 입원해 있을 때였다. 잠에서 깨어난 것처럼 문득 정신을 차렸을 때, 그는 새벽 거리를 맨발로 걷고 있었다. 깜짝 놀라 멈추어 섰더니 입에서 터져나오는 것이 울음소리였다. 아무것도 기억하지 못하고 영문도 모른 채로 그가 그 새벽 거리에서 맨발로 서서 엉엉 울었다. 울음은 슬픔이 아니라 오바이트인 것처럼 쏟아져나왔다. 그 울음소리 사이로 아버지를 흐느껴 부르는 소리가 섞였다. 어린아이가 엄마를 찾으며 울듯이 그 새벽에 희중은 아버지를 부르며 울었다.

아버지가 우는 걸 본 적이 있었다. 어렸을 때, 어머니는 교회에 가고 아버지와 단둘이서만 집에 있던 어느 일요일이었다. 아버지는 감정 기복이 심한 사람이었다. 희중과 잘 놀아줄 때는 온몸이 땀에 흠뻑 젖을 때까지 뒹굴며 놀아줬지만 그렇지 않을 때는 한나절이 지나도록 입 한 번 열지 않았다. 그날 아버지는 희중을 쳐다보지도 않았다.

희중은 낮잠이 들었고, 어머니를 쫓아 교회에 나가지 않은 게으름의 벌을 받는 꿈을 꾸었다. 그러다가 날카로운 비명소리 같은 것 때문에 깨어났는데, 재방송중인 티브이 드라마 속에서 한 여자가 괴한에게 쫓기고 있는 중이었다. 티브이 속에서는 비가 펑펑 쏟아지고 있었지만 거실은 뜨거운 햇살로 쨍쨍했다. 고물 선풍기가 회전을 하다 멈춘 채 엉뚱한 곳을 향해서 바람을 쏟아내고 있었다. 희중은 선풍기의 방향을 돌리는 대신 잠에 취한 걸음으로 비틀비틀 걸어가 현관문을 열었다. 오줌이 급했다. 그 여름에 화장실이 고장났었다. 변기에서 툭 하면 물이 넘쳐 희중은 마당에서 오줌을 눌 때가 많았다.

아버지가 마당에 있었다. 마당 수돗가에서 등을 돌리고 서 있었는데 어깨가 들썩거렸다. 그리고 곧 무슨 소리가 들렸다. 마치 뱃속에서부터 꾸역꾸역 밀려나오는 듯한, 참으로 기괴했던 그 소리는 신음소리처럼도 들렸고 울음소리처럼도 들렸다. 희중은 오줌 마려운 것도 잊고 아버지를 바라보았다. 아버지의 몸이 점점 더 거칠게 흔들렸다. 잠시 후 아버지의 무릎이 스르르 꺾이는 듯하더니 엉덩이가 바닥으로 내려갔다. 수돗가 바닥이 젖어 있었다. 아버지는 그 젖은 바닥에 털썩 주저앉아 얼굴을 허공으로 향한 채 마치 늑대처럼 울었다.

그날 아버지에게는 무슨 일이 있었던 것일까. 희중이 낮잠에 빠져 있던 사이, 티브이 드라마 속의 여주인공이 괴한에게 쫓기고 있던 사이, 그 잠깐 동안에 아버지에게는 어떤 일이 벌어졌던 것일까.

그리고 그로부터 오랜 세월이 흘러 자신에게는 도대체 어떤 일이 벌어진 것일까. 새벽 거리에 맨발로 서서 엉엉 울면서 희중은 생각하고 생각하고 또 생각했다. 도대체 내게 무슨 일이 벌어진 것이냐고. 이 세상에 도대체 무슨 일이 벌어진 것이냐고.

6

조안은 모니터 안에 누워 있다. 그러니까, 희중의 노트북 안에.

이사를 하던 날 이삿짐 속에서 감시용 카메라를 발견했었다. 백일도 안 된 아이를 두고 조안이 다시 출근을 하지 않을 수 없었을 때, 희중과 조안이 함께 사들였던 것이다. 그들은 전문업체에다 고가의 비용을 지불하고 보모를 고용했지만 업체도 돈도 보모도 완전히 믿을 수가 없었다. 그러기에는 그 작은 생명에 대한 애정과 불안이 너무 컸다. 이 영악스러운 젊은 부모는 몰래카메라를 한 대도 아니고 두 대나 설치해서 집안의 곳곳을 빠짐없이 촬영했다.

그렇게 극성을 부렸음에도 정작 그 카메라로 보모를 감시한 시간은 길지 않았다. 보모는 기대했던 것 이상으로 괜찮은 사람이었다. 보모를 고용한 지 얼마 되지 않아 '이모'라고 부르는 호칭에 신뢰와 애정이 담겼다. 퇴근 후 그들은 수도 없이 녹화된 동영상을 돌려 보곤 했지만 더는 보모를 감시하기 위해서가 아니라 화면 속에서 해맑게 웃고 있는 아이를 보기 위해서였다. 보모는 기차사고 때까지 아이를 돌보았다. 그러니까 더이상 돌볼 아이가 존재하지 않을 때까지.

사고 후, 컴퓨터 안에 저장되어 있던 그 동영상을 몇 번이나 다시 돌려 보았는지 모른다. 화면 속에서 아이는 마치 보모의 아들처럼 보였다. 아이가 젖병에 넣어 먹는 조안의 모유는 마치 보모의 젖 같았다. 아이는 보모를 향해서 웃고, 보모를 향해 팔을 뻗었다. 만취했던 어느 날 밤, 모니터를 바닥에 내던지고 카메라는 꺼내서 집어던져버렸다. 그러고는 완전히 잊고 있었던 것인데, 그 카메라들이 이삿짐

속에서 나온 것이다.

그는 그 작은 카메라를 손바닥 위에 올려놓고 오래 내려다보았다. 거의 새벽녘까지 그랬을 것이다. 그 새벽에 그 카메라들을 다시 설치했다. 그리고 그는 간절히 중얼거렸다.

'사랑한다는 말을 어떻게 하면 내 마음이 전부 다 너에게 갈 수 있을까.'

그 작은 카메라를 설치하는 것이 기중기로 들어 옮기는 것만큼이나 힘들고 무거웠다. 그 새벽에 희중의 얼굴이 땀인지 눈물인지 모를 것으로 범벅이었다.

카메라 따위가 할 수 있는 일이 무엇일 것인가. 이깟 카메라가 조안을 위해 무엇을 할 수 있을 것인가. 부질없는 짓이라는 걸 모르지 않았다. 그렇더라도 그는 무엇이든 해야만 했다. 그것이 무엇이더라도, 무엇이든. 그는 조안을 지켜야만 했고, 지키기 위해서는 먼저 지켜봐야만 했다.

이사를 하기는 했어도 조안이 퇴원하기 전까지 희중은 대부분 오픈 준비중인 약국에서 머물거나 그곳의 접이식 간이침대에서 잠들었다. 정신과 치료를 받고 있는 조안의 병실에서는 보호자의 취침이 금지되어 있었다. 그는 병원에서 집으로 돌아가는 것이 아니라 병원에서 약국으로 돌아왔다. 혼자 있는 집으로는, 그것도 517호가 아닌 417호로는 돌아가고 싶지 않았다. 그는 쌓여 있는 약상자들 위에 노트북을 올려놓고, 맨바닥에 앉은 채로 텅 빈 집의 풍경을 오래도록 들여다보곤 했다. 그가 집어던질 때 문제가 생겼는지, 아니면 프로그램의 문제인지 음향이 재생되지 않는다는 것을 안 건 얼마 후의 일이었다.

어느 날 저녁, 노트북을 켰을 때 아무도 있을 리가 없는 빈집에 한 남자가 있는 게 보였다. 웬 남자 하나가 도둑처럼 집안을 왔다갔다하고 있었다. 희중이 깜짝 놀라 자세히 들여다보자 도둑 같은 남자가 긴 고무장갑이 보였다. 상윤이었다.

이사를 하면서 상윤에게 현관문의 비밀번호를 알려준 바 있었다. 상윤이 그 비밀번호로 문을 따고 들어가 아무도 모르게 집을 청소하고 있는 것이다. 그러고 보니 거실 한가운데에 놓인 청소용품들이 엄청났다. 마트에서 청소용 세제들을 통째로 쓸어온 것 같았다. 그러나 한참 바라보고 있다보니 정작 상윤이 하는 일은 청소가 아닌 것 같았다. 소파를 십 센티쯤 옮겼다가 다시 제자리로 옮기고 액자를 똑바로 했다가 다시 비뚜름하게 놓고 하는 식이었는데, 마치 집을 통째로 설치하는 것 같은 태도였고, 자못 예술적으로까지 보이는 태도였다. 하기는 예술보다 더한 것이 필요할지도 몰랐다. 그것은 이사가 아니라 집을 통째로 옮기는 일이었으므로.

도중에 상윤이 어딘가로 전화를 걸었다. 희중의 핸드폰에서 벨이 울렸다. 희중은 노트북 화면을 바라보면서 상윤의 전화를 받았다. 상윤은 자기가 지금 집에 와 있다고 말했고, 심심한 김에 먼지나 좀 털어놓고 갈 작정이라고 말했다. 그러면서 쓰레기봉투가 어디 있느냐고 물었다. 네 왼쪽, 싱크대 맨 아래 서랍. 이렇게 말이 튀어나오려고 하는 것을 희중은 간신히 눌러 삼켰다.

그날 밤, 잠이 오지 않아 다시 노트북을 켰던 희중의 가슴이 쿵 하고 내려앉았다. 쥐 한 마리가 거실을 가로질러 달리고 있었다. 엄청난 크기의 쥐였다. 맙소사…… 아파트 안에 쥐가 살다니. 오층에는 없고 사층에만 있는 것이 쥐였단 말인가.

자세히 들여다본 후에야 그것이 쥐가 아니라는 것을 알 수 있었다. 상윤이 돌아가면서 창문을 제대로 닫지 않았던 모양이었다. 베란다에서 쏟아져들어오는 바람에 검은 비닐봉지가 날아다니고 있었다. 회오리처럼 맴돌던 비닐봉지가 침실 문턱에 내려앉았다.

거실 장식장에 설치한 카메라는 침실의 내부까지 보여주지는 않지만 입구를 볼 수 있기는 했다. 조안이 낮잠을 자는 동안 희중은 조안의 발과 다리를 볼 수 있을 것이다. 희중은 그것만으로도 충분하다고 생각했다.

아이의 보모를 감시해야 했을 때 침실을 겨냥해 카메라를 설치할 필요는 없었다. 그러나 이제는 상황이 달라졌다. 아이 방 쪽을 향하고 있는 카메라야말로 이제 더는 쓸모가 없는 물건일 터였다. 아이가 살아 있을 때는 한순간도 닫히는 적이 없던 문이 앞으로는 한순간도 열리지 않을 것이니. 그렇더라도 희중은 그 카메라를 없애버릴 수가 없었다. 아이가 살아 있을 때와 똑같은 자리에, 문이 열리면 방안이 환히 보이는 그 자리에 카메라를 설치하지 않을 수 없었다. 언젠가 아이가 다시 돌아오기라도 할 것처럼…… 화면 안에서 방긋 웃는 얼굴로 아이가 다시 나타나기라도 할 것처럼……

조안이 퇴원해 돌아온 뒤, 희중이 약국에 출근할 때마다 가장 먼저 하는 일은 약국의 컴퓨터가 아니라 자신의 노트북을 켜는 것이었다. 그리고 그는 방금 전에 집에서 헤어진 조안에게 다시 인사를 했다. 안녕, 조안. 좋은 아침이지? 약국을 개업한 후 그는 늘 이른 출근을 했다. 약국 문을 여는 시간은 열시였고, 집에서부터 차로 고작 이십 분이내의 거리에 있었지만, 그는 항상 아홉시가 되기도 전에 집을 나섰다. 약국 문을 열기 전까지 그는 모니터 안의 조안과 함께 있었고, 그때의 조안은 실제보다 더 그를 위로했다. 어느 아침이든 모니터 안에서는 아무 일도 일어나지 않았고, 조안은 안전했고, 희중 역시 마찬가지였다.

그는 항상 일찍 출근해 늦게 퇴근했지만 조안의 하루를 그 자신의 하루보다 더 선명하게 알 수 있었다. 조안의 하루하루는 매일 리와인드되는 똑같은 필름 같았다. 조안은 아침으로 샐러드와 우유를 먹고, 점심때는 식빵과 샐러드와 우유를 먹었다. 아무것도 바르지 않고 굽지도 않은 식빵을 뜯어먹고, 샐러드 역시 대개는 드레싱 없이 생야채를 먹었다. 조안의 무릎 위에 언제나 네모가 앉아 있는 것도 같은 풍경이었다. 블루는 늘 조안의 발치에 누워 있곤 했다. 식사를 마친 후 조안은 식탁 아래에 쪼그려앉아 블루의 머리를 한참 동안 쓰다듬어줬다.

밥을 먹을 때 이외에 조안은 거의 침실에 머물렀다. 모니터로 보이는 것이 침대의 발치밖에 없어서 조안이 침실 안에서 하는 일이 무엇인지는 알 수 없었다. 침실에는 티브이도 없고 책장도 없었다. 화장대가 있기는 했지만 혼자 있는 조안이 화장을 할 것 같지는 않았다. 침실에는 화장실이 없었다. 조안은 사고 전에도 마찬가지였지만 사고 후에는 그야말로 엄청난 양의 물을 마셨다. 그래서 조안은 화장실에 가기 위해 자주 침실에서 나오지 않을 수 없었다. 그녀는 항상 종종걸음으로 화장실에 갔다가 종종걸음으로 나왔다.

점심을 먹은 후에는 또 침실로 들어갔다. 이번에는 낮잠을 자기 위해서였다. 한 시간에서 두 시간까지, 조안의 발이 침대에 가지런히 놓여 있었다. 약기운 때문이겠지만, 조안의 낮잠은 늘 깊고 평화로워 보였다. 조안이 낮잠을 자기 위해 잠자리에 드는 것을 본 후에야 그도 비로소 모니터를 오래 들여다보느라 뻑뻑해진 눈을 쉴 수 있었다.

　퇴근 전에는 모니터를 끄고 항상 노트북을 잠금 상태로 만들어놓았다. 모니터가 암전되기 직전, 그는 잠시 후면 집에서 만나게 될 조안에게 인사했다. 안녕, 조안. 좋은 하루였지?

　카메라가 하는 일은 아무것도 없었다. 하긴 무엇을 기대했을 것인가. 아이의 보모를 들이기 전 카메라를 구입할 때도 그들이 기대했던 건, 보모가 아이를 학대하는 장면을 포착하는 것이 아니었다. 그럴 리가 있겠는가. 감시카메라의 기능은 아무 일도 일어나지 않는다는 것을 확인하는 것이었고, 목적 역시 그러할 뿐이었다. 그리고 그것이 지금 희중의 유일한 소망이었다.

7

　그런데, 조안이 이상했다. 노트북의 화면이 밝아지자마자 희중은 뭔가 이상하다는 것을 알아차렸다. 정지된 화면처럼, 조안이 거실 한가운데에서 미동도 없이, 완전히 뻣뻣하게 굳은 자세로 서 있었다.

　뭔가가 잘못된 것 같았다. 조안이 현관문을 향해 저런 자세로 서 있는 걸 본 적이 없었다. 조안은 마치 그 집에도 문이 있다는 사실을 완전히 잊은 사람처럼 굴었다. 그녀는 문밖으로 나가지 않는 것은 물론이고 그 문을 쳐다보려고도 하지 않았다.

조안이 어떤 경우에도 결코 전화를 받지 않는다는 사실을 잊은 채 희중은 급히 노트북 옆에 놓여 있던 핸드폰을 들어 집전화로 등록된 단축번호를 눌렀다. 갑작스러운 전화벨 소리에 놀랐는지 화면 속의 조안이 화들짝 뒤를 돌아보았다. 저 홀로 울리는 전화벨 소리가 화면이 아닌 희중의 귀로, 자신의 핸드폰을 통해서 들렸다. 신호음은 곧 자동응답 메시지로 넘어갔다.

희중이 다시 통화 버튼을 누르려고 할 때, 밖에서 최약사가 '오셨어요?' 말하는 소리가 들렸다. 곧이어 상윤의 목소리가 들렸다. 상윤은 다짜고짜 조제실 안으로 들어올 것이 틀림없었다. 지금 당장은 상윤을 피하는 것이 더 급한 일인 것 같았다. 희중은 황급히 노트북을 덮고, 상윤이 조제실 안으로 들어서기 전에 밖으로 나왔다.

"왜 왔어?"

"인사 참 끝내주네."

상윤의 손에 들린 봉지가 보였다. 봉지 속에 들어 있는 게 보였는데, 또 소꼬리였다. 이 자식은 소꼬리밖에 살 줄 아는 게 없나! 엉뚱한 것에 왈칵 화가 치밀었다. 조안이 자신에게 남은 하나뿐이라면서 자기 누나가 채식만 하게 된 것조차 모르고 있는 것이다.

"나가 있어. 커피나 한잔하게. 나도 바람 좀 쐴 참이었어."

상윤이 나가는 것을 확인하기도 전에 희중은 다시 조제실 안으로 서둘러 들어왔다. 노트북을 열었고, 화면이 다시 밝아졌다. 조안은 거실에 쭈그려앉아 고양이들의 머리를 쓰다듬고 있었다. 무슨 일이 있었냐는 듯이. 당신이 엿보는 걸 다 알고 있어서 장난 좀 쳐봤을 뿐이라고 말하는 듯이.

희중이 다시 조제실 바깥으로 나왔을 때, 상윤은 여전히 약국 안에 있었다.

"어디로 가 있으라고?"

말은 그렇게 했지만 희중의 기색이 전과는 달랐다는 느낌을 받았던 게 틀림없었다. 머리에 든 게 없는 대신 눈치는 기가 막히게 빠른 상윤이었다. 그러나 눈치 빠른 상윤의 의심이 지금 향하고 있는 곳은 아무래도 최약사 쪽인 듯했다. 다녀오세요, 최약사의 인사를 등지고 약국 바깥으로 나서기가 무섭게 상윤이 욕설을 내뱉었다.

"저거, 왜 이유도 없이 쪼개는데?"

최근 들어 상윤은 희중 주변의 모든 여자에게 경계심을 갖기 시작했다. 최약사를 향해서는 흔히 '저거'였고, 때로는 아무 이유도 없이 '저년'이었다. 희중은 상윤을 편의점 앞의 야외 테이블로 데려갔다.

"왜 그러는데?"

"뭘?"

"무슨 일 있는 거잖아. 얼굴에 다 쓰여 있구만. 아까도 무슨 지랄 같은 짓 하다가 들킨 사람처럼."

"시끄러워."

"이상한 생각을 하는 건 아닌데, 무슨 일 있는 건 맞잖아."

상윤이 최약사 쪽으로 더 이상한 상상을 뻗치기 전에 희중은 무슨 말이든 해야 할 것 같았다. 그렇다고 카메라에 관한 이야기를 꺼낼 수는 없었다. 그는 다만 피곤하다고 말했고, 그 피로가 위층의 백곰 때문이라고 말했다. 그 말의 절반 정도는 사실이기도 했다.

며칠 전이었다. 최약사가 이른 퇴근을 하는 날이라 희중의 귀가가 많이 늦었던 날이었다. 차를 주차하고 서둘러 집으로 향하다가 문득 위를 올려다보았는데, 베란다에 서 있는 사람이 보였다. 숨이 멎는 듯했다.

조안!

자칫 그는 비명을 지르며 조안의 이름을 부를 뻔했다. 그러나 찰나 후, 희중은 누군가가 서 있는 베란다가 417호가 아니라 517호라는 것을 알았다. 희중은 아직도 자주 자신의 집을 혼동했다.

베란다에 서 있는 사람이 조안이 아니라는 것을 확인했음에도 놀랐던 가슴은 쉽사리 진정되지 않았다. 게다가 그자, 그러니까 백곰의 모습이 기괴하기 짝이 없었다. 베란다 난간 바깥으로 상반신을 기울이고 서 있었는데, 그건 어떻게 말한다고 하더라도 곧 투신이라도 할 듯한 자세가 아닐 수 없었다. 희중은 그 모습을 오래 바라보고 있을 수가 없었다.

잠시 후 다시 위를 올려다보았을 때 백곰은 더이상 보이지 않았다. 대신 어느 틈에 와 있었는지 곁에 늙은 경비원이 서 있었다. 희중처럼 위를 바라보고 서 있다가 눈이 마주쳤는데 얼굴이 금세 빨개지며 당황하는 기색이 역력했다. 조안의 투신사건을 기억하는 모양이었다. 당연한 일이었다. 경비원이 허둥지둥 입을 열었다.

"어우, 저 양반이 또 저러시네. 당최 자꾸 왜 저러시는지……"

"자주 저래요?"

"덩치가 저만하시니 눈에 띄어도 보통 띄어야 말이지요. 시절도 하 수상한데, 이거야 영 께름칙해서, 원……"

경비원이 말하는 하 수상한 시절이라는 건 뭘 말하는 것일까. 연일

매스컴을 떠들썩하게 하고 있는 토막살인에 관한 이야기일까. 아니면 유명 연예인의 자살을 좇아 연쇄적으로 발생하고 있는 자살사건에 관한 것일까. 아니면, 혹시 자신이 일하는 아파트에서 일어났던 투신사건에 대해서 말하고 싶은 것일까.

경비원들 중의 한 사람이 희중에게 부인은 괜찮으신 거냐고 물은 적이 있었다. 조안은 병원에 있고 희중이 홀로 다시 이사를 오던 날이었다. 희중은 그 경비원의 말을 무시해버렸는데 그걸 어떤 대답으로 알아들은 것인지 경비원의 얼굴이 홀로 안타깝기도 하고 무참하기도 했었다.

바로 그 경비원이 어젯밤에는 희중에게 이상한 말을 했다. 재활용 쓰레기들을 버리던 중이었는데, 경비원이 눈치를 살피듯 다가와 혼잣말처럼 중얼거렸다.

"어느 집에서 애가 너무 심하게 운다는데……"

희중 들으라는 말이었다. 그 정도도 못 알아들을 만큼 눈치가 없지는 않았다.

"누가 그럽니까?"

"몇백 호가 사는 아파트 아닙니까. 별 사람들이 다 있지요. 개나 고양이가 우는 것도 아니고 애 우는 것까지 가지고 그러면 안 되는 건데……"

경비원이 슬쩍 말을 돌리면서 다시 한번 희중의 눈치를 살폈다. 희중은 그 까닭을 짐작했다. 조안의 투신사건은 알아도 아이에게 일어난 사고는 알 리가 없는 경비원이었다. 어느 날부터 조안도 보이지 않고, 조안과 함께 나들이하는 아이도 보이지 않으니 궁금해 죽을 지경이 되어버린 것일 터였다. 경비원의 말은 결국, 부인은 괜찮으신 거냐고, 혹은 살아 있기는 한 거냐고, 다시 묻고 있는 것이나 마찬가지였다.

희중은 경비원의 호기심이 지긋지긋했다. 그러나 경비원의 말을 무시해버릴 수도 없었다. 아이 울음소리 운운하는 것이 아무래도 위층 백곰과 관련되어 있는 것처럼 여겨졌기 때문이었다. 그자가 이제는 경비실에도 항의를 하는 모양이었다. 경비원의 태도로 보아서는 '어느 집'이 아니라 그의 집을 정확히 지목했던 게 분명했다. 그렇다면 혹시 그가 집에 없는 사이에 조안에게도 그렇게 하지는 않았을까. 문을 쾅쾅 두드리면서 애 좀 그만 울리라고 하지는 않았을까. 있지도 않은 아이의 울음소리를 항의하는 자이니, 그러지 말란 법도 없었다.

희중이 다시 백곰을 마주친 것은 쓰레기를 버리고 집으로 올라가던 계단에서였다. 이층쯤을 올라가고 있는데 어느 층의 문이 열리는 소리가 들리고 묵중한 발소리가 들리기 시작했다. 잠시 후 위에서부터 내려오는 거대한 그림자가 희중의 몸을 완전히 덮을 듯했다. 백곰이었다. 눈이 마주쳤다. 희중도 백곰도 한동안 서로의 눈을 피하지 않았다.

계단의 문이 열리던 소리가 오층이 아니라 사층 같았다는 생각이 들기 시작한 건 백곰의 발소리가 완전히 사라진 후부터였다. 다시 찾아온 정적 속에서 문이 열리던 소리가 끼익, 날카롭게 떠올랐고 그 소리가 마치 말하는 듯했다. 사층입니다. 사층입니다. 사층입니다…… 그리고 이어 애가 너무 웁니다, 말하는 백곰의 목소리가 들리는 듯했다. 희중은 달리듯 집으로 돌아왔다.

조안은 등을 돌린 자세로 소파에 기대어 앉아 있었다. 뒤통수까지

기운 없고 나른해 보이는 모습이었다. 그가 퇴근했을 때부터 그런 모습이었다. 아무래도 진정제를 과복용한 듯했다. 그 말은 조안이 무언가에 심하게 스트레스를 받았다는 뜻일 텐데, 그 까닭을 물어볼 수는 없었다. 아이를 잃은 후 스트레스가 아닌 것이 무엇이 있으랴. 사고 이후 희중은 조안에게 그 무엇에 대해서도 묻지 않으려고 노력했다. 조안이 스스로 자신의 문을 열기 전까지는, 희중이 할 수 있는 일은 그저 지켜보는 것뿐이었다.

"씹새끼! 내가 아주 그 살덩어리를 사시미 칼로 저며버릴라니까!"

희중의 말이 끝나자마자 상윤이 당장 백곰에게 달려가기라도 할 것처럼 소리를 질렀다.

"좀, 조용히 해."

몇 번 더 실랑이를 벌여야 할 줄 알았더니 뜻밖에 상윤은 희중의 한마디 말에 곧 입을 다물었다. 한동안 침묵이 이어졌고, 상윤이 다시 입을 열었다. 느닷없이 풀이 죽은 목소리였다.

"고양이들 어디 다른 데로 보내면 안 돼?"

"조안이 걔네들 좋아하잖아."

"하긴 형도 고양이들 좋아하지. 약사를 들여도 고양이같이 생긴 년이나 들이고."

"넌 어쩌면 그렇게 말이 제멋대로 왔다갔다하니? 그것도 정말 재주다."

"내 말은……"

상윤이 머뭇머뭇 말을 이었다.

"고양이들이 정말 그렇게 애처럼 울면…… 그게 그렇게 애 울음소리처럼 들리면……"

상윤은 조안을 걱정하고 있는 것이다. 희중은 상윤의 말을 중간에서 잘랐다.

"안 그래."

"안 그런데 왜 그런 일이 생겨?"

"고양이 안 키워본 사람이 처음 들어와서 그런 걸 거야."

"미친 새끼. 아무튼 내가 아작을 내버릴 테니까."

"제발 말썽부리지 마. 그게 도와주는 거야."

상윤은 더이상 말이 없었다.

그날 저녁, 희중이 귀가했을 때 조안은 여느 날과 다름없는 모습이었다. 저녁 반찬으로 희중을 위해 고등어를 구운 모양이었는데 그날따라 유독 온 집안에 비린내가 진동을 했다. 희중은 창문을 모두 열어 환기를 했다.

싱크대 위의 바구니 속에서 메모지를 발견한 것은 저녁식사 후였다. 설거지를 하고 그릇들을 정리하던 중이었다. 메모지나 일회용 소스, 잡동사니 따위를 넣어두는 바구니 속에 쪽지가 한 장 들어 있었다.

'저는 위층 사람입니다.'

희중은 잠시 멍한 채로 서 있었다. 이게 뭐란 말인가.

'저는 위층 사람입니다. 괜찮으신 겁니까?'

도대체 무슨 이런 이상한 쪽지가 있단 말인가.

그 이상한 쪽지가 백곰이 남긴 거라는 건 의심할 여지도 없었다. 무슨 재주로 현관 문틈 사이로 그걸 쑤셔넣었는지 빳빳한 종이의 한구석이 가닥가닥 구겨져 있었다. 그것은 백곰이 그만큼 집요했다는 뜻이기도 했다.

희중은 고개를 돌려 조안을 돌아보았다. 조안은 소파에 앉아 티브이를 보고 있었다. 여느 날과 전혀 다를 바가 없는 모습이었다. 희중은 오랫동안 조안에게서 시선을 돌리지 않았다. 손에 쪽지를 든 채로였다. 내가 이 쪽지를 발견했으니 이제 당신이 말할 차례잖아, 라고 말하듯이.

한참 동안의 시간이 흘러서야 조안이 희중을 돌아보았다. 가만히 미소짓는 얼굴이었다. 순간 희중의 가슴이 묘하게 내려앉았다. 그 순간 조안에게서 무슨 말을 들었다는 생각이 든 것이다.

'우리 말고도 누군가 알고 있어, 여보.'

희중은 고개를 가로저었다. 이상한 쪽지가 이상한 상상을 불러일으켰을 뿐이다. 그랬음에도 쿵쿵, 가슴 뛰는 소리가 멈추지를 않았다.

8

이튿날 희중의 약국 문이 열두시까지 열리지 않았다. 개업을 한 후에 문 여는 시간을 어겨본 적이 없었다. 약국에 도착하자마자 노트북을 켠 것은 평소와 다름이 없었다. 그러나 그는 언제나 그랬던 것과는 달리 모니터 속의 조안에게 인사를 건네지 않았다. 그는 단지 들여다보고만 있었다. 약국 문을 열어야 한다는 사실조차 완전히 잊은 채.

비록 집안에 몰래카메라 같은 것을 설치했다고 해서 희중이 그 화면을 스물네 시간 내내 볼 수 있는 것은 아니다. 스물네 시간 녹화되는 화면을 보기 위해서는 스물네 시간이 필요했다. 말하자면 불가능한 일이라는 소리였다. 희중이 아무리 모니터에 집착을 한다고 하더라도 잠시 한가한 시간에 모니터를 켰다가 약국에 손님이 들면 또 부리나케 끌 수밖에는 없는 일이었다. 그러나 이날, 희중은 눈도 떼지 않고 모니터 속의 조안을 지켜봤다.

일주일에 세 번 오후에 출근하는 최약사가 뒷문을 통해 들어왔다가 조제실 안에 앉아 있는 희중을 발견하고는 깜짝 놀라는 목소리를 냈다.

"놀래라…… 안 나온 줄 알았어요. 늦게 나온 거예요?"

최약사가 물었고 희중이 대답했다.

"아니."

그러는 와중에도 희중의 시선은 모니터에만 붙박여 있었다.

최약사가 더 묻지 않고 약국 문을 열고, 표시판을 'closed'에서 'open'으로 바꾸었다. 마치 줄이라도 서서 기다리고 있었던 것처럼 문을 열자마자 손님들이 들어오기 시작했다. 그때까지도 희중은 모니터를 끄지 않고 조제실에만 있었다.

모니터 속의 조안은 평소와 다를 것이 전혀 없었다. 샐러드로 아침을 먹고 양치질을 하고 부직포 걸레로 고양이들의 털을 닦아내고 그러곤 침대에 누워 있거나 베란다를 향해 서 있었다. 조안이 창밖을 바라보면서 모니터는 오랫동안 정지화면 같아졌다. 거실을 느리게 지나다니는 고양이들이 아니라면 카메라나 모니터에 문제가 생겼다고 여겼을 정도의 시간이었다.

약국 문 열리는 소리가 연이어 들려오고 처방전이 조제실 안으로 밀려들어오기 시작했다. 약국 문을 다시 닫아걸고 최약사를 퇴근시키지 않는 한 더는 모니터 앞에만 앉아 있을 수 없는 일이었다. 두어 시간이 정신없이 바쁘게 지나갔다. 손님들이 몰려들 때 점심을 거르는 것은 자주 있는 일이었지만 희중은 점심을 거르고도 배고픈 줄을 몰랐다. 무언가 불편한 것이 뱃속에 가득 차 있는 기분이었다.

"샌드위치라도 사다줄까요?"

손님이 없는 틈을 타서 최약사가 물었다. 상윤이 툭하면 '저거'라고 부르는 최약사, 현정은 희중의 대학 후배였고 다정한 성격이었다. 손님들이 그녀에게 상담하는 것을 좋아해 근처의 대형 약국을 놔두고 일부러 희중의 약국을 찾아오는 단골손님들이 생기기도 했다. 그중에는 현정을 보는 것이 목적인 가짜 환자도 있었다. 편의점 주인 송씨는 거의 매일같이 약국에 들러 소화제와 두통약과 피로회복제와 인공눈물을 번갈아 사갔다. 어떤 때는 편의점에서도 파는 드링크제를 사갈 때도 있었다.

"내가 나갔다 와도 되는데."

"바람 좀 쐬고 싶어서요."

"그럼 고맙고."

현정이 자리를 비워주길 바랐기 때문에 희중은 두 번 사양하지 않았다. 현정이 약국을 나가자마자 그는 다시 조제실로 돌아갔다.

조안이 식탁에 앉아 있었다. 시간을 확인해보니 늦게 점심을 먹는 조안의 식사시간이었다. 그러나 식탁이 텅 비어 있었다. 잠시 후, 희중은 조안이 울고 있다는 것을 알았다. 희중의 가슴이 덜컥 내려앉았다. 사고 이후 조안이 우는 걸 본 적이 한 번도 없었다. 눈물은 조안이 사고와 함께 잃어버린 수많은 것 중의 하나였다.

희중은 떨리는 손으로 화면을 앞으로 돌렸다. 어떻게 된 상황인지 먼저 알아야 할 것 같았다. 잠시 후, 희중의 손이 급히 정지 버튼 위에 올라갔다. 믿을 수 없게도, 모니터 속에 거대한 덩어리가 보였다. 희중은 다시 리와인드와 플레이 버튼을 번갈아 작동했다. 어느새 손가락이 덜덜 떨리고 있었다.

덩어리는 위층의 백곰이었다. 리와인드되는 화면 속에서 백곰이 의자에서 일어서고 있었다. 그리고 뒷걸음을 쳐 현관 앞으로 다가가고, 현관문이 열리고, 조안의 등이 보였다. 다시 조안이 뒷걸음을 쳐 거실의 현관 문턱에 섰다. 그러고는 정지화면이었다. 아니, 정지화면이 아니었다. 조안이 다시 전날과 마찬가지로 미동도 없이 서 있는 것이다. 다시 조안이 뒷걸음을 쳤다. 조안이 거실의 인터폰 앞에 멈춰 서는 장면에서 희중이 정지 버튼을 눌렀다. 뭔가가 이상한 느낌 때문이었는데 그것이 무엇인지 알 수 없었다. 다시 리와인드 버튼을 누른 후에야 희중은 그것이 무엇인지를 알 수 있었다. 의자였다. 조안이 거실 한가운데에 식탁 의자를 끌어다놓고 앉아 있었다. 인터폰을 향해서 눈도 떼지 않고, 마치 굳어버린 것 같은 자세로. 아니, 마치 누군가를 기다리고 있는 것 같은 자세로.

믿을 수가 없는 일이었다. 아니, 있을 수가 없는 일이었다. 기차사고 이후, 조안은 누구도 기다린 적이 없었다. 문을 열어준 적은 더군다나 없었다. 그게 누구라고 하더라도 말이다. 희중은 항상 스스로 문을 열고 들어갔고, 유일한 방문자인 상윤 역시 매번 희중과 함께 집에 들어서거나 희중이 집에 있을 때만 오곤 했었다. 조안은 택배기사에게도 문을 열어주지 않았고, 소독을 하는 사람에게도 문을 열어주지 않았고, 등기우편물을 배달하는 우체부에게도 문을 열어주지 않았다.

희중의 노모가 딱 한 번 희중에게는 말도 없이 집을 찾아온 적이 있었다. 그러나 그때에도 조안은 문을 열어주지 않았다. 심지어는 시어머니에게조차 말이다! 어머니는 오래 문을 두드렸고 문밖에서 흐느꼈다고 했다. 미안하다, 미안하다, 다 내 잘못이야, 라고 흐느껴 울어 옆집 사람이 나와봤을 정도였다고 했었다.

그런데 지금, 백곰이 집에 들어와 있었다. 그들은 식탁을 사이에 두고 마주 앉아 있었고, 조안이 무슨 말인가를 했고, 그리고 손바닥으로 얼굴을 덮었다. 조안이 울고 있었다. 조안이 백곰 앞에서 희중에게도 보이지 않았던 울음을 터뜨리고 있는 것이다.

9

그날 밤, 희중은 백곰의 집을 찾아갔다. 조안이 잠든 후였다. 저녁 식사를 같이하고 티브이를 잠깐 같이 보고 그후 조안이 다른 날보다 일찍 잠자리에 들 때까지, 희중은 조안에게 아무 말도 묻지 않았다. 실은 물을 수가 없었다. 백곰이 집에 왔었다는 걸 그가 어떻게 알고 있는지 설명할 방법이 없었다. 그러나 백곰은 달랐다. 백곰에게는 설명을 해야 할 이유도, 필요도 없을 것이었다.

"잠깐 얘기하고 싶은 게 있는데……"

경계에 가득 찬 얼굴로 문을 열어주었던 백곰은 곧 현관에서 몸을 비켜주었다. 희중은 고개를 숙여 인사를 하고 현관 안으로 들어섰다.

얼마 전까지만 해도 그가 살았던 집은 백곰이 이사를 오면서 완전히 낯선 집으로 바뀌어 있었다. 도배도 장판도 새로 한 것이 없는데,

아무래도 낯선 가구들 때문인 모양이었다. 그 집의 거실에는 그가 없다고 주장했던 러닝머신이 놓여 있었다. 백곰의 거구만큼이나 거대한 러닝머신이었다. 그 러닝머신 위에는 빨래가 줄줄이 널려 있었다. 러닝머신 문제로 다툴 생각은 없었으므로 희중은 시선을 돌렸다.

"앉으시죠."

백곰이 소파를 가리켰다. 낡은 소파의 자리마다 꺼진 자국들이 보였다. 이자는 대체 뭘 하는 자일까. 출퇴근을 하는 사람은 아닐 것 같았다. 이런 덩치가 다닐 만한 직장을 상상하기도 쉽지 않았다. 아마 이자는 군대에도 가지 못했을 것이다. 군입대가 덩치 때문에 면제되지는 않는다는 걸 알고 있었음에도 희중은 마치 당연하다는 듯이 그런 생각을 했다. 희중이 입을 열었다.

"전에는 죄송했습니다."

백곰은 쳐다보고만 있었다. 희중이 죄송한 것이 마땅하다는 듯 괜찮다는 말을 하지도 않았다. 백곰이 그런 말을 했다면 의례적인 말이 몇 마디 더 오갔을 것이다. 희중은 차라리 다행이라고 생각했다. 희중은 하고 싶은 말만, 혹은 해야 할 말만 할 작정이었다.

"사정을 좀 설명드려야 할 것 같아서요. 실은 집사람이 좀 아픕니다. 퇴원한 지도 얼마 안 됐고, 아직 안정이 필요합니다."

여전히 백곰은 듣고만 있었다.

"그리고 집에 와보셨으니 아시겠지만, 우리집에 어린애는 없습니다."

"……"

"고양이들이 가끔 울기는 하지만 이사 온 지 얼마 안 돼서 그럴 겁니다. 곧 괜찮아질 겁니다."

"······"

"항의를 하러 온 건 아닙니다만, 저희 집에서도 이 집에서 나는 소음이 들립니다. 밤에는 특히 심합니다."

"방음이 형편없습니다, 이 아파트."

백곰이 입을 열었고 희중은 순간 울컥했다. 희중의 집에서 나는 소음은 희중과 조안의 문제고, 자신의 집에서 나는 소리는 그냥 아파트의 문제라는 것이다. 그러나 말다툼을 하고 싶은 생각은 없었다. 희중은 할말만 할 작정이었다.

"아무튼, 앞으로 서로 얼굴 붉히는 일이 없었으면 좋겠습니다. 저희 쪽에서도 조심을 할 테니······"

"고양이들이 안 울게 됩니까?"

희중은 또 한번 울컥했지만 입을 열지는 않았다. 백곰의 말에서 빈정거림이라기보다는 이해할 수 없는 적의가 느껴졌다. 그러나, 도대체 왜······ 희중으로서는 그 까닭을 알 수가 없었다.

"고양이들이 아닙니다."

"무슨 말씀이십니까?"

"아이 울음소리를 들었습니다. 부인께도 그렇게 말씀드렸고요. 부인은 적어도 애가 없다는 소리는 안 하시더군요."

희중은 더는 인내할 수가 없었다. 희중의 얼굴이 순식간에 시뻘겋게 달아올랐다.

"무슨 말을 했다고요?"

"많이 우셨습니다, 부인이. 그동안 부인이 우는 소리도 자주 들었습니다. 왜 울립니까, 부인을?"

"당신, 지금!"

희중이 소파에서 일어섰고, 백곰 역시 일어섰다. 거구의 몸집이 다시 희중을 압도했다. 까불지 말라는 듯이 백곰이 한마디를 더 덧붙였다.

"경찰에 신고합니다."

"뭐라고요?"

"다시 울리면 안 됩니다. 알겠습니까? 소음이 아니라 폭력으로 신고합니다. 그렇게 할 겁니다."

희중은 아무 말도 할 수가 없었다. 무슨 말을 할 수가 있겠는가. 그저 어이가 없을 뿐이었다. 얼토당토않게 이사를 가야겠다는 생각이 들었다. 이번에는 진짜로 말이다. 이 말도 안 되는 자와 이런 말도 안 되는 이야기를 하느니 무슨 대가를 치르더라도 차라리 이사를 가는 게 나을 것 같았다. 그러나, 어디로? 이번엔 또 어디로 간단 말인가?

10

조안이 병원에서 집으로 돌아오기 전날의 일이었다. 자정이 넘어도 잠은 오지 않았다. 그는 하릴없이 일어나 티브이를 켰다. 홈쇼핑 채널이 연결되었다. 조안이 집에 없었음에도 그는 채널을 바꾸지 않은 채 그 화면에 몰두했다. 그 역시 조안처럼 홈쇼핑 채널에 중독되어 있었다. 그는 그처럼 역동적인 프로그램을 다른 데서는 찾을 수가 없었다. 그는 조안이 내던 감탄사들을 떠올렸다.

'와우! 굉장하다! 우와, 저거 진짜 끝내주지 않아?'

그날 밤, 홈쇼핑에서는 이민 상품을 팔았다. 홈쇼핑에서는 그야말

로 팔지 않는 것이 없었다. 이번에는 캐나다였다. 파격적인 조건으로
살 집과 일할 환경을 지원하고, 몇 년 후에는 영주권도 줄 수 있다고
했다. 망설이지 말고 지금 전화 버튼을 누르세요! 어쩐지 불안하시다
고요? 걱정하지 마세요. 언제든지 취소가 가능합니다! 쇼핑호스트가
또 소리를 질렀다. 이민 상품으로 판매되는 지역은 야생곰이 자주 출
몰하는 곳이었다.

　희중은 티브이를 껐다. 여전히 잠이 오지 않아 술을 마셨다. 한 잔
만 마시고 잠을 청해볼 생각이었는데, 한 잔이 두 잔이 되고, 두 잔이
석 잔이 되었다. 언제 잠든지도 모르고 깨어났을 때는 새벽녘이었다.
그는 그 새벽에 노트북을 켜고, 거실에 설치한 카메라의 성능을 다시
한번 확인했다. 조안이 아니라 자신이 촬영된 화면이 돌아가기 시작
했다. 소리가 없는 화면 속에서 그가 술을 마시며 끝없이 무슨 말인가
를 중얼거리고 있었다. 그는 반복하여 화면을 여러 번 확인한 끝에 자
신의 입술을 읽어낼 수 있었다. 그것은 욕설이었다. 고등학교를 졸업
한 이후 까맣게 잊고 있던 욕설들. 내뱉을 때마다 마치 입술을 부르트
게 만들 것 같던 욕설들. 그리고 그 욕설 끝에 중얼거리는 말들. 사랑
한다, 너무 사랑한다…… 돌아와, 얼른 집으로 돌아와, 조안……

　술이 덜 깬 새벽녘에 자신이 녹화된 모니터를 들여다보다가 희중은
아침을 맞았다. 그 아침에 그가 깨달은 것은 자신이 더할 나위 없이
무력하다는 사실이었다. 감시카메라 따위가 할 수 있는 일이 뭐란 말
인가. 만일에 조안이 또 한번 창에서 뛰어내린다면, 그리고 그 순간을
모니터를 통해 확인한다면, 그는 몇 분 만에야 집으로 돌아올 수 있을
것인가. 조안이 어느 날 은하철도 999에 올라타버린다면, 기관차 토

마스의 등에라도 올라타버린다면, 그는 몇 분 만에야 그녀를 따라잡을 수 있을 것인가. 몇십 분이든, 몇 분이든 무의미한 일이기는 마찬가지다. 감시카메라가 할 수 있는 일이라고는 고작, 더는 아무 일도 일어나지 않기를 바라는 희중의 소망을 경멸하는 것뿐일 터이다.

조안은 모를 것이다. 비록 그가 아침마다 약국에 출근해 가장 먼저 하는 일이 모니터를 켜고 방금 전에 집에서 헤어진 조안에게 다시 한 번 아침인사를 건네는 일이라고는 해도, 그때마다 생이 주는 경멸에 가슴이 후벼파이듯 했다는 것을. 그때마다 그가 아무 일도 일어나지 않는 날들에 안도하기보다는, 무슨 일이 일어날 것만 같은 내일에 더 두려움을 느꼈다는 것을. 그래서 멈출 수가 없었다는 것을. 모니터를 보고, 또 보고, 또 보지 않을 수 없었다는 것을.

길고양이들의 집

1

쾅!

백주는 비명을 지르며 일어났다. 또 같은 꿈이었다. 고막이 터져버릴 것 같은 굉음, 눈앞이 온통 시뻘걸 정도로 어마어마한 불길, 그리고 세상을 깨버릴 듯이 연달아 이어지는 쾅, 쾅, 쾅 소리…… 그리고 죽어가는 사람들……

엄청난 인명피해가 났던 사고였다. 사고 후 한동안, 백주는 현장 보도화면을 반복해서 보곤 했는데, 때때로 그 화면 속에서 자신의 모습이 보이는 것 같았기 때문이었다. 그것은 그 참혹한 사고현장에서 저 혼자만 살아보겠다고 필사적으로 도망을 치는 한 사내의 모습이었는데, 덩치가 너무 큰 나머지 그 부끄러운 모습이 감춰지지도 않는 것 같았다. 물론 착각이었다. 말하자면 죄책감이 불러일으킨.

그러나 그날 자신을 쫓아오던 양아치 중의 한 명이 선량하고 의협심 많은 시민으로 등장했을 때는 정말 놀라지 않을 수 없었다. 자신을 죽일 것처럼 쫓아오던 그 양아치는 사고현장에서 사람들을 구해내다가 자신 역시 부상을 입었는데, 더 많은 사람을 구하지 못해 미안하다며 기자와의 인터뷰 내내 울고 있었다. 그 양아치의 인터뷰 장면이 방송될 때마다 백주는 시무룩한 기분이 되어서 티브이를 끄고 책상으로 돌아갔다.

책상 위에는 아무렇게나 그려진 만화 컷들이 놓여 있었다. 죽어가는 사람들을 그린 그림들이었다. 그 그림들은 마치 백주를 사납게 책망하고 있는 것 같았다. 사고 후 시간이 꽤 흘렀고, 그사이에 많은 변화가 있었음에도, 끝까지 변하지 않는 것은 미안함, 혹은 죄책감인 것 같았다.

상윤과 희중이 '백곰'이라고도 부르고 '떡대'라고도 부르는 이 덩치 큰 남자, 백주의 직업은 웹툰 작가였다. 직업이란 용어가 만일 먹고사는 걸 완전히 해결해준다는 전제를 포함하지 않는다면 분명히 그랬다. 비록 청탁을 받은 것은 아니었지만 개인적으로 올렸던 만화가 제법 화제가 되었고, 그후 몇 편의 만화가 포털사이트에 실렸다. 그중의 한 편은 장편연재물이기도 했다. 책상 위의 만화 컷들은 새로 구상하고 있는 장편의 일부들이었다.

공사가 중단된 채 폐허로 변해가는 신도시 건설현장. 길고양이들의 울음소리. 달리는 차에 쫓기고 있는 한 사내.

살인의 밤이다. 차는 달아나고 있는 사내를 아예 깔아뭉갤 작정이다. 이미 피범벅이 되어 있는 사내가 절뚝거리며, 하지만 필사적으로 도망을 치고 있다. 그러나 차의 속도를 당해낼 수는 없다. 마침내 차의 앞머리가 사내의 등을 받고, 사내가 날아간다. 차가 다시 후진한다. 맹렬한 속도로 후진, 그리고 다시 전진.

이제, 차 안의 살인자. 살인자가 울고 있다. 이 장면이 중요하다. 이 울음이 살인의 이유를 말해줄 수도 있기 때문이다. 살인자는 아무 이유도 없이 어떤 교집합도 없는 사람들을 죽이고 있는 것 같지만 그 살인에는 남들이 알지 못하는 공통점이 있다. 그것은 살인의 밤마다 살인자를 송두리째 장악하는 욕망이다. 피, 폭력, 강간, 파괴, 비명, 절규…… 아니다. 그것보다 더 근본적인 욕망이 있다. 죽이고 싶은 욕망보다 더한 것, 더 근본적인 것…… 그것은 죽고 싶은 욕망이다. 말하자면 살인자가 죽이고 싶어하는 것은 바로 살인자 자신이다. 그의 연쇄살인은 자신을 죽이고, 죽이고, 또 죽이는 일이다.

이만하면 새로운가?

아닐 것이다. 백주는 자신의 이야기가 여전히 진부하다는 것을 안다. 그러나 백주가 또하나 알고 있는 것은 독자들이 실은 진부한 이야기를 좋아한다는 사실이다. 살인자가 아닌 것 같은 살인자, 진부한 이야기가 아닌 척하는 진부한 이야기, 미워할 수 없거나 이해할 수밖에 없는 살인자, 새로운 척하는 새롭지 않은 이야기……

만화를 그릴 때 그의 필명은 '대나지', 자신의 이름을 따서 백주 대낮이라는 뜻이다. 그러나 그는 '공주님'이라고 더 자주 불렸다. 이 아이러니하기 짝이 없는 호칭은 그의 만화 제목으로부터 비롯되었는데, 그가 첫번째로 이름을 알리게 된 만화 제목이 '잠자는 숲속의 공주'였기 때문이다.

마녀의 저주에 걸려 잠든 공주가 판타지 속으로 들어가 적들을 물리친다는 내용의 만화였다. 제목과는 달리 그 만화는 소녀들보다 십대 소년들에게 더 인기를 끌었다. 공주는 자신을 깨워줄 왕자를 구하기 위해 적들의 목을 도끼로 내리치고, 칼로 배를 쑤셨다. 온몸을 피로 물들인 공주가 적들의 잘린 모가지를 들어올리고, '왕자여, 당신은 어디에 있는가!' '얼마나 많은 적들을 죽여야 당신은 나를 깨워줄 것인가!'라고 울부짖는다.

그의 웹툰에 첫번째 댓글을 달아준 독자가 그를 공주님이라고 불렀다. '공주님, 약해! 약해, 약해! 아직도 약해!' 그 독자의 아이디가 '섹시한 살인'이었다. 그 댓글에 또다른 댓글들이 붙었다. '공주님이 약해? 약 먹었어? 약 빨아?' '약 먹은 것처럼! ㅋㅋㅋ'. 그때부터 대개의 독자들이 그를 공주님이라고 불렀다. 어느 날, 웹툰 사이트에 그의 사진이 공개되기 전까지는.

그때까지 그의 프로필은 러닝머신을 타는 백곰의 모습을 캐리커처한 것이었다. 코카콜라 광고에 나오는 백곰을 모방한 티가 없지는 않았지만, 어쨌든 귀여운 백곰이었다. 그런데 어떤 경로를 통해서인지 그의 고등학교 때 사진이 사이트에 올라왔고, 그때부터 그의 별명은 그냥 '공주님'이 아니라 '떡대공주님'이 되었다.

댓글에 달린 그 호칭을 처음 봤을 때, 그의 얼굴이 벌겋게 달아올랐다. '떡대공주님'이라는 호칭에 장난기는 있을망정 그를 경멸하려는 의도가 있는 건 아니라는 걸 알았음에도 그랬다. 처음으로 그 호칭을 쓴 독자는 알지 못했겠지만, 그는 떡대라는 말을 견딜 수 없이 싫어했고, 덩치라는 말도 그만큼 싫어했다. 그 뒤에 붙은 공주님이라는 말은 더 싫었다. 그러나 그 호칭처럼 자신을 잘 표현할 수 있는 말이 있을까. 그러니까 그의 숨겨진 욕망…… 이 무겁고 불편한 '떡대'를 벗어버리고 판타지의 세계로 가고 싶은…… 판타지의 세계 속에서는 마냥 순정만화의 주인공처럼만 살고 싶은……

'섹시한 살인'은 그의 만화가 끝날 때까지 매일 사이트를 방문했다. 그리고 매일 댓글을 올렸는데, 무슨 말을 쓰든 간에 마지막은 구호처럼 끝을 냈다.

'약해, 약해! 아직도 약해!'

순정만화는 무슨…… 어쩌면 그는 '섹시한 살인'의 요구처럼 더 강하고, 더 잔혹한 만화를 그려야 할지도 모른다. 독자들은 그런 것을 좋아할 것이다. 독자들이 좋아하는 것은 살인자의 눈물 따위가 아니라 더욱 진부하고 더욱 잔혹한 살인의 수법일지도 모른다.

그게 아니라면 귀신의 울음소리는 어떠한가.

그것도 아니라면 귀신처럼 울어대는 아이의 울음소리는 어떠한가.

2

여자를 처음 본 날이었다. 그날 낮에 느닷없이 울음소리가 쩽하고 울렸다. 마치 허공에서 날카롭게 떨어져내리는 듯한 울음소리여서 백주는 깜짝 놀라 베란다로 달려가 바깥을 내다보았다. 바깥에는 아무일도 벌어져 있지 않았다. 햇살이 좋은 오후였다.

아래층 남자가 차에서 내리는 것이 보였다. 그가 뒷좌석의 문을 열었다. 여자는 슬로비디오처럼 모습을 드러냈다. 그사이에 운전석에서 내린 또다른 남자가 트렁크에서 짐을 꺼내고 있었는데, 마치 먼 여행에서 돌아온 듯 짐이 대단했다. 여자가 위를 올려다보았다. 귀신처럼 창백한 얼굴의 여자였다. 오층 아래에 있는 얼굴이 그리 잘 보이지는 않았을 텐데도 그 창백함만은 뚜렷하게 느껴졌다. 눈이 잠깐 마주친 것도 같았는데, 그때 또 어디선가 아이 울음소리가 들렸다. 그는 당황해서 뒤를 돌아보았다. 이번에는 울음소리가 마치 집안에서 울리는 것처럼 들렸기 때문이다.

이사를 온 후, 한 달쯤이 지났을 때였다. 급하게 얻은 집치고는 마음에 든 아파트였고, 무엇보다도 조용해서 좋아했던 집이었다. 백주의 옆집에는 노부부가 살았는데 가끔 그 노부부가 말다툼을 하는 소리가 들리기는 했지만, 그 소리는 신경에 거슬리기는커녕 정겨운 느낌이 들기까지 했다. 전에 살던 아파트에서 도망쳐나오다시피 했기 때문일 터였다. 그러니까 그 미칠 듯한 소음으로부터…… 아니, 헛것들로부터.

백주는 '덩치와는 다르게' 예민한 사람이었다. 도대체 덩치와 예민한 성격이 무슨 상관이 있는 건지는 모르겠으나 사람들이 그를 표현할 때는 어김없이 그렇게 말했다. 그도 동의를 했다. 그의 덩치가 큰 것은 사실이었고, 예민한 것도 사실이었다. 그러나 그렇다고 해서 그렇게 쉽게 헛것에 빠질 사람은 아니었다.

기차사고 후, 현장을 비추는 뉴스 화면을 반복해서 보곤 했던 이유는 그 화면 속에 자신이 보이는 것 같다고 여긴 까닭이기도 했지만, 그와 동시에 무언가 확인해야 할 것이 있기 때문이기도 했었다. 그러니까, 헛것들.

그 끔찍한 사고현장에서 무사히 달아나고 있는 유일한 무언가를 발견했다는 듯이, 그 유일한 무언가의 거대한 덩치 위에 올라타 함께 탈출하고야 말겠다는 듯이, 그를 향해 맹렬히, 그야말로 맹렬히 날아오던 헛것들……

그날 싸움이 일어났었다. 선로가 있는 배경이 필요해 스케치를 갔던 지방의 소도시였는데, 하필이면 그곳이 양아치들이 사는 동네였던 모양이다. 하긴 양아치 없는 동네가 어디에 있겠는가마는. 어디를 가나 양아치들은 늘 있었고, 그의 주변에는 항상 그런 양아치들이 꼬였다. 아침을 거른 터라 이른 점심을 먹기 위해 식당에 들어섰을 때였다.

"어우, 형씨 떡대 한번 끝내줍니다!"

소리가 들리는 쪽을 바라보니 스무 살이나 겨우 넘겼을까 싶은 어린애들 셋이서 아침부터 술을 마시고 있었다. 백주는 무시했다.

그 정도로 끝났으면 좋았을 것이다. 그러나 그가 묵묵히 밥을 먹고 있는 동안, 그들은 계속해서 백주를 쳐다보았고, 웃음을 터뜨렸으며, 나중에는 백주의 덩치가 물살인지 아닌지 내기를 걸기까지 했다. 내기는 무슨, 그냥 한 방 쳐보면 알걸. 그렇게 말하는 놈도 있었다. 말한마디마다 차마 들어주기 힘든 지저분한 욕설이 섞였다. 그런 그들 중 그에게 경계심을 느끼는 사람은 아무도 없는 것 같았다.

그렇다면 좋다, 이거다.

한 놈이 두 손을 들어 그의 물살을 흉내내며 '출렁출렁' 소리를 내는 순간, 백주는 물병을 집어던졌고, 옆자리로 돌진해 자신의 떡대가 그들의 예상처럼 물살만은 아니라는 것을 보여주었다. 플라스틱인 줄 알았던 물병이 유리병이어서 그가 물병을 집어던지자마자 한 놈이 양 손으로 대가리를 싸매쥐었다. 물병이 바닥으로 떨어지면서 요란하게 깨지는 소리를 냈다. 다른 한 놈이 그 유리 조각을 집어드는 대신 자 신의 식탁 위 술병을 깼다. 백주는 온몸을 날려 그들을 덮쳤다. 세 명 이 동시에 바닥으로 나동그라졌다. 뜨거운 부대찌개 냄비가 엎어져 비명소리가 터져나왔다.

쾅!

그리고 기차 전복사고가 있었다. 어디서 나타났는지 식당에서는 세 명이었던 것에 두 명이 더 붙어, 다섯 명의 깡패들에게 쫓겨 선로 부 근을 달릴 때였다. 그는 거의 붙잡힐 지경이었고, 상대는 다섯 명이나 되었다. 세 명도 힘에 부친데 다섯이라니! 자신의 운명이 눈앞에 환하 게 그려졌다. 죽든지, 아니면 죽을 만큼 얻어터지든지.

그러나, 쾅! 그 소리가 모든 것을 뒤바꿔버렸다.

그는 양아치들에게 쫓기던 곤경에 빠진 시민에서 위험에 처한 사 람들을 외면한 철면피가 되었고, 양아치들은 의협심이 넘치는 시민이 되었다.

젠장……

사고 이후, 습관적으로 백주는 그런 소리를 내뱉었다. 다시 그런 상 황이 된다면 그는 자신의 목숨을 돌보지 않고 위험에 빠진 사람들을 구할 수 있을까. 적어도 그런 시늉이라도 낼 수 있을까. 최소한 양아 치들보다는 정의로운 행동을 할 수 있을까.

아닐걸!

헛것이 대답했다.

겁쟁이!

또다른 헛것도 말했다. 그러니까 귀신들…… 그를 쫓아와 그의 집에서 살고 있는 귀신들. 울음소리를 내고, 비명을 지르고, 화를 내는 귀신들. 때로는 웃고, 그에게 장난까지 치는 귀신들.

그는 거의 미칠 지경이었지만, 귀신들과 함께 사는 일이 반드시 나쁜 면만 있는 것은 아니었다. 귀신을 등에 업은 후, 만화가 잘 그려지기 시작했다. 그가 그리는 만화의 장면들이 화려하다 못해 아름다워졌다. 어떨 때는 자신이 그리고 있는 게 아니라 어느 귀신의 손이 대신 그려주고 있는 것 같다는 생각이 들 정도였다. 그림 속에서 흘러나오는 피가 그림 바깥으로까지 뚝뚝 떨어져 그의 손을 적시기도 했다. 그는 먼저 '섹시한 살인'에게 그 만화를 보여주고 싶다고 생각했다. 이래도 '약해, 약해, 아직도 약해!'인가? 희열 대신 느닷없이 울음이 솟구쳤다. 만화 속에서 흘러나와 자신의 손을 적신 피를 내려다보며 그는 한참 동안 울었다.

귀신들도 미안함은 아는 것 같았다. 그가 울자 귀신들이 하나둘씩 벽 속이나 천장 속으로 사라졌다. 거실 바닥 아래로도 사라졌다. 울음을 그친 그는 그리고 있던 그림들을 전부 없애버렸다. 종이에 그린 것은 찢어버리고, 컴퓨터에 그린 것은 삭제 버튼을 누르고 누르고 또 눌렀다. 그는 더는 귀신들과 함께 살고 싶지 않았다. 귀신만 떼어낼 수 있다면 만화 따위는 다시 못 그려도 좋겠다고까지 생각했다. 만화를 없애버린 후, 그는 당장 집주인에게 전화를 걸었다. 전세금을 빼주든 안 빼주든 이 귀신 붙은 집에서 당장 이사를 나가야겠다고 말했다.

그러고는 당장에라도 집을 떠날 것처럼 마구잡이로 짐을 싸기 시작했다. 귀신들이 하나씩 둘씩 다시 나타나 짐을 싸는 그의 곁으로 몰려들었다. 이삿짐 속에 달라붙을 자리가 있는지를 살피기 위해 귀신들이 정신없이 눈동자를 굴리는 게 백주의 눈에도 다 보였다.

"꺼져버리란 말이야! 다 꺼져버리라고! 아니면 다 죽여버릴 거야!"

그가 외치자 귀신들이 웃기 시작했다. 어떤 귀신은 미소만 지었지만, 어떤 귀신은 죽인대, 죽인대! 그러면서 배를 잡고 깔깔거렸다. 어떤 귀신은 아예 바닥을 데굴데굴 굴렀다. 그러나 어떤 귀신은 울음을 터뜨렸다. 가지 마, 가지 마. 우는 귀신의 울음소리가 서럽기 짝이 없었다.

3

이사를 온 후 한 달, 백주의 시간은 평화로웠다. 헛것도 보이지 않았고, 헛것들의 소리도 들리지 않았다. 가끔 사고현장이 등장하는 악몽을 꾸기는 했지만, 꿈은 꿈일 뿐이었다. 마음이 편해졌고, 살이 붙었다. 다시 만화를 그릴 수도 있을 것 같았다. 여자가 나타나고 아이의 울음소리가 들리기 전까지는 그랬었다.

"또 지랄이세요."

백주에게는 친구 같은 삼촌이 하나 있었다. 백주와 나이 차이가 몇 살밖에 나지 않는 삼촌은 백주와 같은 초등학교, 같은 중학교를 다녔고, 몇 안 되는 친척이자 가장 친한 친구이기도 했다. 백주가 이사를 오기 전 귀신들에 대한 하소연을 했을 때도, 삼촌은 같은 말을 했었다.

"그러지 말고 들어봐, 제발. 지금도 들리잖아. 아주 미치겠다니까.

벌써 한 시간도 넘었는데 그치지를 않아. 무서울 지경이야."

"무슨 소리가 들린다고 그래! 아무 소리도 안 들리거든! 네가 지금 날 아주 미치게 만들고 있거든!"

삼촌이 인정을 하거나 말거나 울음소리는 계속해서 이어졌다.

도대체 무슨 아이가 저렇게 울어대는 것일까. 저건 마치 죽도록 두들겨맞는 듯한 울음소리가 아닌가. 그렇다면 누가 어린아이를 저렇게 심하게 두들겨 팬단 말인가. 백주는 소리가 나는 곳을 찾아다녔다. 울음소리는 마치 그를 피해 도망가는 것처럼, 그러다가는 갑자기 그의 뒤를 맹렬히 쫓아오는 것처럼 사라졌다가는 나타나고, 나타났다가는 사라졌다. 그러면서도 절대로 그치지는 않았다.

어느 날 밤, 베란다 난간 바깥으로 상반신을 내밀어 소리에 귀를 기울이고 있던 백주는 아파트 주차장에서 자신을 올려다보고 있는 경비원을 발견했다. 경비원은 두 팔을 벌리고 서 있었는데, 만일 그가 정말로 투신을 하기라도 한다면 그를 받아내기는커녕 그에게 깔려 압사하고도 남을 만큼 작고 늙은 남자였다. 눈이 마주치자 경비원은 얼른 고개를 돌렸다.

이튿날 오전 분리수거장에서 그 경비원을 다시 만났다. 지난밤의 일이 신경쓰였던지 경비원이 먼저 인사를 건네면서 말했다. 전에도 한번 그런 일이 있어서 베란다 창가에 누가 서 있는 것만 봐도 겁이 더럭더럭 난다는 말이었다.

그런 일…… 그러니까, 누군가가 투신을 했었다는 소리일까. 수다스러운 걸 좋아하지 않는 백주였지만, 특히나 누군가와 수다를 떨 기회만 기다리고 있는 늙은 경비원을 좋아하기는 어려웠지만, '그런 일'에 대해서는 묻지 않을 수가 없었다.

"죽었어요?"

"죽었겠죠. 그렇게 높은 데서 떨어졌는데 안 죽을 수가 있겠어요?"

"몇 호에서요?"

경비원의 얼굴에 갑자기 당황하는 빛이 역력했다.

"몇 호인 것까지는 모르겠고…… 뭐, 사실은 죽었는지도 잘 모르겠
고……"

경비원은 말을 피하는 게 분명했다. 이유가 무엇일까. 아무리 미련
한 사람이라고 해도 그 이유 정도는 짐작할 수 있을 것이다. 백주가
이사를 오기 전에 그의 집에서 살았던 사람의 일이라는 뜻이다.

늙은 경비원은 이제 말뿐만 아니라 자리도 피하고 싶어하는 것 같
았다. 화제가 길어질까봐 겁을 내는 것 같았는데, 백주도 더는 누군가
의 죽음에 대해서는 묻고 싶지 않았다. 이미 벌어진 일이라면 알아서
소용이 있을 일도 아니었다. 전에 살던 집에서는 귀신하고도 같이 살
았는데 죽어서 떠난 사람의 집이야 무슨 상관이겠는가.

백주는 화제를 바꿔 아이의 울음소리에 대해 물었다. 경비원의 표
정이 순식간에 바뀌었다. 층간소음에 관한 항의만큼 지긋지긋한 건
없다는 듯 진력을 내는 표정이 역력했다.

"민원이야 뭐, 노상 들어오지요. 개가 짖는다고도 들어오고 고양이
가 운다고도 하고. 그래도 애 우는 것까지야 어떻게 하겠습니까? 일
부러 울리는 게 아닌 다음에야. 그저 이웃끼리 좋게 좋게들 사셔야지.
안 그렇습니까?"

그는 경비원의 말을 해석하기가 어려웠다. 그러니까 다들 그 울음

소리를 듣고는 있지만 참고 산다는 건지, 아니면 자신 이외에는 아무에게도 그 울음소리가 안 들린다는 것인지. 백주는 경비원에게, 그런데 이젠 애 울음소리뿐만 아니라 여자 울음소리까지 들리는 것 같다는 말은 하지 않았다. 그런 말을 해봤자 경비원이 다른 반응을 보일 것 같지도 않았다.

백주는 집으로 올라가기 전에 아파트 건물을 돌아서 베란다 아래쪽으로 걸어갔다. 낮은 관목들과 온갖 꽃들이 활짝 핀 화단이 있었다. 붉은 꽃이 유난히 많이 피어 있었다. 누군가가 투신을 했다면 이리로 떨어졌을 것이다. 언제 있었던 일일까. 그렇게 보아서 그런지 관목 몇 그루가 무언가 거대한 것에 부딪친 듯 뭉개진 것처럼 보이기도 했다. 백주는 위를 올려다보았다. 한 여자가 보였다. 417호였다. 마치 환각처럼 여자의 모습은 순식간에 사라졌다.

4

울음소리가 바로 그 417호에서 난다는 걸 확인한 게 바로 그날이었다. 그날 저녁, 소리의 방향을 좇아 자기 집 앞 복도를 왔다갔다하던 백주는 소리의 공명이 다른 때와는 다르다는 생각을 했다. 계단이었다. 계단 문을 열자 울음소리가 마치 신화 속 사이렌의 소리처럼 그를 끌어당겼다. 백주는 한 층을 내려가 사층 문을 열었다. 소리가 희미해지더니 계단의 문이 등뒤에서 닫히는 것과 함께 사라졌다. 다시 문을 열어보았으나 소리는 더는 들리지 않았다. 계단이 아니라 사층에서 사라진 게 틀림없었다.

그러나 사라진 소리를 어디에서 찾을 것인가. 복도에서 서성거리고 있는 동안 엘리베이터 쪽에서 한 남자가 그를 똑바로 바라보면서 걸어왔다. 그런 시선이 새삼스러울 것은 없었다. 백주의 덩치는 늘 사람들의 시선을 끌었다.

남자가 417호의 현관문 비밀번호를 누르고 문을 열었다. 바로 그때였다. 그토록 백주를 미치게 만들던, 사라졌다가는 이어지고, 이어졌다가는 사라지면서 그토록이나 백주를 괴롭히던 울음소리가 그 안에서 쏟아져나왔다. 백주는 하마터면 휘청할 뻔했다. 그것은 지나칠 정도로 날카롭고, 지나치게 악에 받친, 그래서 마치 비명 같은 울음소리였다. 백주는 당장 그 집으로 달려들어가 아이에게 무슨 일이 있는지를 확인하고 싶을 지경이었는데, 정작 아이의 아버지일 그 남자는 안으로 들어서지도 않고 백주만 쳐다보고 있었다.

남자는 그날 백주를 처음 보는 것일지 모르지만, 백주는 그 남자를 전에 본 적이 있었다. 한밤중에 생수가 떨어져 편의점에 가던 날이었다. 백주는 엘리베이터보다 계단을 더 자주 이용했는데, 그날 밤 계단문을 열자마자 술냄새가 진동을 했다. 사층과 오층 사이의 계단참에 한 남자가 구겨진 듯, 혹은 뭉쳐진 듯 쓰러져 있었다. 술에 떡이 된 모습이었다. 백주는 남자를 직접 깨우는 대신 경비원에게 알렸다.

"또 417호 아저씬가보네."

좁은 경비실에서 졸고 있던 경비원이 짜증이 가득한 얼굴로 말했다.

"어우, 그분이 왜 그렇게 술을 드시는지. 그런 일을 겪었으니 그럴 만하다 치더라도, 이거야 원 하루이틀도 아니고."

백주는 그런 일이 뭐냐고 물어보지 않았다. 남의 일에는 관심을 갖고 싶지 않았다. 기껏해야 부부불화거나, 사업이 망했거나, 뭐 별다른 사연이 있겠는가.

그러나, 울음소리가 417호에서 나는 것이란 걸 안 후에는 달랐다. 더 정확히 말하면 그 남자의 집에서 나는 것이란 걸 안 후부터라고 해야 옳을 것이다. 경비원이 말했던 '그런 일'이 계속 머리에서 맴돌았다. 누군가의 투신사건을 이야기할 때도 '그런 일'이라는 표현을 썼던 경비원이었다.

그날 밤, 백주는 다시 사층으로 내려가지 않을 수 없었는데, 항의를 하거나 싸움을 하기 위해서는 아니었다. 울음소리가 마치 그를 끌어당기는 듯했다. 이리 와, 이리 와, 하는 듯도 했고 도와줘, 도와줘, 하는 듯도 했다. 뭘 어쩔 작정인지는 자신도 몰랐다. 그런 상황에서 그만 남자와 문 앞에서 다시 마주쳐버렸는데, 당황을 한 나머지 항의를 하는 모양새가 되어버리고 말았다.

잘생긴 남자였다. 그러나 무서울 정도로 냉정한 얼굴이기도 했다. 옅지만 날카롭게 팬 입가의 주름 자국 때문인지도 몰랐다. 백주는 만화가였고, 눈썰미가 좋았다. 마치 평생 동안 입술을 앙다물고 살아온 사람처럼, 서른 초반으로밖에는 보이지 않는 남자에게는 어울리지 않는 주름이라고 백주는 생각했다. 남자는 그런 얼굴로 아이가 없다고 말했다. 남자에 대한 의혹은 그때 결정적이 되었다. 세상의 수많은 거짓말 중에 자기 자식을 부인하는 거짓말이 있을 수 있다고는 생각해본 적이 없었다. 그러므로 그건 소음의 문제도 아니고 거짓말의 문제도 아니고 일종의 악의의 문제로 여겨졌다.

417호, 아랫집에서 정말로 무슨 일이 벌어지고 있는 것은 아닐까?

경비원이 말했던 그런 일이 뭔지는 모르지만 혹시 그런 일이 계속되고 있는 것은 아닐까? 혹시 경비원이 말했던 또하나의 '그런 일'도 그의 집 517호가 아니라 417호에서 있었던 일은 아닐까. 누군가 시도했던 그 집에서의 투신자살은, 혹시 그 남자가 등을 떠밀었던 것은 아닐까. 말도 안 되는, 그러나 말이 될 것도 같은 생각이 어지럽게 왔다갔다하는데, 그 남자가 또 쳐들어왔었다. 그것도 새벽 한시에.

"그 눈을 봤어야 돼. 완전히 돌아 있더라고, 눈이."

백주는 흥분을 해서 삼촌에게 말했다. 자신의 표현력이 그것밖에 안 되는 것이 아쉬웠는데, 좀더 잘 표현할 수 있었다면 그는 아랫집 남자를 개에 비유했을 것이다. 아무 까닭도 없이 누구에게나 이빨을 드러내고 침을 흘리는 개, 그러니까 미친개처럼, 그 새벽 그 남자의 눈빛이 이상했다. 마치 술보다 더 독하고 더 고약한 것에 취한 것처럼.

경찰에 신고를 해야 하는 게 아닐까? 아랫집이 이상하다고, 112에 전화를 걸어 말해볼까. 그런데, 가만…… 그런 신고를 하는 게 112가 맞았던가? 113인가? 113은 간첩신고가 아니었나? 그런데 요새도 간첩이 있나? 포상금은 얼마나 되나?

"아주 발광을 해라, 차라리."

짐작대로 삼촌은 욕부터 했다.

"그래서 뭐? 뭐가 어쨌다고? 그놈이 다 때려잡아 죽이고 있어? 그 집 안에 시체라도 있어? 그놈이 애도 잡고 여자도 잡고 이젠 너까지 죽이려고 해? 그러니까 연쇄살인범이야? 응?"

백주는 아무 대꾸도 하지 않았다.

"그런 상상력으로 만화를 그려."

삼촌은 말했다.

"그러면 대박날 거야. 미친놈이 미친 짓거리 하는 만화, 사이코 스릴러 호러 서스펜스로. 아주 죽여주겠네."

백주는 여전히 대꾸하지 않았다. 미친놈이 아래층 남자가 아니라 자신을 지칭하는 거라는 것쯤은 백주도 알아들을 수 있었다. 화가 나지는 않았다. 울음소리를 듣고 있는 건 삼촌이 아니니까. 417호 윗집에서 사는 사람도 삼촌이 아니니까. 알 수 없는 '그런 일'들이 마구잡이로 벌어지는 아파트에서 살고 있는 사람도 삼촌이 아니니까.

삼촌이 뭐라 하든 말든 백주는 수시로 사층으로 내려갔고, 어느 날 아침에는 기어코 417호의 현관문에 귀를 갖다 대고 서 있었다. 아랫집 남자는 집에 없을 시간이었다. 백주는 일어나자마자 베란다 창문을 열어 환기를 시키는 습관이 있었는데, 백주의 늦은 기상시간이 남자의 출근시간과 비슷했다.

여자의 울음소리가 시작되는 것은 남자가 출근을 하고 잠시 후부터였다. 아이는 아무때나 울었지만, 여자는 남자가 집을 나가야만 울었다. 남편이 집에 있을 때는 울지조차 못한다는 소리였다.

417호, 현관문을 사이에 두고 울음소리는 마치 물이 스며나오듯 흘러나왔다. 그렇게 들어서인지 마치 이야기 같은 울음소리였다. 무언가를 호소하고, 무언가에 닿고 싶어하는 듯한 울음소리.

누군가의 기척을 느끼고 문에서 떨어져 섰을 때는 이미 늦은 후였다. 중년 여자 하나가 복도 중간에서 의심이 가득 찬 눈으로 백주를 쳐다보고 서 있었다. 백주가 뭐라고 변명을 할 사이도 없이, 실은 할 변명도 없기는 했지만, 여자는 급히 등을 돌려 다시 엘리베이터 쪽으

158

로 걸어갔다. 십중팔구 수상한 사람이 있다고 경비실에 알릴 작정일 것이다. 그사이에도 울음소리는 계속되고 있었다.

집으로 돌아온 백주는 한동안을 베란다에 서 있었다. 울음소리는 베란다에서 더 잘 들렸다. 한동안을 그 울음소리에 귀를 기울이고 있다가 마침내 결심을 한 듯 백주는 책상으로 돌아와 쪽지를 만들었다.

'무슨 일이 있습니까?'

그랬다가는 구겨버리고 다시 썼다.

'저는 위층 사람입니다. 괜찮으신 겁니까?'

5

찰칵.

문이 열린 것은 이튿날이었다. 복도의 정적을 한순간에 박살을 내버리듯, 417호의 현관문에서 찰칵 하고 울리는 소리를 들었을 때, 백주는 자신의 귀를 의심했다. 문 열림을 알리는 램프가 반짝반짝했다. 눈도 의심해야 할 판이었다. 벨을 누르지도 않았고, 문을 두드리지도 않았고, 이번에는 뭔가를 문틈 사이로 쑤셔넣지도 않았기 때문이었다. 그는 다만 그 집 앞을 서성거리고 있었을 뿐인데, 여전히 그 집 여자와 아이가 걱정되어서가 아니라 자신이 그 집 문틈 사이로 밀어넣었던 쪽지가 걱정됐기 때문이었다.

후회는 그전 날 쪽지가 그 집 문틈 사이로 쑥 들어가는 순간부터 이미 시작되어 있었다. 그는 손톱 끝만큼 남은 그 쪽지를 다시 빼내기 위해 기를 썼다. 쪽지는 딸려오는 대신 다시 쑥 들어가버렸다. 그는 고양이처럼 손톱을 세우고 문틈 사이를 긁었다. 무슨 미친 짓인지 몰랐다. 그는 포기하고 집으로 올라갔다가 포기가 안 되어서 다시 내려오기를 반복했는데, 쪽지를 되찾을 가능성이 없었으므로 이번에야말로 벨을 누를 작정이었고, 여자에게 자신이 왜 그런 쪽지를 남겨야 했는지 직접 말할 작정이었으나, 매번 그렇게 하지는 못했다.

그런데 문이 열린 것이다. 마치 밖에 누군가가 있다는 것을 알고 있기나 한 것처럼. 자동개폐기로 열린 문이 의미하는 바는 분명했다. 누군가가 나오겠다는 것이 아니라 누군가에게 들어오라는 뜻이었다. 그러나 설마 내게? 그럴 리가? 백주는 황급히 주위를 돌아보았다. 그 말고는 아무도 없는 텅 빈 복도였다.

백주가 당황하며 쳐다만 보고 있는 사이 램프가 꺼졌다. 417호의 도어록은 그의 집의 것과 똑같은 것이었다. 안에서 자동개폐기로 도어록을 해제했어도 밖에서 문을 열지 않으면 다시 잠기게 되어 있었다. 램프가 꺼졌다는 것은 다시 닫혔다는 것을 의미했다. 백주의 입에서 알 수 없는 한숨소리가 새어나왔다. 안도인지, 아쉬움인지 알 수 없는. 그때 다시 찰칵, 소리가 울렸다. 그 찰칵 소리가 인공적인 소리라는 것을 백주는 그때에서야 알았다. 그것은 방문자에게 문이 열렸다는 것을 알려주는, 일종의 차임벨 소리였다. 같은 도어록이기는 해도 그에게 문을 열어주는 사람이 없었으므로 그 소리까지는 알지 못하고 있었다. 그 소리는 마치 이렇게 말하는 듯했다.

찰칵, 들어와.

찰칵, 들어오라니까.

찰칵, 기다리고 있었어.

그 소리는 실제보다 더, 들어오라는 듯했다.

그렇더라도 램프가 또 한번 꺼졌다가 세번째로 다시 찰칵 소리가 울리지만 않았다면 그가 현관 문고리를 돌릴 일은 없었을 것이다. 그렇게 믿었다. 벨을 누르지도 않고, 두드리지도 않은 문을 여는 것은 일종의 침입이 아닌가? 그러나 세 번이었다. 삼세번. 삼세번은 언제나 의미가 있는 숫자가 아닌가.

백주는 있는 힘을 다하여, 힘을 주기 위해서가 아니라 힘을 빼기 위해 있는 힘을 다하여, 조심스럽게 문고리를 돌렸다. 그랬는데도 갑자기 현관문이 그의 거대한 덩치에 철썩 달라붙는 것 같았다. 그는 화들짝 놀라 뒤로 한 걸음을 물러서지 않을 수 없었다. 문틈 사이로 뭔가 시꺼먼 것이 스며나왔다. 놀랍게 시꺼먼 무언가가, 먹물 같은 무언가가.

그것이 덩치가 개만큼이나 큰 고양이라는 것을 알아차린 것은 잠시 후였다. 노란색 눈을 가진 까만 고양이 한 마리가 복도로 걸어나왔다. 좁디좁은 문틈을 빠져나오는 것이 마치 그림자가 스며나오듯 했다. 그는 고양이와 현관문을 번갈아 바라보았다. 아무도 고양이를 데리러 나오는 사람이 없었다. 그는 발을 뻗어 고양이의 길을 막았다. 고양이는 반항하지 않고 바닥에 납작 엎드렸다. 그리고 잠시 후였다. 또 한 마리의 고양이가 보였다. 역시 덩치가 개만큼이나 큰, 주황색 눈을 가진 까만 고양이였다. 그 고양이가 또 문틈을 빠져나오려고 하고 있었다.

이건 마치…… 고양이들만 사는 집 같군.

백주는 여전히 발만 움직여 복도 바닥에 납작 엎드린 고양이를 밀었다. 고양이는 스스로 움직이는 대신에 무거운 실뭉치처럼 밀려갔다. 고양이 한 마리를 미는 것이 고된 일도 아닌데 무슨 까닭인지 백주의 이마에서 땀이 줄줄 흘러내렸다. 현관문 틈에 이르자 몸의 절반만 내놓고 있던 주황색 눈의 까만 고양이 등에 털이 바짝 서는 게 보였다. 그 고양이가 움직여 문이 좀더 열렸다. 그 와중에도 납작 엎드린 고양이는 움직이지 않았다.

여자의 목소리가 들린 것이 그때였다.

"울음소리가 들려요?"

백주는 기겁을 했다. 고양이를 미느라 바닥만 내려다보던 시선을 들어올렸을 때 여자가 보였다. 여자는 현관이 아니라 거실에 서서 그를 바라보고 서 있었다.

"아이 우는 소리가 들려요?"

여자가 다시 물었다. 백주가 뭐라고 말할 사이도 없이 여자가 이어 말했다.

"그럴 줄 알았어요."

그때 갑자기 고양이들이 울기 시작했다. 마치 박자라도 맞추듯이, 어린아이가 우는 소리처럼 아앙, 아앙. 그리고 난데없이 여자의 눈에서 눈물이 주르륵 흘렀다. 그리고 여자는 같은 말을 반복했다.

"그럴 줄 알았어요."

어어, 어어어…… 백주는 속으로만 어어, 했다. 그 와중에도 사층 전체는 깊은 우물 같은 정적에 빠져 있었다. 여자의 눈물 역시 소리없이 흘러내리고 있었는데, 우물 바닥에 물방울이 한 방울 두 방울 떨어져내리듯이 정적에 휩싸인 복도에서 이상한 공명 같은 것이 느껴졌다. 백주는 계속해서 진땀을 흘렸다. 그러면서 여자 역시 고양이 같다고 생각했다. 노란 눈을 가진 까만 고양이 한 마리, 주황색 눈을 가진 까만 고양이 한 마리, 그리고 눈물로 범벅이 된 까만 눈을 가진 또 한 마리의 검은 고양이.

비밀과 거짓말

1

희중은 어머니를 뵈러 갔다. 몇 달 만의 일이었다. 어머니가 조안을 만나러 왔다가 닫힌 문 앞에서 그대로 돌아섰다는 것을 알게 된 후에 한 번, 사고 이후로는 고작 두번째 방문이었다.

그날 낮에 어머니에게 전화를 걸었더랬다. 어머니에게 너무 오래 전화를 걸지 않았다는 걸 그야말로 너무 오랜만에 깨닫고 나서였다. 전화는 어머니 대신 이웃집 아주머니가 받았다. 어머니가 앓아누운지 하 세월이 흘렀는데도 너는 전화 한 통 없더라고, 아주머니가 노여운 목소리부터 냈다. 옆에서 어머니가 이리 줘, 이리 줘 말하는 소리가 또렷이 들렸다. 가만있어, 이 할망구야! 할말은 하고 살아야지! 아주머니가 희중에게 할 욕을 어머니에게 대신 했다. 어머니는 노인정 화장실에서 넘어졌다고 했다. 그후 일어나지를 못해 노인정 사람들과 이웃집 사람들이 번갈아가며 끼니를 챙겨주고 있는 상황이라는 것이다. 아들 며느리가 응당 알아야 할 일이었으나 어머니가 그들에게 희중과 조안의 전화번호를 절대로 가르쳐주지 않더라고 했다. 그래서 전화 오기만 기다린 게 한 달인지 두 달인지 그렇다고, 이웃집 아주머니의 노여운 목소리가 그치지 않았다.

두 달까지는 아니었을 것이다. 그러나 족히 한 달은 되었을 것이다. 희중은 고통스럽게 이마를 짚고 어머니에게 수화기가 건네지기만을 기다렸다. 어머니는 괜한 소리라고 했다. 허리가 좀 아프기는 하지만 밥도 해먹고 화장실도 혼자 가고 불편함 없이 할 거 다 한다고 했다. 너한테 전화가 오려고 그랬는가, 아침부터는 허리도 덜 아픈 게 다 나았지 싶다고도 했다. 바쁜데 괜히 올 생각 마라. 몇 번이나 만류하다가, 꼭 오려거든 차 몰고 오든가, 버스 타고 오든가…… 말끝을 흐리며 덧붙였다. 기차는 타지 말라는 소리였다.

어머니와의 통화를 끝내고 시계를 봤을 때, 시간은 이미 오후 세시가 넘어 있었다. 당일치기로 다녀오기에는 빠듯한 시간이었다. 뻔히 받지 않을 줄 알면서도 희중은 조안에게 전화를 걸었다. 짐작대로 조안은 전화를 받지 않았다. 희중은 문자를 찍었다.

대전에 좀 다녀와야 할 거 같아.

어머니가 홀로된 것이 희중이 열두 살 때였다. 그해 여름, 희중의 아버지는 약초를 캐러 올라갔던 산에서 미끄러져 추락사했다. 중학교 생물선생이었던 아버지는 약초나 야생풀 캐는 것을 유일한 취미로 삼고 살던 사람이었다. 아버지가 세상을 뜬 후, 어머니는 아버지의 이야기를 거의 꺼내지 않았다. 홀로 아들 하나를 키우며 살아가야 하는 여인에게는 누군가에게 의지하며 살던 날들의 추억이 독이 되기도 할 거라고, 희중은 그렇게 이해했고 그건 아마 사실이기도 했을 것이다.

그랬던 어머니가 사고 후에는 던지듯이 아버지 얘기를 꺼내곤 했다.

"때가 되면 다 좋아진다. 그럼, 그렇고말고. 느이 아버지 세상 뜨고 나서 집에서 혼자 자는데, 그렇게 겁이 나더라. 그냥 여기저기 시꺼먼 구석에서 느이 아버지가 툭툭 튀어나올 거 같은데, 그게 꼭 날 잡아가려고 그러는 거 같지 않겠냐. 어림도 없다고 그래라. 누굴 잡아가겠다고."

어머니는 잠시 침묵했다가 다시 말했다.

"내 말은, 그깟 남편 정 떼는 것도 그리 겁이 나는 일인데 어린 새 끼 먼저 여읜 맘이 오죽하겠냐는 거지. 무서워도 그 정을 못 떼고, 서 러워도 그 정을 못 떼는 거지. 그래도 때가 되면 다 괜찮아진단다. 아 무렴, 그렇고말고."

어머니의 그 말은 조안이 아닌 당신 자신에 대해서인 것 같았다. 조 안을 보러 왔다가 닫힌 문 앞에서 그대로 돌아서야 했다는 어머니였 다. 노인네가 감당하기에는 너무 가혹한 일이었을 것이다. 그때 열리 지 않은 것이 조안의 문이기만 하지는 않았을 터이니. 아마도 어머니 는 세상의 모든 문이 다 닫히는 것 같은 고통을 느꼈을 것이다. 그리 고 미안한 것은 아마도 무서움 때문이었을 것이다. 생의 허방마다 도 사리고 있는 불길한 일들이 무서워 어머니는 닫힌 문 앞에서뿐만 아 니라 아니라 혼자 잠드는 당신 집의 방안에서도 미안하다, 미안하다 흐느껴 울었을지도 모를 일이다.

그러나 희중은 어머니가 미안해하는 것도, 무서워하는 것도 싫었 다. 그런 식으로 아버지 얘기를 꺼내는 것도 싫었다. 그날은 그저 아버지의 생일이었을 뿐이다. 세상의 어느 하루치고 사람이 태어나지 않은 날이 있을 것인가. 그날은 그저 그러한 날들의 어느 하루였을 뿐인 것이다.

희중은 차를 가져가기 위해 집으로 돌아와야 했다. 아침에 두통이 심해 차를 운전하고 싶은 생각이 없었다. 그러나 두통도 가셨고, 대전까지 대중교통을 이용할 생각도 없었다. 아파트 주차장까지 왔지만, 희중은 집에는 올라갈 작정이 아니었다. 대전 어머니 이야기가 나올 때마다 조안의 안색이 좋지 않았었다. 화를 내거나 자리를 피하거나 하지는 않았지만 그렇다고 희중의 말을 거들지도 않았다. 마치 누군지도 모르는 사람의 이야기를 듣는 것 같은 태도였다. 시어머니를 엄마라고 부를 정도로 살가웠던 조안은 이제 완전히 사라진 듯했다.

차에 올라타기 직전 희중은 집의 베란다 창을 올려다보았다. 서향의 햇살을 받아 창문에 빛이 눈부시게 반사되어 아무것도 보이는 것이 없었다. 희중의 시선이 천천히 오층으로 올라갔다. 흰색 블라인드가 촘촘히 내려져 있었다. 경찰에 신고할 수도 있다는 백곰의 말이 다시 떠올랐다. 미친 새끼. 희중의 입에서 낮게 욕설이 흘러나왔다.

그런데 조안은 왜 그 '미친놈'에 대해서 한마디도 하지 않는 것일까. 희중을 더욱 불안하게 만드는 것은 사실 백곰이 아니라 조안이었다. 집 밖에도 나가지 않는 조안이, 하루 이십사 시간 희중의 모니터 안에 있는 조안이, 희중 몰래 비밀을 만들고 있었다. 거실 한가운데에 의자를 끌어다놓고 인터폰을 향해 끈질기게 앉아 있던 조안의 모습이 잊히지 않았다. 도대체 그 모습이 의미하는 바가 무엇인지 희중은 짐작도 할 수가 없었다. 그들의 신혼 시절에 조안은 희중이 현관 비밀번호를 누르려는 찰나에 갑자기 안에서 문을 벌컥 열어 그를 놀래곤 했었다. 그의 퇴근시간에 맞춰 인터폰을 보고 있었던 것이다. 주차장에서부터, 공동현관, 복도, 그리고 현관문 앞까지. 그러다가 서프라이즈! 행복했던 날들의 기억이었다. 그 기억을 백곰과 연결시켜 생각하고 싶지는 않았다. 설마 조안이 그런 식으로 백곰을 기다리고 있었던 거라고는 생각하고 싶지 않았고, 생각할 수도 없었다.

시동을 걸기 전에 희중은 핸드폰을 확인해보았다. 혹시라도 조안에게서 답이 왔을까 해서였는데, 수신된 문자메시지는 전혀 없었다. 적어도 대전엔 왜 가느냐, 가면 언제 오느냐 정도는 물어볼 수도 있으련만.

희중은 한동안 핸드폰을 만지작거리다가 감시카메라 재생 어플을 연결했다. 3G로 연결된 화면이 느리게 떴다. 핸드폰의 액정화면 속에 조안의 모습이 나타났다. 조안은 식탁 의자에 앉아 고개를 숙이고 있었다.

혹시 조안은 울고 있는 게 아닐까. 백곰이 주장하는 것처럼 조안은 홀로 있는 집안에서 울음을 터뜨리곤 하는 게 아닐까. 희중이 핸드폰을 코앞까지 끌어당기다가 종료 버튼을 눌렀다. 그럴 리가 없었다. 결코 그럴 리가 없었다.

한번 끌고라도 나가보는 건 어떻겠느냐고 상윤이 말한 적이 있었다. 조안이 집안에서만 머무는 상태가 그토록 오래갈 줄 몰랐던 상윤이 어느 날 술에 취해 했던 말이었다. 한 번이 어렵지, 한 번만 나와보면 그다음부터는 말짱해질 수도 있잖아. 상윤의 말에 희중이 빈정거리듯 대꾸했었다. 네가 해보지그래? 끌고 나가는 거.

조안의 고통과 슬픔을 이해하기는 쉬웠다. 그건 정말이지, 누구라도 이해할 수 있는 일이었다. 그러나 조안의 병을 이해하는 것은 쉬운 일이 아니었다. 아침과 점심과 저녁마다 약을 먹고, 잠자기 전에도 또 약을 먹고, 비로소 그 약기운으로 숙면을 취하고, 비로소 그 약기운으로 살아간다는 걸 아무나 이해할 수는 없는 노릇이었다. 심지어는 동생인 상윤조차 이해하지 못하는 것이다.

상윤이 이해하지 못하는 것이 또 있었다. 그런 조안을 지키고 보살펴야 하는 희중에 대해서였다. 제대로 약을 먹었는지 하루에 몇 번씩 체크를 하고, 그 약의 용량을 조절하고, 얼굴빛을 살피고, 창밖을 바라보는 시선의 의미를 짐작해야 하는, 그때마다 마음을 저미는 슬픔을, 얼굴로 드러내서는 안 될 그 마음의 적막을 말이다. 사랑, 슬픔, 연민, 고독 그 모든 것들이 적막 속에서, 텅텅 소리를 내며 부딪쳤다.

2

어머니의 상태는 우려했던 것보다는 괜찮았지만 바랐던 만큼 좋지도 않았다. 허리를 다쳐서 엉금엉금 기어다니며 몇 날 며칠을 보냈다는데 병원에도 한 번 간 적이 없었다고 했다. 뼈의 문제는 아닌 것처럼 보였다. 아마도 통증 치료만 제때에 받았어도 금방 나았을 증상이었을 것이다. 괜찮으니 어서 올라가라는 어머니의 성화는 진심인 것처럼 들렸지만 그렇더라도 희중은 어머니의 말을 냉큼 따를 수 없었다.

희중이 식당에서 포장해온 도가니탕으로 이른 저녁 식탁을 차렸다.

어머니는 말없이 뚝배기의 바닥까지 비웠다. 아들을 실망시키고 싶지가 않은 것이다. 그러나 노인네가 먹기에는 지나치게 많은 양을 묵묵히 비워내는 어머니를 바라보는 것이 희중에게는 더 고통스러운 일이었다. 어머니가 다시 자리에 눕는 것을 보고 희중은 마당으로 나와 핸드폰을 확인했다. 조안이 혼자 저녁을 먹고 있었다.

희중은 집안으로 들어가 어머니와 연속극 한 편을 봤다. 그러나 연속극이 다 끝나기도 전에 다시 자리에서 일어났다. 오랜만에 만난 어머니와 무엇이든 이야기를 나누는 것이 좋겠지만 실은 어머니와 함께 있는 것이 힘들었던 것이다. 어머니는 침묵으로도 미안하다고 말하고, 숨소리로도 미안하다고 말했다. 조안의 옅은 미소를 견디기 힘든 것처럼 어머니의 미안하단 표정도 견디기 힘들었다. 그는 마당 의자에 앉아 핸드폰만 들여다보았다. 조안이 침실로 들어간 다음부터는 발과 다리밖에는 보이는 것이 없었지만 희중은 조안의 발을 오래 들여다보았다.

배터리에 빨간불이 들어와 있는 것을 본 후에야 희중은 충전기를 챙겨오지 않았다는 것을 깨달았다. 그는 집안으로 들어가 잠시 어머니의 잠자리를 돌봐드린 후 어머니의 핸드폰을 챙겨가지고 다시 나왔다. 아무때나 전화하고 어디서나 받으시라고 사드린 핸드폰이었다. 그러나 사고 이후 완전히 쓸모가 없어져버린 어머니의 핸드폰은 희중의 것처럼 간당간당하는 배터리로만 간신히 존재를 증명하고 있었다.

배터리가 다 돼서 엄마 핸드폰으로 문자 보내는 거야. 잘 자. 내일 가능한 일찍 올라갈게.

자신의 핸드폰 배터리를 아끼기 위해 어머니의 것으로 문자를 찍은 후 희중은 다시 자신의 핸드폰 화면을 들여다보았다.

뭔가가 이상했다.

희중은 핸드폰을 코앞까지 끌어당겼다. 조안의 발이 보이지 않았다. 침대에 가지런히 놓여 있어야 할 조안의 발이 보이지 않았다.

카메라가 비추는 어느 곳에도 조안의 모습은 보이지 않았다. 희중은 서둘러 화면을 앞으로 돌렸다. 조안이 다시 밥을 먹고 있었다. 제때 업데이트를 시켜놓지 않은 어플이 오작동을 하면서 너무 먼 곳까지 가버린 것이다. 희중은 다시 빠른 속도로 화면을 재생시키기 시작했다. 식탁에서 일어서는 조안, 설거지를 하는 조안, 화장실에 가는 조안…… 빠른 재생 속도가 희중의 심장 뛰는 속도만큼도 빠르지가 않았다. 희중이 다시 배속을 늘렸고, 순식간에 조안이 사라진 텅 빈 집에 화면이 고정되었다. 이런 빌어먹을! 핸드폰을 집어던지고 구둣발로 짓이겨버리고 싶은 충동은 배터리가 완전히 끝나버리는 것과 동시에 사라졌다.

희중은 무슨 생각을 해야 할지 알 수가 없었다. 그는 화면을 다시 확인할 수 없었고, 자신이 리와인드와 포워드를 반복하는 동안 조안이 집을 나가는 것을 보았는지도 알 수 없었다.

베란다에 생각이 미쳤다. 카메라가 잡을 수 없는 곳에 베란다가 있었다. 조안이 뛰어내렸던 곳이다. 바라보는 창이 아니라 뛰어내리는 창이 있는 곳. 아니다, 아니다. 그럴 리는 없을 것이다. 그런 상상을 하느니 차라리 조안이 집을 나갔다고 생각하는 게 나았다. 그러니까 희중이 멀리 가 있는 틈을 타서 감쪽같이, 희중이 쫓아올 수 없

는 곳으로, 그야말로 용의주도하게 이런 순간을 기다리기만 했던 사
람처럼!

　희중은 어머니에게는 한마디도 하지 않은 채 차로 달려갔고, 마치
키박스를 부수기라도 할 듯이 시동을 걸었다. 좁은 골목 안으로 차들
이 자꾸 들어와 바깥으로 빠져나가기가 어려웠다. 그는 연신 클랙슨
을 눌러대다가 거의 울음이 터져나올 것 같은 심정으로 상윤에게 전
화를 걸었다. 이거 무슨 번호야, 묻는 상윤에게 희중은 다짜고짜로 조
안이 없어졌다고 말했다.

　"뭐?"

　"조안이 없어졌다고! 지금 안 보인다고!"

　"어딜 갔는데?"

　"그걸 내가 알면 너한테 전화를 하겠냐, 병신아!"

　상윤은 말이 없었다. 머리가 늦게 돌아가기 시작해 그때서야 비로
소 공황 상태에 빠져든 것이 틀림없었다.

　"……그럴 리가 없잖아."

　"시끄러! 개자식아!"

　희중은 아무 이유도 없이 상윤에게 욕설을 내뱉었고, 핸드폰을
보조석에 던져버렸다. 곧바로 다시 전화벨이 울리기 시작했다. 상윤
의 번호가 떴다. 희중은 전화를 받는 대신 액셀을 밟는 발에 힘을 주
었다. 다리가 덜덜 떨리고 있었다. 밤의 상행 고속도로는 붐비지 않
았다.

3

　상윤이 가장 먼저 달려간 곳은 트럭 운전사의 집이었다. 사고 직후에 자신이 그랬던 것처럼 조안 역시 그곳을 찾아갈 거라는 생각이 상윤에게는 가장 쉬웠다. 트럭 운전사의 집이 조안의 집에서 그리 멀지 않았기 때문에 더욱 그랬다.

　트럭 운전사의 집은 신도시 재개발 지구에 있었다. 낡은 서민 임대 아파트가 곧 무너져내릴 것처럼 위태위태했다. 상윤이 벨을 연이어 누르다가 대문을 쾅쾅 차기까지 하자 옆집 사람이 나왔다. 그런 일쯤은 한두 번 겪은 게 아니라는 듯 혀를 차며 말했다.

　"그만 좀 두드려요. 그 집 이사 가고 지금은 빈집이에요."

　트럭 운전사의 아내는 닭발집을 했다. 이사를 갈 정도면 가게도 그만뒀을 가능성이 있었지만, 상윤은 차를 몰아 닭발집으로 갔다. 뜻밖에도 닭발집의 문은 열려 있었고 운전사의 아내는 철판 위에 닭발을 볶고 있었다. 노인 둘이 테이블 하나를 차지하고 앉아 안주도 없이 소주를 마시고 있었다.

　"닭발 먹으러 온 거 아니면 기다려요."

　상윤을 보자마자 운전사의 아내가 말했다. 상윤이 홀을 지나 여자의 앞에 섰을 때였다. 다가오는 사람의 얼굴빛만 보고도, 걸음걸이만 보고도 그가 손님인지 아닌지를 알아차리는 모양이었다. 기다리라고 말했으나 기다릴 수가 없어서 상윤이 여자의 손목을 붙잡았다. 여자가 한 손을 붙잡힌 채 다른 손으로 주걱을 옮겨 볶던 닭발을 뒤적거렸다.

"어쩌라고요."

"잠깐 얘기 좀 합시다."

"난 할말 없어요. 시체 조각도 못 건졌어요. 그 인간 건지 아닌 건지도 모르는 것까지 화장해버렸고요. 그러니까 하고 싶은 말 있으면 그리로 가서 해요."

여자가 닭발 볶던 손을 멈추고 서랍 속에서 종잇장 하나를 꺼내 던졌다. 화장터 안내지였다.

"내가 지금 여기가 어딘지를 몰라서 이리로 온 줄 알아, 씨발!"

상윤이 기어코 소리를 질렀고, 여자도 마주 소리를 질렀다.

"그러니까 어쩌라고요!"

"그 닭발 좀 그만 볶으라고!"

상윤이 철판을 뒤집어엎을 듯이 두 손으로 쥐었다가 앗, 뜨거 비명을 질렀다. 비로소 주걱을 내려놓은 여자가 그런 상윤을 쳐다보았다.

"이런, 씨발!"

"뜨거울 줄도 몰랐어요?"

빈정거리는 말투였던 여자가 주방 테이블 위에 놓여 있던, 마시다 남은 소주를 내밀었다.

"손에 부어요."

상윤이 두 손을 맞잡은 채로 쩔쩔매면서도 그 소주병을 받지 않자 여자가 양푼 하나를 꺼내 테이블 위에 올려놓고 상윤의 손을 그 위로 잡아당겼다.

"뭐하는 거야?"

"날 때리든 두들기든, 뭘 때려 부수고 싶어도 손이 멀쩡해야 할 거

174

아니에요."

차고 투명한 소주가 상윤의 손바닥 위로 콸콸 쏟아졌다.

늙은 손님 둘은 무슨 일이 벌어지든 간에 술을 마시는 데에만 열중하고 있었다. 노인 하나가 일어서서 손수 철판 위의 닭발을 접시에 담고 또 냉장고를 열어 소주 한 병을 꺼냈다. 상윤의 시선이 노인의 등을 좇아가자 여자가 말했다.

"저분들은 매일 오시는 분들이에요. 하루도 안 빠지고 매일 와요."

노인들은 여자가 자신들에 대해 말을 하거나 말거나 술을 마셨고, 여자는 그들이 듣거나 말거나 말을 이었다.

"그래서 내가 가게 문을 닫을 수가 없어요. 닭발도 계속 볶아야 하고요."

상윤이 계속해서 노인들을 바라보았다. 노인들은 말도 없이 소주를 마시고, 말도 없이 닭발을 우물거렸다. 유령 같은 모습이었다. 혹시 기차사고 때 죽은 귀신들이 이승을 떠나지 못한 채 여기에 머물러 있는 건 아닐까, 생각될 정도로.

말이 안 되는 생각인 줄 알면서도 기분이 오싹했다. 아마도 여자의 태도 때문일 것이다. 여자 역시 살아 있는 사람 같지가 않았다. 얼굴색은 파랬고 입술에도 핏기 같은 게 없었다. 사람에게 있어야 할 무언가가, 그것이 무언지는 알 수 없으나, 아무튼 무언가가 빠져버린 모습이었다.

"물어볼 게 있어서 왔어요."

상윤은 더이상 목소리를 높이지 않고 여자에게 말했다. 여자가 대꾸 없이 상윤을 쳐다보았다.

"누나가 그 기차에 타고 있었어요."

말재간이라고는 약에 쓰려고 해도 찾아볼 수가 없는 상윤이었다. 그래서 상윤은 다짜고짜 말했다.

"그런데 그 누나가 없어졌어요."

"……"

"여기 왔었어요?"

"……"

"긴 생머리예요. 얼굴은 하얗고 키는 이만해요."

상윤이 자기 턱 높이에 손을 갖다 대며 다른 손으로 주머니에서 핸드폰을 꺼내 사진 폴더를 열었을 때 여자가 한숨을 푹 내쉬었다.

"봤어요?"

"아뇨."

"그런데 한숨은 왜 쉬어요?"

상윤이 의심스레 물었으나 여자는 그러거나 말거나 말했다.

"살아 있잖아요."

"뭐요?"

"기차에서 살았잖아요."

"뭐라고요?"

"기차에서 산 사람은 아무도 여기 안 와요. 죽은 사람들만 오지요. 밤마다 죽은 사람들이 드글드글해요. 집에도 여기에도."

"이봐요, 당신……"

당신, 제정신이야? 상윤이 물으려고 할 때 술을 마시며 닭발을 뜯던 노인 하나가 콜록콜록 잔기침을 했다. 상윤이 노인들을 돌아보자 여자가 말했다.

"저분들이요? 저분들은 괜찮아요. 밤마다 내가 무서워서 공짜라도 좋으니 와서 먹고 마시라고 했어요. 그랬더니 정말 매일 오네요."

여자의 말에도 불구하고 노인들은 귀신보다 더 귀신처럼 보였다. 노인들의 테이블 위에 놓인 수북한 닭발들이 기차에서 죽은 시체들의 발처럼 보였다. 한두 명이 죽은 사고가 아니었다. 죽어도 너무 많이 죽었다. 만일 자신이 그 기차 안에 있다가 살아남았더라도 자신 역시 남은 생을 온전히 유지하지는 못했을 것이다. 어쩌면 매일같이 유령들이 자신을 쫓아다닌다고 느꼈을지도 모른다. 언제나 자신이 다른 사람에 비해 감정이 풍부하다고 느꼈으므로 십중팔구는 그러했을 것이다.

그러니 조안을 어떻게 위로할 수 있을 것인가. 조안이 집을 나가 찾아다니는 것이 유령이라고 하더라도 어떻게 그런 조안을 탓할 수가 있을 것인가.

"밤마다 죽은 사람들이 찾아오면 내가 뭐라고 하는 줄 알아요? 어쩌라고요, 날더러 어쩌라고요."

여자의 이어지는 말을 상윤은 더는 들을 수가 없었다. 여자는 분명히 제정신이 아니었다. '어쩌라고요'라고 묻고는 있었지만, 실은 하고 싶은 말을 털어놓기 위해 누군가를 간절히 기다리고 있었던 사람 같았다. 상윤이 아무런 대꾸도 하지 않았음에도 여자의 말이 홀로 이어졌다.

"아들이 하나 있어요. 고등학교를 다니다가 그만두고 지금은 닭발 배달을 하고 있네요. 세상 사람들은 그 인간이 저 혼자만 죽었다고 생각하지요. 마누라하고 지 아들새끼까지 데리고 죽은 건 모른단 말이에요. 댁 눈에도 지금 내가 산 사람 같아 보이지가 않지요? 안 그래요?"

아무래도 잘못 찾아온 게 분명했다. 그렇지 않다고 해도 그렇다고 믿는 편이 나을 것 같았다. 조안이 여길 찾아와 이 여자를 만났다면 복수는커녕 차라리 자기마저 죽고 싶은 기분이 들었으리라.

상윤은 명함을 꺼내 테이블 위에 올려놓았다. 덴 손이 여전히 화끈거렸다.

"혹시라도 보면, 이리로 연락 줘요."

닭발집 문을 나설 때, 스쿠터 하나가 그 집 문 앞에 섰다. 헬멧을 벗자 아직 십대로 보이는 소년의 얼굴이 드러났다. 여자의 아들인 것 같았다. 상윤은 주머니에서 다시 핸드폰을 꺼내들고 아이에게 다가갔다. 상윤이 뭐라고 말을 하기도 전에 소년의 경계에 찬 눈자위가 꼿꼿해지고 입에서는 "씨발" 소리가 터져나왔다. 소년은 상윤이 입을 열기회도 주지 않은 채 등을 돌려 닭발집 안으로 들어가버렸다. 울분과 고통과 고독이 점액질처럼 뒤엉켜 있는 듯한 얼굴의 소년은 제 나이보다도 더 어려 보이는 모습이었다.

댁 눈에도 지금 내가 산 사람 같아 보이지가 않지요? 안 그래요?

여자의 말이 다시 떠올랐다. 여자의 아들일 것이 틀림없는, 소년도 산 사람 같아 보이지 않기는 마찬가지였다.

그런데 조안은 어디로 간 것일까. 조안이 사라졌다는 희중의 전화를 받자마자 상윤은 이리로 달려왔다. 그러나 아마도 조안의 집으로 먼저 가봐야 했을 것이다. 그게 맞는 순서였을 것이다. 제대로 된 생각이란 게 비로소 들기 시작했다. 사실 조안은 트럭 운전사의 집을 알지도 못할 것이다. 어떻게 알 수가 있겠는가. 그토록 많은 사람을 죽고 다치게 만든 트럭 운전사가 무엇 때문에 선로 위에서 자살을 시도했는지, 그후 그의 아내와 아들은 어떻게 되었는지, 조안은 알지 못할 것이 뻔했다.

사실 조안은 아무것도 모르는 것이다.

그녀의 팔 개월 된 아이가 어떻게 죽었는지조차 말이다.

4

희중이 집에 도착했을 때는 이미 열시가 넘어 있었다. 조안은 집에 없었다. 감쪽같이 사라져버린 것이다. 희중은 거실 바닥에 주저앉았다. 조안이 사라졌는데 무엇을 해야 할지 알 수가 없었다.

전화벨이 울렸다. 상윤이었다.

"아, 씨발! 왜 핸드폰은 안 받는데!"

상윤은 욕부터 내뱉었다.

"누나는?"

희중은 대답하지 않았다. 대답할 수가 없었던 것이다.

상윤이 집에 온 것은 그로부터 얼마 지나지 않아서였다. 희중은 그때 식탁에 앉아 있었는데 씩씩거리며 달려들어오는 상윤을 돌아보지도 않았다. 희중은 식탁 위에 놓인 컴퓨터 모니터만 바라보고 있었다. 아이 방 벽장 속에 아이의 다른 물건들과 함께 넣어두었던 데스크톱이 여전히 잘 작동되어서 다행이었다. 아이의 사진으로 도배가 된 시작화면이 떴다. 엄청난 용량의 하드 전체가 온통 아이의 사진과 동영상으로만 채워졌다고 해도 과언이 아닌 컴퓨터였다. 사고 전에는 거실에 두었던 그 컴퓨터를 조안 눈에 보이지 않게 치워놓지 않을 수 없었다.

보모를 감시하기 위해 설치했던 동영상 재생 프로그램도 여전히 작동을 했다. 조안은 그 속에 있었다. 그러나 뒷모습으로만 남아 있었다. 조안이 현관을 나서는 모습을 희중은 무한 반복해서 봤다. 현관으로 내려서는 조안, 현관문을 향해 손을 뻗는 조안, 뒷걸음을 치는 조안, 거실을 서성거리는 조안, 다시 현관으로 내려서는 조안, 그리고 다시 현관문을 향해 손을 뻗는 조안…… 아무리 반복해 보아도 조안의 뒷모습이 말해주는 것은 아무것도 없었다.

"이게 뭐야?"

상윤의 목소리였다. 상윤이 어느새 그의 등뒤로 다가와 그와 함께 모니터를 보고 있었다. 상윤이 카메라의 존재를 알게 되거나 말거나 아무래도 상관없다는 생각이 들어 희중은 그대로 화면만 들여다보고 있었다. 조안이 없어졌는데 대체 상관이 있을 게 무어란 말인가.

"형, 미친 거 아냐?"

상윤이 희중의 어깨를 잡으며 말했다.

"이거 몰래카메라잖아? 집안에다, 이게, 무슨 짓이야?"

"몰래카메라 아니야."

상윤의 손을 떼어내며 여전히 시선은 모니터에만 집중한 채 희중이 말했다.

"그럼 뭔데!"

그럼 뭘까.

"형, 변태야?"

말부터 내뱉어놓고 상윤은 그런 말까지는 너무 심했다 생각하는 듯했다. 씨발. 홀로 내뱉는 욕설이 뒤따랐다.

"그럼 아까도 이거 보고 그랬던 거야? 누나 없어졌다고? 아, 씨발, 진짜! 그것 좀 그만 보라고!"

희중이 비로소 몸을 돌려 상윤을 바라보았다.

"누나 없어졌다며! 진짜로 없어졌다며! 그런데 지금 뭘 하고 있는 거냐고!"

"상윤아."

희중이 상윤의 이름을 불렀다. 그럼 난 지금 뭘 해야 하는 거니. 조안을 어디에 가서 찾아야겠니.

"찾아봤어?"

상윤이 다시 물었다.

"여기 어디 근방이랑 샅샅이 뒤져봤냐고! 누나 정상 아닌 거, 형이 더 잘 알잖아!"

"상윤아."

"아, 진짜! 왜 자꾸 이름을 부르고 그러는 건데, 지금!"

"찾아봐줄래."

"뭐?"

"조안 좀…… 찾아다줄래."

희중이 울기 시작한 것이 그때부터였다. 눈물이 먼저 주르륵 흘러내렸다. 희중이 고개를 숙여 두 손으로 얼굴을 감쌌다. 어깨가 후득 후득 떨렸다. 씨발, 씨발, 씨발, 상윤이 연거푸 욕설을 내뱉었다. 잠시 후, 상윤이 집을 나가는 소리가 들렸다.

상윤에게서 전화가 걸려온 건 그러고 나서 채 십 분이 지나지 않아서였다. '형' 하고 부르는 상윤의 목소리가 불편한 것을 삼킨 것처럼 잠겨 있었다. 잠깐 간격을 띄웠다가 상윤이 말을 이었다.

"517호로 와."

5

조안은 백곰의 집에 있었다. 희중이 백곰의 집 문을 두 번 두드리기도 전에 기다렸다는 듯이 문이 열렸다. 문을 열어준 사람은 상윤이었다. 상윤에게 어찌 된 일이냐고 묻기도 전에 먼저 조안이 보였다. 조안은 백곰의 집 거실 소파에 앉아 있었다.

희중은 집안으로 들어갔다. 그때야 거실 한구석에 서 있는 백곰이 보였다. 희중은 백곰을 바라보지 않았다. 그는 그대로 소파로 걸어가 조안의 어깨에 손을 얹었다. 조안의 어깨가 딱딱했다.

"가자."

희중이 말했으나 조안은 희중을 바라보지 않았다. 희중은 조안의 앞쪽으로 다가가서 발치에 쭈그려앉았다. 조안의 손을 잡았다.

"집에 가자."

조안이 비로소 희중을 바라보았다. 무슨 생각을 하는지 알 수 없는 눈이었다.

6

어떻게 된 일인지를 설명해준 것은 상윤이었다.

"아까 말이야. 일단 아무데나 찾아보려고 나가는데, 경비 아저씨가 고양이들 찾았느냐고 물어보더라고."

무슨 말이냐는 듯 희중은 상윤을 쳐다보았다. 그때까지 희중은 고양이들이 집에 없다는 것조차 깨닫지 못하고 있었다.

"진짜. 고양이들 안 데리고 왔네."

"고양이들이 거기 있어?"

"어디 들어가 숨었는지 안 보이던데. 그 새끼가 데리고 간 건 확실해."

"어떻게?"

"고양이들이 엘리베이터 안에 있었대. 나오지도 못하고 그냥 거기에서 오르락내리락하더라는 거야. 그래서 경비 아저씨가 일단 경비실에 데려다놓고 방송을 했던 모양이야. 고양이들 찾아가라고. 그랬더니 그 떡대가 내려와서 데리고 갔다는 거야."

"……왜?"

그 와중에도 희중의 질문이 이상하게 들린 모양이었다. 상윤이 희중을 한번 쳐다보고 다시 말을 이었다.

"그런데 아저씨가 아무래도 그 고양이들이 형네 고양이들 같아서 인터폰도 넣어보고 그랬던 모양이야. 그러다가 나한테 물어본 거지. 그 아저씨가 날 알거든. 전에 주차 문제 때문에 한판 붙은 적이 있어서."

희중이 집에 도착했을 때 경비실에 경비원이 있었는지 없었는지는 기억나지 않았다. 아마 없었을 것이다. 있었다면 상윤에게 한 말을 희중에게 했을 것이다.

희중은 엘리베이터와 자신의 집 현관문을 번갈아 바라보았다. 조안을 집에 데려다놓고 상윤의 말을 듣기 위해 곧바로 밖으로 나왔었다. 그러나 실은 상윤의 말을 듣기 위해서가 아니라 조안의 말을 듣기가 두려워서였을지도 모른다. 아니, 아마 분명히 그랬을 것이다.

뭔가 좋지 않은 일이 벌어지고 있는 것 같은 느낌을 지울 수가 없었다. 기차사고 이후, 좋지 않은 일에 대한 예감이 그에게서 사라진 적이 없었다. 그보다 더 나쁜 일은 있을 수 없으리라는 생각을 할 때마다, 늘, 어쩌면 세상에는 그보다 더 나쁜 일도 있으리라는 생각이 들곤 했었다.

"그런데, 조안은 어떻게……"

"그게 좀…… 나는 그저 혹시 그 자식이 뭘 아는 게 있는가 싶어서 올라가봤던 건데, 거기서 누나 그러고 있는 거 보고는 아무 생각도 안 들더라고. 그냥 빡이 돌아서…… 그래서 형한테 전화부터 한 거야."

결론은 아무것도 모른다는 소리였다. 희중은 잠깐 말이 없다가 엘리베이터 쪽으로 걸음을 옮겼다.

"왜?"

이번에는 상윤이 물었다.

"고양이들 데리고 와야지."

"있어. 내가 데려올 테니까."

"네가?"

"어떻게 된 건지도 내가 먼저 물어보고. 그러는 게 낫겠어."

희중은 그럴 필요 없다는 말을 하지 않았다.

집으로 돌아와 현관문의 비밀번호를 누르려는데 417호 숫자가 눈앞에 또렷하게 보였다. 517호가 아닌 417호. 그렇구나…… 조안은 집으로 돌아갔었던 거구나. 그녀의 집, 그녀와 희중의 집, 그녀와 희중과 죽은 아이의 집…… 그러니까 517호로. 희중은 현관문에 이마를 기댄 채 잠시 숨을 골랐다.

희중이 집안으로 들어섰을 때, 조안은 소파에 앉아 있었다. 백곰의 집 소파에 앉아 있을 때와 똑같은 자세였다. 희중은 이번에는 그녀의 어깨에 손을 얹을 수도 없었고, 발치에 무릎을 꿇을 수도 없었다. 조안이 그런 희중을 올려다보았다. 여전히 무슨 생각을 하고 있는지 전혀 읽을 수 없는 눈빛이었다.

"집에 갔었어."

희중은 아무 말도 할 수 없었다.

"우리집에 갔었다고."

여전히 대답할 말이 없었으나, 대답하지 않으면 안 될 말이기도 했다.

"알아……"

잠시 간격을 두었다가 희중이 다시 말을 이었다.

"미리 말해야 했는데 그럴 기회가 없었어. 미안해."

"난 있잖아. 내가 미친 줄 알았어."

"조안."

"자꾸만 여기가 우리집이 아닌 거 같아서 내가 미쳤구나 싶었어. 그래야 마음이 편안했어. 안 미치고 살 수는 없는 거니까. 안 미치고도 매일매일 꼬박꼬박 밥 먹고 물 먹고 잠자고 약까지 먹어가면서, 그러면서 사는 건 말이 안 되는 거니까. 아무렇지도 않게 사는 건 말이 안 되는 거니까. 미치지 않았는데도 창밖으로 뛰어내리고 그러면 안 되는 거니까. 그래서 내가 미쳐서 다행이다, 했었어."

조안이 창밖으로 뛰어내렸던 건 이 집에서의 일이 아니었다. 그러나 지금 그런 걸 지적해줄 수는 없었다.

"당신도, 마찬가지야."

"……"

"당신, 미쳤어."

"……"

"그래서, 다행이야."

희중은 아무 대꾸도 할 수가 없었다.

그날 밤, 희중은 술을 마셨다. 다시는 마시지 않겠다고 결심한 것이 벌써 몇번째인지 알 수 없었지만 이날 밤만큼은 안 마실 수가 없었다. 얼마나 마셨는지 기억도 나지 않았다. 소파에 쓰러져 잠이 들었던 모양인데 어떤 소리가 잠을 깨웠다. 깨어나서도 그게 무슨 소리인 줄을 몰라서 한동안 멍청히 앉아 있기만 했다. 그러다가 그게 인터폰 소리라는 걸 알았다. 두통이 몰려와 머리가 깨질 듯했다. 희중은 인터폰을 받으면서 시계를 보았다. 새벽 세시였다.

"지금 부인이 여기 와 계시는데요."

백곰의 목소리였다. 이게 지금 대체 무슨 소리란 말인가. 희중은 침실 쪽을 돌아보았다. 침실 문은 언제나처럼 열려 있었지만 인터폰이 있는 곳에서 침실 안을 들여다볼 수는 없었다. 희중이 침실로 달려갔을 때 침대는 텅 비어 있었다.

조안은 백곰의 말처럼 백곰의 집에 있었다. 조안이 백곰의 집 소파에 누워 잠들어 있었다. 조안을 깨우려고 할 때, 벌어진 셔츠 깃 사이로 조안의 가슴이 환히 들여다보였다. 사고 이후 조안은 브래지어를 하지 않았다. 희중이 두 주먹을 쥔 채로 백곰을 향해 돌아섰다. 백곰을 한 대 패줄 생각이었다. 이유 같은 건, 나중에 생각해도 늦지 않을 것이다. 그러나 희중은 주먹을 날리는 대신 그대로 서 있을 수밖에 없었는데, 백곰의 얼굴이 이미 누군가에게 실컷 얻어터진 것처럼 처참하게 뭉개져 있었기 때문이었다.

7

백주의 얼굴을 그렇게 만들어놓은 것은 두말할 것도 없이 상윤이었다. 그날 밤, 고양이들을 데리러 위층에 올라갔을 때였다. 고양이들 때문에라도 다시 올 것을 짐작했었던지 백주는 금방 문을 열어주었다. 고양이들은 소파 밑에 숨어 있었다. 상윤이 바닥에 엎드려 끌어내려고 하자 고양이들이 하악, 하는 소리를 냈다. 고양이 한 마리가 상윤의 손등을 할퀴었다. 욕설을 뱉으며 소파 밑에서 손을 빼낸 상윤이 잠시 손등에 입술을 대고 앉아 있다가 느닷없이 몸을 일으켜 백주에게로 몸을 날렸다. 불시의 기습을 받은 백주의 거대한 몸집이 그대로 거실 바닥에 나동그라졌다. 상윤이 백주의 몸을 타고 앉아 다시 주먹을 들어올렸다.

"너, 이 개새끼, 우리 누나한테 무슨 짓을 한 거야!"

상윤은 백주의 대답을 기다리지 않았다.

"이런 씨벌눔! 우리 누나한테 무슨 짓을 한 거냐고!"

상윤이 주먹을 내리꽂으려고 하는 찰나 백주가 상윤의 가슴을 밀어냈다. 거구의 힘이 대단해서 이번에는 상윤이 바닥으로 나동그라졌다. 상윤이 백주에게 다시 달려들었다. 백주는 상윤과는 비교도 할 수 없을 만큼 거구였지만, 그 거구만으로는 싸움판에서 이골이 난 상윤을 당해낼 수 없었다. 그나마 살집마저 없었다면 보다 더 참혹한 꼴이 되었을 것이다.

백주를 그 꼴로 만들어놓은 뒤 상윤은 소파를 아예 들어 옮기고 고양이들을 덮쳐 목덜미를 잡았다. 고양이들의 반항이 대단해 백주가 남긴 상처보다 더 많은 상처를 상윤의 팔과 목덜미에 냈다. 현관문을 열면서 마침내 고양이 한 마리를 놓쳤는데 문밖으로 달려나간 고양이는 기세 좋게 빠져나가던 것과는 달리 복도에서 제대로 걸음을 옮기지도 못했다. 엉금엉금 걸으면서 비틀거리는 고양이를 다시 잡자 언제 앙칼지게 굴었던 적이 있었나 싶게 부들부들 떨며 상윤의 품에 찰싹 안겼다.

조안도 마찬가지였을 것이다. 평생을 집안에서만 살아온 고양이들처럼, 집 바깥으로는 한 뼘도 영역을 넓혀본 적이 없는 고양이들처럼, 조안도 집을 나서자마자 이런 꼴이었을 것이다. 그리고 나서 그다음 일은 어떻게 되었던 것일까. 그런 조안을 저 개새끼가 발견하고 납치했을까. 희중처럼 머리가 돌아가지 않는 상윤은 조안이 스스로 517호를 찾아갔을 거라고는 생각도 할 수 없었다. 백주가 조안을 납치했다는 게 얼마나 말이 안 되는 생각인지도 알지 못했다. 무슨 상관인가. 누나라는 사람은 집 바깥으로 한 발자국도 못 나가는 정신병 환자인데 난데없이 웬 미친놈의 집에 가 있고, 누나의 남편이라는 자는 집안에 몰래카메라를 설치해놓고 자기 마누라나 훔쳐보고 있고, 고양이들은 남의 집 소파 밑에 기어들어가 그의 손등을 할퀸 것이다. 그러니 대체 저 덩치 새끼를 좀 두드려 팬다고 한들 무슨 대수란 말인가. 기차에 깔아뭉개져 시체 조각조차 제대로 남기지 못한 그 트럭 운전사라는 놈을 다시 살려서 패줄 수 없는 한 다를 것은 아무것도 없었다. 상윤은 고양이들을 다시 조안과 희중의 집에 들여놓은 뒤, 조안도 꼴보기 싫고 희중도 꼴 보기 싫어 인사조차 하지 않고 돌아서버렸다.

그러나 그 밤, 만취한 상윤은 또 엉엉 울면서 희중에게 전화를 걸었고, 조안이 자기에게 남은 하나뿐이라고 지긋지긋한 소리를 반복했고, 그러느라 희중 역시 만취한 상태라는 걸 전혀 알아차리지 못했다. 그 전화를 끊자마자 희중이 다시 소주 한 병을 물컵에 따라 벌컥벌컥 마시기 시작했다는 것도 물론 알지 못했다. 모두가 취해 있는 밤이었다. 술에 취하던, 약에 취하던, 공포와 고독에 취하던.

8

날카로운 것에 철판이 긁히는 소리. 쇠못으로 긁어대는 소리 같은 것이다. 주차장을 가로질러 가고 있는 아이 하나가 보인다. 아이는 무슨 까닭인지 잔뜩 화가 나 있는 것처럼 보인다. 아이는 며칠째 무차별적으로 주차장의 차에 흠집을 내놓고 있다. 늦은 밤에 편의점에 다녀오다가 아이와 마주친 적이 있었다. 가로등 불빛 아래 아이의 손에서 뭔가가 번쩍했다. 쇠못 같은 것. 더 번쩍이고 더 날카로운 것은 아이의 눈이었다. 널 찌를 수도 있어. 아이의 눈이 경고하고 있었다. 백주는 알은체하지 않았다. 자신의 몸집의 절반도 되지 않는 아이가 무서웠다. 그는 세상의 모든 분노가 무서웠다. 악쓰고 몸부림치는 대신 찌르는 것을 택한 분노라면 더욱 그러했다.

그런데 아이는 대체 무엇에 그리 화가 나 있는 것일까. 오늘 아침 아이의 희생양이 된 차는 사층 양아치의 것이다. 그놈이 차에서 내리는 것을 보았고, 아이가 그 차를 향해 다가가는 것을 보았다. 찔러라, 찔러. 백주의 몸속에서 소리가 터져나오는 듯했다. 양아치는 쓰레기통 옆에서 허리를 접고 얼마쯤 있다가 돌아왔다. 아마도 지난밤을 차 안에서 보낸 것 같았고, 만취했던 듯 구토를 참지 못하는 모습이었다.

양아치 새끼.

처음 봤을 때부터 놈이 별 볼 일 없는 양아치라는 건 한눈에 알 수 있었다. 러닝머신 소리가 시끄럽다고 놈이 올라왔던 날이었다. 벨이 울려 문을 열어주었을 때 놈이 서 있었다. 그를 보자마자 놈은 눈이 둥그렇게 커져 휘파람부터 불었다. 잇새에서 저절로 새어나오는, 참으로 모욕적인 휘파람 소리였다. 소음 운운하는 말은 그후에야 시작했는데 이미 자기 용건에 대해서는 거지반 잊어버린 것 같았다.

휘파람이라니.

자신의 덩치가 늘 사람들의 시선을 끌어당긴다는 것은 알고 있었지만 그처럼 노골적인 반응은 처음이었다. 아니, 근래에는 거의 없었다고 말하는 편이 더 옳겠다. 어린 시절부터 그는 어떻게 해도 감춰지지 않는 덩치를 안고 살았다. 그러므로 그런 시선쯤에는 얼마든지 익숙했는데, 그렇더라도 휘파람까지는 아니었다. 언젠가 놈에게 그 휘파람 소리를 되갚아주리라고 생각했었다.

그런데 갚아주기는커녕 오히려 이 꼴이라니……

창밖을 내다보면서도 백주는 연신 멍들고 부어오른 얼굴을 어루만지고 있었다. 얼굴보다 더 아픈 곳은 사실 갈비뼈 부근이었다. 혹시 금이라도 간 건 아닐까. 살집이 워낙 좋아서 맞아도 어디가 부러지게 맞아본 적이 없었다. 놈이 난데없이 주먹을 날릴 때에도 그의 살이 본능적으로 그 주먹을 밀어냈다. 그러나 그뿐, 백주는 마주 주먹을 날리지는 않았다. 가만히 맞고만 있었던 것은 아니었지만 적극적으로 마주 싸울 의사는 없었던 것이 분명했다.

왜 그랬을까.

여자가 올라왔었다. 그것도 두 번씩이나. 저녁때 한 번, 한밤중에 한 번 더. 머릿속에 맴도는 생각은 오직 그것뿐이었다. 유독 갈비뼈 부근이 아픈 것은 어쩌면 여전히 비정상적으로 뛰고 있는 가슴 때문인지도 모른다. 가슴 뛰는 소리는 쿵쿵 들리지 않고, 여자가 누르던 도어록 버튼 소리처럼 삐삐 울렸다.

삐삐, 삐삐, 삐삐삐삐.

여자가 그의 집 도어록 버튼을 누르고 있을 때, 그는 소파에 누워 이리저리 리모컨을 돌리고 있던 중이었다. 그는 처음에 그 소리를 무시했다. 그 시간에는 찾아올 사람도 없었지만, 벨도 누르지 않고 다짜고짜 현관 도어록의 비밀번호부터 누를 사람은 더욱 없었다. 그 시간뿐만이 아니었다. 이사를 온 후 한 달 넘게 택배기사나 중국집 배달원이 아니면 그의 집 현관벨을 누른 사람은 아무도 없었다. 그러니 기껏해야 정신을 딴 데 팔다가 집을 잘못 찾은 이웃 중의 누군가일 터였다.

좆같은 인생이로군.

백주는 혼자 중얼거렸다. 덩치에 대한 오해 때문에 그는 사람들과 함께 있을 때는 말을 잘 하지 않았다. 어쩔 수 없이 말을 해야 할 때는 심하게 깍듯하거나 딱딱한 말투가 튀어나왔다. 혼자 있을 때는 달랐다. 그는 욕설을 소리내어 내뱉었고, 때로는 그와 정반대로 처량맞을 정도로 감상적이 되기도 했다. 너 혹시 해리 뭐 그런 거 아니냐? 삼촌이 했던 말이었다. 해리라는 말이 예쁘게 들리기는 했지만 그게 다중인격장애를 말하는 거라는 걸 모르지는 않았다. 삼촌도 진심으로 물은 것은 아닐 터였고, 그 역시도 자신에게 그럴 가능성은 전혀 없다는 걸 알았다. 그러나 문득, 혹시 알 수 없는 일이라는 생각이 들기도 했다. 하나의 인격이 또하나의 인격을 기억하지 못한다면, 그가 기억 못하는 어떤 인격은 그가 기억하지 못하는 시간들 속에서나 존재할 것이므로.

삐삐 소리는 멈추지 않았다. 집을 잘못 찾아온 사람이라기보다는 누가 집요하게 장난을 치는 것 같았다.

어떤 좆같은 놈이!

그는 결국 일어서지 않을 수 없었고 현관문을 열지 않을 수 없었다.

여자였다. 아랫집 여자. 어쩐 일인지 그보다 더 놀란 얼굴로 여자가 그를 쳐다보고 있었다.

"왜 여기……"

그는 처음에는 여자가 하는 말을 알아듣지 못했다. 그러나 그다음 말은 보다 정확했다.

"왜 여기 있어요?"

여자가 현관 안으로 들어선 것은 순식간이었다. 마치 고꾸라질 듯이, 무언가에 떠밀린 듯이 여자는 문 안으로 들어섰고, 그는 그런 여자를 막을 틈이 없었다. 심지어는 무슨 일이냐고 물어볼 틈조차 없었다. 여자는 들어서자마자 굳어버린 듯했고, 잠시 후에는 비틀했고, 또 잠시 후에는 허물어지듯이 주저앉았다. 잠시 후 여자가 그를 올려다보았는데, 어느새 눈에 눈물이 가득했다.

여자의 집에 갔을 때를 떠올리지 않을 수 없었다. 문이 열렸고, 고양이들이 문틈 사이로 나왔고, 그 고양이들이 그를 쳐다보았고, 그리고⋯⋯

여자가 들어오란다고 들어갈 일은 아니었을 것이다. 그러나 들어가지 않을 수도 없었던 것이, 바로 그전 날 무슨 일이 있는 거냐고, 괜찮으신 거냐고 쪽지까지 넣었던 사람이 바로 그였던 것이다.

여자는 오래 울었다. 실은 여자의 울음밖에는 기억나는 것이 없었다. 그토록 시도 때도 없이 울어대던 아이는 그때따라 울지 않았다. 어디에 있는지 보이지도 않았다. 그는 다만 속절없이, 울고 있는 여자의 앞에 앉아 있었을 뿐이다. 그럴 줄 알았어요, 그럴 줄 알았어요, 여자는 같은 말만 반복했다.

무슨 작정을 하고 간 것이 아니기도 했지만, 그러지 않았다고 하더라도 여자의 집에 오래 머물러 있을 수가 없었다. 여자에게 무슨 말을 물어볼 수도 없는 상황이었다. 가까이 보이는 메모지가 있어서 그는 그 메모지를 끌어당겨 자신의 핸드폰 번호를 적어넣었다. 그리고 일어설 때, 여자가 고맙다고 했다.

"……고마워요."

여자의 목소리가 심하게 잠겨 있어서 그는 그 말을 정확히 알아들을 수가 없었다. 들려줘서 고마워요, 로 들렸고 들어줘서 고마워요로도 들렸다. 둘 다 이상한 말로 들리기는 마찬가지였지만, 아무래도 전자 쪽일 것이었다.

그러니, 이제 그도 여자에게 말해야 할 것인가. 다정한 이웃처럼, 들려줘서 고맙다고.

백주는 주저앉은 여자를 부축했고, 여자는 백주가 이끄는 대로 소파로 걸어갔다. 부들부들 떨고 있는 여자의 발에 슬리퍼가 한 짝만 신겨 있다가 거실 한복판에서 벗겨져나갔다. 여자는 소파에 발을 올려 앉았다. 곧 끌어올린 무릎에 얼굴을 묻어 온몸이 마치 둥근 공과 같아졌다. 온몸을 완전히 말아, 아무것도 내보이고 싶지 않은 작은 애벌레처럼.

자, 이제 어찌할 것인가.

여자는 무언가로부터 필사적으로 도망쳐온 모습이었다. 그렇게밖에는 달리 짐작할 수가 없었다. 여자의 수상쩍은 남편이 다시 떠올랐다. 백주는 묻지 않을 수 없었다.

"혹시 남편이……"

여자의 집에 다녀온 날 밤에 그를 찾아온 아랫집 남자에게 경고했었다. 그렇게까지 말할 필요는 없었을지도 모른다. 그러나, 인터폰으로 그 남자인 것을 확인하고 문을 열어주었을 때부터 화가 솟구치는 걸 참을 수가 없었다. 남자에게서 또 술냄새가 풍겼던 것이다. 허구한

194

날 술을 마시고 허구한 날 자기 여자와 아이를 울리는 남자였다. 백주
는 그런 놈들이 세상에서 제일 싫었다.

　여자가 무슨 대답을 하기도 전에 스피커가 울렸다. 관리실의 안내
방송이었다.

　"지금 104동 아파트에서 고양이 두 마리가 방황하고 있습니다. 주
인 되시는 분은 서둘러 찾아가시기 바랍니다. 다시 한번 말씀드립니
다. 지금 104동 아파트에서 고양이 두 마리가 방황하고 있습니다."

　여자가 고개를 들어올렸다. 입술을 잘근잘근 깨무는 것이 백주의
눈에도 보였다.

　"저 고양이들…… 혹시?"

　백주가 여자에게 물었고, 여자는 고개를 끄덕였다.

　"모루들."

　"네?"

　"네모하고 블루."

　"방황하고 있다는데요."

　여자의 눈에서 눈물이 주르륵 흘렀다. 마치 눈 안에 가득 담아두었
던 것을 한꺼번에 쏟아내는 것처럼, 그야말로 주르륵. 여자는 왜 이렇
게 번번이 서럽게 우는가.

　어쨌거나, 우선은 고양이들을 어떻게 해야 할 것 같았다. 잠시 생각
할 시간이 필요하기도 했다. 그는 여자를 남겨놓은 채 조용히 집을 빠
져나왔다.

　무슨 작정이 있었던 것은 아니지만 고양이들을 데리러 내려가는 길
에 백주는 사층에서 멈춰 서지 않을 수 없었다. 417호의 문이 열려 있

는 것이 멀리서도 보였다. 호흡을 가다듬은 후, 백주는 417호로 향했다. 여자의 남편을 만나게 되면 뭘 어찌해야 할지는 알 수 없었지만, 당장은 그 집 안을 들여다보지 않을 수 없었다.

집안에는 아무도 없었다. 불이 환하게 밝혀진 집안은 단정하고 고요했다. 폭력의 흔적은 보이지 않았고, 폭행하는 남편의 흔적도 보이지 않았다. 문이 열려 있었던 것은 슬리퍼가 끼여 있어서였다. 여자가 허겁지겁 집을 나올 때 그렇게 된 모양이었는데, 도대체 여자가 무엇으로부터 그토록 허겁지겁 도망을 쳐 나온 것인지는 알 수 없었다. 너무나 고요하고 너무나 멀쩡한 집안의 풍경은 백주를 혼란스럽게 만들었다.

어쨌거나 슬리퍼는 여자에게 가져다주어야 할 것 같았다. 백주가 슬리퍼를 집어들자 문이 자동으로 닫혔다. 철컥, 이해할 수 없게도 문 닫히는 소리가 엄청난 굉음처럼 들렸다. 그러니까 철컥이 아니라 쾅, 쾅, 쾅…… 가만, 그런 소리를 어디서 듣지 않았나…… 백주는 고개를 가로저었다.

고양이들은 경비실에 있었다. 엘리베이터를 타고 오르락내리락하는 걸 경비원이 데려다놓았다고 했다. 그러면서도 경비원은 고양이들 앞을 가로막을 듯이 하고 서서 백주를 경계하며 쳐다보았다. 적어도 그 고양이들의 주인이 백주가 아니라는 것 정도는 안다는 눈빛이었다.

"아랫집 고양이들인데 일단 제가 데리고 있을게요."

백주가 그렇게 말한 다음에야 경비원이 고양이를 한 마리씩 안아서 건넸다. 처음 봤을 때는 덩치가 개만하다고 생각했었는데, 이제 보니 기껏해야 강아지만한 고양이들이었다. 그 고양이들이 경비원의 품에서 백주의 품으로 넘어오면서 아기 같은 목소리로 아앙, 아앙 울었다.

고양이들과 함께 집에 돌아갔을 때, 여자는 여전히 소파에 앉아 있었다. 고양이들을 일단 바닥에 내려놓았더니 마치 제집처럼 소파에 올라가 앉았다. 능청스러운 고양이들이었다. 여자가 손을 들어올려 고양이들을 쓰다듬었다. 울음은 이제 완전히 그친 것 같았지만 그렇다고 안정을 찾은 것 같아 보이지는 않았다. 고양이를 쓰다듬는 것도 그저 습관적인 행동인 듯했다.

"댁에 모셔다드릴게요."

그렇더라도 백주는 말하지 않을 수 없었다.

"무슨 일인지는 모르지만…… 일단 그렇게 하시는 게……"

여자는 꼼짝도 하지 않았다.

"혹시 남편분을 걱정하시는 거라면…… 아무도 없더라고요, 댁에. 그래도 혹시 걱정이 되시면……"

여자가 백주를 바라다보았다. 눈빛이 깊은 우물처럼 어두웠다.

"그 사람 때문이 아니에요."

그리고 여자가 이어 말했다.

"여기가 우리집이라서…… 우리집이라서 그래요."

여자는 아무래도 여전히 제정신이 아닌 것 같았다. 백주는 무슨 말을 해야 할지 알 수 없어 여자를 바라보기만 했다. 여자가 천천히 시선을 돌렸다. 허공을 보는 눈빛이 잠깐 반짝했다. 그러고는 미소를 짓는 듯도 했다. 여자가 뭐라고 낮게 말하는 소리가 들렸는데, 백주가 들은 게 정확하다면 그 말은 이랬다.

"너 여기, 집에 있었구나. 그럴 줄 알았어."

그리고 그후의 일들.

한 시간인가, 두 시간인가 흘러 휘파람 양아치가 나타날 때까지 백주는 식탁 의자에 앉아 여자를 바라보았고, 여자는 소파에 앉아 꿈쩍도 하지 않았다. 뭘 어찌해야 할지 알 수 없는 기분은 여자의 집에서 우는 여자를 대책 없이 바라보고 있을 때보다 더했다. 무엇보다도 여기는 그의 집이었으니, '그럼 이만 가보겠습니다'라고 말할 수도 없는 노릇이었다. 시간이 그냥 그렇게 흘러갔다. 그리고 아랫집 양아치가 나타났고, 그후에 여자의 남편이 나타났고, 또 그후에 양아치가 다시 나타났고…… 그리고 그 밤에, 또 현관문에서 삐삐, 거리는 소리가 울렸다. 열릴 때까지는 절대로 멈출 수 없다는 듯, 삐삐, 삐삐삐삐.

"정신 차려, 백주야."

삼촌이 말했다.

"너 또 꿈꾼 거잖아. 말도 안 되는 소리를 하고 있어, 왜."

백주는 이해할 수 없었다. 그의 몇 안 되는 친척이자 친구이며 대화 상대인 삼촌은 왜 늘 그를 이런 식으로 무시하는 것인지.

"정희 닮았다며. 너 그거 꿈꿀 때나 하는 소리잖아."

백주는 입술을 깨물었다. 그 오래된 일이, 그 아이의 이름이 이런 식으로 삼촌 입에서 나올 줄은 몰랐다. 삼촌, 이 병신 같은 새끼 입에서. 그러나 삼촌이 그 아이의 이름을 거론하는 한, 그는 삼촌에게 욕을 내뱉을 수 없었다. 오래전에 일어났던 그 모든 일들이 꿈이었다고 고백한 것은 바로 자신이었다. 그러지 않고서는 그 일에서 벗어날 수가 없었다.

정희. 김정희.

예뻤고, 부러질 듯이 가느다란 몸매를 갖고 있었고, 웃으면 보조개가 패던 아이. 그 아이의 별명이 하필이면 걸레였다. 그것도 그냥 걸레가 아니라 대걸레.

그 별명이 뜻하는 바가 무엇인지는 물론 그도 알고 있었다. 그러나 그 아이의 행실이 나쁘다는 소문을 그는 믿지 않았다. 다른 아이들처럼 그의 등뒤에서 킥킥거리는 것이 아니라 항상 그의 정면에서 소리 내어 웃는 것도 그애가 다른 여자애들보다 그를 더 경멸해서가 아니라 친절해서라고 믿고 싶었다. 중학교 때의 일이었다.

자주 그 아이의 가방을 들어주었다. 그애가 학교 담장을 넘을 때는 엎드려 등 계단을 만들어주었고, 어깨를 대주기도 했다. 그럴 때마다 그애가 손을 내밀었다. 작고 따듯하고 촉촉한 손이었다.

그애가 다른 남자아이들이랑 빈집에 있는 동안에는 그 앞을 지키고 있기도 했다. 그애의 남자친구들이 욕을 하고, 발길질이나 주먹질을 해도 그는 그냥 가만히 있었다. 그애가 자신을 보디가드쯤으로 여긴다는 사실만으로도 그는 충분히 기뻤다. 사실, 그애가 그를 데리고 다니면 그들은 어디에서나 눈에 띄었다. 정희는 언제나 주목받는 것을 좋아했다.

정희는 중학교를 졸업하기도 전에 죽었다. 안 죽었으면 좋았을 텐데, 죽더라도 백혈병이나 그런 거였으면 좋았을 텐데, 교통사고로 죽었다.

정희의 사고 소식을 듣던 날 아침, 그는 꼼짝도 할 수가 없었다. 책

가방에서 책과 공책을 꺼내던 중이었는데, 그 자세로 그냥 온몸이 굳어버렸다. 반장이 차렷 경례를 할 때도 그는 꼼짝하지 않았다. 수업이 전부 끝나고 아이들이 교실에서 모두 나갈 때까지도 그는 그 자리에서 꼼짝하지 않았다. 그러나 누구도 그가 꼼짝하지 않는다는 걸 알지 못했다. 청소시간이 되어서야 꼼짝도 하지 않는 그 때문에 청소를 할 수 없게 된 아이들이 소리를 지르고 욕을 했다. 그러나 그때에도 그가 울고 있다는 것을 아는 사람은 한 명도 없었다. 어떤 아이 하나가, "어우, 저 돼지 땀 흘리는 것 좀 봐"라고 말한 것이 전부였다.

그날 그는 밤이 깊도록 집에 돌아갈 수가 없었다. 정희의 가방을 들고 걸어갔던 길, 정희를 기다리던 공중변소 앞, 옷가게와 스티커사진관과 전자오락실 앞을 묵묵히 걸어다녔다. 다른 사람들이 그랬던 것처럼 자신이 울고 있는지 아닌지도 알지 못했다. 정희가 남자아이들과 놀곤 했던 빈집에 이르렀을 때, 그 집은 여전히 다른 아이들로 시끌벅적했다. 그는 대문 앞에 쭈그리고 앉아서 다시 울었다. 지나가던 취객 하나가, "어이, 아저씨. 불 가진 거 있소?"라고 물었다. 그는 아저씨가 아니었고, 술을 마신 것도 아니었고, 빈집에 들어가 아이들과 함께 있을 수도 없었으므로, 이제 집에 돌아가야 할 시간이라는 것을 깨달았다. 그것이 그의 첫사랑이었다.

아랫집의 여자가 정희를 닮았다고 생각했지만 처음으로 그 아이를 닮은 사람을 만난 것은 아니었다. 정희가 죽은 후 한동안 오만 군데에서 정희와 닮은 여자들이 보였었다. 그때마다 그 아이의 사고 소식을 들었을 때처럼 온몸이 그대로 굳어버렸다. 걷다가 발 하나를 들어올린 채 그대로, 제과점의 쇼윈도에 이마를 붙인 채 그대로, 버스 창밖으로 얼굴을 내민 채 그대로.

　그러나 시간이 많이 지난 일이었다. 정희를 떠올린 것이 얼마 만의 일인지도 알 수 없었다. 어떻게 정희를 잊을 수 있겠는가 싶었으나 어느덧 정희도 잊었고, 그렇게 사무쳤던 세월도 잊었다. 그런데 그 여자를 보는 순간, 다시 정희가 떠오른 것이다. 자세히 보니 그리 닮은 것도 아니었다. 정희는 쌍꺼풀 진 눈이 크고 예뻤지만 여자는 외까풀의 눈이 서늘했다. 그런데 왜 여자의 얼굴에서 정희가 보였던 것일까.

　꿈 때문이었을 것이다. 여자가 닮은 것은 살아 있을 때의 정희가 아니라 꿈마다 그를 찾아오던 그 창백한 얼굴, 귀신 같은 얼굴의 정희였던 것이다.

10

　종이접기를 하듯이 몸을 차곡차곡 접어, 모서리를 싹싹 소리나게 손톱으로 눌러 접어, 책갈피 사이 같은 데에다 착착 끼워둘 수는 없을까. 몸이 커지기 시작하면서부터 백주가 했던 생각이었다. 중학교 이학년 때 백주는 이미 몸집에 관한 한은 성장을 다 마친 것 같았다. 초등학교 오학년 때쯤부터 크기 시작한 키가 일 년 새에 이십 센티씩은 크는 것 같았고, 몸무게는 그보다도 더 빨리 불었다. 그 급격한 성장에 누구보다 당황한 것은 백주 자신이었다. 아침마다 거울 속에 있는 자신이 눈에 띄게 커져 있었다. 마치 이상한 나라의 앨리스가 된 것 같았다.

　부모님이 놀란 것은 그보다도 한참 후의 일이었다. 백주가 놀라고 주변 사람들이 놀라고 모두가 다 놀란 후에야 부모님은 당신들의 하나뿐인 자식이 커도 너무 크다는 것을 알아차렸다. 허우대 좋고 듬직해서 좋기만 하던 자식이 갑자기 걱정거리가 되었다. 비만이라든가, 그로 인한 합병증이 있다든가, 거인증이 염려된다든가 그래서가 아니었다. 그러지 않아도 수줍음이 많아 계집아이 같은 아들에게 치명적인 부끄러움이 생긴 것인데, 그것이 어떻게 해도 감출 수가 없는 자신의 몸이었던 것이다.

부모님의 해결책은 진지했지만 단순했다. 덩치를 부끄러워하지 않을 수 있는 방법은 덩치를 옳게 쓰는 것. 마침 백주가 진학한 중학교에는 씨름부가 있었다. 그 씨름부의 감독이며 코치이기도 했던 체육선생이 백주의 부모님을 찾아왔을 때 부모님은 전적인 협력을 약속했다. 씨름이 아직 전국적인 인기를 잃지 않은 시기였다. 그날 밤, 부모님은 동시에 아들이 모래판 위에서 승리의 포효를 하는 꿈을 꾸었다.

체육선생이 부모님부터 찾아갔던 것은 아니었다. 백주가 순순히 씨름부에 가입했더라면 그런 수고를 할 필요도 없었을 것이다. 그러나 백주가 말을 듣지 않았다. 체육선생이 멀리서 보이기만 해도 몸을 피했는데, 그 몸을 감추기가 힘들었으므로 나중에는 아예 학교에 무단결석을 해버렸다. 체육선생이 백주의 집까지 찾아가지 않을 수 없었던 이유였다.

우여곡절 끝에 씨름부에 들어간 후, 백주는 더욱 눈에 띄는 존재가 되었다. 그는 거의 모든 연습경기와 실전에서 승리를 거두었는데, 기술이 먹힐 여지도 없게 그의 덩치가 압도적으로 컸기 때문이다. 학교 전체 학생들이 그의 씨름경기를 응원하러 오기도 했다. 친구들의 환호 속에 그는 승리를 거뒀지만 그는 두 팔을 번쩍 들어올려 승리의 세리머니를 하지는 못했다.

기쁘지 않았던 것이다. 벌거벗은 몸이 부끄러웠고, 모래와 땀으로 뒤범벅이 된 자신의 몸이 부끄러웠고, 모래판에 나가떨어져 있는 상대방 선수에게 부끄러웠다. 백주의 나이가 조금 더 많았다면 그 부끄러움이 무엇인지 표현할 수 있었을까. 백주가 비정상적으로 빨리 몸만 큰 게 아니라 정신도 그렇다는 걸 사람들이 알아주었다면 달랐을까. 아직 어린 나이와, 그와는 어울리지 않게 더 빨리 자라버린 몸 사이에서 그의 사춘기적 정서는 온통 부끄러움으로만 채워져갔다.

살과 살. 훈련을 할 때마다. 심지어는 경기를 할 때조차도 그의 모든 신경이 살로만 향했다. 벗은 살과 살. 그 살의 부딪침. 그 살의 기분 나쁜 끈적임. 미끄덩거리는 땀. 척, 척 부딪치는 소리. 미끄러져내리는 소리. 그리고 신음소리, 끙, 끄응, 끄으응. 살이 살을 이겨보려고 애를 쓰는 소리, 그리고 다시 척, 척 부딪치는 소리.

아아, 씨. 씨이, 씨…… 씨바알, 진짜!

어느 날 복도 저편에서 달려온 정희가 그의 손을 덥석 잡았을 때, 그리고 그를 마구잡이로 끌고 가 학교 담장 밑에 엎드리게 했을 때, 백주는 정희가 밟고 올라가는 자신의 몸이 적어도 벗은 몸은 아니라는 사실이 기뻤다. 담장을 넘어가기 직전 정희가 말했다.

"와, 너 끝내줘. 다음에 또 해줄 거지?"

백주는 얼굴이 달아올라 대답조차 하지 못했는데, 정희가 맑게 웃으며 다시 말했다.

"이따 학교 끝나고 놀러갈래? 같이 놀러가자."

그날 정희와 함께 걷던 밤길, 골목길, 낡은 놀이터, 철거 직전의 아파트 단지, 빈집 앞…… 정희는 불량한 소년들을 만날 때마다 백주의 손을 잡고 말했다.

　　"죽을래? 씹새."

　　불량한 소년들이 백주의 덩치를 보고 주춤주춤 뒤로 물러서면 정희는 백주를 돌아보며 또 맑게 웃었다. 정희 때문에 싸움을 해야 하는 상황은 발생하지 않았다. 다행이었다. 싸움이 벌어지면 살이 보일 수도 있을 것이므로. 말하자면 웃짱을 까야 할 것이므로. 살, 그러니까 살. 벗은 살과 살, 그 살의 부딪침, 미끄덩거리는 땀, 느닷없이 주르륵 흘러 붉게 번지는 피, 끙, 끄응, 끄으응 살이 살을 이겨보려고 애를 쓰는 소리, 익, 이익, 이이익…… 씨발, 씨발, 씨발, 아이 씨, 진짜!

　　싸움 같은 건 벌어지지 않기를 간절히 바랐으나, 만일 그런 일이 생긴다면 백주는 싸울 작정이었다. 웃짱도 깔 작정이었다. 정희를 위해서라면 그렇게 할 수 있을 것 같았다.

　　지켜줄게.

　　백주는 정희가 그의 손을 놓고 자기 남자친구에게로 달려갈 때마다 속으로만 말했다. 달려가긴 했지만 달아나는 것은 아니었다. 그게 중요했다. 정희는 남자친구와 그의 중간쯤 거리에서 한번씩은 꼭 멈춰 그를 향해 손을 흔들어주었다. 그리고 맑게 웃었다.

　　내가 지켜줄게.

　　정희의 남자친구가 자신을 향해 달려오는 정희 대신 멀리 서 있는 백주를 바라보곤 했다. 백주보다 나이가 많고, 백주보다는 작았지만 그래도 큰 키가 훤칠했고, 날씬했고, 멋있는 오토바이를 가진 정희의 남자친구. 둘이 오토바이를 타고 떠날 때면 세상이 진동하는 소리가 나곤 했다. 그 소리에 백주의 커다란 덩치에 붙어 있는 살들이 부르르 떨리는 것 같았다. 마음속으로 아무리 지켜준다고 다짐해도, 초라하기 그지없는 살덩어리인 백주는 늘 그렇게 뒤에 남겨졌다.

아랫집 여자가 그를 찾아왔던 날 밤, 백주는 꿈을 꾸었다. 씨름을 하는 꿈이었다. 정희는 관중석에 있었다. 온몸을 흔들어 소리를 지르며 백주를 응원했다. 그 바로 옆에 아랫집 여자도 있었다. 여자는 아무 소리도 없이 귀신같이 창백한 얼굴로 백주를 바라보고만 있었다. 그때의 여자는 정희보다 더 정희 같은 얼굴이었다.

그 여자의 첫번째 진술

1

상윤이 잠에서 깼을 때 시간은 어느새 오후 세시가 넘어 있었다. 차 안에서 잠을 자는 둥 마는 둥 했다가 집에 돌아와서야 곯아떨어졌었다. 머리가 깨질 것 같은 두통이 먼저 다가왔다. 손등과 팔목의 통증을 느낀 것은 그후였다. 또 술 처먹고 어디서 한바탕했었나? 싸움을 한 기억은 없었다. 잠시 후에야 백곰을 두드려 팼던 기억이 떠올랐다. 그러나 손등의 통증은 백곰을 두드려 패는 동안 생긴 게 아니라 고양이들이 할퀸 상처로 인한 것이었다. 날카로운 상처가 한두 군데가 아니었다.

손등의 아픈 곳을 입으로 빨며 상윤은 천장만 바라보았다. 일어날 생각이 조금도 들지 않았다. 어차피 일어날 때가 되면 일어날 것이니 그전까지는 그냥 자빠져 있는 게 상책이었다. 몸을 움직이기 시작하면 도무지 생각이라는 걸 할 수 없는 상윤이었다. 이렇게 단순한 유전자는 누구로부터 물려받은 것일까. 상윤은 걸으면 걷는 것만 생각했고, 걷다가 우연히 신기한 것을 발견하면 그것만 생각하느라 어디로 가는 중이었는지를 까맣게 잊어버리는 그런 타입이었다. 싸움은 그의 적성에 가장 잘 맞는 일이었다. 싸울 때는 그야말로 딴 데 신경을 판다는 게 불가능했으므로, 그는 몰입했다. 그리고 때때로, 아니 자주, 섹스보다 더한 오르가슴을 주먹에서 느꼈다. 자신의 주먹이든, 타인의 주먹이든 간에.

그러나 이날 잠에서 깨어나자마자 상윤은 지금 자신이 해야 할 일은 몸을 움직이는 게 아니라 생각을 하는 일이라고 느꼈다. 아무래도 뭔가가 이상하지 않은가. 아니, 모든 게 다 이상했다. 자기 집안에 몰래카메라 같은 걸 설치해놓고 마누라를 감시하는 남자는 무슨 심리 서스펜스 드라마에 나오는 주인공 같다 해도 그럴 수 있다고 치자. 조안의 상태가 어떤지는 상윤도 잘 알고 있는 사실이었다. 위층의 백곰, 그 새끼도 그렇다. 뭐, 그런 개새끼가 다 있나 싶지만 그놈보다도 더 개 같은 놈들이 세상천지에 널리고 널렸다는 걸 알고 있었다. 아는 형님의 집에 조카가 자주 놀러왔었다. 사람 피 보는 걸 감자칩에 찍어먹는 토마토케첩 정도로밖에 안 여기는 인간이 애들은 유난스럽게 좋아했다. 주머니에 항상 조카애들을 위한 작은 장난감이며 군것질거리 같은 것들이 짤랑거렸다. 술집 과일안주에 꽂혀 나오는 종이우산까지 챙기는 인간이었다. 조카애들은 삼촌 집에 올 때마다 당연히 극성스러웠고, 아래층에 살던 신혼부부가 마침내 관리실을 통해 '정중히' 항의를 하기에 이르렀다. 극성스러운 아이들의 삼촌 역시 '정중히' 사과를 하기 위해 아래층으로 내려갔다. 곧 모든 것이 해결되었다. 한여름에도 꼬박꼬박 긴팔 옷을 챙겨 입는 그가 아래층에 내려갈 때는 민소매 차림이었다. 우악스러운 근육에 문신이 가득했다.

상윤에게는 보여줄 수 있는 문신이 없었다. 아버지 때문이었다. 어느 날 외국 출장에서 돌아온 아버지의 손목에 문신이 새겨져 있었다. 지금 같이 살고 있는, 당시에는 결혼 전이었던 멕시코 여자의 이니셜이었다. 그때 아버지의 나이가 이미 오십 즈음이었다. 구역질이 날 것 같았다. 구역질 이후에는 분노였고 분노 이후에는 증오였다. 성장기 내내 상윤은 아버지와 늘 불화했다. 아버지는 늘 상윤이 갖고 싶은 것을 먼저 가졌는데, 어머니가 그러했고, 돈이 그러했고, 금발 미녀가 그러했으며, 문신도 그러했다. 멕시코 여자가 금발도 아니고 원주민 혼혈이라는 것을 당시의 상윤은 알지 못했으나 알았더라도 달라지는 것은 없었을 것이다. 어떻든 상윤은 그때부터 문신 따위에는 완전히 흥미를 잃어버렸다.

백곰에게 무조건적으로 주먹이 날아갔던 것은 아마도 자신에게는 보여줄 수 있는 게 없었기 때문일 것이다. 보여줄 것이 없으니 주먹을 날리는 것 말고 달리 무엇을 할 수 있었겠는가. 씨발. 침대에 누운 채로 천장만 바라보며 상윤은 낮게 욕설을 내뱉었다. 그렇다고는 해도 자신이 분명 뭔가를 잘못했다는 생각이 들었기 때문인데, 그 떡대가 자신의 주먹질 몇 번에 완전히 겁을 먹고 조용해질 거 같지는 않았기 때문이다. 놈이 경찰에 신고라도 한다면 일은 더욱 복잡해질 것이다. 그러나 어쩌겠는가. 이미 엎질러진 물이었다. 자신이 사과를 한다 해도 받아줄 리가 없을 것이고, 그럴 가능성이 있다고 해도 그러고 싶지 않았고, 결국 또 돈이 들게 될지도 모른다. 시벌눔. 백곰이 이미 거액의 돈을 요구하기라도 한 것처럼 상윤의 입에서 욕설이 튀어나왔다.

백곰에 대한 생각이 조안에게로 미쳤다. 희중의 말에 의하면 조안은 한 발자국도 집 바깥으로 나갈 수가 없다고 했다. 그것이 조안의 병이라고 했다. 조안이 복용하는 수많은 종류의 약들을 상윤도 알고 있었다. 그 성분까지는 자세히 알지 못했지만, 뭐 신경안정제나 수면제 따위일 것이다. 조안은 그 약을 계속 복용해야 하고, 그래야만 나을 것이고, 그래야만 발작 같은 것도 안 하게 될 것이라고 했다. 그러니까, 투신 같은 거…… 빌어먹을, 창밖으로 뛰어내리는 지랄 같은 짓 말이다. 그렇다면 조안이 집을 나갔던 것도 일종의 발작인 건가? 그러고는 발작적으로 백곰의 집으로 쳐들어갔다는 것인가? 사정을 가장 잘 알고 있는 건 백곰일 텐데, 그 사정을 물어보지도 않고 주먹부터 날려버렸다. 자신은 늘 이런 식이었다.

결국 조안에게 물어보는 것 말고는 달리 방법이 없을 것이다. 대체 그 새끼네 집엔 왜 간 거냐고. 자기 집이 아닌 걸 알았으면 금방 나와야지 왜 거기서 그러고 있었느냐고. 아니, 도대체 집 바깥으로는 왜 나갔던 거냐고. 그렇게 물어야 했으나, 상윤은 자신이 그렇게 하지 못할 거라는 걸 알았다. 무슨 말이든 조리 있게 물어볼 재주도 없었지만, 조안의 눈을 쳐다보는 순간에 입이 먼저 얼어붙을 게 뻔했기 때문이었다. 결국, 상윤은 가장 큰 의문에 맞닥뜨리지 않을 수 없었다. 조안은 대체 자신에게 왜 그리 차갑게 구는 것인가.

사고 이후, 조안의 눈이 그에게 따듯하게 머문 적이 없었다. 그를 바라보는 눈길이 마치 사고를 일으킨 트럭 운전사를 바라보는 듯했다.

그런데 나한테 무슨 잘못이 있다고?

상윤이 갑자기 침대에서 벌떡 일어나 앉았다. 자신이 방금 전에 한 생각을 믿을 수가 없었다. 누나는 아프다. 그리고 아이를 잃었다. 그런데 어떻게 내 잘못이 하나도 없다고 생각할 수가 있단 말인가. 조안은 그에게 엄마보다 더한 존재였다. 조안이 그를 키웠고, 그의 눈물을 닦아주었고, 그에게 먹을 것과 마실 것과 그 외의 모든 것을 다 주었다. 그러니까 말하자면 사랑, 그런 거…… 그러므로 조안에게 무슨 일이 생기면, 그게 어떤 일이든, 그건 모두 다 그의 잘못이었다. 스무 살도 되기 전에 상윤은 그렇게 결정했었다. 조안이 아프면, 조안에게 무슨 일이 생기면, 그건 다 내 잘못이다. 왜냐하면, 내가 조안을 지켜줄 거니까. 지켜줘야만 하니까. 누나는 내 인생의 단 하나뿐인 거니까.

그런데 나는……

여전히 지끈거리는 머리를 상윤이 움켜쥐었다.

그런데 나는 뭘 했나. 여기저기 주먹을 휘두르고 다녔지만 한 번도 제대로인 상대가 없었다. 사고와는 아무 상관도 없는 놈을 두드려 팬 적도 있었고, 트럭 운전사의 장례식에 갔을 때는 친구 놈에게 아예 부조도 안 하고 나오지 그랬느냐는 조롱까지 받았고, 그리고 또 아무 상관도 없는 놈들한테 주먹을 날렸었다.

그러니까 고작, 이게 나라는 거지.

그래서 누나가 날 미워하는 거지. 내가 쌍순이라도 그렇겠다! 내가 쌍순이라도 나 같은 쪼다 새끼는 동생 취급도 안 했겠다!

또 눈물이 흘러내리려 하고 있었다. 남들 앞에서는 그렇게 잘 울어도 혼자 있을 때는 별로 울어본 적이 없었다. 봐줄 사람도 없는데 울어 뭐하겠는가. 그는 어금니를 꽉 깨물어 눈물을 참았다. 그리고 그가 울 때마다 조안이 했던 말을 떠올렸다.

'울지 마, 제발 울지 좀 마. 너 때문에 내가 울 수가 없잖아. 나도 울고 싶어 죽겠는데 너 때문에 울 수가 없단 말이야!'

바로 그때였다. 머릿속에 어떤 생각이 번쩍하고 들었다. 그야말로 번쩍! 그것은 조안이 어쩌면 그에게 SOS를 치고 있는 것인지도 모른다는 생각이었다.

나를 울게 해줘, 상윤아. 이번에는 네가 그렇게 해야 해.

그 차가운 눈빛에 감춰진 말은 그것일지도 모른다. 그에 대한 비난이나 욕설이 아닌, 구조 신호인지도!

나를 이 집에서 꺼내줘. 상윤아, 날 이 집 바깥으로 나가게 해줘. 내가 마음놓고 울 수 있게.

상윤이 침대를 박차고 거실로 나왔다. 냉장고를 열어 숙취 해소 음료를 벌컥벌컥 마셨다. 불시에 조안을 찾아가는 일은 하지 말라고, 그러면 조안을 더 불안하게 만들 거라는 희중의 당부가 있었지만, 그런 건 아무 상관도 없었다. 누나가 SOS를 치고 있는 것이다! 상윤은 지금 당장 조안을 찾아가볼 작정이었다.

2

417호. 백주는 지금 여자의 집 앞에 서 있다.

그의 손에 작은 카드봉투 하나가 들려 있었다. 그 봉투 속에는 여자의 머리핀이 담겨 있었다. 어젯밤 여자가 누워 있던 소파 아래에서 오늘 아침 그가 발견했던 것이다. 나비 모양의 머리핀이 아침햇살을 받고 반짝했다. 그는 그 머리핀을 집어 소파 테이블 위에 올려놓았다가, 잠시 후에는 쓰레기통에 넣었다가, 또 잠시 후에는 다시 꺼내놓았다. 일을 하려고 컴퓨터 앞에 앉아 있던 오전 내내 그 머리핀이 신경쓰였다.

머리핀, 그리고 그 머리핀에 붙어 있던 여자의 머리카락. 그는 여자의 머리카락을 조심스레 떼어내면서 자신의 만화 〈잠자는 숲속의 공주〉를 떠올렸다. 공주가 죽음과 같은 잠에 빠져 있을 때, 관 같은 침대와 그 침대를 뒤덮은 꽃잎 위로 흩뿌려져 있던 잿빛 머리카락들…… 만일 그의 만화가 영화로 제작된다면 그는 그 장면에 무수한 속삭임들을 집어넣고 싶었다. 일어나, 일어나, 일어나…… 바람 같은 요정들의 목소리, 어두운 안개 같은 마녀들의 목소리, 그리고 공주를 구할 뿐만 아니라 세상 전체를 구할 듯한 왕자의 목소리.

여자에게 무슨 문제가 있는지는 알지 못했다. 그러나 여자가 위험해 보이는 것만은 분명했다. 여자에게 만화 속 공주처럼 필살기가 있다면 좋을 텐데. 그러면 무엇이든 무찌를 수 있을 텐데. 그녀를 위협하는 것이 무엇이더라도.

문득 백주의 얼굴이 쓸쓸해졌다. 〈잠자는 숲속의 공주〉에 숨어 있는 또하나의 욕망을 생각하지 않을 수 없었기 때문이다. 그 만화에 열광했던 십대 소년들은 결코 알아차리지 못했겠지만, 그것은 공주의 모험담이 아니라 오히려 '한 남자'의 이야기였다. 판타지세계에서는 아무 능력도 없지만, 현실세계로 돌아와서는 '오직 한 남자'가 될 수 있는 왕자의 이야기……

그리고 그것은 바로 백주 자신의 소망이었다. 말하자면 백주는 '한 남자'가 되고 싶은 것이다. 그것도 판타지세계에서가 아니라 현실세계에서. 그가 살고 있는 이 세상에서. 불편한 떡대를 이고 있든 지고 있든…… 어쨌든, 이야기가 아니라 현실 속에서, 한 남자로 살아가고 싶은 것이다.

백주는 자리에서 일어섰다. 만화는 그려지지 않았다. 애를 써도 그려질 것 같지 않았다. 어떻든 여자의 머리핀을 먼저 처리해야만 할 것 같았다.

그리고 지금, 백주는 417호 앞에 서 있는 것이다. 여자의 머리핀을 담은 봉투를 들고서. 그는 그것을 여자의 집 현관문에 붙여놓을 작정이었다. 가벼운 머리핀이니 누가 일부러 떼어내지만 않는다면 얼마든지 붙어 있을 것이다.

서랍 속에서 찾아낸 그 봉투는 아마도 어느 제과점에서 케이크 따위를 살 때 딸려온 것인 듯했다. 화사한 꽃무늬 아래 제과점의 상호가 박혀 있었다. 그런데 하필이면 꽃무늬라니. 이건 무슨, 짝사랑을 고백하는 어린 소년의 러브레터 같지 않은가.

게다가 가슴은 왜 이렇게 뛰는가.

아무래도 자신이 부질없는 짓을 하고 있다는 생각을 지울 수가 없었는데, 그렇더라도 여자의 머리핀을 간직하고 있을 수는 없었다. 누구 것인 줄 뻔히 아는 마당에 쓰레기통에 던져버릴 수도 없는 노릇이었다. 자, 그러니 이제 주머니 속에서 테이프를 꺼내 봉투를 붙여놓기만 하면 되는 것이다.

드디어 봉투를 든 손이 올라갔다. 그런데 또하나의 손이 올라갔다.

이게 무슨 미친 짓인가. 벨을 누를 생각 같은 건 조금도 없었다. 굳이 여자에게 직접 전달해야 할 만큼 귀중품인 것도 아니었다. 그런데도 한 손이 한 손과 싸움을 했다. 그가 그렸던 만화처럼, 혹은 오래된 코미디 영화에서처럼, 한 손이 한 손을 붙잡기 위해 기를 썼다. 한 손이 이겼다. 그 손이 짧게 벨을 눌렀고, 잠시 후 문이 열렸다.

여자는 전처럼 거실에 서서 그를 바라보았다. 얼굴이 벌겋게 달아오른 백주가 꽃무늬 봉투를 들어올렸다. 맙소사. 봉투에서 머리핀을 꺼내 보인 것이 아니라 꽃무늬 봉투를 보여준 것이다.

그러나 여자의 시선은 봉투에 머물지 않았다. 여자는 백주의 얼굴에서 시선을 떼지 못했는데, 놀란 것이 역력한 표정이었다. 지난밤에는 제정신이 아니라 미처 보지 못했던 백주의 얼굴을 이제야 똑바로 본 모양이었다. 그때야 백주는 자신 역시 어쩌면 여자에게 엉망이 된 얼굴을 보여주고 싶었던 것인지도 모른다고 생각했다.

'나, 다쳤어요.'

그리고, 이렇게 말하고 싶었던 것일지도.

"들어오세요."

여자가 말했으나 백주는 현관문만 붙잡은 채로 말했다.

"뭘 놓고 가셔서……"

봉투만이 유일한 구원이라는 듯 그는 다시 꽃무늬 봉투를 들어 보였다. 여자는 여전히 그 봉투에는 관심이 없었다.

"얼굴이……"

"갖다드려야 할 것 같아서……"

"어쩌다가……"

"머리핀인데……"

여자가 그를 현관에 놓아둔 채로 불쑥 등을 돌렸다. 침실로 들어갔던 여자가 잠시 후 다시 모습을 나타냈을 때, 손에는 연고 하나가 들려 있었다.

"들어오세요."

여자가 다시 말했다. 그러고는 그를 기다리지도 않은 채 식탁 의자로 걸어가 앉았다. 단호한 태도였다. 적어도 백주는 그렇게 생각했다. 식탁 의자에 앉은 여자가 백주를 바라보았다.

백주의 얼굴이 점점 더 붉어지다가 나중에는 아예 불타버릴 지경이었다. 그는 주춤주춤 신발을 벗었고, 그리고 거실로 올라섰고, 그리고 식탁으로 다가갔다. 여자가 연고 뚜껑을 열었다.

"멍이 잘 풀리는 약이래요."

여자가 연고를 내밀면서 말했다.

"남편이 약사거든요."

그렇게 말을 덧붙이면서는 표정이 잠깐 부드러워지기도 했다. 그러나 그다음 말을 이을 때는 다시 급격히 어두운 표정이었다.

"혹시 남편이?"

혹시 자기 남편이 그의 얼굴을 그렇게 해놓은 거냐고 묻는 모양이었다. 백주는 얼른 고개를 가로저었다.

"아닙니다. 그냥 어쩌다가……"

여자의 입에서 한숨소리가 새어나왔다. 안도하는 숨소리인지 탄식하는 숨소리인지 알 수 없었다. 여자는 다시 그를 쳐다보았고, 손가락으로 자기 눈가를 문지르는 시늉을 해 보였다. 연고를 바르라는 뜻이었다. 말 잘 듣는 아이처럼 백주는 그렇게 했다.

"아니, 거기 말고……"

연고가 혹시 독하기라도 한 것일까. 백주의 얼굴이 화끈화끈했다. 무슨 말이든 해야 할 것 같았다.

"머리핀을 놓고 가셨더라고요."

"아, 네……"

조안이 처음으로 식탁 위에 놓인 봉투를 바라보았다. 백주는 급히 말을 바꿨다.

"떨어뜨리신 모양이에요."

처음부터 그렇게 말했어야 했다. 놓고 가다니…… 이런 젠장, 그건 말이 되지 않는 소리가 아닌가. 그러나 여자는 그의 말에 일일이 신경을 쓰는 것 같지는 않았다.

"더 바르세요. 넓게 바르는 게 좋더라고요."

"아, 아닙니다. 됐습니다."

"아이 팔에 멍이 든 적이 있었는데, 약을 발라주니까 빨리 낫는 것 같았어요."

"……어쩌다가."

"침대 모서리에 부딪혔었거든요."

"애들이란 게 원래 다치면서 자라는 거니까……"

뭐야, 내가 지금 무슨 말을 하고 있는 거지?

"그러기엔 좀 많이 어렸죠. 칠 개월쯤 됐을 때 그랬으니까."

"아, 저런……"

"아이를 안아올리다가 떨어뜨린 거예요. 침대 위로 떨어졌기에 망정이지 하마터면 크게 다칠 뻔했어요."

"아, 아…… 네, 다행히도……"

"아이 울음소리가 들릴 때마다 그때 생각이 자꾸 나서…… 정말 무슨 그런 부모가 다 있겠어요. 겨우 칠 개월 된 아이를 떨어뜨리다니."

"하지만…… 괜찮았잖습니까. 그러면 되는 거니까, 다행히도……"

조안이 그를 쳐다보았다. 슬픈 눈빛이었다. 사람의 눈이 저렇게까지 슬퍼도 되는가 여겨질 정도로. 여자가 쓸쓸히 웃으면서 말을 이었다.

"괜찮지 않았어요. 그러고 나서 한 달도 채 안 돼서 아이를 잃었거든요."

"아, 아……"

"미안해요. 잘 알지도 못하는 분께 이런 말을 해서."

백주는 금방 대꾸를 하지 못했다. 여자가 고개를 숙였다. 마치 슬픔의 무게 때문에 저절로 떨어지는 고개처럼 여자의 머리가 그렇게 아래로 숙여졌다. 머리핀을 꽂지 않은 머리가 식탁 위로 전부 쏟아져내렸다.

"저는 만화를 그리는 사람입니다."

한동안의 침묵 후 백주의 입에서 느닷없이 튀어나온 말이었다. 여전히 얼굴이 시뻘겠는데 자신이 무슨 말을 하는지도 모르는 것 같은 표정이었다.

"대나지. 제 필명이에요. 인터넷에 쳐보시면 아직도 어딘가에 내 만화가 있을 겁니다. 잠자는 숲속의 공주, 안데르센 동화 말고, 아니 그림 형제인가…… 아무튼 그게 내 만화 제목인데……"

맙소사, 맙소사. 내가 지금 무슨 말을 하고 있는 거야.

"그 공주가 아주 많은 일을 겪습니다. 그래도 끝에 가면……"

"다 괜찮아지고, 영원히 행복하게 되겠지요?"

"아, 그게……"

여자가 앞머리를 쓸어올리며 다시 미소지었다.

"그랬으면 좋겠어요. 나도, 아이도…… 어디에서든요."

"……네."

"고마워요."

"……"

"어제는 조금 혼란스러운 일이 있어서…… 죄송해요. 실례가 너무 많았어요. 앞으론 괜찮을 거예요. 그런 일, 다신 없을 거예요."

"아, 아…… 네, 네……"

꼬박꼬박 대답은 하고 있었으나 백주가 하고 싶은 말은 그게 아니었다. 그는 말하고 싶었다. 괜찮습니다. 앞으로 또 오셔도 괜찮습니다. 정말 괜찮습니다. 소파는 항상 거기에 있을 테니까요. 그리고 난 보기보다 그리 위험한 사람이 아닙니다. 실은 보기와는 다르게 전혀 그렇지가 않은 사람이에요…… 물론 백주는 그런 말을 입 밖에 내뱉지 않았다. 식탁 위에 놓인 꽃무늬 봉투가 입속에 그런 말을 감춘 백주를 놀리듯 쳐다보는 것 같았다. 백주가 하지 못한 말이 또 한마디 있었다. 그의 만화 속 잠자는 숲속의 공주가 포에버, 앤드 에버 행복하지는 않다는 것을 말이다. 포에버, 앤드 에버 행복하려면 그 싸움이 끝나야만 하는데, 그의 만화 속에서 공주의 싸움이 포에버, 앤드 에버, 끝나지 않기 때문이다.

3

"그래서 어떻게 됐다고?"

삼촌의 목소리가 이상하게 들렸다. 삼촌이 백주의 말에 이토록 관심을 보이는 게 얼마 만의 일인지 몰랐다. 도대체 얼마나 오랜만인지도 기억나지 않을 만큼. 어쩌면 처음 있는 일일지도 모른다.

"그래서 그냥 머리핀 주고 오는 길이라니까."

"그게 아니라."

"그게 아니면 뭐?"

"애가 어떻게 됐다고?"

"뭐?"

"애가 어떻게 됐다며?"

일순 백주의 손이 차가워졌다. 잠시 후에는 얼굴이. 그리고 잠시 후에는 심장이 뛰는 소리가 두어 번 쿵쿵, 자신의 귀에까지 울렸다.

"니들, 혹시 쌍으로 미쳤냐?"

삼촌이 말했고, 잠시 창백해져 있던 백주의 얼굴이 폭발할 듯 시뻘게졌다.

"이런 씨벌 개새끼, 아가리 닥치지 못해!"

여자의 집에서 나오자마자였다. 삼촌에게 욕설을 퍼부은 후 백주는 417호를 돌아보았다. 백주의 얼굴이 창백했다. 어떤 불가사의한 두려움 때문이었다.

'그리고 나서 한 달도 채 안 돼서 아이를 잃었거든요.'

여자가 말했었다. 분명히 그랬었다. 그 말이 무엇을 의미하는지는 바보라도 알 수 있을 것이었다. 백주는 바보가 아니었다. 혹시 그렇다고 하더라도 그 정도로 바보인 건 아니었다. 여자가 말했을 때, 그게 무슨 뜻인지를 그도 알고 있었다는 소리다.

여자의 아이가 죽었다……

심지어 그때 그는 모든 것을 이해할 수 있을 것 같다고 생각하기까지 했었다. 여자가 왜 그리 서럽게 울었던지. 어찌하여 그리 슬픈 얼굴이었는지. 여자의 남편은 왜 그렇게 술에 빠져 사는지. 그러나 그 모든 이해에도 불구하고, 그 모든 이해를 압도하는 의문이 있었는데, 여자와 함께 있는 동안에는 그는 그 의문과 대면하고 싶지가 않았던 것이다. 여자의 슬픔이 그에게 주는 안타까움이 너무 깊어서 그것 이외에는 모든 것을 다 외면하고 싶었던 것이다. 심지어는 죽음까지도 말이다.

그러나 그는 이제 그렇게 할 수 없었다.

죽은 아이가 시도 때도 없이 울고 있는 것이다…… 죽은 아이가……

이제 그는 그 사실을 부정할 수 없는 것이다.

"백주야."

그때 삼촌이 백주를 불렀다. 백주의 두려움이 일순 삼촌에게로 모두 퍼부어졌다.

"꺼져버려, 개새꺄! 너도 꺼져버리란 말이야! 꺼져버려서 다시 나타나지 말란 말이야! 다시는, 다시는 나타나지 말란 말이야! 너도 죽은 새끼잖아! 죽은 놈이 왜 자꾸 나타나냔 말이야!"

오토바이 사고로 정희가 죽던 날, 그가 정희의 남자친구 오토바이 바퀴에 못을 찔러 펑크를 냈었다. 폭주족들의 퍼레이드가 있는 날이었다. 바로 그 전 해의 같은 날 몇 명이 크게 다치고 한 명은 거의 죽을 뻔한 사고가 일어났었다. 백주는 다만 그날만큼이라도 정희가 오토바이를 타지 않기를 바랐다.

　정희에게는 새로운 남자친구가 생겼다. 정희와 정희의 새 남자친구는 오토바이를 타기 전에 바퀴에 문제가 있다는 것을 알았다. '빵꾸를 낸 어떤 씨팔 개좆같은 새끼'한테 끝없이 욕설을 내뱉는 동안, 백주는 그들의 모습을 숨어서 지켜보았다. 정희의 남자친구가 백주를 발견했다. 그가 백주에게로 다가왔다.

　"뭐하냐, 여기서?"

　백주는 대답하지 않았다.

　"삼촌이 물어보면 대답을 해야 할 거 아냐, 새꺄."

　백주는 여전히 아무 말도 하지 않았다.

　"넌 새꺄, 덩치 때문에 숨어도 다 보이거든? 야! 얘가 너 쫓아다니냐?"

　질문이 정희에게로 향하는 순간 백주는 더이상 그 자리에 있을 수가 없었다. 백주는 돌아서 달리기 시작했고, 등뒤에서 웃음소리가 들렸다. 그날, 정희가 죽었고 정희의 새 남자친구, 작은할아버지의 아들인 삼촌도 죽었다.

　바퀴 때문이었을까. 설마 그랬을까. 그래서 죽은 정희가 밤마다 찾아온 것일까. 다른 오토바이와 부딪치고 또 버스에 부딪쳐 완전히 으깨져버린 몸으로, 피투성이가 되어 찾아와 묻고 또 물은 것일까.

"네가 그랬어? 네가 그랬던 거야? 너였던 거야?"

그 고통스럽던 밤들, 그토록 끔찍하던 날들에 정희의 목소리를 같이 들어준 사람은 아무도 없었다. 그가 홀로 비명을 지르고 경기를 일으키는 동안, 그 이유를 궁금해한 사람도 없었다. 고통스럽고 끔찍하기만 한 것이 아니라 그것보다 더한 것이 견딜 수 없는 외로움이었다는 것을 아는 사람도 아무도 없었다. 그가 외롭고 외로워서 밤마다 울었다는 것 또한 아무도 알려고 하지 않았다.

"나한텐 말해도 돼. 내가 들어줄게."

처음으로 그에게 그런 말을 해준 사람은 삼촌이었다. 살아서는 한 번도 친한 적이 없었던 삼촌이 어느 날부터 그에게 말을 걸기 시작했다. 무서웠지만, 백주는 삼촌을 사라지게 할 수가 없었다. 바퀴에 펑크를 낸 게 자신이라는 고백을 할 수 있었다면 사라지게도 할 수 있었을까. 그는 고백을 할 수 없었고, 그래서 미안하다는 말도 할 수가 없었다.

그는 아랫집 여자를 지켜주고 싶었다. 아니, 지켜주어야만 할 것 같았다. 그가 지켜주지 않으면 여자에게도 말을 거는 누군가가 나타날 것이다. 지금은 울음소리뿐이지만, 죽은 아이가 죽음 속에서 점점 자라, 어느 날부턴가는 말을 걸게 될 것이다. 아이는 자기를 지켜주지 못한 엄마를 원망할지도 모른다. 정희가 그런 것처럼, 엄마가 그랬어? 엄마가 그랬던 거야? 물을지도 모른다. 그 물음이 한번 시작되면 영원히 그치지 않을 것이라는 걸 물론 여자는 알지 못할 터이다.

4

그날 낮에 희중은 또다시 노트북 앞에 앉아 있었다. 양손을 탁자 너비만큼 벌려 모서리를 꽉 쥐고 있었는데, 당장에라도 무엇이든 집어 던져버릴 것 같은 기세였다. 그가 눈이 튀어나올 것처럼 바라보고 있던 모니터 안에 백곰의 모습은 더이상 없었다. 백곰은 집을 떠났고 조안은 혼자 남았다. 그러나 희중의 손은 여전히 덜덜 떨리고 있었다.

이렇게 쳐다보고만 있을 수는 없었다. 당장 집으로 달려가야 한다. 그러고는 백곰을 다시 끌고 내려와 조안이 보는 앞에서 죽도록 두들겨 패줘야만 하는 것이다.

"선배?"

현정이 조제실 안으로 머리만 들이밀면서 희중을 불렀다.

"아직이에요?"

희중은 대답하지 않았다. 현정의 말이 들리지도 않았다. 처방전 한 장이 최약사가 들여놓은 자리에 그대로 놓여 있었다.

얼마 후, 희중이 처방약을 들고 조제실 바깥으로 나왔을 때, 약국은 텅 비어 있었다. 현정이 거리를 내다보고 있다가 희중의 인기척을 느끼고 돌아보았다. 단단히 화가 난 표정이었다.

"문 걸었어요."

"뭐?"

"클로즈드 해놨다고요."

"……왜?"

"선배가 조제도 안 하고, 그렇다고 조제실을 비워주지도 않으니까 난들 어쩌겠어요."

"……"

"약국 아주 문 닫아버리든지요."

"……"

희중은 아무 대답도 할 수가 없었다. 미안하다는 말은 이미 수백 번도 더 한 뒤였다. 약국의 주인은 희중이었고 현정은 월급약사였지만, 이즈음에는 현정 쪽에서 희중을 쫓아낸다고 해도 할말이 없을 것 같았다.

희중은 약국 바깥으로 나왔다. 거리에는 때이른 태풍이라도 불어닥칠 것처럼 거센 바람이 불고 있었다. 잠깐 바람이나 쐴 작정으로 나오기는 했지만 마음에 씻겨나가는 것이 아무것도 없었다.

도대체 백곰 그 자식을 어떻게 해야 할까.

참을 수 없는 분노가 다시 끓어올랐다. 도대체 그놈을 어떻게 해야 할까. 그 비곗덩어리를 어떻게 하면 죽도록 패줄 수 있을까. 아니면 아예 죽여버릴 수 있을까.

모니터 속에서 백곰은 아주 얌전했다. 소리는 조금도 들을 수 없었지만, 백곰이 마치 짝사랑하는 여선생 앞에 앉아 있는 수줍은 소년처럼 보인다는 것만큼은 분명했다. 알아듣겠니, 묻는 조안. 네, 라고 대답하는 백곰. 앞으로는 착한 아이가 될 거지? 다짐을 받는 조안. 또 네, 라고 대답하는 백곰.

그래, 그럼 가봐.

네.

선생님이 널 사랑하는 거 알지?

네.

그래, 선생님 보고 싶으면 아무때나 또 와.

네, 선생님!

희중은 바람을 거스르며 걷기 시작했다. 거리에 걸린 플래카드에서 윙윙 울음소리가 났다. 어쩌면 희중의 가슴속에서 나는 소리일지도 몰랐다.

희중은 건널목 앞에서 멈춰 섰다. 길을 건너겠다는 것도 아니고, 건너지 않겠다는 것도 아니었다. 그냥 서서 길 건너를 바라보고만 있었는데, 문득 누군가 아는 사람이 거기에 서 있다는 느낌이 들었다. 철에 어울리지 않게도 바바리코트를 입은 사내 하나가 길을 건너오고 있었다. 바람만 거셀 뿐이지 비가 내릴 것 같지는 않은데도 남자는 우산을 들고 있었다. 남자는 한 걸음씩 내디딜 때마다 우산 끝으로 바닥을 짚었다. 희중은 그 남자에게서 눈을 뗄 수가 없었다. 그것은 어떤 기시감 같은 것이었는데, 마침내 희중의 기억에 떠오르는 사람이 있었다.

"아, 저!"

희중이 소리를 질렀고, 남자가 보도블록으로 올라서면서 희중을 쳐다보았다.

"저 모르시겠어요?"

유심히 희중을 쳐다보던 남자의 얼굴도 곧 환해졌다.

"아아, 그……"

"기억나시죠? 그때 크게 도움을 받았었는데!"

기차사고가 있던 날, 희중을 차에 태우고 사고현장까지 데려다주었던 약국의 손님이었다. 그날 이후 희중은 단 한 번도 그를 본 적이 없었다. 그뿐만 아니라 그의 얼굴조차 제대로 기억하지 못했었다. 그러나 건널목에서 희중은 그를 알아보았고, 미처 무슨 작정을 할 사이도 없이 반가운 목소리가 먼저 튀어나왔던 것이다.

"아니, 그런데 여긴 어떻게? 전에 약국은 여기에서 꽤 멀었던 걸로 기억하는데."

"제가 약국을 새로 냈거든요. 바로 저기예요."

희중이 자신의 약국 쪽을 가리켰다.

"그랬군요. 내가 한번 더 전의 약국에 갈 일이 있었는데, 안 보이더라고요."

"어디 가서 차라도 한잔…… 그땐 제가 감사하다는 말씀도 제대로 못 드려서."

"고맙기는 무슨. 그런데 내가 지금 급히 가야 할 데가 있어서요. 그냥 잠깐 걷기나 합시다. 시간이 괜찮으시면."

"네, 괜찮습니다. 어디로 가세요?"

남자가 우산 끝으로 한쪽 방향을 가리켰다. 신도시가 건설되고 있는 쪽이었다. 모진 바람 때문에 공사현장의 흙먼지가 전부 일어난 듯 빌딩 골조 위의 하늘이 뿌옇게 흐렸다. 남자는 신도시에 상가 건물 하나를 짓고 있는데, 갑자기 바람이 불어 무슨 문제가 생겼다는 연락을 받고 가는 길이라고 했다. 아직도 유령도시 같은 신도시에는 버스정류장도 변변히 없었다. 남자는 구도시의 버스정류장에서 내려 그곳까지 걸어갈 작정인 듯했다. 희중은 남자 옆에서 보폭을 맞추기 시작했다.

"얘기는 들었어요. 참, 뭐라고 말을 해야 할지."

남자가 먼저 사고에 관한 말을 꺼냈다. 남자가 들었다는 얘기는 아이에 대한 것일 터였다.

"……집사람도 병원에 오래 있었어요."

남자가 걸음을 멈추고 희중을 바라보았다.

"그 얘기도 들었어요. 전에 있던 약국에서 얘길 해주더라고요. 내가 뭐 차 한 번 태워준 거밖에는 한 일이 없지만, 그래도 그런 것도 인연이라고 맘이 영 그렇더라고요."

별일이었다. 남자에게 그런 말을 듣는 순간, 희중의 가슴이 갑자기 울컥했다. 그런 위로의 말을 들은 것이 어디 한두 번일 것인가. 사고 직후에는 누구나 그런 말을 했었다. 그런 말을 입 밖에 낼 만큼 용기가 없는 사람은 눈빛으로라도 그리 말했다. 눈빛도 건네지 못하는 사람은 안타까운 시선을 아래로 떨구었다. 그런데 그때 희중이 누군가의 위로의 말에, 혹은 위로의 눈빛에 고마움을 느낀 적이 한 번이라도 있었던가.

희중은 고맙지 않았다. 누구에게도 고맙지 않았고 무엇에도 고맙지 않았다. 그즈음에 희중에게 가장 어려운 일이 있었다면, 그것은 누군가에게 고맙다는 말을 하는 것이었다. 그러므로 남자를 그때에 만났더라면 희중은 아마 말했을 것이다. 그래서 뭘 어쩌라고요. 아니면 가당치 않게도 엿 먹어라, 했을까.

그러나 시간이 많이 흘렀다. 위로조차도 받아들일 수 없던 마음이 물렁해져 이제 와서는 아무 상관도 없는 누구에게라도 위로를 받고 싶어질 만큼. 실은, 사실은, 희중은 울고 싶은 것이다. 조안이나 상윤 앞에서는 울 수가 없어서 누구든 그냥 길을 걸어가는 사람을 붙들고 한바탕 울고 싶은 것이다.

"그래, 애엄마는 요즘?"

남자는 조안을 여전히 애엄마라고 불렀다. 희중의 눈시울이 확 뜨거워졌다.

"좋아졌다고 말할 수가 없네요."

"왜 안 그렇겠어요. 그런 일을 겪었으니."

남자가 다시 걸음을 옮기기 시작했다. 건널목을 건널 때처럼 우산 끝으로 바닥을 콕콕 짚으면서. 남자가 걸음을 옮길 때마다 시곗바늘이 움직이는 것처럼 틱톡, 틱톡 소리가 났다.

"우리 약사 양반한테는 댈 것도 아니겠지만 나도 그런 일을 겪은 적이 있어요. 내가 아직 다 크기도 전에 아버지가 돌아가셨거든요. 아버지가 심장마비로 돌아가셨는데, 하필이면 내 앞에서 그렇게 되신 거라. 그날 무슨 까닭인지 아버지와 나 그렇게 단둘이서만 집에 있었단 말입니다. 점심 잘 잡숫고 혼자서 티브이를 보고 있던 양반이 갑자기 어어, 하는 소리를 냅디다. 나는 처음에는 장난인 줄 알았지. 이 양반이 옛날 사람 같지 않게 자식들한테 장난을 잘 치셨거든. 그런데 푹 쓰러지시데. 내가 아버지, 불렀지. 조금 있다가 다시 아버지, 부르고 또 조금 있다가 다시 부르고. 그때 갑자기 아버지가 나를 노려보듯이 쳐다봅디다. 내가 뭘 어쩌기나 한 것처럼, 이놈의 자식, 호통이라도 칠 것 같은 얼굴이더란 말입니다. 사실은 그게 아니라 도와달라는 눈이었을지도 모르지. 아마 그랬겠지. 아무튼 어찌나 오랫동안 그 얼굴이 안 잊히던지."

"저희 아버지도 일찍 돌아가셨어요. 그러고 보니…… 저희 아버지를 좀 닮으셨네요."

228

사실이었다. 그냥 좀 닮은 정도가 아니라 아주 꼭 빼닮은 얼굴이었다. 남자가 허허, 웃었다.

"그러면 내가 한 가지만 충고합시다. 우리 약사 양반 아버님 얼굴 닮은 덕으로."

"네."

"내가 우리 아버지 그 얼굴을 어떻게 지운 줄 압니까?"

"……"

"내 마음속에서 내가 내 아버지를 죽였거든요."

"……무슨 말씀이신지?"

"잊을 수 없으면 지워야 하고, 지울 수 없으면 죽여야지 어쩔 거냐 이 말이지."

희중은 걸음을 멈췄다. 이 사람이 왜 이런 이상한 얘기를 하는 걸까. 게다가 잠깐 바람만 쐬겠다고 작정했던 것이 너무 멀리까지 나와버렸다는 생각이 들었다. 희중은 더는 남자와 동행을 하고 싶지 않았다. 남자가 같이 걸음을 멈추고 희중을 바라보았다. 웃고 있는 얼굴이었다.

"이상하게 생각하지 말고. 내 말은, 어떤 때는 사람이 모질게 맘을 먹어야 한다는 거지. 그래야, 산 사람은 산다는 거지. 산 사람은 죽은 사람이랑 같이 살아갈 수 없다는 거지. 그러니까 산 사람이 살려면 죽은 사람을 한번 더 죽여야 한다는 거지. 한 번으로 안 되면 두 번 세 번 더 죽여야 한다는 거지. 악착같이 그래야 한다는 거지. 그래야 그 죽음이 평화롭지 않겠나. 아무렴, 어린 아들놈하고 단둘이 있다가 심장마비로 죽는 것보다야 백번 낫지. 죽는 건 다 혼자 조용히 죽어야 한다는 것이지."

"……저는 그만 가봐야겠습니다."

"저런…… 말동무가 있어서 좋았는데."

"죄송합니다. 같이 더 못 가드려서."

"갈 사람은 안 갈 사람이랑 같이 갈 수가 없다는 거지."

남자가 갑자기 웃음을 터뜨렸다. 자기 말이 아주 재기 넘쳤다고 생각하는 것처럼, 재미나 죽겠다는 듯이. 남자가 웃고 있는 동안 우산 끝이 마구 흔들렸다. 믿을 수 없을 정도로 날카로운 우산 끝이었다. 그 우산 끝이 희중의 가슴을 마구 찌르는 듯했다.

희중은 허겁지겁 등을 돌렸다. 그러나 잠시 후 다시 돌아보지 않을 수 없었는데, 우산을 든 사내 하나가 뿌연 흙먼지가 피어오르는 신도시 쪽으로 걸어가는 게 여전히 또렷이 보였다. 무슨 까닭인지 머리가 깨질 것 같은 두통이 시작되어 몸을 가누기가 어려울 지경이었다. 희중은 허리를 접고 잠시 구토를 했다. 바로 그때 그는, 약사의 자격으로 분명히 판단하건대, 자신이 신경쇠약에 걸렸다는 것을 인정하지 않을 수 없었다.

5

희중은 약국으로 돌아가지 않았다. 그는 집으로 돌아갔고, 냉랭한 표정의 조안에게 잠깐 얘기 좀 하자고 했다. 희중이 먼저 식탁으로 가 자리를 잡았다. 희중은 조안이 앉았던 자리에, 그리고 조안은 백곰이 앉았던 자리에 앉았다.

"내가 잘못했다는 거 인정할게. 내가 잘못했어."

조안은 듣고만 있었다.

"어리석은 짓이었어. 그러니까…… 한심한 짓이었다고. 난 그냥 당신이 걱정돼서…… 정말로 너무 걱정이 됐어."

조안은 여전히 듣고만 있었다.

"이사를 안 할 수가 없었어. 도로 무를 수가 없는 상황이었다고. 그런데 이사를 하면 당신이…… 당신이, 또 그런 일을 벌일까봐……"

"그런 일."

조안이 처음으로 입을 열었다. 희중의 얼굴에 고통스러워하는 빛이 역력했다.

"당신을 비난하려는 게 아니야."

"비난."

"조안. 그러지 마. 그냥 대화를 하자는 거야. 그럴 수 있는 거잖아, 우리."

조안이 다시 입을 다물었다.

"집을 옮겼다는 거 말해야 했어. 그런데 말할 기회를 놓쳐버린 거야. 처음부터 당신을 속이려고 그랬던 게 아니었어. 어떻게 그런 생각을 할 수가 있었겠어. 당신이 집 바깥으로 한 발자국만 걸어나가도 빤히 보이는 거짓말인데."

"거짓말."

이번엔 희중이 입을 다물었다. 조안이 말하는 '거짓말'이라는 게 좀 전처럼 자신의 말끝을 좇아서 하는 말인지, 아니면 자신을 향한 비난인지를 분간할 수가 없었다. 그때 조안이 다시 한번 말했다.

"거짓말."

"……조안."

간신히 진정되는 듯하던 두통이 다시 시작되고 있었다. 아니다. 어쩌면 두통이 아닐지도 모른다. 머리가 깨질 듯하고 구토가 치밀어오를 것처럼 가슴이 울렁거리는 것은 어쩌면 두통이 아니라 분노일지도 모른다. 조안이 내게 어떻게 이럴 수가 있단 말인가. 모든 것이 조안을 위해서일 뿐이었는데. 이 여자를 위해서라면 무엇이든 할 수 있다고 믿었고, 또 그렇게 했던 것인데. 희중은 울렁거리는 구토증을 참기 위해 어금니를 꽉 깨물었다. 입안 가득히 신 침이 고였다. 그는 있는 힘을 다해 다시 입을 열었다.

"미안해. 잘못했어. 그러니까 봐줘. 한 번만 봐줘."

"당신이 그랬어."

"맞아. 내가 그랬어. 그러니까 봐줘. 부탁이야."

"당신이 그랬어. 애를, 던져버렸어."

조안이 무슨 말을 하고 있는 것인지 알 수가 없어서 희중은 한동안 멍하니 쳐다보기만 했다.

"애를, 던져버렸다고."

조안의 말뜻이 천천히 짐작되었다. 모니터 속에서 그녀가 백곰에게 건네주었던 연고가 떠올랐던 것이다. 그랬음에도 희중은 자신의 짐작을 믿을 수가 없었다.

사고가 나기 한 달 전쯤, 그가 아이를 떨어뜨린 적이 있었다. 그러나 그것은 그야말로 어이없는 사고였다. 아이를 침대에서 들어올리는데, 갑자기 나비 한 마리가 방안을 날아다녔다. 한밤중에 아이 방에 나비가 날아들다니. 잠깐 정신이 홀리기는 했지만 퍼뜩 그것이 나방이라는 데에 생각이 미쳤고, 그것을 쫓기 위해 한 팔을 휘두르는 사이 아이를 놓쳐버렸다. 칠 개월 된 아이가 몹시 울었다. 그러나 어디가 부러지거나 찢기지는 않았고, 나중에 팔에 멍이 크게 들기는 했지만 그것도 곧 씻은 듯이 사라지게 되었다.

당시에 조안은 그에게 불같이 화를 냈다. 조안은 아이보다 더 놀라 비명을 지르고, 울음을 터뜨렸다. 그중에서도 가장 놀라고 가장 당황한 사람은 바로 희중 자신이었다. 그가 쩔쩔매며 어쩔 줄을 모르고 있을 때, 다시 나비가 보였다. 이번엔 자세히 볼 것도 없이 나비가 아니라 확실히 나방이었다. 그는 이리 뛰고 저리 뛰어 기어코 그 나방을 잡아 손바닥으로 짓이겨버렸다. 손바닥이 끈끈한 잿빛 가루로 범벅이 되었다.

그러나 그게 전부였다. 놀란 끝에 경기라도 일으킬 줄 알았던 아이는 그날 밤 순하게 잠들었고, 며칠이 지나지 않아 그들은 더이상 그 일을 화제에 올리지 않았다. 그러나 사고 이후, 희중은 툭하면 그날 일을 떠올렸다. 아이에게 아무 일도 없었다면 아무렇지도 않게 잊혔을 일이 심장에 박힌 돌덩어리가 되었다. 그는 수도 없이 아이에게 미안하다고 말했다. 고작 팔 개월을 살다가 간 너에게 멍자국을 남겼던 아비를 용서하라고 말하고 또 말했다. 그러나 그런 와중에도 조안에게 이런 식으로 비난을 받으리라고는 생각도 못했다.

조안은 정상이 아니다. 그건 누구보다 희중이 잘 알았다. 그러나 정상이 아닌 사람이 하는 모든 비정상적인 일이 다 용서가 되는 건 아니었다. 이 여자는 어떻게 한밤중에 잠옷 차림으로 혼자 사는 남자의 집에 갈 수가 있는가. 이 여자는 어떻게 툭하면 그 남자를 집에 들일 수가 있는가.

"너는…… 어떻게 그런 말을…… 그래서 그 연고를 아무한테나 내밀었니? 나 보란 듯이 그랬던 거야?"

희중의 입에서 기어코 참지 못한 말이 튀어나왔다.

"날 보고 있었어?"

"그게 중요한 게 아니잖아!"

"날, 보고 있었구나."

"그래! 보고 있었어! 네가 또 창밖으로 뛰어내릴까봐! 애를 집어던졌던 것처럼 너도 그렇게 너를 또 집어던질까봐!"

조안의 얼굴이 장식장 쪽으로 향했다. 몰래카메라. 그들이 아이의 보모를 감시하기 위해 설치해두었던 바로 그 자리였다. 다시 고개를 돌리는 조안의 눈이 붉었다. 그 붉은 눈에 눈물이 출렁였다. 조안이 사고 이후 처음으로 그의 앞에서 눈물을 흘리려고 하고 있었다. 몰래카메라 때문이 아니었다. 그가 절대로 입 밖에 내서는 안 될 말을 내뱉어버리고 말았던 것이다. 애를 집어던졌던 것처럼…… 애를 기차 창밖으로 집어던졌던 것처럼.

다시 미안하다고 말해야만 했다. 무슨 수를 써서든 그 말을 다시 입 속으로 가져와야만 했다. 그러나 무슨 수가 있겠는가. 그래서 희중의 말이 제어장치를 잃어버리고 말았다.

"그때마다 내 기분이 어땠을지 너는 짐작이나 해? 너만 아프고 나는 안 아플 거라고 생각했어? 세상에 아프고 슬픈 게 너뿐이라고 생각했어? 네가 집안에만 틀어박혀 있는 동안 내가 한순간도 안 아플 때가 없을 거라는 건 생각도 안 해봤어?"

"나는 집안에만 있고 싶지 않았어."

"오, 그래! 그랬겠지!"

"아이한테 가고 싶었어."

"그래! 그래서 뛰쳐나가면, 이번에는 또 무슨 일을 할 건데? 이번에는 또 무슨 일을 저지를 건데!"

"그래서, 날 못 나가게 했어?"

"이런 제기랄, 젠장, 도대체 무슨 말을 하는 거야, 조안!"

"한순간도 아이 울음소리가 안 들린 적이 없었어. 애가 나를 부르고 있었다고. 그런데, 당신이, 날 못 나가게 했어."

"오, 하느님…… 조안, 넌 병원에 가야 해. 다시 입원을 해야 한다고."

"당신은 그렇게 못해. 병원엔 카메라가 없잖아. 날 지키고 감시할 수 없잖아, 당신."

희중이 벌떡 일어섰다. 그는 장식장으로 달려가 숨겨두었던 카메라를 꺼내 바닥에 내동댕이쳤다. 그러고는 그걸 발로 짓이겨버렸다. 작은방과 현관 쪽을 향해 있던 카메라도 마찬가지였다. 카메라는 한번에 완전히 박살나버리고 말았다. 마치 아이의 팔에 멍을 들게 했던 날, 그가 손바닥으로 짓이겨버렸던 나비처럼, 아니, 나방처럼. 그리고 기차 바깥으로 던져진 아이처럼.

조안은 그런 희중을 지켜보고만 있었다. 여전히 눈이 새빨갰다. 그러나, 끝내 그 눈물이 흘러내리지는 않았다. 희중은 처음으로, 그런 조안이 무서웠다.

6

그날 밤, 엉망으로 취한 희중이 집으로 돌아왔을 때 문이 열리지를 않았다. 거듭해 비밀번호를 눌렀으나 마찬가지였다. 문 열어, 조안! 악을 쓰려다가 현관문에 붙은 번호를 보았다. 517호, 백곰의 집이었다. 그는 뒤돌아서 그 현관문에 등을 기댄 채 주저앉았다. 도대체 어디로 가야 할지 알 수가 없는 밤이었다.

7

현관문에서 삐삐, 거리는 소리가 울렸을 때, 백주는 인터폰을 켰다. 화면 안에는 짐작대로 아래층 남자가 있었다. 만취한 것이 분명해 보였다. 백주는 문을 여는 대신 뒤를 돌아보았다. 여자가 소파에 앉아 있었다.

"남편분이신데요."

여자는 아무 대꾸도 없었다. 인터폰이 자동으로 꺼졌고, 잠시 후 백주가 다시 인터폰을 켰을 때는 텅 빈 복도뿐이었다.

"찾으러 오신 것 같은데……"

백주가 다시 말했을 때, 여자는 가만히 입술을 깨물었다. 소파 위로 무릎을 끌어올려 웅크려앉아 있던 여자의 어깨가 흔들렸다. 잠시 후 여자는 소파 아래로 발을 내렸다. 가겠다는 뜻이었다.

가라는 말이 아니었다고, 더 있어도 좋다는 말을 백주는 할 수 없었다. 여자를 보내고 싶은 생각은 없었다. 그러나 붙잡을 수도 없었다.

그래서는 안 되는 일이었다.

여자가 다시 그의 집에 나타난 것이 한 시간 전쯤이었다. 삐삐삐, 전처럼 비밀번호를 누르는 소리 대신 톡톡, 현관문을 두드리는 소리가 들렸다. 톡, 톡톡, 톡…… 너무나 미약해서 그대로 날아가버릴 것 같은 소리였다. 그러나 백주는 그 소리를 놓치지 않았다. 마치 온통 현관문 밖의 소리에만 마음을 집중하고 있었던 사람처럼.

"……미안해요."

여자가 입을 열었다.

"아이가 자꾸 부르는 것만 같아서…… 참을 수가 없었어요. 참아보려고 했는데, 정말 그랬는데…… 저 방이 아이 방이었거든요."

여자의 시선이 가닿은 곳, 작은방의 방문을 백주가 조심스럽게 열었다. 혼자 사는 백주의 살림이 많지 않아서 거의 쓰지 않는 방이었다. 문을 열자 작고 좁은 방이 휑했다. 여자의 눈에서 눈물이 흘러내렸다.

온몸에 울음이 가득 차 있는 여자였다. 아마도 몸속에 흐르는 것이 피보다 더 많은 눈물인 모양이었다. 여자가 그 눈물 전부를 다 흘려버리겠다는 듯이 오래도록 울었다. 백주는 물 한 잔과 티슈를 여자 앞에 놓아주고는 침묵을 지켰다. 여자는 울고 싶을 때까지 울어야 할 것 같았다.

한참 후에야 여자가 울음을 그쳤다. 눈물이 다 말라서가 아니라 아무리 울어도 눈물이 다 마르지는 않을 거라는 걸 알아서였을 것이다. 울음을 그친 후에도 여자는 하염없이 작은방만 바라보았다.

그래도 된다면 그는 여자가 밤새도록 자기 집에 있어도 좋다고 생각했다. 여자를 방해하지 않기 위해 그는 꼼짝도 않고 자기 자리를 지켰다. 화장실에 가고 싶은 건 얼마든지 참을 수 있었다. 얼음땡 놀이처럼 얼마든지 움직이지 않고 있을 수도 있었다. 시간이 그냥 그렇게 흘러갔다. 아주 오래전, 정희가 놀고 있는 빈집 앞을 지키고 있을 때처럼. 지루하다고 말할 수도 없고, 그렇다고 달콤하다고도 말할 수 없는, 그저 목이 마른 시간.

나는 귀신의 소리를 들어요, 라는 말을 백주는 하지 않았다. 그건 이미 여자도 알고 있는 사실일 테니.

여자의 아이가 죽었다는 것은 이제 의심할 여지가 없는 일이었고, 백주와 여자가 같이 듣는 울음소리가 그 죽은 아이의 것이라는 것도 의심할 여지가 없었다. 달가운 일이랄 수는 없었지만 기차사고 후에 그랬던 것처럼 곧 그 일에도 적응이 되었다. 다시 시작된 일일 뿐이었는데, 자신을 찾아온 귀신이 여자의 아이라서 오히려 다행이라는 생각도 들었다. 백주는 밤새도록 여자와 함께 그 죽은 아이가 나타나기를 기다려줄 수도 있다고 생각했다.

그러나 백주의 시간은 끝났다. 여자는 이제 집으로 돌아가야 할 시간인 것이다. 백주는 먼저 현관 바닥으로 내려서서 여자의 슬리퍼를 가지런히 해주었다. 슬리퍼를 정리하느라 무릎을 꿇고 있는 그를 여자가 내려다보았다. 여자의 얼굴이 그의 집에 들어설 때처럼 다시 새파랬다.

"공황장애래요."

여자의 말이었다.

"그래서 약을 먹어요. 그런데 약을 먹어도 안 되는 일이 있어서…… 있는 힘을 다해서 문을 열면 문밖이 다 절벽이라…… 아까도 간신히 왔어요."

백주는 여자의 말을 받는 대신 손을 내밀었다. 여자가 백주의 손을 잡은 것은 현관문이 열린 후였다. 문이 열리면서 한밤중의 텅 빈 복도가 달려들 듯이 밝아졌고, 여자는 비틀했다. 백주가 여자의 팔을 붙잡았다. 여자의 다른 쪽 손이 다급히 백주의 손을 마주 붙잡았다.

정희가 떠올랐다. 그 아이가 위태롭게 학교 담장을 넘을 때 항상 그가 손을 내밀었고, 정희는 냉큼 그 손을 잡곤 했었다. 작고 예쁘고 따듯하고 촉촉한 손. 그 손이 그의 몸속으로 들어와 쿵쿵거리는 그의 심장을 어루만지는 듯했었다. 쿵쿵, 토닥토닥, 쿵쿵, 토닥토닥…… 그러나 여자는 정희가 아니었다. 백주는 그 사실을 환기해야만 했다.

공황장애가 있다는 여자에게 엘리베이터가 더 힘들 거라는 생각이 들어 백주는 계단으로 여자를 인도했다. 여자는 거의 눈을 감다시피 하고 백주를 쫓아 걸었다. 한 층의 계단이 마치 신화 속의 동굴처럼 길고 깊었다. 여자는 여러 번 비틀거렸고, 한 번인가는 거의 굴러떨어질 지경이었다. 그러는 동안 백주의 온몸이 땀투성이가 되었다.

417호의 문이 열려 있는 것은 복도에 들어서자마자 알 수 있었다. 여자는 문을 열고 밖으로 나오는 것도 무섭지만 등뒤로 문이 닫히는 것도 무섭다고 했었다. 여자가 버팀쇠로 문이 완전히 닫히지 않게 해놓았나 싶었다. 어두운 복도를 그 집의 문틈에서 새어나오는 불빛이 홀로 밝히고 있었다. 혹시 고양이들이 오늘도 방황하고 있는 건 아닐까. 복도 한켠에 어두운 그림자가 지나가는 것이 보였다. 고양이는 아니었다. 달을 스쳐지나간 구름일지도 모르고, 현실과 비현실 사이를 날아간 귀신의 그림자일지도 모른다.

　백주는 417호에 너무 가까워지기 전에 걸음을 멈췄다. 여자를 집안까지 데려다줄 수는 없는 일이었다. 여자도 마찬가지 생각인 듯했다. 여자가 그의 손을 놓고 벽을 짚어가며 걷기 시작했다. 백주는 두어 걸음을 더 여자를 쫓아갔다.

　울음소리가 들리기 시작한 게 그때였다. 그것은 아이의 울음소리였고, 417호에서 들려오는 소리가 분명했다.

　죽은 아이의 울음소리였다!

　여자 역시 그 소리를 들었다. 와락 백주를 돌아보는 얼굴에 그리움인지, 서글픔인지, 혹은 공포인지 알 수 없는 표정이 떠올랐다. 당신도 들리지요? 이 소리가 들리지요? 나 혼자 듣는 게 아니지요? 여자의 눈이 간절히 묻고 있었다.

　백주는 불현듯 겁이 났다. 이제 와서는 익숙해졌다고 생각했지만 사실은 그렇지 않았던 모양이었다. 아마도 그럴 것이다. 분명히 그럴 것이다. 그러나 지금 백주를 당황스럽게 하고 공포스럽게 하는 것은 그것과 달랐다. 분명히 뭔가 다른 것이 있었다. 백주는 조안을 앞질러 417호로 달려가 현관문을 열어젖혔다.

　고양이들이 울고 있었다. 그러나 그것은 고양이 울음소리가 아니었다. 소리는 작은방에서 울려나오고 있었다.

　백주는 신발도 벗지 않고 집안으로 뛰어들어갔다. 그러나 작은방의 문고리를 잡았을 때는 숨이 멈추는 듯했다. 턱이 덜덜 떨릴 정도의 두려움이 명치끝으로부터 치밀어올라와 기도를 틀어막았다. 방안에는 도대체 무엇이 있을 것인가. 그것은 어쩌면 그에게도 익숙하지 않은 것, 그로서도 전혀 상상하지 못했던 것일 수도 있었다.

백주가 마침내 방문을 열어젖혔다. 한 번에, 힘주어, 왈칵. 순간 백주의 얼굴이 일그러졌다. 컴퓨터였다. 아이는 모니터 속에 있었다. 아이가 녹화된 동영상이 컴퓨터 화면에서 재생되고 있었다. 그의 짐작이 맞았다. 그것은 그로서도 전혀 상상하지 못했던 것이었다. 그래서 백주는 안도하는 대신 다시 한번 알 수 없는 공포에 휩싸였다. 텅 빈 방안, 탁자도 없이 맨방바닥에 놓여 있는 단 한 대의 데스크톱 컴퓨터, 그리고 그 컴퓨터 속에서 울고 있는 죽은 아이……

바로 그때 등뒤에서 무슨 기척이 느껴졌다. 뒤를 돌아보던 백주는 기겁을 해 비명을 지를 뻔했다. 머리가 하얗게 세고 이가 송송 빠진 노파 하나가 현관에 서 있었다. 백주는 자신도 모르는 사이에 휘청했다.

"이봐요."

노파가 입을 열었다.

"해도 해도 정말 너무하네. 애 울음소리에다가, 아줌마도 울고 아저씨도 울고, 도대체 허구한 날, 부부싸움을 해도 좀 적당히 하든가, 게다가 이제는 아주 오밤중까지, 문까지 열어젖혀놓구는!"

노파의 말에 이어 어디선가 또 큰 소리가 들려왔다.

"아우, 씨발! 니들은 잠도 없냐! 제발 잠 좀 자자고!"

욕을 섞어 내뱉는 고함소리가 아파트 전체를 울렸다.

굴러떨어진 듯, 소파 아래에서 시체처럼 잠들어 있는 남자를 발견한 것은 그 직후였다. 손에 신발 한 짝을 꼭 쥐고 있었다. 거실부터 현관까지 어지럽혀져 있는 어린아이의 신발들이 그때서야 눈에 들어왔다. 그중의 신발 한 짝이 여자의 슬리퍼가 그랬던 것처럼 현관문 틈 사이에 끼어 있었다. 마치 개구쟁이 사내아이가 집으로 달려들어오면서 함부로 벗어던진 신발 한 짝처럼, 그 신발에 흙이 묻어 있었다.

8

초여름의 느닷없던 태풍의 징후는 하루 만에 사라졌다. 오전햇살이 차갑고 맑았다. 상윤은 오랜만에 일찌감치 집을 나서 희중의 약국으로 향했다. 실은 약국 문이 열릴 시간만 기다리고 있던 참이었다. 위층 떡대가 그후에 무슨 일을 더 벌이지는 않았는지, 조안은 이제 안정이 되었는지 물어봐야 했는데, 희중은 어제 하루 온종일 전화를 받으면 바쁘다는 소리뿐이었다. 바쁘다는 희중에게, 혹은 바쁘지 않다고 해도 마찬가지였겠지만, 그는 조안이 SOS를 치고 있는 것 같다는 따위의 말은 하지 못했다. 사실 그 생각은 어제 조안의 집으로 가기도 전에 사라져버렸다.

조안에게 가려고 차에까지 가기는 했었다. 그때는 마음이 급해서 거의 달리듯 주차장까지 갔는데, 차에 가까이 다가갈수록 뭔가 좀 이상하다는 느낌이 들었다. 차체의 옆면부터 뒷면까지 날카롭고 깊은 자국이 패어 있었다. 누군가가 의도적으로 칼이나 못으로 쑤셔놓은 자국이었다. 그 자국은 차체의 뒷면에서 화살표 모양으로 휘어져 있었다.

이런 시벌눔……

상윤은 당장 백곰을 떠올렸다. 전날 밤을 조안의 아파트 주차장에 세워둔 차 안에서 보냈었다. 어찌나 취해 있었던지 누가 차에다 폭탄을 던졌더라도 몰랐을 것이다. 백곰이 분명했다. 지가 그런 줄 모를까 봐 차에서 자기 집 방향으로 아예 화살표까지 그어놓은 것이다. 화살표 모양이라고 생각했던 자국을 화살표라고 단정하고 그것을 백곰이 한 짓이라고 믿는 데까지 걸린 시간이 일 분도 되지 않았다.

어려서부터 상윤은 상상력이 풍부했다. 흉내도 잘 내서 연속극이나 만화영화의 장면들을 아주 그럴듯하게 흉내냈는데, 그럴 때마다 유일한 관객이었던 조안은 배를 잡고 웃음을 터뜨리곤 했었다. 상윤아, 그만해. 그만해. 웃겨 죽겠어.

넌 앞으로 배우가 될 거야.

어렸던 조안이 어렸던 상윤에게 했던 말이었다.

조안이 SOS를 치고 있다는 생각은 뒷전으로 사라졌다가 곧 그 생기를 잃어버렸다. 그건 도무지 말도 안 되는 상상이 아닌가 말이다. 상윤은 차에 올라타는 대신 희중에게 전화를 걸었고, 희중은 바쁘다고 했다. 약국으로 갈까, 물었더니 오지 말라고 했다. 삼십 분 후 다시 전화를 걸었더니 전화를 받지 않았고, 삼 분 후 또 전화를 걸었더니 마치 큰 선심이라도 쓰듯이 오려거든 내일 오라고 했다. 그후 상윤은 이튿날 약국 문이 열릴 시간만 기다리고 있었던 것이다.

상윤이 약국 안으로 들어섰을 때 희중은 보이지 않았다. 대신에 최약사가 약국을 지키고 있었다. 상윤은 인상부터 찌푸렸다. 뭐야, 이년은 이제 맨날 아침부터 나오는 거야, 뭐야. 최약사가 오후에 출근하는 날로 알고 있었기 때문이다.

"오셨어요."

인사를 먼저 건넨 쪽은 최약사였다. 가벼운 웃음조차 없는 의례적인 인사였다. 상윤이 최약사를 싫어하는 만큼 최약사도 상윤을 좋아하지 않았다. 상윤은 최약사와 변변히 말을 섞어본 적조차 없었다.

"형은요?"

"오늘 늦으신다고 해서 제가 먼저 나왔어요. 곧 나오실 텐데, 뭐 마실 거라도 좀 드릴까요?"

약국에서 파는 모든 종류의 드링크를 좋아하는 상윤이었지만 최약사가 내미는 '마실 것'을 한가하게 홀짝거리고 싶은 마음은 없었다.

출근이 늦다니…… 또 무슨 일이 있는 걸까.

상윤이 희중에게 전화를 걸기 위해 핸드폰을 꺼내자 최약사가 '저기요' 하고 상윤을 불렀다.

쌍년, 저기요가 뭐야. 사람한테.

상윤은 속으로만 욕설을 내뱉고 최약사를 쳐다보았다.

"잠깐 얘기 좀 했으면 해서요."

"무슨 얘길요?"

"앉으세요, 잠깐만."

상윤이 약품 진열대를 사이에 두고 손님용 의자에 앉았다. 최약사가 진열대 바깥으로 나와 냉장고에서 비타민 음료 하나를 꺼내들고 다가왔다.

비타민 말고 홍삼 없냐, 이 여자야.

"누구하고 의논을 좀 했으면 싶긴 한데 누구와 해야 할지를 모르겠어서요."

그게 무슨 의논이든, 설마 그 상대가 나겠는가. 상윤은 최약사를 쳐다보기만 했다.

"이약사님 말이에요."

이약사님. 희중을 말하는 것이었다. 지들끼리 부를 때는 선배라고
도 부르고 누구야 하며 이름을 부르기도 하면서 상윤에게 말할 때는
꼬박꼬박 약사님이었다. 이유도 없이 상윤은 그 호칭에 뱰이 꼴렸다.

"형이, 왜요?"

최약사가 잠시 머뭇거렸다. 상윤은 잔뜩 인상을 찌푸린 채로 그런
최약사를 바라보았다. 잠시 동안 손가락만 만지작거리던 최약사가 한
숨을 내쉬고, 비로소 말을 이었다.

"도무지 약국 일에 집중을 못하세요. 그래서 제가 도대체 어떻게
해야 할지……"

무슨 소린가. 그러니 그걸 나더러 어쩌라고?

"아시다시피 여긴 규모가 작은 약국이고 일하는 사람도 이약사님
과 저뿐이잖아요. 한 사람이 정신을 놓고 있으면 약국을 어떻게 움직
일 수가 없거든요. 처방전도 받아야 하고 일반약도 팔아야 하고……
아무튼 바쁜 시간에는 누군가 카운터를 지켜야 하니까요."

"형이 뭘 어쨌길래요?"

상윤이 아는 한 희중은 세상에서 가장 성실한 사람이었다. 사고 전
에도 그랬지만 사고가 난 후에도 마찬가지였다. 아이가 죽고 조안이
병원에 있을 때에도 그는 약국을 오래 쉰 적이 없었다. 그는 매일같이
출근했고, 조안만큼도 아프지 않은 사람들의 약을 조제했다. 밝지는
않았지만 미소를 건네는 것도 잊지 않았다. 희중은 어떻게든 그 순간
들을 이겨내려고 했다.

약국을 개업한 후에는 더했다. 희중의 삶이 시계추 같아졌다. 그는 늘 정확한 시간에 출근했고 정확한 시간에 퇴근했다. 상윤에게 자세히 말하지는 않았지만 약국을 개업하면서 얻은 대출금이 상당한 것 같았다. 게다가 원래 계약했던 집에는 위약금을 물어야 했고, 아래층으로 집을 옮길 때에는 또다시 이사 비용을 지불해야 했었다. 설마 사채까지 끌어 쓰지는 않았겠지만, 모르긴 몰라도 할 수 있는 대로 돈을 끌어다 썼을 것이다. 그러므로 희중은 게으를 틈이 없었다. 게으를 틈이 없는 정도가 아니라 수익을 내기 위해서라면 무슨 짓이라도 해야 할 상황이었다.

"이약사님 사정을 제가 모르는 건 아닌데요. 그래도 요즘엔 좀 심하게 힘들어하시는 것 같아서요. 이러다가 자칫 처방약이라도 잘못 조제할까봐 걱정이 태산인데, 또 그렇다고 제가 조제실에 무작정 들어가 대신 조제를 할 수도 없는 노릇이고……"

"좀 알아듣게 말할 수는 없어요?"

최약사는 상윤의 머리에 든 게 아무것도 없다는 걸 모른다. 생각이라는 게 아예 불가능하다는 걸 모르는 것이다. 상윤의 짜증스러운 말투에 최약사의 눈살이 찌푸려졌다. 아무리 급해도 이런 작자와 의논이란 걸 하려고 들다니. 후회하는 기색이 역력했다. 최약사는 더는 말을 돌려 하지 않았다.

"이약사님이 계속 그러시면 저도 더는 이 약국에서 일을 할 수가 없다고요. 어제는 삼십 분이나 처방약 기다리던 손님을 그냥 돌려보냈어요. 이런 일은 나한테도 좋은 일이 아니거든요."

"그래서 관두겠다고? 그 말을 하는 거요, 지금?"

최약사가 노려보듯 상윤을 쳐다보았다. 그러자 정말로 고양이 같은 얼굴이 되었는데, 손톱을 세워 할퀴기라도 할 것 같은 표정이었다.

"내 말은요!"

최약사의 언성이 높아지는 순간, 문이 열렸다. 희중이었다.

9

"면도, 어떻게 한 거야?"

편의점 앞 야외 테이블에 앉아 상윤이 던지듯 말했다. 희중이 손으로 아래턱을 쓸어내렸다. 거뭇거뭇한 수염이 거칠게 솟아 있었다.

"형, 괜찮은 거야?"

"뭐가?"

아무리 머리에 든 게 없다고 해도, 상윤에게도 지금 최약사의 말을 꺼내는 건 좋지 않을 것 같다는 느낌 정도는 있었다. 그러다가 그 여자가 정말로 약국을 관둬버리면 걷잡을 수 없게 상황이 나빠질지도 모른다. 약사라는 게 편의점 아르바이트를 구하듯이 쉽게 구해지는 건 아닐 것 같았다. 그나저나, 그년은 정말로 약국을 그만두겠다는 말을 하려는 것이었을까. 그런데 그런 말을 왜 나한테.

아마도 아닐 것이다. 그 여자는 희중을 걱정하고 있는 것이다. 주제넘게 저깟 게 왜. 상윤은 또 딴 길로 새려고 하는 생각을 간신히 붙잡았다.

"수염도 제대로 안 깎고 왜 그러는 거냐고."

"늦잠 잤어. 서둘러 나오려다보니까 그랬어."

"늦잠은 왜? 맨날 칼같이 일어나는 사람이."

그러고 보니 희중이 입을 열 때마다 술냄새가 풍겨나왔다. 얼마나 마셨기에, 이 시간까지…… 술을 못하지는 않았지만 과음을 하는 사람은 아니었다. 사고가 나기 전까지는 그랬었다. 그러나 사고가 난 후부터는 달라졌다. 자주 술냄새가 풍겼고, 늘 숙취에 찌든 것 같은 얼굴이었다. 상윤은 그걸 알은체할 수가 없었다. 희중은 자신처럼 주먹질 같은 것은 할 수 없을 터이니 술이라도 마셔야 했을 것이다. 아무리 주먹을 날려도 풀리지 않는 것이 있었다. 희중도 마찬가지일 것이다. 아무리 마셔도 풀리지 않을 것을 알면서도 그 갈증을 참을 수가 없을 것이다.

"아무리 그래도 그렇지. 면도는 제대로 해야지. 내가 손님이라도 형 같은 사람이 지어준 약은 안 먹고 싶겠네."

희중은 말없이 거리만 바라보았다. 건널목의 신호등이 빨간불에서 파란불로 바뀌었다. 희중의 입에서 느닷없이, '어' 하는 소리가 흘러나왔다. 상윤도 희중의 시선을 좇아 건널목을 돌아보았다. 별다를 게 없는 풍경이었다.

"저분, 오늘도 또 나오시나보네."

"누구?"

"왜 또 우산을 들고 나오셨지? 날이 이렇게 맑은데."

"무슨 헛소리야, 지금?"

"그냥 못 본 체하는 게 낫겠다."

희중이 시선을 돌려버렸으므로 상윤도 더는 건널목을 지켜볼 수가 없었다.

"사고 나던 날, 나 태워줬던 사람이 있었다고 했잖아."

"약국 손님이었다면서."

"어제, 우연히 만났어."

"전에 일하던 약국에 갔었어?"

"아니. 여기서, 우연히."

"별일이네."

"그러게. 신도시 쪽에 무슨 상가 건물을 짓는다 하더라고. 거기 가는 길이라는데, 이상한 소리를 하데."

"무슨 소리를?"

"……아니다."

"뭐, 신세 갚으라고 해? 술이라도 한잔 사래?"

"아냐, 관둬."

"무슨 말을 시작해놓고 그냥 관두래?"

"……못 잊겠으면 죽이라고 하더라."

"뭐?"

"그러니까 이상하다지."

"형……"

"왜?"

"아냐."

이번엔 상윤 쪽에서 아니, 라고 했다. 더 말을 했다가는 '형, 정말로 괜찮은 거야'라는 말이 튀어나올 것 같았고, 더 심하게는 '제정신인 거 맞냐'는 말을 하게 될 것도 같았기 때문이었다.

"누난 좀 어때?"

상윤이 말을 돌려서 물었다. 희중은 깊은 수렁에서 빠져나온 듯한 시선으로 상윤을 바라보다가 갑자기 의자를 당겨 앉으면서 말하기 시작했다.

"집을 좀 바꿔달라고 하면 어떨까. 대단히 좋은 생각은 아니지만 시도는 해볼 만한 일이지 않아? 이사 비용 대주고, 청소 비용이랑 위로금 같은 것도 주겠다고 하고. 어차피 똑같은 크기 똑같은 구조의 집이잖아."

희중이 의자를 당겨 앉은 것과는 달리 상윤은 의자 등받이에 몸을 젖혀 기댔다. 희중의 말은 말 같지도 않았다. 그러니까 희중은 위층 떡대와 집을 바꿔보겠다는 생각인 것이다. 희중이 다시 몸을 당기며 마치 열에 들뜬 것처럼 물었다.

"너라면 어떨 거 같아? 잘만 말하면 받아들일 거 같지 않아?"

"형."

"그래."

"제발 말 같지도 않은 소리 좀 하지 마."

그러면서 상윤은 희중의 시선을 피했다. 만일, 자신이 백곰의 얼굴에 주먹을 날리지만 않았더라면…… 그러는 대신 누나를 보호해줘서 고맙다고 말했더라면…… 어쩌면 약간이나마 가능성이 있는 일일지도 모를 일이다. 그러나 이제는 상황이 완전히 달랐다. 너라면 어떨 거 같냐고 희중이 물었지만, 만일 자신이라면 절대로 그 제안에 응할 리가 없었다. 오히려 아마 이렇게 말할 것이다. 니들은 이제 다 죽었어. 희중이 내밀 수 있는 위로금의 액수라는 게 얼마나 알량한 것일지를 잘 알기 때문에 더욱 그랬다.

"하지만 말이라도 건네보면…… 그런다고 손해볼 건 없잖아."

"어제 무슨 일이 있었는지 알기나 해?"

"무슨 일?"

"그 새끼가 내 차를 긁어놨더라고."

희중이 이해할 수 없다는 눈빛으로 상윤을 바라보았다.

"내가 말했잖아. 그 새끼 완전히 또라이라고. 새끼, 아주 지가 했다고 광고라도 하는 것처럼 화살표까지 그려놨더라고. 덩치는 곰만한 새끼가 무슨 열 살짜리 꼬맹이처럼. 누나가 그 집에 있었던 것만 해도 그래. 그 새끼가 무슨 농간을 부린 거야. 억지로 끌고 가는 것만 납치야? 아무튼 그 또라이 새끼가 무슨 짓을 한 거라고."

"그래서?"

"그래서, 뭐?"

"넌 어떻게 할 건데?"

"뭘 어떻게 해, 하기는."

상윤이 잠시 말을 끊었다가 다시 씨발, 욕설을 내뱉었다.

"그 새끼한테는 이제 그냥 신경 끄고 살게! 또라이하고 붙어봤자 같이 또라이밖에 더 되겠냐고! 그 새끼가 또 울음소리 어쩌고저쩌고 하면 고양이들도 아예 다 내다버리든지!"

"그게 다야?"

"뭐?"

"그게 다냐고."

상윤은 다시 입을 다물었다. 불쑥 이상한 기분이 들었다. 희중이 하는 말도 다 이상했고, 그러고 보니 눈빛도 이상했다. 상윤이 입을 다물고 있는데, 희중이 자리에서 벌떡 일어섰다. 뭔가가 쏟아질 것 같은 눈빛이었는데, 그건 분명히, 누군가를 완전히 작살을 내버리고 싶을 때의, 오로지 그 열망밖에는 없을 때의, 그래서 자기는 죽든 말든 상관없을 때의, 그런 미친 눈빛이었다.

"나쁜 새끼. 조안이 너한테는 하나뿐이라며? 그래서 무슨 짓이든 할 수 있다며? 그런데 신경 끄고 살아? 그러면 돼?"

"형……"

희중이 상윤을 남겨두고 뚜벅뚜벅 걸어가기 시작했다. 희중을 쫓아가려고 일어서는데, 난데없이 우산을 들고 서 있는 사내가 보였다. 깜짝 놀라서 다시 바라보니 우산을 든 사내는커녕 아무도 보이지 않았다. 그런데 왜 그런 착각을 했을까.

'잊을 수 없으면 죽이라고 하데.'

희중이 했던 말이 다시 떠올랐다.

10

희중은 찜질방에 들러 샤워를 하고 면도도 했다. 내친김에 머리도 잘랐다. 날렵한 얼굴선이 다시 드러났다. 머리 자르시니까 더 잘생기셨어요. 미용사가 농담을 건넸다. 체중이 준 후 전보다 더 잘생겨 보이는 것은 사실이었지만 신경질적으로 보이는 것 또한 사실이었다. 날렵해진 얼굴선만큼이나 눈매의 날카로움도 살아났다. 그는 자신의 그런 눈빛이 마음에 들지 않았다.

약국으로 가는 길에 희중은 카페라테 두 잔을 샀다. 우유 거품을 듬

뿍 올려달라는 말도 잊지 않았다. 카페라테는 현정이 좋아하는 것이었다.

현정은 여전히 화가 단단히 나 있었지만 카페라테 한 잔만으로도 짐짓 화를 푸는 시늉을 해줄 수 있을 만큼 희중과는 가까운 선후배 사이였다. 약국이 계속 어려워지면 그녀와 동업 형태로 바꿀 의향도 있었다. 야무지고, 믿을 만한 후배였다. 무엇보다도 그의 어려움을 몰라라 할 사람은 아니었다.

마음이 어지러워서 그랬다고, 한 이틀만 쉬었으면 좋겠다는 희중의 말을 현정은 순순히 들었다. 혼자서는 어려울 테니 문을 닫자고 했고 현정도 좋다고 대답했지만 보나 마나 그녀는 혼자서라도 약국 문을 열 것이다. 개업 초반에 불쑥 문을 닫는 것이 약국 이미지에 얼마나 큰 타격을 주는지는 희중도 잘 알고 있는 사실이었다. 약국은 식당이나 편의점보다 훨씬 더 신뢰가 필요한 사업이었다.

현정이 카페라테 한 잔을 다 마시는 것을 본 뒤, 희중은 이른 퇴근을 했다. 사실 출근을 했다고도 할 수 없으니 퇴근이랄 것도 없는 귀가였다. 그런데 조안과의 화해를 위해서는 무엇을 사가야 할까. 신선한 야채나 우유? 아니면 '기적의 물'이라는 이름을 가진 생수? 차라리 아무것도 사가지 않는 게 나을 것이다.

희중이 비밀번호를 눌러 집안으로 들어갔을 때, 조안은 침실에 누워 있었다. 침대에 누운 채 고개만 돌려 희중을 바라보는데 뺨에 베개 눌린 자국이 보였다. 이날 아침 희중이 소파 아래에서 깨어났을 때도, 집을 나설 때에도 조안은 그런 자세로 침대에 누워 있었다. 그때부터 지금까지 조안은 줄곧 누워만 있었던 모양이었다.

가슴이 아팠다. 이런 상황만 아니라면 희중은 그 눌린 자국을 어루만지며 걱정스러운 말을 건네거나, 혹은 농담을 건넸을 것이다. 어쩌면 다정하게 입을 맞추었을지도 모른다. 사고 이후 소리내어 웃는 대신 가만히 미소만 짓는 조안이었다. 조안의 그 미소가 너무나 간절히 그리웠다.

"잤어?"

희중이 물었다. 무슨 말이든 해야겠기에. 조안은 대답하는 대신 손을 내밀었다. 희중이 그 손을 잡았다. 처음으로 조안의 손을 잡았을 때처럼 가슴이 떨렸다.

상윤을 사이에 두고 커피숍에서 만났던 바로 다음 날이었다. 저녁 식사 약속을 하고 조안의 회사 앞으로 차를 몰고 갔다. 조안은 대로변에 서서 희중을 기다리고 있었다. 그녀가 서 있는 곳 바로 앞에 차를 세울 수도 있었지만, 희중은 일부러 몇십 미터쯤 떨어진 곳에 차를 세웠다. 그리고 조안에게 달려서 다가갔고, 인사를 건네기도 전에 조안의 손부터 잡았다. 조안은 깜짝 놀라는 게 역력했으나 희중의 손을 뿌리치지는 않았다. 겨우 몇십 미터 떨어져 있는 차까지 걸어가는 거리가 영원의 거리만큼 길었다. 아니, 그랬으면 싶었다. 세상에 존재하는 것이 단 하나, 한 여자의 손밖에는 없는 것 같았던, 그런 시간의 떨림이었다.

"머리 잘랐어?"

희중은 고개를 끄덕였다. 그리고 조안이 희중의 머리에 손을 얹었다. 조안이 병원에 있을 때, 의자에 앉은 채로 조안의 침대에 얼굴만 묻고 잠에 빠진 적이 있었다. 깨어났을 때 그녀의 손이 머리에 얹혀 있었다. 슬픔의 무게가 얼마나 무거운 것인지, 그것의 무게는 어쩌면 지구 전체를 누르고도 남을 만큼이라는 걸 희중은 그때에 알았다.

어쨌거나, 조안이 다시 싸움을 시작하려고 하지 않아서 다행이었다. 싸움을 계속할 수는 없었다. 계속할 수 없었고, 계속해서도 안 되는 싸움이었다. 그러나 조안이 희중의 머리를 쓸어내릴 때 그 손끝에서 전해지는 게 싸움보다 더 진한 슬픔이라는 걸 희중은 알았다. 조안의 모든 말이 다 그 손에 녹아 있는 것 같았다. 분노, 원망, 슬픔, 고독…… 마침내 적막. 희중은 그 소리없는 말을 알아듣고 싶지 않았다.

"대전에 좀 다녀올까 해."

왜 일찍 왔느냐고 조안이 묻지 않았기 때문에 희중이 먼저 말했다.

"엄마가 여전히 안 좋으신 모양이야."

거짓말이었다. 그는 지난번 대전에서 올라온 이래로 어머니에게 전화를 건 적이 없었고, 그건 어머니 역시 마찬가지였다. 그는 다만 조안과 자신에게 약간의 휴식이 필요하다고 생각할 뿐이었다.

돌이켜보면 사고 이후 단 한순간도 제대로 쉬어본 적이 없는 것 같았다. 조안이 병원에 있든 집에 있든, 조안과 함께 집에 있든, 아니면 약국에 혼자 있든, 그의 일 분 일 초가 전부 조안과 연결되어 있었다. 그는 어디에서나 조안의 숨소리를 들었고, 조안의 발걸음 소리에 귀를 기울였다. 사고 이후 조안에게는 잠을 자면서 이를 가는 습관이 생겼는데, 그후부터는 어디에서나 그녀의 이 가는 소리가 들려오는 것 같았다. 결과적으로 카메라를 부숴버린 것은 잘한 일이었다. 카메라가 부서지는 것과 동시에 그도 비로소 숨을 쉴 수 있을 것 같았다. 숨도 쉬고 잠도 자고, 뭔가 편안히 희망적인 생각도 할 수 있을 것 같았다.

용건은 거짓이었지만 그는 정말로 대전에 내려갈 생각이었다. 잠시라도 혼자 있는 시간이 필요하다고 여겼지만 혼자 어딘가로 여행을 간다든가 하는 것은 상상도 할 수 없었다. 그런 짓이야말로 자신을 고독의 극한으로 몰고 가게 되리라. 마치 빙하의 크레바스에 빠지는 것처럼. 그렇다면 갈 수 있는 곳은 대전뿐이었다.

조안은 여전히 아무 말도 하지 않았다. 머리카락을 쓸어내리던 손이 뺨으로 닿을 듯하다가 그대로 내려갔다. 희중을 바라보는 속눈썹이 떨렸다. 희중은 입술을 깨물었다가 놓으며, 담담하려고 애쓰며 말했다.

"문자 할게."

조안은 대답하지 않았다. 그가 무슨 말을 했어도 마찬가지였을 것이다. 그는 문자를 보내겠지만, 조안은 답장을 보내지 않을 것이다. 물론 전화도 받지 않을 것이다. 그러면 그는 어떻게 해야 할까. 혼자 있는 조안이 무엇을 하고 있는지 확인할 수 있는 카메라가 이제는 없었다. 그는 정말로 숨을 쉬고 잠을 자고 편안한 상상을 할 수 있을까. 대전에 있는 동안, 혹시 한순간도 쉬지 않고 조안이 창밖으로 뛰어내리는 상상을 하게 되지는 않을까. 어리석은 생각이었다. 그는 그 생각들로부터 탈출해야만 했다. 그러니까 카메라 바깥으로. 이제 더는 존재할 수 없게 된 카메라로부터 완전히 해방되어야만 했다.

"여보."

희중이 일어서 침실 바깥으로 나오려고 할 때, 뒤에서 조안의 목소리가 들렸다. 희중은 돌아서서 조안을 바라보았다.

"괜찮아."

무슨 말인가.

"난 괜찮아. 그리고…… 다 괜찮아질 거야."

여보라는 느닷없는 호칭도, 그 뒤에 이어진 말도 다 이상하게 들렸
지만 희중은 있는 힘을 다해 미소지었다. 무슨 까닭인지 또 왈칵 울음
이 쏟아질 것 같았으므로 더는 아무 말도 할 수가 없었다. 희중은 그
대로 집을 나섰다.

주차장으로 걸어가는 동안, 마주 걸어오던 경비원이 희중을 알아보
고는 급히 다가왔다.

"괜찮으세요?"

이건 또 무슨 소린가.

"차, 말입니다."

"네?"

"괜찮으신 모양이네."

최근 며칠 동안 주차장에 세워진 차를 누군가 자꾸 긁어놓는 일이
발생했는데, 마침내 그 범인을 잡았다고 했다. 그런 일이 발생하는 동
안은 조심하라는 경고 한마디 없더니 범인을 잡아놓고서야 의기양양
한 태도였다.

"그게 글쎄 어린놈 한 놈이 말입니다. 시도 때도 없이 그 짓을 하고
다녔는데 말이지요. 그게 글쎄 한 열댓 대나 된단 말입니다."

주차장으로 걸어가는 희중을 쫓아 걸으며 경비원이 말을 이었다.
희중의 차는 멀쩡했다. 그러나 바로 옆 차의 옆구리에는 깊게 팬 화살
표 자국이 보였다. 상윤의 말이 떠올랐다.

'새끼, 아주 지가 했다고 광고라도 하는 것처럼 화살표까지 그려놨

더라고. 덩치는 곰만한 새끼가 무슨 열 살짜리 꼬맹이처럼.'

"어떻게 잡았어요?"

"우리가 경비를 그렇게 서도 안 잡히더니 오층 아저씨한테 딱 걸렸지 뭡니까. 오층 아저씨가 베란다에서 내려다보고 있는 것도 모르고 그놈이 그러고 다니다가 걸린 거지요."

"오층이요?"

"아시지요? 그 덩치 좋으신 분? 그분이 왜 그렇게 허구한 날 일없이 베란다에 서 계시나 했더니, 제가 한번 말씀드렸잖아요? 왜 그러시는지 모르겠다고. 그랬더니 글쎄 그게 아파트 경비를 서고 계셨던 거네!"

경비원은 웃음을 터뜨렸다. 자기 농담이 마음에 드는 모양이었다.

"그런데 알고 보니 그분이 유명한 만화가래요."

이건 또 무슨 말인가.

"그놈이, 그 사고 치던 놈이 아주 만화에 환장을 한 놈이래요. 그 양반이 경비실에 전화를 넣고, 그러고 나선 본인도 궁금하니까 내려와 봤다 이겁니다. 그런데 그놈이 그 와중에도 그 아저씨를 알아보고는 어, 누구다 하더라고요. 그놈이 아주 꼴통이에요. 그 덩치 큰 아저씨를 아주 잡아먹을 듯이 노려보더란 말입니다. 그런데 그놈이 저기 107동 사는 놈인데 말이지요. 그 집 부부가 그렇게 밤낮없이 싸워대는 걸로 유명하답니다."

틈만 나면 수다 떨 기회를 노리는 늙은 경비원이었다. 조안이 아프지 않았을 때 쓰레기를 버리러 나가면 삼십 분, 한 시간이 걸려서 돌아오는 게 예사였다. 조안이 도중에 말을 자르기는커녕 맞장구까지

처줘가며 꼬박 그 수다를 다 들어주곤 했었던 것이다. 아프기 전의 조안은 그렇게 다정한 여자였다. 어쨌거나, 지금 희중은 경비원의 말을 다 들어줄 만한 기분이 아니었다.

"이름이, 뭐랍니까?"

희중은 경비원의 말을 자르며 물었다. 경비원은 어리둥절한 표정이었다.

"네?"

"오층 그 사람 말입니다."

경비원의 얼굴에 다시 생기가 돌았다.

"아, 그거까진 내가 모르겠고요. 아무튼 그 애새끼가 그분을 알아보더란 말입니다. 나중에 그놈 엄마가 하는 말이, 그 자식 꿈이 만화가가 되는 거래요. 만화가는 무슨, 보나 마나 공부는 안 하고 그냥 만화만 처봤겠지. 그것도 아주 이상한 만화만 말이지요. 그래도 그놈이 알아볼 정도면 유명한 만화가 아니겠습니까?"

"이름은 모른대요?"

"제가 뭐 귀도 어둡고 이젠 뭐 기억도 잘 못하고 해서…… 뭐라더라. 그놈 자식이 갑자기 공주님이 어쩌고저쩌고 그러기는 하던데……"

"공주님이요?"

"아마 잘못 들었겠지요. 그렇게 덩치 큰 아저씨한테, 공주님이라니."

다시 생각해도 우스운지 경비원이 웃음을 터뜨렸다.

경비원과 헤어져 차에 오른 후 희중은 한동안 꼼짝도 않고 앉아서

오층 백곰에 대해서만 생각했다. 대체 그놈이 뭘 하는 놈일까, 아주
여러 번 궁금했던 것이 사실이었다. 상상할 수 있는 근거가 없기도 했
지만 그 엄청난 덩치 때문에 무엇이든 일반적인 상상이 불가능하기도
했었다. 그런데, 만화가라니…… 희중은 전화기를 꺼내들었다. 그리
고 검색창에 '만화가'를 찍었다. 이제 다른 연관 검색어를 찍어야 할
차례였다. 백곰을 찍어보았다. 검색 결과가 주르륵 떴다. 당연히 위층
의 백곰이라고 짐작되는 글은 찾을 수가 없었다. 전화기를 내려놓으
려다가 다시 검색어를 바꿔 찍기 시작했다. 덩치, 만화가. 공주님, 만
화가. 만화가, 백곰, 덩치, 떡대, 공주님, 웹툰……

　검색 결과를 훑어내리는 동안, 〈잠자는 숲속의 공주〉가 링크된 웹
문서가 보였다. '대나지'라는 작가의 웹툰이었다. 작가의 사진은 없었
다. 대신 러닝머신을 타는 백곰이 캐리커처되어 있었다. 두 번 생각할
것 없이 위층 백곰이 분명했다. 전율처럼 온몸에 열이 훅 끼쳐올라왔
다. 몇 개의 검색어로 위층의 백곰을 찾아냈다는 사실이 놀랍고 또 뜻
밖이기도 해서 약간의 흥분 상태로 접어든 것 같았다. 빠르게 손가락
을 움직여 웹툰의 컷을 분주히 넘겼다. 만화의 내용은 알 수 없었지만
피와 폭력이 난무하는 만화인 것만은 분명했다. 늙은 경비원의 말처
럼 '이상한 만화'였다. 컷을 계속해서 넘기는 동안 남은 잔상이 피와
폭력뿐이었다.

　미친놈…… 이런 것도 만화라고……

　희중은 몇 개의 댓글도 살펴보았다. 그가 얼마나 유명한 만화가인
지 알고 싶었기 때문이다. '섹시한 살인'이라는 독자가 가장 자주 눈
에 띄었는데, 그 아이디만으로도 구역질이 날 것 같았다. 그 댓글에

대나지의 새 만화가 링크되어 있었다. 희중은 그걸 클릭했고, 순간 얼굴에서 핏기가 가셨다.

반쪽이 사라지고 반쪽만 남은 아이의 그림이 거기 있었다. 반쪽만 남은 몸으로 허공을 향해 애절하게 손을 뻗고 있는 아이…… 그러나 희중의 얼굴에서 핏기를 앗아간 것은 그 그림이 아니라 그 그림에 딸려 있는 캡션이었다.

아이가 울고 있었어. 죽게 될 걸 알았던 거지. 그런데 누구의 죄로 죽는 걸까? 불쌍한 아이는 절대로 알지 못할 거야. 아버지, 누구의 잘못인지 얘기해줄래요?

11

아래층 남자다.

한밤중도 아닌 대낮에 아래층 남자가 벨을 누르고 있다. 백주는 인터폰 화면을 바라보면서 꼼짝도 하지 않았다. 자신이 아무런 반응을 보이지 않으면 아래층 남자는 그대로 돌아갈 것이다. 그러는 편이 더 나을 것 같았다. 아래층 남자와는 더 나눌 말이 없었다.

화면에 비친 남자의 얼굴은 예민해 보였고, 날이 선 듯한 눈빛도 느껴졌다. 오전에 자신이 잡았던 중학생 아이의 눈빛이 떠올랐다.

어, 공주님이네. 공주님이 맞았네.

아이가 그를 알아봤었다.

공주님은 이제 죽었어, 씨발.

아이를 신고한 것은 그 눈빛 때문이었다. 처음에는 외면했지만 시간이 흐를수록 막아야 한다는 생각이 들었다. 지금은 차를 긁는 정도지만, 나중에는 무엇을 긁고 무엇의 옆구리를 쑤셔대고 싶을지 알 수 없으리라.

아래층 남자 역시 마찬가지였다. 아래층 남자는 위험해 보였고 그 것은 여자 역시 마찬가지였다. 다만 종류가 다르고 방향이 다른 위험일 뿐이었다. 그것이 그가 밤새 내린 결론이었다. 귀신의 울음소리 같은 건 없었다. 그가 들었던 아이의 울음소리는 컴퓨터의 동영상에서 울려나온 것이었다. 그와 여자만 들었던 것도 아니었다. 옆집 노인의 말에 의하면 수시로 이 집 저 집에서 항의를 했다고 했다. 문도 두드려보고, 경비실로 항의를 넣어보기도 했고, 누군가는 악을 써서 욕을 하기도 했다고 했다. 그러니까 누구나 그 소리를 들었고, 누구든 그 소리에 짜증이 났었다는 말이었다.

죽은 아이의 생전 모습을 동영상으로 돌려 본다는 게 이상한 일일 것은 없었다. 이상하기는커녕 지극히 자연스러운 일이리라. 수시로 돌려 보다 못해 하루 온종일, 일 년 열두 달 내내 꼼짝도 않고 그 자리에 앉아 보고 있을 수도 있으리라. 아이를 가져본 적은 없으나 그 정도는 짐작할 수 있고, 이해할 수도 있는 일이었다. 그러나 문제는 그게 아니었다.

문제는 여자가 그 소리를 현재진행형으로 느끼고 있다는 사실이었다. 여자는 살아생전 아이의 울음소리를 듣고 있는 것이 아니라 지금 울고 있는 아이의 울음소리를 듣고 있는 거였다. 여자가 한때는 아이의 것이었던 작은방의 문을 못 연다는 걸 여자의 남편이 모를 리 없었다. 여자가 정신적으로 심각한 장애를 앓고 있다는 건 백주보다도 남편인 아랫집 남자가 더 잘 알고 있을 일이었다.

"가스라이트라는 영화가 있어. 히치콕 영화지."

언젠가 삼촌이 말한 적이 있었다.

"히치콕한테 그런 영화가 있다고?"

백주는 히치콕의 열렬한 팬이었다. 그러나 히치콕의 영화 중에 '가스라이트'라는 게 있다는 건 알지 못했다. 삼촌이 틀린 게 틀림없었다. 그러나 그걸 지적해서 논점이 다른 데로 흘러가게 되기를 바라지 않았기 때문에 백주는 그냥 들었다.

"가스라이트가 밝아졌다 어두워졌다 그러면서 밤마다 천장에서 무슨 소리가 들려."

"무슨 소리가?"

"발소리야. 근데 여자한테만 들려. 남편은 여자가 제정신이 아니라고 말해. 그런데 사실은 어땠을까? 이 영화 장르가 스릴러야. 1940년대 스릴러 흑백영화라고. 어땠을 거 같아?"

"조지 큐커."

"뭐?"

"히치콕이 아니라 조지 큐커."

삼촌이 잘난 체하느라 가스라이트라고 말하지 않고, 그냥 가스등이라고 말했으면 백주는 처음부터 알아들었을 것이다. 그랬다. 〈가스등〉…… 백주 역시 그 영화를 떠올리지 않을 수 없었다. 그러니까, 아내의 재산을 가로채기 위해 아내를 정신병으로 몰아가는 남편의 이야기……

마침내 계속해서 울리던 벨소리가 끊겼다. 아래층 남자가 그대로 돌아가려는 모양이었다. 백주도 인터폰을 향해 서 있던 몸을 돌렸다. 그러나 잠시 후, 백주는 현관으로 가 문을 열었다. 엘리베이터 쪽으로 걸어가고 있던 남자가 등을 돌렸다.

"무슨 일이십니까?"

"들어가도 되겠습니까?"

백주의 물음에 희중이 되물었다. 백주는 현관문을 좀더 넓게 열어 들어오라는 뜻을 보였다.

앉으라는 말도 하지 않았는데 아래층 남자는 뚜벅뚜벅 걸어가 소파에 앉았다. 늘 아래층 여자가 앉던 그 자리였다. 희중이 백주를 올려다보고, 다짜고짜로 말했다.

"당신, 뭐요?"

"뭐라고 그러셨습니까?"

"당신, 뭐냐고."

이자가 또 술을 처먹은 게 아닐까. 어이가 없어 백주가 아무 대꾸도 하지 못하는 동안, 희중이 말을 이었다.

"우리집에 대해 뭘 알고 있소? 집사람이 당신한테 뭘 얘기한 거요?"

"무슨 말인지 못 알아듣겠는데요."

"아이가 죽었소."

어이없는 와중에도 백주는 그 말만큼은 아무 대꾸도 할 수가 없었다.

"겨우 팔 개월 된 아이가 사고로 죽었어. 아이 엄마와 내 심정이 어떨지 짐작이나 할 수 있어?"

이랬소, 저랬소 하던 의고체의 말투가 어느새 완전히 반말로 바뀌어 있었다. 그래도 백주는 아무 대꾸도 할 수가 없었다. 짐작이나 할 수 있겠느냐고 물었지만, 그야말로 그 심정을 짐작조차 할 수 없을 것 같았기 때문이었다. 적어도 아래층 여자의 심정에 대해서라면, 분명히 그랬다.

"그런데 그걸 만화로 그려? 그것도 그런 식으로 추악하게!"

백주의 입이 벌어졌다. 도대체 이자가 무슨 소리를 하고 있는 건가. 백주도 더이상은 입을 다물고만 있을 수 없었다.

"무슨 소리를 하고 있습니까, 도대체?"

희중이 갑자기 몸을 일으켜 백주에게로 달려든 것이 그때였다. 그러나 불행히도 희중은 상윤 같은 싸움꾼이 아니었다. 아무리 불시의 기습이었다고는 해도 백주에게 희중은 상대가 아니었다. 희중은 백주를 덮치는 대신 백주에게 밀려 바닥으로 내동댕이쳐졌다. 희중이 다시 한번 몸을 일으켜 달려들었지만, 역시 마찬가지였다. 마치 예닐곱 살 아이가 덩치가 산만한 어른을 상대하는 꼴이었다. 달려들고 밀어내고, 또 달려들고 또 밀어내는 싸움 같지도 않은 싸움이 몇 차례 더 이어지는 동안, 희중은 제풀에 완전히 지쳐버렸다. 희중이 바닥에 나자빠진 채 다시 일어나지 못하고, 주먹을 쥐었던 손을 풀어 얼굴에 얹었다. 울음이 터져나오는 걸 감추는 듯한 모습이었다.

"네가 짐작이나 해? 내 마음이 어떤지…… 네가 짐작이나 하냐고."

얼굴을 가린 채로 희중이 중얼거리듯 말했다.

"그애가 죽은 모습을 네가 봤어? 그애가 죽은 모습을 봤으면…… 이 개새끼, 네가 그럴 수가 있냔 말이야."

백주는 어이가 없었고, 기가 막혔지만, 그 와중에도 마음이 흔들리는 것은 어쩔 수가 없었다. 어떻든 이자도 아이를 잃은 자였던 것이다.

백주는 그다지 유명한 작가가 아니었다. 실은 거의 무명 작가라고 말하는 편이 옳을 것이다. 그러나 광적인 팬들이 벌이는 소동에 대해서는 들어서 아는 것들이 있었다. 광적이거나, 혹은 진짜 미친 것이거나, 팬이라고 주장하는 자들이 왜 내 얘기를 그리는 거냐고 따지는 일이 종종 있다고 했다. 유에프오에 납치되어 외계인에게 모종의 수술을 당한 게 바로 자기라는 독자들은 너무 많아 셀 수도 없을 지경이라고 했다. 어떻게 전화번호를 알아냈는지 한밤중에 전화를 걸어와 흐느껴 우는 여자도 있다고 했다.

백주가 그나마 이름을 알리게 된 만화는 〈잠자는 숲속의 공주〉가 유일했다. 그러나 누구도 자기가 바로 그 공주라고 주장하지 않았고, 자기가 지질한 왕자라고 주장하는 사람은 더군다나 없었다. 물론 아래층 남자가 말하는 만화가 〈잠자는 숲속의 공주〉가 아니라는 건 모르지 않았다. 하필이면 죽은 아이가 등장하는 새 만화…… 조회수도 별로 안 됐고, 그나마 연재를 중단해버린 그 만화를 아래층 남자가 어떻게 알고 보게 되었는지는 알 수 없었지만, 이 남자와는 아무 상관도 없는 만화였다. 이 남자를 알기도 전에 그리고 이 남자의 아이가 무슨 일인가로 잘못되었다는 것을 알기도 전에 시작한 만화였고 이사를 오기 전에 중단해버린 만화였다. 겨우 몇 컷 그리지도 않은 만화였으니 그 만화의 결말이 어떻게 될지는 아직 누구도 알지 못했다. 심지어는 만화를 그린 당사자인 백주 자신조차도.

그러나 정말이지 그 만화는 이 남자 혹은 그 여자와 아무 상관도 없는 것일까. 자신은 어쩌다가 그런 만화를 그리게 된 것이고 어쩌다가 이 남자 그 여자와 이런 식으로 얽히게 된 것일까. 혼란스러운 와중에 마음이 약해져 백주는 쓰러져 있는 남자에게 손을 내밀었다. 어떻든 아이를 잃은 남자인 것이다. 남자가 손을 잡지 않았으므로 백주가 어깨를 잡아 일으켜주었다. 남자는 고분고분히 일어나 앉았다. 그러나 일어나 앉자마자 다시 주먹을 날렸고, 이번에는 백주도 한 방 얻어맞지 않을 수 없었다.

"이런, 젠장, 씨발!"

백주의 입에서 욕설이 터져나왔다.

"그따위 만화 없애버려! 안 그러면, 이 개자식, 내가 널 찢어발겨 죽여버릴 거야!"

백주는 얻어맞은 코를 손으로 훔쳤다. 코피는 흐르지 않았다. 그러나 머릿속과 마음속이 얻어맞은 코보다 더 얼얼했다. 도대체 이들에게, 그리고 자신에게 무슨 일이 벌어지고 있는 것인지 알 수 없는 혼란스러움 때문이었다.

12

고속도로는 막힘없이 뚫렸다. 희중은 고속도로에 진입해서야 어머니에게 전화를 걸었다. 집전화는 연결되지 않았다. 수차례 다시 걸었을 때에야 통화가 연결됐다. 부엌에 있었다고 했다. 부엌에서 전화기까지 오는 시간이 그렇게 오래 걸릴 만큼 어머니의 허리가 아직도 안 좋은 모양이었다. 그래도 어머니는 오지 말라는 말부터 했다.

"이젠 괜찮다니까 뭐하러 또 오고 그러니."

"아무튼 갈게요."

"집에 순대가 좀 있는데……"

어머니는 어느새 순댓국을 끓일 생각을 하고 있는 것이다. 희중이 어머니를 말릴 수 있는 방법은 한 가지밖에 없었다.

"나, 순댓국 싫어요."

어머니가 실망을 하든 말든 희중은 그렇게 말했다.

그랬음에도 희중이 대전집의 대문을 들어서자마자 구수한 냄새가 진동을 했다. 순댓국은 아니었으나 추어탕이었다. 대체 그사이에 어디서 추어탕거리를 준비할 수 있었던 것일까. 차라리 처음부터 집에 있다는 순대를 끓이라고 하는 게 나았을지도 모른다.

추어탕이든 순댓국이든 식욕이 돌지 않는 것은 마찬가지였다. 생각해보니 이상한 일이었다. 대학을 서울에서 다닐 동안, 그는 지방에서 올라온 다른 친구들과는 달리 어머니가 해주는 집밥을 그리워해본 적이 없었다. 자기 엄마의 음식 솜씨가 형편없다고 말하는 친구들을 몇몇 본 적이 있기는 하지만, 희중의 어머니는 그렇지 않았다. 어머니의 음식 솜씨가 나쁘다고 생각해본 적은 없었고, 정갈하지 못하다고 생각해본 적은 더군다나 없었다. 국 한 솥을 끓이면 그 솥을 다 비울 때까지 내리 한 가지 국만 올리는 사람도 아니었다. 아버지가 일찍 돌아가신 후, 어머니는 희중만을 위해 살았다.

그렇더라도 궁핍한 삶은 어쩔 수 없었다. 아버지가 세상을 뜬 후 어머니는 극도로 근검한 생활을 이어가지 않을 수 없었다. 고깃국을 먹어도 고기가 넉넉하게 들어간 적이 없었다. 그러나 재료를 아껴야 했기 때문에 어머니는 더 요리법에 신경을 썼고, 그것은 대체로 성공적이었다. 어머니가 멸치 한 마리 넣지 않고 쌀뜨물만으로 끓여낸 김칫국은 맛있었다. 시래기무침도 무나물도 맛있었다. 조안은 어머니의 시래기무침이 세상에서 가장 맛있는 음식이라고 감탄하곤 했었다.

그런데 왜 어머니의 음식이 그리운 적이 한 번도 없었을까. 어머니를 그 궁핍으로부터 구해낼 수 있는 사람이 자신밖에는 없다는 생각 때문이었을까. 어느 정도는 사실일 수도 있을 것이다. 그는 어머니가 얼마나 악착같이 돈을 아끼는 줄 알았기 때문에 입시를 준비할 때조차도 학원비를 내야 하는 것이 미안했다. 대학 시험을 치를 때는 여러 학교의 원서를 사는 것도 미안했다. 어머니가 그에게 눈치를 준 적이 없었음에도 그 스스로 그런 눈치에 익숙해져버렸던 것이다.

결혼을 앞두고 조안과 함께 살 셋집을 구할 때, 어머니가 전셋값의 상당 부분을 내주었다. 어머니에게 그렇게 큰돈이 있을 줄은 상상도 못해본 일이었다. 이건 원래부터 네 거다. 깜짝 놀란 희중에게 어머니가 한 말이었다. 느이 아버지 보험금이야. 불리지는 못했다. 축도 났고. 사고로 세상을 뜬 아버지에게 생명보험이 있는 줄은 알고 있었지만 그 돈이 얼마나 되는지는 알지 못했고, 게다가 그 돈이 여전히 남아 있으리라고는 생각도 못했던 일이었다. 어머니가 내민 돈은 결코 적은 돈이 아니었다. 어머니의 말 그대로 '불리지는 못했고 축만 냈다'는 걸 감안한다면, 그리고 아버지가 세상을 뜬 후 어머니가 제대로 된 돈벌이를 한 적이 한 번도 없다는 걸 감안한다면, 수령 당시에는 상당한 액수였을 것이 틀림없었다. 떵떵거리며 살지는 못했더라도 그토록 애면글면 궁핍하게 살지는 않아도 좋았을 만큼은 말이다.

희중의 '신혼집 구하기 프로젝트'가 갑자기 업그레이드되었다. 조안은 전셋집을 구하기도 전에 당장 내 집 마련의 계획에 돌입했다. 종잣돈이 있으니 희중과 자신의 월급을 잘만 모으면 내 집 마련이 그리 어려운 일도 아니라고 꿈에 부풀기 시작한 것이다. 그리하여 이번에는 조안이 극도의 근검과 내핍생활로 돌입했다. 음식의 재료값까지 아끼는 것도 어머니와 똑같았다. 그러나 재료값을 아끼면서도 요리법에는 전혀 신경을 쓰지 않았기 때문에 조안의 음식은 늘 형편없었고 때로는 끔찍할 지경이었다. 그러나 그때조차도 희중은 어머니의 집밥을 그리워한 적이 없었다.

희중이 집안으로 들어섰을 때 어머니는 아픈 허리를 한 손으로 짚고 비스듬히 선 채로 국솥을 들여다보고 있었다. 국솥에 집중하느라 그가 들어서는 소리도 듣지 못했던 어머니가 그토록 늙은 나이에 어울리지 않게도 '엄마야!' 소리를 질렀다. 희중의 입에서 실소가 터져나왔다. 엄마는 엄마의 엄마를 엄마라고 불러본 적이나 있을까.

"추어탕 끓여요?"

"어제 노인정 사람이 좀 갖다준 게 있어서. 어찌나 짜던지 물 좀 붓고 다시 데우기는 하는데 맛이 나려나 모르겠다."

어머니의 말이 사실인지 거짓인지 알 수가 없었다. 어쨌든 추어탕은 희중이 좋아하는 음식 중의 하나였다.

어머니와 함께 이른 저녁이 시작되었다. 추어탕은 맛있었다. 식욕이 전혀 없었음에도 희중은 그 맛에 이끌려 한 그릇을 다 비웠다. 어머니가 그런 희중을 흐뭇하고도 아픈 시선으로 바라보았다. 한동안은 잊고 있었지만 기억해보면 익숙한 시선이었다. 그러니까 아픈 시선.

아버지가 돌아가신 이후로 어머니는 희중을 아주 오랫동안 그런 시선
으로 바라보았다. 그 시선이 다시 돌아온 것이다.

"밤에 올라갈 거지?"

"아뇨. 자고 가려고요."

"왜?"

왜라니. 희중은 어머니의 시선을 피한 채로 말했다.

"조안한테도 자고 간다고 말해두고 왔어요."

"왜?"

또다시 묻는 왜.

"그냥. 엄마랑 자고 싶어서요."

이번에 어머니는 다시 묻지 않았다. 대신에 아픈 눈빛이 더욱 짙어
졌다.

"추어탕, 아버지가 좋아하시던 거죠?"

어머니가 희중을 말없이 바라보았다. 왜 느이 아버지 이야기를 꺼
내는 거냐, 묻는 듯한 눈빛이었다. 사고 후부터 당신은 툭툭 던지듯이
아버지 얘기를 했지만 희중이 먼저 꺼내는 적은 결코 없었다. 간격을
두고서야 어머니는 희중의 말을 받았다.

"그래. 그 양반이 아주 사족을 못 썼지."

"아버지랑 닮은 사람을 봤어요. 볼수록 어찌나 닮았던지, 아버지가
살아 계셨으면 저렇게 나이드셨겠구나 싶더라고요."

"살았으면 파파 할아버지일 텐데. 기운도 못 쓰고 허리도 다 꼬부
라지고 그랬겠지."

희중의 아버지는 거한이었다. 백곰만큼은 아니었지만, 그 시절에

희중은 자신의 아버지만큼 키가 크고 몸집이 좋은 사람을 본 적이 없었다. 백곰처럼 볼썽사나운 게 아니라 근사했다는 뜻이다. 생긴 것도, 어디서 혼혈 피를 물려받지 않았나 싶게 이국적인 생김새를 갖고 있었다. 희중은 그런 아버지의 유전자 중에 어느 것 하나도 물려받은 게 없었다. 그러나 기차사고 이후에 생각이 달라졌다. 암이나 당뇨처럼, 혹시 횡사도 유전이 아닐까.

"……사고도 유전이 아닌가 모르겠어요."

어쩌자고 그런 말이 불쑥 튀어나왔는지 모를 일이었다. 그런 말이 늙고 연약한 어머니를 얼마나 괴롭힐지 모를 리가 없었다. 그러나 말이 생각대로 나온 것이 아니라 그냥 튀어나와버렸다. 추락사고로 죽은 아버지, 기차사고로 죽은 아이…… 희중도 큰 사고를 한번 당할 뻔한 적이 있었다. 아무 생각도 없이 길을 걷고 있는데, 귀가 찢어질 듯한 굉음이 울렸다. 폭탄이 터지는 것 같은 소리였다. 놀라서 옆을 돌아보았을 때, 유리가 박살이 나 있었다. 올려다보니 건물 베란다에서 여자 하나가 난간을 붙들고 서 있는 것이 보였다. 액자인지 거울인지, 뭔가를 떨어뜨린 사람이 정작 희중보다도 더 놀라서 입과 눈과 콧구멍, 벌릴 수 있는 모든 것을 크게 벌린 채 희중을 내려다보고 있었다.

그는 집에 돌아와서야 자신의 다리와 발목에 생긴 상처들을 발견했다. 두꺼운 청바지를 입고 있었는데도 유리 파편이 튀어 청바지를 뚫고 그의 다리와 발목에 박혀 있었던 것이다. 유리가 떨어졌을 때는 놀라고 당황하느라 미처 느끼지 못했던 통증이, 그러니까 칼에 찔리고 베이는 것 같은 통증과 공포가, 다리가 아니라 가슴으로부터 전해져 와 그는 거의 발작적인 몸서리를 쳤다.

그러니까 사고…… 세상은 온갖 위험한 일들로 가득 차 있고, 그 위험을 피하거나 피하지 못하는 것은 그저 운명에 따른 일일 뿐이다. 희중의 운명. 어머니의 자궁 속으로부터 시작되었을 운명. 희중은 지쳤고, 피곤했고, 두려웠다.

어머니는 식탁만 내려다보는 자세로 꼼짝도 하지 않았다. 세상에서 들을 수 있는 가장 무서운 말을 들었다는 듯이. 어머니의 어깨가 떨리고 있었다.

"죄송해요."

희중이 뒤늦게 말했지만, 이미 내뱉은 말을 주워담을 수는 없는 노릇이었다. 어머니가 말없이 일어서서 주섬주섬 그릇들을 치우기 시작했다.

13

뭐하고 있어? 약은 챙겨 먹었고? 난 일찍 잘 거야. 당신도 잘 자.

응답이 오지 않을 문자를 또 한번 보냈다. 조안에게 보낸 문자대로 그는 일찍 잠자리에 들 생각이었다. 가능할지는 모르겠지만 내처 자서 이튿날 아침까지 길게 늦잠을 자고 싶기도 했다. 아무 꿈도 꾸지 않고, 그냥 죽은 듯이 잘 수만 있다면.

잠은 쉽게 오지 않았다. 그러나 그는 끈질기게 눈을 감고 있었고, 서서히 잠과 현실의 경계가 뭉개졌다. 조안이 집을 나가고 있었다. 신발도 신지 않고, 맨발로 뛰어나가는 조안. 머리카락이 전부 어깨 아래로 쏟아져내려 산발이 되어 있는 조안. 어딜 가려는 거야, 조안. 넌 아프단 말이야! 나가면 안 돼! 희중이 이부자리 속에서 몸부림을 쳤다. 조안은 다시 집안에 있다. 그리고 고요히 미소짓고 있다. 조안의 손을 잡아 가만히 자신의 손바닥 위에 올려놓는 희중. 그리고 마주 미소짓는 희중. 고마워, 조안. 살아 있어줘서 고마워. 아무데도 가지 않고 내 곁에 있어줘서 고마워. 희중은 또 난데없이 공원에 있다. 회전목마가 돌아가고 있는 공원이다. 조안이 아이를 안고 회전목마를 타고 있다. 손을 흔드는 조안, 입만 벌려 벙긋 웃는 아이. 그리고 찰칵찰칵하는 소리. 사진을 찍고 있는 것이다. 일 분만 지나도 세상의 모든 것이 다 변하겠지만, 일 초만 지나도 그렇게 되겠지만, 순간은 기억 속에 저장되어 변하지 않을 것이다.

찰칵, 찰칵, 찰칵.

아니다. 사진을 찍는 소리가 아니다. 그 소리는 틱톡 틱톡 틱톡으로 변한다. 손가락으로 무언가를 두드리는 소리. 단조롭게, 그러나 규칙적으로. 아이 하나가 달려가고 있다. 몇 살쯤이나 되었을까. 아주 어려 보인다. 그의 아이가 몇 년만 더 자랐으면 저런 뒷모습이 되었을 것 같다. 부드럽게 뒤통수를 덮은 여린 머리카락, 앙증맞은 엉덩이, 반바지 아래로 드러난 토실한 종아리. 돌아보렴, 아이야. 네가 누군지 보고 싶다.

틱톡, 틱톡, 틱톡.

아이가 돌아보았다. 희중의 입에서 헉하는 소리가 터져나온다. 아이의 얼굴이 공포에 질려 있다. 뒷모습만으로는 사내아이인 줄 알았는데, 여자애였다. 커다랗게 벌어진 눈이 무언가를 바라보고 있다. 무슨 일인가가 벌어지고 있다. 엄청난 일이, 세상을 전부 뒤바꿔버릴 그런 일이.

삐익!

기차바퀴가 선로를 긋는다.

그리고 너는 영원히 사라지는 거야, 토마스.

잠에서 깨었을 때는 아직 자정도 되기 전이었다. 온몸이 땀투성이
인데다가 머리카락이 가닥가닥 젖은 이마에 달라붙어 있었다. 희중은
부들부들 떨리는 손으로 머리맡에 놓아두었던 핸드폰을 끌어당겼다.

사랑해, 조안. 정말로 사랑해.

그 간단한 문자를 찍는데 몇 번이나 손가락이 빗나갔다. 마침내 다
찍을 수는 있었지만 전송 버튼을 누르는 대신 두 손으로 얼굴을 덮었
다. 울음이 쏟아져나오려고 하는 것이다.

어머니가 문가에서 그를 바라보고 있다는 것을 안 건 잠시 후였다.
그가 땀과 눈물로 완전히 젖은 얼굴을 들어올렸을 때, 어머니는 그의
방안으로는 차마 들어서지 못하고 문가에 쪼그려앉았다.

"그저 사고였다는 걸 너도 알지 않니."

희중은 고개를 끄덕였다. 어머니는 그쯤에서 일어섰어야 했을 것이
다. 그러면 희중은 고개를 다시 한번 끄덕였을 것이고, 그리고 또 잠
을 잤을 것이고, 그리고 또 하루의 아침을 맞이하게 되었을 것이다.
그러나 어머니는 일어서지 않았고, 마침내 말하고 말았던 것이다.

"잊어버리라고 했잖니. 잊어버리고 또 잊어버리라고. 그래서 네 맘
속에서 아주 없애버려야 한다고."

희중이 멍한 눈빛으로 어머니를 바라보았다. 어머니가 지금 하고 있는 말은 무엇인가.

"넌 그때 겨우 열두 살이었어. 열두 살 아이가 뭘 알았겠니."

희중의 멍하던 얼굴이 점차 창백해졌다. 그러다가는 갑자기 새빨갛게 달아오르고, 다시 창백해지기를 거듭했다. 그러는 동안 어머니는 문가에 쪼그려앉아, 마치 주문 같은 말을 반복하기 시작했다. 아니, 그것은 주문 같은 말이 아니라 그대로 주문이었다. 하나님 아버지 부디 내 죄를 용서하여주시고, 하늘에서 죄가 사하여지는 것과 같이 이 땅에서도 사하여지게 하옵시며, 이 죄가 없게 하여주옵시며, 남은 자는 오직 광록 속에 있게 하옵시며, 죄를 증거하지 않게 하여주옵시며……

"입 닥쳐!"

희중의 입에서 터져나온 말이었다. 그가 어머니에게 그만 하세요도 아니고 조용히 하세요도 아니고, '입 닥쳐!'라고 말한 것이다. 그러나 어머니는 '닥치지' 않았다. 그 죄를 이 땅에서 사라지게 하시며, 하늘에서 불과 기름 지옥의 벌을 받게 하실 것이며, 하나님 아버지, 당신의 뜻이 이루어지게 할 것이며……

아아, 이것은 아마도 꿈일 것이다. 어머니에게 입 닥쳐, 라니. 꿈이 아니라면 자신은 어떻게 그런 말을 할 수가 있겠는가.

이별보다 멀거나 낯선

1

희중의 아버지는 사고로 사망한 것이 아니었다. 아버지가 약초 캐는 것을 광적으로 좋아했고, 그날이 등산하기에는 좋은 날씨가 아니었던 것이 사실이기는 했지만, 거의 산사람에 가까웠던 아버지가 그렇게 부주의하게 추락사고를 당했을 리는 없었다. 아버지는 스스로 목숨을 끊으면서 자신의 죽음을 사고사로 위장했다. 보험금 때문이었다.

그런데 스스로 목숨을 끊어야 할 만큼 절박한 상황에 처한 사람이 뒤에 남겨질 가족을 그런 식으로 걱정할 수 있는 걸까. 자신의 죽음을 사고사로 위장하기 위해 몇 날 며칠 계획을 짜고, 현장을 답사하고, 모의실험을 해보고 그럴 수 있는 걸까. 그런 게 과연 죽겠다는 사람의 마음일 수 있는 걸까.

나이가 들어갈수록 아버지의 죽음에 대한 의혹이 점점 더 짙어졌다. 실은 아버지의 죽음값으로 살아간다는 생각에서 벗어나고 싶었던 것일지도 몰랐다. 어머니가 유지했던 극도의 내핍생활이 그에게 경제적인 고통을 주었던 것은 아니다. 어머니가 그에게 구멍난 양말을 신긴 적은 없었고, 작아져서 발목이 껑충해진 옷을 입힌 적도 없었다. 풍성한 반찬으로 밥상을 차리지는 않았어도 그렇다고 해서 배를 곯은 적이 있었던 것도 아니었다. 다른 친구들처럼 온갖 학원을 다 다닐 수는 없었지만, 학업에 관련된 학원은 다녔다. 그의 결핍이란 고작 다른 친구들이 모두 갖고 있는 게임기를 갖지 못한다거나 늘 구사양의 컴퓨터나 핸드폰을 써야 한다는 것 정도였는데, 그런 걸 불만으로 생각하지 않을 만큼 그는 빨리 철이 들었다. 아버지가 일찍 죽은 집의 외아들이란 게, 그렇게 될 수밖에 없는 노릇이었다.

그러니까 그것은 돈과 상관된 것이 아니라 마음속에 우물처럼 고여 있는 우울, 말하자면 부채의식에 관한 것이었다. 그는 얼마든지 홀로 된 어머니의 외아들 노릇을 감당할 수는 있었지만 그걸 아버지의 죽음값으로 하고 싶은 생각은 없었다. 그래서 그는 생각하고, 또 생각했다. 아버지에겐 아마도 다른 이유가 있었을 것이다. 돈 말고도 다른 이유가. 남겨질 아내와 자식에 대한 걱정 말고도 다른 이유가.

아버지의 유서를 발견한 것은 불행히도 어머니가 아닌 희중이 먼저였다. 그날 어머니는 교회에 있다가 아버지의 사고 소식을 들었다. 아버지는 어머니가 교회에 간 후에 집을 나서면서 봉투 하나를 화장대 위에 남겨두었다. 풀로 단단히 봉해둔 봉투에는 '희중 어머니 보시오'라고 쓰여 있었다. 아버지는 어머니가 교회에서 돌아와 그 편지를 읽게 될 것이라고 믿었을 것이다. 그러나 그날따라 어머니는 교회에서 점심을 먹었고, 오래 머물렀으며, 집으로 돌아오기도 전에 그곳에서 사고 소식을 듣게 되었다. 어머니는 곧바로 병원으로 달려가 장례가 끝날 때까지 장례식장에만 머물렀다. 어머니의 여동생인 이모가 그동안 집과 병원을 오고갔다.

희중이 처음부터 그 봉투를 뜯어볼 생각을 했던 것은 아니었다. 집어들 때는 그저 그걸 어머니에게 가져다줄 생각뿐이었는데, 그것이 주머니 속에 들어가는 순간, 그는 자신이 이미 홀어머니의 외아들이라는 걸 자각했고, 동시에 엄숙한 소명의식 같은 게 생겨나버렸던 것이다. 고작 열두 살 나이에 말이다. 아니다. 거창하게 말해 뭐하겠는가. 기껏해야 단순한 호기심이었을 것이다.

'당신에게 미안하오. 미안할 뿐이오.'

그토록 짧은 편지에는 희중에게 남긴 말은 한마디도 없었다. 어린 자식에게는 미안하지도 않았던 것일까. 희중은 그것을 어머니에게 가져다주는 대신 화장대 서랍에 도로 넣어두었다. 봉투는 버렸다. 자신이 그걸 먼저 보았다는 걸 어머니가 알아서는 안 될 것 같았기 때문이었다.

어머니가 언제쯤 그 사실을 알게 되었는지는 알 수 없다. 엄마 화장대에서 뭐 봤니? 어머니가 조심스럽게 물었을 때 희중은 뭘요? 되물으면서 시침을 뗐다. 그러나 열두 살짜리의 시치미라는 게 얼마나 어설펐겠는가. 분명히 그랬을 것이다. 혹은, 아무리 설득을 해도 희중이 절대로 다시는 교회에 가지 않겠다고 고집을 피울 때 어머니는 뭔가 이상한 예감을 느꼈을 수도 있다. 그즈음엔 이미 독실을 넘어 광신의 지경에 이르러 있던 어머니가 억지로라도 희중을 끌고 가기 위해 손목을 잡았을 때, 희중은 발작을 일으켰다. 마치 영화 〈엑소시스트〉의 주인공처럼. 몸 안에 악령이 들어오기라도 한 것처럼. 죄와 가혹한 벌을 그야말로 가혹하게 강조하던, 이단이라고 손가락질을 받던 교회였다. 어머니를 좇아 그 교회에 갔다온 날마다 희중은 벌을 받는 악몽을 꾸곤 했다. 아버지가 죽고 난 후에는 악몽이 아니라 발작이었다.

아버지는 스스로 목숨을 끊은 것이 분명했다. 그런 편지를 남긴 후 우연히 사고를 당했을 리 없다. 세상에 그런 우연이 어떻게 있을 수 있단 말인가. 아버지는 스스로 목숨을 끊으면서 자신의 죽음을 사고사로 위장한 것이다.

그런데 왜 그래야 했을까? 보험금 때문에? 오직 보험금 때문에?

아버지는 중학교 생물선생이었다. 학생들이 좋아하는 선생이었는지, 아니면 모욕적인 별명으로 불리는 선생이었는지는 모른다. 아버지가 자신의 직업을 좋아했는지 아닌지에 대해서도 마찬가지다. 간혹 아버지는 어머니에게 학생들의 험담을 늘어놓았고, 선생 똥은 개도 안 먹는다는데, 따위의 말을 하기도 했다. 그러나 때로는 어떤 학생의 시험 성적이 놀랍게 올랐다며 마치 그게 자기 자식의 일이기나 한 것처럼 기뻐했고, 스승의 날에 학생들에게서 받은 소소한 선물들을 자랑하기도 했다.

일이 벌어졌던 것은, 그해의 여름방학 때였다. 여덟 살짜리 여자아이 하나가 학교 창고에서 살해된 채로 발견되었다. 손바닥만한 소도시에서 일어난 그 사건은 그야말로 어마어마한 사건이어서 열두 살짜리 아이들조차도 온종일 그 사건에 대해서만 떠들고 다녔다. 희중은 친구들 사이에서 갑자기 영웅이 되었다. 아버지가 그 학교 선생이었기 때문에 그가 꾸며대는 모든 말들이 다 사실인 것으로 받아들여졌던 것이다. 희중은 매일매일 새로운 이야기들을 꾸며냈다. 죽은 아이가 발견되었을 때의 모습이며, 경찰이 어떻게 조사를 하고 무슨 말을 했는지 같은 걸 꾸며내다가 나중에는 한밤중에 그 창고 근처에서 귀신이 나온다는 말까지 꾸며냈다. 희중이 워낙 말을 잘해서가 아니라 사건 자체가 워낙 흥미진진했기 때문에 아이들은 희중의 말이 사실이든 아니든 상관도 않고 그 이야기에 빠져들었다.

그러나 이야기는 곧 바닥이 났다. 귀신보다 더 무서운 이야기가 필요했다. 그렇다면, 아버지의 옷에 묻은 핏자국 같은 건 어떨까. 아버지의 바지주머니 속에 여자아이의 머리핀이 있었다고 하면 어떨까. 음산하게 비가 쏟아지던 날 아버지가 집에 돌아와 우산을 접었는데, 그 우산 아래로 핏방울이 뚝뚝 떨어지고 있었다고 하면 어떨까. 비가 억수같이 쏟아지던 밤 아버지가 산으로 올라가 야생초를 뽑은 자리에 대신 그 머리핀을 묻었다고 하면 어떨까. 그 머리핀이 묻힌 자리에서 노란 나비떼가 날아올랐다고 하면 어떨까.

물론 하늘에 대고 맹세코, 아무리 이야기라고는 해도 아버지를 살인자로 만들고 싶은 것은 아니었다. 아무리 열두 살 어린아이라고 해도 그런 생각을 할 수는 없는 것이다. 희중의 이야기 속에서 아버지는 목격자였고, 여자아이를 구하기 위해 범인과 필사적으로 혈투를 벌인 영웅이었다. 그렇다면 범인은? 그건 아버지도 모른다. 범인이 복면을 하고 있었기 때문이다. 조금 맥이 빠지는 결론이기는 하지만, 더는 달리 좋은 생각이 떠오르지 않았다.

아버지는 경찰의 조사를 받았다. 아버지만 받은 건 아니었다. 그 학

교 선생 모두가 조사를 받았다. 수위든 서무과 직원이든, 교감이나 교
장이든 마찬가지였을 것이다. 그리고 희중은 어느 날부터 갑자기 더
는 이야기를 꾸며내지 않았다. 이야깃거리가 떨어져서가 아니라 어쩐
지 모든 일들이 자신의 이야기대로 진행되어간다는 생각이 들어서였
다. 실은 그런 생각조차도 이미 이야기의 한 부분이었을지도 모른다.
그러나 아버지가 경찰의 조사를 받았다는 사실은 아무래도 마음에 걸
렸고, 의문의 한 남자가 그를 찾아왔을 때는 정말로 그랬다.

"진짜로 머리핀을 봤니?"

골목에서 희중을 기다리고 있던 남자가 물었다. 남자는 검은 우산
을 들고 있었다. 그날 오전에 폭우가 쏟아졌었다. 지독하게 낡은 우산
이었다. 접혀 있는데도 우산살 하나가 뻗어나와 있었다. 믿을 수 없을
정도로 뾰족한 우산살이었고, 그것은 희중이 이야기를 꾸며낼 때 범
인이 썼던 살해 무기 중의 하나이기도 했다. 그즈음에 비가 자주 내렸
고, 그런 날이면 희중이 친구들과 우산을 칼 삼아 전쟁놀이를 하곤 했
었다. 어느 날, 한 아이의 우산살이 희중의 팔뚝을 찔러 깊고 날카로
운 상처를 냈고, 핏방울이 뚝뚝 떨어졌었다.

아니다. 이야기 속에서는 우산살이 아니라 우산 끝이었던가. 열두
살짜리 어린아이는 아무리 이야기 속이라고는 해도 여자아이가 성폭
행을 당하고 마구잡이로 폭행을 당하고 목이 졸리는 것 같은 장면은
꾸며낼 수가 없었다. 범인은 그저 우산으로 여자아이를 마구 후려갈
겼을 뿐이다. 어린 희중의 이야기라는 게 고작 그 정도였다.

"어떻게 생겼니?"

남자가 물었다. 희중의 이야기 속 머리핀에 대해서였다.

"……"

"나비 모양이었니?"

"……"

"무슨 색깔이었니?"

희중이 끝내 아무 대답도 하지 않자 남자가 갑자기 희중의 손목을 거머쥐었다. 그러고는 허리를 숙여 희중의 눈을 노려보았다. 가느다란 눈매에 갈색 눈동자를 가진 남자였다. 그 가느다란 갈색 눈이 희중을 집어삼킬 듯했다.

희중은 무서웠다. 너무나 무서웠다. 자신을 잡아가려고 온 형사인 걸까. 아니면 복수를 하러 온, 죽은 여자아이의 아빠나 뭐 그런 사람인 걸까. 그런데 왜 나한테? 아니면 자신과 친구들처럼 그저 이야기를 좋아하는 사람인 걸까. 그랬으면 좋겠다는 생각이 들었다. 그러면 대답할 수 있을 텐데. 이야기는 끝났거든요. 이제 다 끝났거든요, 라고.

"노란색이었지? 그렇지?"

희중은 여전히 아무 말도 할 수가 없었다. 울음이 터질 것 같았고, 너무나 오줌이 마려웠다. 울면서 오줌을 누든가, 오줌을 누면서 울든가 둘 중 하나는 당장에 해야만 했다.

"말하지 못하겠니? 노란색 나비 모양 핀이었지? 그렇지!"

남자의 손에 잡힌 손목이 부러질 것만 같았다.

범인은 잡히지 않았다. 그리고 여름방학이 끝나가고 있었다. 아버지가 죽은 것은 개학을 일주일쯤 앞두었던 일요일이었다.

아버지가 죽은 후 어머니는 이모가 살고 있는 대전으로 이사를 했고, 그후로는 누구도 그 사건에 대해서 이야기하지 않았다. 어머니도, 이모도, 희중도. 마치 모두가 굳은 약속이라도 한 듯이. 이사를 한 후에도 어머니는 한참 동안 광신도로 살아갔다. 그 교회의 목사가 지옥불에 대한 설교를 하던 날까지. 지옥불이 죽은 자에게만 미치지 않고 대대손손 그 후대까지 미칠 것이라는 설교를 하던 날까지.

첫번째 발작 이후, 희중은 잊을 만하면 발작을 일으켰다. 스트레스가 극도에 달할 때면 그랬다. 시험 전날이라든가, 짝사랑하는 여자아이에게 편지를 쓴 밤이라든가, 노선이 바뀐 줄 모르고 버스를 한 시간 동안이나 기다렸을 때라든가. 그는 방안이나 교실, 혹은 거리에서 느닷없이 쓰러졌고, 한동안 정신을 잃었다가 깨어나곤 했다. 어머니가 여러 군데의 병원을 데리고 다녔지만 특별한 원인을 발견하지는 못했다. 그리고 대학에 들어간 이후로는 그런 발작 증상이 다시 나타나지 않았다.

그가 약사가 되려고 결심한 이유 중의 하나는 자신의 발작 증세 때문이기도 했을 것이다. 성적이 더 좋았다면, 혹은 학비 걱정을 안 해도 되었다면, 아마도 의대에 가려고 했을지도 모른다. 어쨌든 희중은 집을 떠나면서 우울했던 소년기와는 완전히 작별했다. 사 년만 버티면, 아버지가 그에게 남긴 빚으로부터도 자유로워질 것이라고 믿었다. 그는 열심히 공부했고 아르바이트도 무지막지하게 했다. 군대는 면제받았다. 발작 증세로 여러 군데의 병원을 다녔던 것이 면제 사유로 작용했다. 군대에 가고 싶은 마음이 전혀 없었기 때문에 그는 처음으로 자신이 발작을 일으키곤 했었다는 사실이 다행스럽게 여겨졌다.

아버지는 왜 죽었을까. 희중은 더는 생각하지 않았다. 죽음에 묻힌 모든 사연을 죽은 자에게 보내버렸다. 자신이 꾸며냈던 이야기들도 더는 생각하지 않았다. 그것까지도 죽은 자에게 보내버렸다. 그리고 조안을 만났고, 사랑했고, 행복했다. 어머니가 그의 집 전세금을 마련해주었을 때, 그는 정말로 오랜만에 아버지를 다시 기억했지만, 그러나 무한한 행복이 그의 우울한 기억을 눌러버렸다. 조안이 그토록 기뻐하는데 그 돈을 팽개칠 수는 없었다. 아버지는 오래전에 죽었고 다시 살아나지 않았다. 그러면 된 거 아닌가.

아이를 낳았을 때, 또 아버지가 기억났다. 그 망할 인간은 왜 그런 중요한 순간에만 떠오른단 말인가! 아무튼 아이는 아들이었다. 딸이 아닌 게 정말 좋았다. 딸이 여덟 살이 되면, 그는 어쩔 수 없이, 학교 창고에서 시체로 발견된 여자아이를 떠올리게 될 것이었다. 그러니 또 아이를 낳아도 아들이어야 했다. 그는 열한 명의 아들을 낳아 축구단을 만들 것이고, 그 아이들이 다 클 때까지 죽지 않을 것이며, 부질없는 유산을 남기지도 않을 것이다.

그런 세월이었다. 남보다 더하지도 않고 덜하지도 않게 행복했던. 아니, 어쩌면 남보다 조금쯤은 더 행복했을 수도 있었던. 사랑하는 아내, 사랑하는 아들, 이제는 온순하게 늙어가고 있는, 그러므로 사랑하는 어머니. 간혹 말썽을 부리기는 하지만 친동생이나 다름없는, 그러므로 사랑하는 상윤. 그들은 집을 사고, 약국을 개업하고, 그리고 축구단을 만들 것이다. 그런 세월이었던 것이다. 기차사고가 나기 전까지는.

아니, 조안이 투신을 하기 전까지는.

아니, 위층의 백곰이 나타나기 전까지는.

2

희중과 편의점 앞에서 헤어진 후 상윤은 도무지 마음을 가다듬을 수가 없었다. 풍부한 상상력이 다시 마구 뻗어나갔다. 희중이 허락을 하든 말든 조안을 만나야만 할 것 같았다. 이번에야말로, 정말로 말이다.

상윤이 조안의 집에 도착한 것이 저녁 무렵이었다. 조안이 스스로 문을 열지 못할 것 같아서 벨을 누르기 전에 비밀번호부터 눌렀는데, 여덟 자리 숫자를 다 누르기도 전에 문이 열렸다. 인터폰을 통해 그를 이미 확인한 듯 조안은 놀라지도 불안해 보이지도 않았다.

젠장, 그런데 형은 왜 꼭 자기가 집에 있을 때만 오라 그런 거야. 문을 잘만 열어주는구만.

희중이 한밤중에 전화를 걸어 조안이 사라졌다고 했던 날을 제외하고는 상윤은 늘 정해진 날에만 조안을 찾아왔다. 정해진 날, 정해진 시간. 그렇게 해야만 한다는 희중의 말을 좇지 않을 수가 없었다. 조안은 아팠고, 희중은 약사였고, 누구보다 조안의 상태를 잘 아는 사람이었다.

그러나 정해진 날을 기다리는 게 상윤에게는 고역이었다. 그는 수시로 조안이 보고 싶었고, 수시로 조안이 걱정됐다. 그럴 때는 약국으로 희중을 찾아갔다. 그는 간밤에 꾼 악몽 이야기를 하거나, 공연히 아침부터 이상한 기분이 들더라는 말을 하는 대신 시시껄렁한 농담들을 지껄였다. 희중은 그런 상윤의 마음을 잘 알고 있었을 텐데도, 그럼 조안에게 한번 가보라고 말하는 경우는 결코 없었다. 그래서 상윤은 또 시비를 걸거나, 아니면 풀이 죽어 있을 수밖에 없었다.

그런데 지금 조안이 너무나 멀쩡한 얼굴로 문을 열어준 것이다. 비록 멀찍이 서 있기는 했지만, 자신이 버선발로 달려나와서까지 반겨야 할 사람은 아니라는 것을 생각하면 그리 이상한 일도 아니었다. 작은 아파트였다. 멀찍이라고 해봤자 겨우 몇 걸음이었다.

상윤은 쭈뼛쭈뼛 거실로 들어서며 공연히 집안을 한 바퀴 둘러보았다. 희중이 대전에 갔다는 건 이미 알고 있었다. 집에 오기 전에 통화를 잠깐 했었다. 희중에게는 조안을 만나러 갈 생각이라고 말하지 않았다. 그러나 희중과 통화를 마친 후 마음이 급해졌다. 마치, 기회는 이때뿐인 것처럼. 왜 그런 생각이 들었을까. 알 수 없었다.

"형, 대전 갔다며?"

"그래서 온 거야? 대신 나 지키려고?"

"나, 누나 동생이거든. 아무때나 와도 되는 거거든."

조안의 입에서 웃음소리가 흘러나왔다. 참으로 오랜만에 듣는 웃음소리였다. 그러고 보니 조안과 이런 식으로 시시한 농담을 해본 게 얼마 만의 일인지 몰랐다. 사고 이후 조안은 늘 그에게 차갑기만 했었다.

"저녁은 먹었어?"

조안이 예전처럼 상윤에게 물었다. 늘 엄마 같던 누나였다. 자식 밥먹는 게 세상에서 제일 중요한 일인 엄마들. 상윤의 어머니도 세상을 뜨기 전에는 그랬었다. 그리고 그후로는 조안이 그랬고.

저녁때가 훨씬 지난 시간이었지만 상윤은 아직 식사 전이었다. 그가 사실대로 말하면 조안은 당장이라도 밥상을 차릴 것 같았다. 왜 굶고 다니느냐고 잔소리를 해댈지도 모른다. 예전에라면 그랬을 것이다. 그러나 상윤은 먹었다고 말했다. 조안이 예전과는 다를까봐, 그걸 확인하고 싶지 않았던 것이다.

저녁도 먹지 않으니 이제 조안을 찾아온 용건을 말해야 했다. 그러나 용건이라니. 그런 게 있기나 했던 걸까. 희중과 통화를 끝낸 후 갑작스럽게 마음을 정한 것이기는 했지만, 실은 하루 온종일 마음이 이리로 끌렸었다. 오전에 희중을 만난 다음부터였다. 뭔가 나쁜 일이 일어나고 있다는 예감을 지울 수가 없었는데, 조카 녀석이 죽은 것보다 더 나쁜 일이 일어날 수도 있는 것일까.

자신이 무엇을 걱정하고 있는 것인지 알 수가 없다는 게 실은 무엇보다도 더 그를 불안하게 만드는 것일 터였다. 위층의 떡대를 생각해보았다. 차를 긁는 것 정도로는 직성이 풀리지 않았을 것이다. 분명히 그럴 것이다. 그렇더라도 자신이 그때 걱정하고 있는 것이 위층의 떡대는 아니라는 생각이었다. 그럼 대체 무엇일까.

그러나 예감이든 지랄이든, 막상 조안을 만나보니, 아무래도 자신이 헛발질을 한 거라는 생각이 들었다. 조안은 불안해 보이지 않았고, 어느 한구석 병자처럼 보이지도 않았다. 지금 잠깐 밤바람이나 쐬고 오자고 하면 서슴없이 따라나설 것만 같을 정도였다. 그러면 그렇게 한번 해볼까? 포장마차에라도 가자고 해볼까? 아니다. 좋은 생각이 아니다. 아무튼 상윤의 마음이 비로소 편안해졌다.

"사돈어른이 많이 안 좋으셔?"

"그렇게 말해?"

"아니, 형이 그렇게 말한 게 아니라……"

"그래서 간 거 아니야."

"그럼?"

"날 시험하고 싶은 거야."

편안하던 상윤의 얼굴이 다시 어두워졌다. 보이는 것하고는 다른 모양이었다. 조안은 여전히 아픈 게 틀림없었다. 마음이 몸속 어디에 들어 있는 것인지는 모르지만, 아무튼 그 마음이란 게 여전히 아픈 것이다.

"시험은 무슨…… 형이 뭘 시험한다고 그래."

"내가 또 뛰어내리나 보고 싶은 거지."

"그걸 말이라고 해? 뛰어내리기를 바라는 것도 아니고, 자기 없는 동안 뛰어내리라고 집을 비워?"

젠장, 참 재미있는 대화로군. 뛰어내린다는 말을 이렇게 쉽게 입 밖에 낼 수 있다니.

"너도 내가 또 뛰어내릴 거라고 생각해?"

"이봐, 쌍순."

상윤이 짐짓 농담처럼 조안을 불렀다.

"지금 우리가 하고 있는 대화라는 거, 되게 웃기는 거 알아? 알기나 하셔?"

"그렇지?"

"그렇지."

조안이 웃어줬으면 좋겠다고 생각했는데, 전혀 웃고 싶은 얼굴이 아니었다.

"그런데 나가고 싶으면 어떻게 해? 뛰어내릴 수밖에 없는 거잖아."

"문은 폼으로 달아놨고?"

이번엔 그럴 계제가 아니라고 생각했는데, 느닷없이 조안이 웃음소리를 내며 말했다.

"그러게."

그리고 조안이 현관문을 바라보았다. 쓸쓸하기 짝이 없는 시선이었다. 나가고 싶으나 나갈 수 없는 문, 세상에 그런 게 있다면, 그런 걸 보고 있는 것 같은. 그러니까 말하자면 감옥의 문…… 아니다. 젠장, 내가 지금 무슨 생각을 하고 있는 건가.

"누나."

상윤이 조안을 누나라고 불렀다.

"한번 나가봤잖아. 결과가 좀 그렇기는 했지만 어쨌든 나간 건 나간 거잖아. 내 말은 저 문이 폼으로 달린 게 아니라는 걸 누나도 이젠 안다는 거지."

"처음 나갔던 게 아니야. 처음으로 그런 식으로 실패했던 것도 아니고."

희중에게서 들은 적이 없던 말이었다. 조안이 집 밖으로 나가볼 시도를 했었다는 것. 결과가 어땠든 간에 조안이 그런 시도를 하기는 했었다는 말을 희중은 한 적이 없었다.

"그때마다 너, 내가 어떻게 되는지 아니? 심장이 쪼그라드는 것 같아. 쪼그라들다가는 돌처럼 딱딱해지는 거야. 정말로 딱딱해진다고. 그러면 숨을 쉴 수가 없고, 그런데 세상은 막 뒤집히고…… 그러면 정말로 꼼짝도 할 수가 없는 거야."

"……차차 나아질 거야."

"네 매형도 그렇게 말하더라."

"매형이 그래도 전문가잖아."

"그렇겠지. 그래서 못 나가게 하는 거겠지."

무슨 뜻인가. 상윤은 조안의 말을 이해할 수가 없었다.

"복도에서 한 번, 엘리베이터 근처까지 갔다가 한 번…… 두 번 다 심장이 딱딱해져서 주저앉아 있다가 그 사람한테 끌려들어왔어. 시간이 조금 더 있었으면, 어쩌면 조금 더 멀리 갈 수 있었을지도 모르는데. 아무튼 나는 그때마다 그 사람이 어떻게 그렇게 때맞춰 나타나는지 신기했는데, 알고 보니 별거 아니데."

카메라를 말하고 있는 것 같았다.

"……무섭지 않니?"

"무섭긴 뭐가. 누나가 걱정돼서 그런 거잖아."

"너도 알고 있었구나."

"며칠 안 됐어."

"며칠이든 몇 달이든…… 너는 어떻게 그럴 수가 있어?"

이건 또 무슨 말일까.

"내가 너를 유치장에서 빼낸 게 몇 번인 줄이나 알아?"

"……알아."

"몇 번인데?"

"……"

"그런데 넌, 날 꺼내줄 생각이 없어."

"그게 도대체 무슨 말이야? 무슨 말이 그따위야!"

"그 사람은 평생 날 이 집에 가둬둘 거야. 우리집도 아닌 이 집에, 평생, 절대로 못 나가게."

"썅순…… 아니, 누나……"

상윤이 혼란스러운 눈으로 조안을 쳐다보았다. 조안의 말을 한마디도 이해할 수가 없었다. 미친 것은 조안인가, 희중인가, 아니면 자신인가. 자신도 모르는 사이에 신음소리가 새어나오려고 했다. 아무리 부지불식간이라고는 해도 미쳤다는 생각을 하다니. 그것은 마음이 아프다든가, 정상이 아니라든가 하는 생각과는 완전히 다른 것이었다. 달라도 완전히 달랐다. 그는 그런 생각을 한 자신을 용서할 수가 없을 지경이었다.

하물며 희중이 미쳤다고 생각하다니. 그러면 미친 조안을 누가 지켜줄 수 있단 말인가. 미칠 지경인 자신은 조안을 어떻게 지켜줄 수 있단 말인가.

"……벌을 받아야 한다는 거지."

고개를 숙인 채 그런 말을 내뱉던 조안이 소파에서 일어나 베란다 쪽으로 걸어갔다. 그녀가 베란다 창틀을 붙들고 섰을 때, 상윤의 몸이 본능적으로 긴장했다. 조안의 등을 잡아채기라도 할 듯이 상윤이 조안의 뒤를 쫓았다.

"나가고 싶어."

조안이 등을 돌린 채로 말했다.

"저기에 그애가 있는데……"

그리고 조안이 갑자기 다시 몸을 돌렸다.

"너라면 어떻게 하겠어? 기차에 불이 붙었어. 사람들이 몸에 불이 붙은 채 마구 죽어나가고 있었다고. 숨을 쉴 수 없을 정도로 연기가 가득 찼었다고! 너라면 그 불을 피할 수가 있었겠어? 그 연기는 또 어떻게 하고! 난 그애를 구해야만 했다고!"

"진정해, 진정해."

상윤이 조안을 끌어안았다. 조안이 사고 당시의 기억을 말하는 건
이번이 처음이었다. 적어도 자신에게는. 아니, 희중에게도 그렇다고
했었다. 심인성 기억상실. 조안의 병명 중의 하나라고 했다. 아이가
죽은 것은 알고 있지만 어떻게 죽었는지는 모른다는 것이다. 그런 증
상이 있을 수도 있다는 것을 상윤은 그때 처음으로 알았었다. 아니다.
무슨 티브이 막장 드라마 같은 데서 봤었을지도 모른다. 아무튼 상윤
은 희중의 말을 이해했고, 또 믿었다. 차라리 그게 다행일지도 모르겠
다는 생각을 하기도 했었다. 어쩌면 영원히 기억하지 못했으면 좋겠
다고, 적어도 그 부분에 관해서만은 조안이 평생 낫지 않았으면 좋겠
다고도 생각했을지 모른다.

그런데 지금 조안이 그 당시의 상황을 너무나 생생히 말하고 있었
다.

"상윤아. 난 그애를 구해야만 했어. 그냥 던진 게 아니야. 받아줄
사람이 보였단 말이야. 창문 밖에, 받아줄 사람이 보였어."

"알아, 누나. 안다고. 나라도 그랬을 거야."

상윤은 있는 힘껏 조안을 위로했다. 조안이 본 것이 헛것이었더라
도 무슨 상관이겠는가. 그토록 간절한 마음이 만들어낸 헛것이었을
테니. 조안이 상윤을 올려다보았다. 눈물이 그렁그렁한 눈이었다.

"다시 한번 말해봐."

"누나, 괜찮아. 나라도 그렇게 했을 거야. 그럴 수밖에 없었던 거잖
아."

상윤의 가슴에 예리한 통증이 지나갔다. 조안은 위로받고 싶었던

것이다. 괜찮다는 말을 듣고 싶었던 것이다. 어떤 말을 들어도 결국 괜찮을 수는 없겠으나, 어쩌면 그래서라도 더 그런 말을 듣고 싶었을 것이다.

희중의 위로만으로는 부족했던 것일까. 아니면 희중은 그렇게 말해주지 않았다는 것일까. 상윤의 풍부한 상상력이 또 마구 뻗어나가기 시작했다. 그러니까 희중은 조안에게 그렇게 말해주지 않았다는 것이다. 그건 조안의 잘못이 아니라고, 그렇게 말해주지 않았다는 것이다. 그렇다면 희중이야말로 쳐죽여도 마땅할 천하의 개자식이 아닌가.

상윤은 다시 한번 말했다.

"괜찮아, 누나. 괜찮아."

조안의 눈에서 드디어 눈물이 흘러내렸다. 그 눈물이 곧 걷잡을 수 없는 울음이 되었다. 가슴에 주먹 쥔 손을 얹고 허리를 굽힌 채, 조안이 어어어어, 울었다. 몸속의 모든 것이 쏟아져나올 것 같은 울음이었다. 상윤도 바닥에 쪼그려앉았다. 어린 시절처럼 남매는 어어어어, 같이 울었다.

3

희중과 조안의 연애 시절에 상윤은 그다지 희중을 좋아하지 않았다. 그건 희중뿐 아니라 그 누구라도 마찬가지였을 것이다. 대학 시절 조안의 짤막짤막했던 연애들이 모두 실패로 돌아갔던 데에는 상윤의 탓이 컸다. 그는 어떤 방식으로든 조안의 데이트 자리에 끼어들어 그 자리를 엉망으로 만들어놓곤 했다. 다분히 의도적인 훼방이었는데,

어떻게 된 게 다들 형편없는 놈들로만 보였기 때문이었다. 적어도 상윤의 눈에는 그랬다. 어떤 놈은 남자답지 않았고, 어떤 놈은 지나치게 남자인 체를 했으며, 어떤 놈은 그냥 이유도 없이 인간 같지도 않았다.

그중에는 어떻게 해도 트집을 잡기가 힘든 상대도 있었다. 조안이 대학을 졸업하고 직장에 다니기 시작하면서 만났던 남자였다. 남자는 이웃 사무실의 회계사였고, 생긴 것도 괜찮았고, 태도도 아주 기름을 처바른 듯했다. 집도 제법 산다고 했다. 나이가 좀 많기는 했지만 장남은 아니었고, 못돼 처먹은 시누이도 없다고 했다.

그 연애의 끝은 빌어먹을 자식이 조안을 차버리는 것으로 막을 내렸다. 상윤 때문에 연애가 흐지부지 끝난 적은 많았어도 조안이 일방적으로 그렇게 당한 것은 처음이었다. 다른 여자가 생겼다고 했다. 조안처럼 회계법인에서 근무하는 여자가 아니라 저처럼 회계사라고 했다. 구질구질한 스토리였다. 남자의 부모가 그 여자를 소개해주었고, 조안과의 사이는 결코 받아들이지 않는다고.

상윤도 별수 없이 인정하는 사실이지만, 조안은 평범한 결혼을 하기에는 결함이 많은 여자였다. 아버지는 세 번이나 결혼을 한데다가 마지막 여자는 심지어 외국인이었다. 조안은 팥쥐 엄마 같은 새어머니 밑에서 자랐고, 나중에는 그나마 그녀를 보살펴주는 새어머니도 아버지도 없었고, 오직 그녀가 책임져야 하는 깡패 동생이 있을 뿐이었다. 좋은 집안에서라면 결코 달가워하지 않을 며느릿감이었다. 그러니 연애가 제대로 되려면 조안한테 목을 매는 남자를 만나야 할 터인데, 상윤은 또 번번이 그 연애들을 깨버리는 데에만 기를 썼던 것이다.

희중은 인내심이 많은 남자였다. 그전의 어떤 남자보다도 그랬다. 상윤이 아무리 말도 안 되는 것을 갖고 시비를 붙여도 희중은 웃어넘기거나, 참았다. 조안을 위해 참을 수 있는 일이 생겨서 다행이라는 표정이기까지 했다. 상윤으로서는 환장할 노릇이었지만, 동시에 이 인간은 막기가 어렵겠구나 생각하지 않을 수 없었다. 희중은 조안에게 홀딱 빠진 것이 틀림없었고, 세상 어떤 것의 훼방을 무릅쓰고라도 조안을 포기하지 않을 것처럼 보였다.

물론 그들도 때로는 다투고, 때로는 냉각기를 가졌다. 그러나 그 원인은 대개 조안에게 있는 것 같았다. 조안은 희중에게 자주 화를 냈고, 냉전을 벌이면서는 미친듯이 괴로워했다. 전과는 다르게 그야말로 '미친듯이'였다. 상대에게 빠져든 것은 희중만이 아니었던 것이다. 목을 매기 시작한 것도 희중만이 아니었다. 조안은 희중을 갖고 싶었던 것이다. 전의 다른 어떤 남자보다 더 간절히, 말하자면 완전히.

상윤은 희중의 뒷조사를 했다. 희중에게만 그랬던 것은 아니었다. 조안이 대학교 때 사귀었던 자식들 중에 한 놈이 양다리를 걸치고 있다는 것을 알아낸 것도 상윤이었고, 그 빌어먹을 회계사 새끼에게 다른 여자가 생겼다는 것을 알아낸 것도 상윤이었다. 상윤이 그런 사실을 알아낼 때마다 조안은 그런 놈들에게가 아니라 오히려 상윤에게 불같이 화를 내곤 했는데, 그래도 그런 나쁜 놈들과의 관계를 지속하지는 않았다. 회계사 새끼만 하더라도 조안에게 조금만 더 시간이 있었다면 차이기 전에 먼저 찼을 것이 틀림없었다. 그것도 아주 보란듯이 말이다.

희중의 뒷조사는 전과는 달라야 했다. 조안이 가지려고 하는 남자였다. 그것은 조안이 공을 들여 골랐음에도 집에 와서 먹어보았을 때는 늘 덜 달았던 사과나 신 복숭아 같은 것이 아니었다. 희중은 한번 가지면 내다버릴 수도, 씹어 삼킬 수도 없는 존재였다. 그러니 골라도 아주 잘 골라야만 했다.

부친 사망. 모친 무직. 형제 없음.

조안에게 들어서 이미 다 알고 있는 사실들이었다. 적어도 그들의 아버지가 세 번이나 결혼을 했다는 걸 문제삼을 만한 집은 아닐 듯했다.

희중의 아버지가 일찍 죽었다는 것은 문제가 되지 않았다. 사람은 누구나 죽는다. 그의 어머니도 일찍 세상을 떴다. 위암이었다. 어머니에게는 세 명의 형제가 있었는데, 이모나 삼촌 들도 일찍 죽거나 지병을 앓았다. 모두가 암에 걸린 것은 아니지만, 아무래도 기분이 좋은 일일 수는 없었다. 조안은 늘 자신과 상윤의 건강을 염려했다. 가족 병력이라는 게 무시할 수 없는 거라는 것쯤은 상윤도 알고 있는 사실이었다. 물론 자신은 암 따위로 죽기보다 먼저 칼침을 맞거나 주먹에 맞아 뒈지겠지만.

희중의 아버지가 어떻게 사망했는지 알려고 했던 것은 그런 이유에서였다. 암으로 죽었으면, 넌 아웃이야. 상윤은 속으로 생각했다. 그렇게 되지 않으리라는 것을 모르는 것은 아니었다. 그렇더라도 그는 확인을 해야 했다.

상윤에게는 남의 뒷조사를 전문직으로 삼고 있는 형님들이 있었고 친구들도 있었고 동생들도 있었다. 아무튼 마음만 먹으면 그게 그렇게 어려운 일이 아니라는 소리다. 암으로 죽은 것은 아니라고 했다.

산에서 미끄러져 추락사를 한 모양이라고. 그들은 희중의 어머니가 그때 적지 않은 생명보험금을 수령했다는 것도 알아냈다. 그러나 상윤의 형님과 친구와 동생 들은, 그러니까 그 전문직 종사자들은, 희중의 아버지가 근무하던 학교 창고에서 발견된 여자아이의 시체에 대해서까지는 조사하지 않았다. 오래전의 일이었고 묻힌 사건이었다. 한때 희중의 어머니가 사이비 종교의 광신도였다는 사실도 그들은 알아내지 않았다. 뒷조사는 뒷조사였으되, 바람난 남편의 뒤를 캐는 것도 아니었고, 돈을 떼먹고 달아난 자를 찾아내는 것도 아니었다. 자신들이 뭘 알아내야 하는지 알지 못하는 조사에 대해서는 그들의 '전문성'이 발휘될 여지가 없었던 것이다. 그것은 상윤 역시 마찬가지였다.

조안이 결혼하기 전에 희중의 어머니를 만난 적이 있었다. 조안이 희중의 어머니를 만나러 가던 날이었는데, 그가 뒤쫓아 대전으로 내려갔고, 희중에게 전화를 걸어서는 자기도 무슨 일 때문에 마침 대전에 와 있노라고 말을 꾸며댔다. 희중은 상윤의 거짓말을 분명히 눈치챘겠지만, 그를 따돌리려고 하는 대신 집으로 불러들였다.

곱게 늙은 여인이 온순하게 웃으며 상윤을 맞이했다. 그리고 상윤만을 위해 밥상을 다시 한번 차려주었다. 상윤이 밥을 먹을 때는 물컵을 들기 좋은 곳에 놓아주고, 굴비의 살점을 발라주기도 했다.

"아이고, 참. 복스럽게도 먹네."

그러면서 웃음소리를 내기도 했다. 밥 한 공기를 비우자 얼른 일어서서 한 공기를 더 퍼다주었다. 밥솥의 밥이 다 되었던지 살짝 누룽지가 섞인 밥이었다.

"우리 애가 누룽지를 좋아해서 내가 밥을 할 때마다 누룽지를 만든 다우. 좀 끓여다드릴까? 숭늉도 좀 마시게."

노인이 다시 밥상 앞에 앉으며 다정하게 말했을 때, 느닷없이 목구멍 속 깊은 곳으로부터 무언가가 울컥했다.

엄마……

그러니까, 그 여인은 엄마였던 것이다.

결혼 후에, 희중의 어머니는 상윤을 '사돈총각'이라고 불렀다. 그때마다 상윤은 아쉬움을 견딜 수가 없었는데, 자신이 희중을 형이라고 부르고, 희중이 자신을 그냥 이름으로 부르는 것처럼, 그 노인도 자신에게 그래주었으면 하는 마음 때문이었다. 물론 부끄러울 정도로 간지러운 소망이었다. 어떤 경우에도 자신은 조안처럼 그 노인을 '엄마'라고 부를 수는 없을 것이다.

결혼 후에, 상윤은 더는 희중을 싫어하지 않았다. 사실을 말하자면, 아주 많이 좋아했다. 상윤은 뻔질나게 조안의 집에 드나들었고, 희중의 약국에도 들락거렸다. 어떤 때는 조안을 만나는 횟수보다 희중을 만나는 횟수가 더 많았다. 사고를 쳤을 때는 조안이 아니라 희중에게 전화를 걸었다. 희중이 조안에게는 말하지 않고 그 뒤처리를 해주곤 했다.

기차사고로 인해 희중이 얼마나 큰 상처를 입었을지 상윤은 충분히 짐작하고도 남았다. 상처를 입은 것은 조안만이 아니었고, 아이를 잃은 것도 조안만이 아니었다. 그런 희중을 돕기 위해 상윤은 무엇이든지 해야만 했다. 한 가지 말썽이라도 줄여주기 위해 싸움에도 휘말리지 않으려고 노력했다. 대부분은 실패했지만 어쨌든 노력한 것만큼은 사실이었다. 상윤은 희중을 신뢰했고, 조안을 지켜줄 수 있는 건 이제는 자신이 아니라 희중이라는 것도 인정했다.

그런데 뭔가가 이상했다.

분명히, 뭔가가 이상한 것이다. 아무리 희중을 신뢰하고, 조안이 아직도 정상이 아닌 걸 인정한다고 해도, 그가 더 믿어야 할 사람은 여전히 희중이 아니라 조안이었다.

'고마워. 그렇게 말해줘서.'

그렇게 말하던 조안의 눈빛이 잊히지 않았다.

그리고 상윤은 다시 희중이 집안에 설치해놓았던 몰래카메라를 생각했다. 처음에는 별거 아닐 거라고 여겼지만, 생각할수록 점점 더 그 일이 이상하게 생각됐다. 세상의 어느 누구도 자기 마누라를 감시하기 위해 집안에 몰래카메라를 설치하지는 않을 것이다. 조안은 바람난 마누라도 아니었고, 희중은 의처증에 걸린 남편도 아니었다. 게다가 조안은 집안에만 있는 여자였다. 그렇다면 대체 희중은 무엇을 보고 싶었던 것일까. 무엇을 감시하고, 무엇을 막고 싶었던 것일까.

상윤은 조안의 집에서 나오자마자 차를 대전으로 몰았다. 희중이 돌아올 때까지 참고 기다릴 수가 없었다. 그는 당장 그 밤에 희중을 만나야 했고, 무엇이든지 물어봐야만 했다. 희중에게 전화를 걸지도 않았다. 대답을 궁리할 시간을 주고 싶지 않았기 때문이었다.

상윤은 두 시간 반 만에 희중의 대전집에 도착했고, 문 앞에 이르러서야 희중에게 전화를 걸었다. 전화는 연결되지 않았다. 세 번 정도 통화를 시도한 후에, 상윤은 차에서 내렸다. 초인종을 눌렀으나 아무런 반응이 없었다. 몇 번이나 초인종을 누른 끝에 상윤은 대문을 두드렸다. 문이 열렸다. 닫힌 듯 보였던 문이 실은 잠겨 있지 않았던 모양이었다. 대문을 두드리던 기세와는 달리 상윤은 조심스럽게 문을 밀었다. 낡은 철제문이 열리는 소리가 끼익, 울렸다.

"계세요?"

상윤이 문 안으로 들어서기 전에 소리를 질렀으나 아무도 나와보는 사람이 없었다. 상윤은 마당으로 들어갔고, 현관문이 열려 있는 것을 보았다. 불도 켜져 있지 않은 집에 현관문이 활짝 열려 있었다. 불길한 기분이 와락 들었다.

상윤이 현관문 안으로 들어갔을 때였다. 어둠 속, 노인의 등이 먼저 보였다. 어두컴컴한 등이었다. 마치 동상처럼 굳어 있는 듯했고, 미라처럼 앉은 자세로 죽어 있는 듯하기도 했다. 상윤의 입술이 바짝 말랐다.

"사돈어른……"

호칭이 불편해서 한 번도 그렇게 불러본 적이 없었다. 그러나 지금 호칭 같은 게 무슨 상관인가. 노인은 아무 반응도 없었다. 상윤이 다가가 노인의 어깨를 건드렸을 때였다. 마치 갑자기 전원이 들어온 북 치는 인형처럼 노인이 확 살아나더니 마룻바닥에 이마를 찧기 시작했다.

"사돈……"

노인이 이마를 찧어가며 맹렬하게 중얼거리기 시작했다.

"하나님 아버지, 부디 내 죄를 용서하여주시고, 하늘에서 죄가 사하여지는 것과 같이 이 땅에서도 사하여지게 하옵시며, 이 죄가 없게 하여주옵시며, 남은 자는 오직 광록 속에 있게 하옵시며, 죄를 증거하지 않게 하여주옵시며……"

상윤은 다시 상행선 고속도로를 탔다. 핸들을 잡고 있는 손이 덜덜 떨렸다. 액셀에 얹어져 있는 발도 마찬가지였다. 뭔가 엄청나게 나쁜 일이 벌어지고 있었다. 의심할 여지가 없었다.

그는 액셀을 밟고 있는 와중에도 연신 조안에게 전화를 걸었다.

받아, 조안, 제발 받으라고!

조안은 전화를 받지 않았다. 조안이 어떤 경우에도 전화를 받지 않는다는 걸 모르지 않았음에도 상윤의 심장이 터져버릴 것만 같았다.

제발, 받으라고! 씨발! 누나, 전화 받아!

조안이 전화를 받으면 무슨 말을 할 작정인지도 몰랐다. 피하라고 해야 할까. 아니면 숨으라고 해야 할까. 말도 안 됐다. 이건 정말이지 미친 짓인 것이다.

그러나 지금은 조안보다 희중이 훨씬 더 위험해 보이는 것이 사실이었다. 상윤은 희중이 틀림없이 집으로 돌아갔을 거라고 믿었다. 아무리 기다려도 뛰어내리지 않는 조안을 창밖으로 밀기 위해? 아니다. 무슨 그런 말도 안 되는 상상이 있겠는가! 이런 젠장, 씨발, 씨발, 씨발! 내가 지금 무슨 생각을 하고 있는 거야!

희중의 대전집이 엉망이었다. 무엇을 찾으려고 했던지, 아니면 그저 미친 듯한 행패였는지, 모든 문과 모든 서랍이 열려 그 속에 있던 것들이 전부 내팽개쳐져 있었다. 그런 난장판이 없었다. 그리고 그것은 분명히 일종의 폭행의 흔적이었다. 누가 이런 거냐고 상윤이 사돈의 어깨를 흔들며 물었을 때, 노인이 풀린 동공으로 상윤을 쳐다보고,

잠시 후 말했다.

"괜찮다. 괜찮아, 희중아."

"······형이, 이랬어요?"

노인은 정신을 차리지 못했다. 노인의 말이 이어졌다.

"맹세할 수 있단다. 그건 다 거짓말이야. 너도 거짓말을 했잖니. 아버지는 누구도 죽이지 않았다. 그건 그냥 사고였어. 맹세할 수 있단다. 하나님께 맹세할 수 있어! 아무렴, 천만번도 더 맹세할 수 있단다."

하느님 맙소사, 이 지랄 같은 집안에서 무슨 일이 벌어지고 있었던 거야! 희중의 아버지는 산에서 떨어져 죽었다더니, 거기에 무슨 끔찍한 비밀이라도 있었단 말인가? 상윤이 멈칫하는 사이, 노인의 눈빛이 조금씩 또렷해지는 듯했다.

"사돈총각······"

노인이 상윤을 알아보았다.

"네, 저예요! 알아보시겠어요?"

노인이 상윤의 손을 잡았다.

"맹세할 수 있어요."

"사돈!"

"천만번도 더 할 수 있습니다. 그애가 아버지를 죽인 게 아니에요. 믿어주세요. 그러니까 손자가 죽은 건 그애 잘못이 아니에요. 맹세할 수 있어요."

상윤의 손을 잡은 채 노인의 머리가 다시 바닥으로 내려갔다. 믿어주세요, 한 번, 맹세할 수 있어요, 한 번. 노인이 바닥에 이마를 부딪쳐가며 맹세를 하고 또 했다.

희중의 아버지는 누구를 죽이고, 희중은 또 누구를 죽였단 말인가.

희중과 그토록 가까이 지냈으면서도 그와 그의 아버지에 관한 이야기를 나눈 적이 거의 없었다. 비명횡사를 한 아버지의 이야기는 좋은 화제가 아니었다. 희중은 상윤과 조안의 아버지 이야기를 꺼내는 것도 좋아하지 않았다. 그걸 이상하게 여겨본 적은 없었다. 자신조차도 좋아할 수 없는 아버지였기 때문이다.

그러나 희중 역시 아버지였다. 비록 팔 개월 동안의 짧은 세월이기는 했지만, 희중 역시 한 아이의 아버지였다. 아이가 자라는 것을 보는 동안 희중은 자신의 아버지를 수시로 떠올리지 않았을 것인가.

발작적으로 몸부림을 치는 희중을 본 적이 있었다. 아이가 죽었다는 것을 알았을 때였다. 희중의 코에서 갑자기 피가 주르륵 흘러 흰색 와이셔츠를 적셨다. 넋이 나간 듯하던 희중의 입에서 코피처럼 울음이 터져나왔다. 악악, 비명을 지르며, 그가 병원 복도에서 몸을 뒹굴어가며 발작적으로 울었다. 그러느라 와이셔츠가 피범벅이 되었다.

"좋은 아빠가 될 수 있었어! 난 그럴 수 있었다고! 난 정말로 그럴 수 있었단 말이야!"

희중의 몸부림이 멈추지 않았다. 그때 상윤은 그저 같이 울어주는 것 이외에 달리 할 수 있는 일이 없었다.

아이를 기차 창밖으로 던진 것은 조안이었다. 불행히도 그것은 변할 수가 없는 사실이었다. 그러나 조안에게 말했던 것처럼 그도 그와 같은 상황이라면 그렇게 할 수밖에 없었을 것이다. 희중도 마찬가지가 아닐 것인가. 그러므로 희중은, 아니 세상 누구라도, 조안에게 그 책임을 물을 수는 없는 일이다. 그 벌을 받으라고 가두어놓을 수도 없고, 그 죄의 증거를 보라고 창밖으로 등을 밀 수도 없는 것이다.

아아, 그러나 모든 것은 어쩌면, 지나친 상상일지도 모른다. 아마도 그럴 것이다. 아이가 죽고, 조안이 아프고, 희중이 이상해진 것처럼, 나도 신경쇠약에 걸린 것이다.

"이런 씨벌눔들아!"

상윤이 홀로 차 안에서 악을 썼다.

"다 죽여버릴 거야! 트럭 운전사든, 하청회사 사장이든, 대통령이든, 새새끼들이든! 다, 내가 다 죽여버릴 거라고!"

누군가는 책임을 져야만 했다. 한 집안이 이 꼴이 되었는데 누군가는 책임을 져야만 하는 것이다. 그런데 왜 이 지랄 같은 세상에서는 아무도 책임을 지지 않는단 말인가. 왜 고작해야 새새끼들이나 탓해야 한단 말인가. 사람들이 죽었는데, 그토록 많이 죽었는데, 왜 고작 뒈져버린 트럭 운전사나 물고 늘어져야 한단 말인가!

5

그 시간에 희중은 상윤의 짐작처럼 집으로 돌아가고 있었다. 그의 생각이 틀렸던 것이다. 카메라가 사라지면 비로소 숨을 쉴 수 있을 거라고 생각했던 것은 완전히 착각에 지나지 않았다. 그는 숨을 쉴 수 없었다. 조안 역시 그렇다고 했었다. 심장이 쪼그라들다가 딱딱해진다고. 세상이 그런 자신 위로 마구 무너져내리는 것 같다고. 그러면 기차가 떠오른다고. 비명과 불길, 피 흘리는 몸들, 그리고 아이의 울음소리. 그리고 죽고 싶어진다고 말했다. 너무나 간절히 죽고 싶어진다고. 그런 조안을 바깥으로 내보낼 수는 없었다. 조안이 그런 소망을 품을 때마다 그는 약의 용량을 늘려주었고, 조안은 다시 깊은 잠에 빠져들었다.

조안이 집 밖으로 나가려는 시도를 했을 때도 마찬가지였다. 조안은 환자였다. 세상이 얼마나 위험한지를 아직도 몰라서 더 위험한 환자였다. 다행히 몇 번은 그런 장면을 포착할 수 있었다. 그때마다 그가 얼마나 숨가쁘게 달려갔는지, 개처럼 숨을 헐떡이면서 얼마나 열렬히 하느님을 찾았는지, 제발 이번만은 아무 일도 없게 해주세요, 아무 일도 없게 해주세요, 얼마나 빌었는지…… 그것은 그야말로 하느님만이 아실 일이다.

그런데 조안이 지금 또 그런 상황에 빠진다면…… 조안이 저 위험한 세상으로 나가기 위해 지금 문을 열고 있다면…… 그에겐 이제 카메라가 없었다. 그는 이제 어떤 식으로도 안심을 할 수가 없었고, 마음을 가라앉힐 수도 없었고, 말하자면 미쳐버릴 것만 같았다.

집을 떠나 있을 수도 있다고 생각한 것은, 그러니까 조안을 떠나 있을 수도 있다고 생각한 것은, 세상에서 가장 어리석은 생각이었다. 그는 상윤이 몇 킬로미터 후방에서 그러는 것처럼 정신없이 액셀을 밟아댔다.

밤의 상행선이 막히지 않아 희중은 자정이 되기 전에 집에 도착했다. 차를 세우고 먼저 집의 창문을 올려다보았다. 열한시가 넘은 시간인데도 아직 불이 켜져 있었다. 잠들기 전 집의 불을 끄는 것은 항상 희중의 일이었다. 조안은 아마도 불을 끄지 않고 잠들었을 것이다. 차에서 내려 아파트 안으로 들어섰다.

막 엘리베이터 버튼을 누르려는데 일층에 멈춰 서 있던 엘리베이터가 움직였다. 엘리베이터가 오층에 섰다. 희중은 백곰을 생각했다. 한 층에만 이십여 호의 집들이 나란히 있는 복도식 아파트였다. 오층에서 엘리베이터를 타는 사람이 백곰만일 수는 없다는 소리다. 그러나 희중은 엘리베이터에서 눈을 뗄 수가 없었고, 잠시 후 엘리베이터가 사층에서 멈추는 것을 보았을 때는 가슴에서 얼음이 깨지듯 쩡 하는 소리가 울렸다.

어디 한번 해보자는 건가.

희중은 주먹을 쥐었고, 입술을 악물었다.

그 자식이 또 조안에게 가는 것이다! 내가 집에 없는 틈을 타 깊은 밤에 남몰래 조안을 만나러 가는 것이다!

희중이 떨리는 손으로 주머니 속의 핸드폰을 찾았다. 핸드폰이 없었다. 있었더라도 이미 소용없는 물건인 것을 희중은 뒤늦게 깨달았다. 전화를 걸어도 조안은 받지 않을 것이고, 감시카메라 재생 어플을 연결해도 사라진 카메라가 조안을 보여주지는 않을 것이다.

백곰이 조안과 함께 있다. 그가 없는 집에서, 이 야밤에! 엘리베이터가 다시 일층으로 내려오고 있었다. 엘리베이터를 노려보는 그의 눈에 핏발이 가득 섰다. 죽여버릴 것이다, 이 개자식을! 상윤은 그놈의 얼굴에 주먹을 날리는 대신 목을 졸라버렸어야 마땅했다. 상윤의 뒤를 봐주기 위해 날린 돈이 얼마인지 알 수도 없었다. 그런데 상윤이 그를 위해 한 일이란 게 고작 그 자식의 얼굴에 멍자국을 남기는 것 정도에 지나지 않았다니. 상윤은 그때 백곰을 죽여 없었어야 했다. 비겁한 새끼, 겁쟁이 자식! 네가 못하겠으면 내가 한다.

엘리베이터가 일층에 서고 문이 열렸다. 희중이 잠깐 눈을 감았다가 떴다. 우산을 든 사내가 엘리베이터에서 내리고 있는 것이 아닌가. 다시 바라보았을 때, 사내가 들고 있는 것은 뾰족한 무언가가 담긴 쓰레기봉투였다. 이웃 중의 하나가 쓰레기를 버리러 내려온 모양이었다. 갑자기 격렬한 두통이 일기 시작했다. 목 속 깊은 곳에서 뭔가가 울컥울컥 치미는 것도 같았다. 발작이 일 것 같은 징후였다.

희중은 엘리베이터를 타는 대신 다시 바깥으로 나와 공동출입구 가까이에 세워두었던 차로 갔다. 잠시 시간이 필요했다. 그런 상태로 올라갔다가는 백곰을 죽이기 전에 자신이 먼저 발작을 일으키게 될 것 같았다. 그는 차 안에서 한동안 눈을 감고 앉아 있었다.

아버지가 떠올랐다. 열두 살의 여름방학, 아버지가 밖에 나갔다가 돌아왔다. 장맛비가 쏟아져 아버지는 우산을 쓰고 마당으로 들어섰다. 아버지가 마당에 선 채로 우산을 그대로 떨구었다. 그 우산이 떨어진 자리가 붉게 물드는 것을 희중은 보았다. 그것은 우산에 가려져 있던, 아버지의 몸 어딘가에서 흘러내리는 피였다.

어머니는 거짓말이라고 했다. 사람들이 하는 말들이 모두 거짓말이고, 희중이 만들어낸 이야기도 모두 거짓말이라고. 피 따위는 없었다고 했다. 노란색 나비 모양의 머리핀도 없었다고 했다. 네가 네 이야기에 갇혀버린 거라고 했다.

"대답해. 알았다고 대답해. 대답하란 말이야!"

어머니는 희중의 어깨를 붙잡고 흔들면서 외쳤다. 희중의 작은 머리통이 떨어질 것처럼 흔들렸다. 희중은 대답하지 않았다. 고집을 부리려는 게 아니라 어머니가, 아니 어머니까지 너무 무서웠기 때문이다.

"대답하란 말이야! 대답하라고!"

희중이 끝내 대답하지 않자 어머니는 자신의 머리와 얼굴을 쥐어뜯으면서 울었다. 그런 시간이 반복되면서 희중과 어머니의 얼굴은 성할 날이 없었다.

광증의 시간이 흐른 후에는, 어머니는 괜찮다고 말하기 시작했다. 네가 뭘 알았겠니. 괜찮다. 괜찮아. 그렇게 말하는 어머니는 무섭지 않았다. 그러나 대신 멀미가 일듯 속이 메슥거렸다. 그리고 열이 올랐다.

희중은 믿어야만 했다. 그는 피를 본 적도 없었고, 아버지의 버려진 바지주머니 속에 들어 있는 머리핀을 본 적도 없었다. 그러니까, 어머니의 말처럼 모든 것은 다 거짓말…… 비밀이 아니라, 거짓말, 거짓말이었던 것이다.

그러나 어머니가 모르는 것이 있었다. 어머니의 말처럼 그 모든 것이 거짓말이라면, 그리고 희중이 자신의 이야기 속에 갇혀버린 것이 사실이라면, 이제 모든 죄는 희중에게 있는 것이라는 사실을 말이다. 희중이 이야기에 갇혀버린 것처럼 아버지는 희중이 만들어낸 증거들 속에 갇혀버렸다. 희중이 이야기를 한 가지씩 만들어낼 때마다 동네 사람들이 점점 더 아버지와 어머니를 피했다. 수군거리는 목소리들이 담장을 넘어 마당에까지 들어왔다. 희중의 이야기에 열렬히 빠져 있던 친구들은 희중의 아버지에게 돌을 던졌다.

자신이 아버지를 죽인 것인가. 그래서 아버지는 어머니에게만 미안하다고 유서를 남겼던 것인가. 그래서 어린 자식에게는 미안하단 말조차 남기지 않은 것인가. 자신은 아버지의 살해자인가, 아니면 아버지가 살인자인가.

여름방학……

그것은 결코 평범한 여름방학일 수가 없었다. 여자아이의 시체가
학교 창고에서 발견됐고, 아버지는 산에서 떨어져 죽었다. 그 모든 일
이 마치 차근차근 계획된 일처럼 진행되었다. 마치 놓쳐서는 안 되는
공포영화의 장면들처럼 모든 중요한 순간마다 희중이 목격자로 거기
에 있었다. 그래서 그것은 마치, 말하는 듯했다. 이것은 너의 피다, 영
원히 유전될 너의 추악한 피다.

그는 문득 울고 싶어진다. 그가 자신의 어린 아들을 볼 때마다, 단
한 번도 더러운 유전의 피를 떠올린 적이 없었다고 말할 수 있을까.
횡사로 유전되는 피가 아니라 추악한 비밀로 전해지는 피를 떠올리
지 않았다고 말할 수 있을까. 그리고 아이의 방에서 나방을 발견했던
그 밤에, 아이를 집어던진 게 아니라 떨어뜨렸을 뿐이라고 말할 수 있
을까. 아이가 죽었다는 것을 알았을 때, 그게 자신의 더러운 피 때문
이 아니라 사고 때문이라는 사실에 혹시 안도하지는 않았단 말인가.
아이를 기차 창밖으로 집어던진 것이 자신이 아니라 조안이라는 사실
에, 또 안도하지는 않았단 말인가.

희중의 얼굴근육이 씰룩씰룩해진다. 대체 뭐가 어디서부터 잘못된
것인지를 알 수가 없다. 그는 아들의 죽음을, 쉽지는 않았지만 어쨌
든 받아들였다. 중요한 것은 조안이 살아 있다는 것이었고, 여전히 그
들이 함께, 라는 사실이었다. 조안이 그의 곁에만 있어준다면, 아무데
에도 가지 않고 있어준다면, 그러면 그들은 다시 완전해질 수 있었다.
위험 같은 것은 없는 세상에, 추악한 비밀이나 거짓말도 없는 세상에,
그들은 안전하게 머물 수 있었다. 그는 정말이지 조안을 위해서라면

무엇이든지 할 수 있었다.

그런데, 백곰, 너 이 개새끼.

다시 백곰에게로 생각이 미쳤다. 희중의 평화를 깬 것은 아이의 죽음이 아니었다. 기차 선로를 그따위로 만들어놓은 더러운 관계자들도 아니었다. 그 기차 선로에 자빠져 있던 트럭 운전사도 아니었다. 그것은 그러니까, 백곰 그 개새끼, 그놈이었다.

오랫동안 참고만 지내왔던, 그저 잊고 또 잊고 잊으려고만 노력했던, 분노의 봉인이 풀렸다. 어린 소년의 발작만으로는 해소할 수 없었던, 참을 수 없던 공포와 고독의 봉인 또한 풀렸다. 그래요, 아버지! 오늘 끝장을 보자고요! 아버지인지 난지, 끝장을 보자고요! 그가 대전집의 모든 곳을 다 뒤집어 찾아보았지만 노란색 머리핀은 끝내 나오지 않았다. 열두 살 여름방학 때 그가 그 머리핀을 숨겨놓았었다. 대전으로 이사를 올 때도 그걸 가져왔었다. 어디에다 버려야 할지를 알 수 없었기 때문이었다. 이십여 년 동안이나 잊고 있었던 기억이 어제 일처럼 또렷했다.

'머리핀 같은 건 없어, 희중아! 그건 그냥 네가 만들어낸 이야기라고 했잖니!'

그리고 어머니의 악쓰던 소리.

희중의 온몸이 슬픔과 분노로 딱딱해졌다. 나무토막처럼 딱딱해진 것이 아니라 강철처럼 강해졌다.

그러니까 잊어버릴 수 없다면 죽어버려야 한다는 거지!

희중이 차에서 내리려고 할 때, 공동출입구에서 걸어나오는 백곰이 보였다. 희중은 차에서 내리지 않고 대신에 핸들을 움켜쥐었다. 백곰의 손에 쓰레기봉투가 들려 있었다. 백곰은 쓰레기를 버리고, 핸드폰을 꺼내 뭔가를 확인하고, 그리고 위를 올려다보았다. 사층. 놈이 다시 조안을 올려다보고 있다.

헤이, 베이비. 잠깐만 기다려. 금방 다시 올라갈게.

백곰은 다시 공동출입구로 돌아가지 않고 주차장 쪽으로 걸음을 옮겼다. 백곰이 일자로 이중 주차되어 있던 차를 밀었다. 어찌나 힘이 좋은지 중형차 한 대가 장난감처럼 굴러갔다. 백곰이 차에 올라탔다. 그 덩치에는 어울리지 않게도 경차였다.

희중은 그 차를 쫓아가기 시작했다. 차는 아파트를 빠져나가 상가 거리를 돌았다. 뭐라도 사려는지 아니면 야식집이라도 찾는지, 상가 거리를 한 바퀴 다 돌고도 백곰의 차는 멈추지 않았다. 차는 상가 거리를 그대로 돌아 다시 주도로로 진입했다. 밤의 도시에는 차들이 많지 않았다. 희중은 간격을 유지하며 백곰의 그 우스꽝스러운 경차를 놓치지 않고 쫓았다. 백곰의 차가 그 한밤중에 신도시 쪽으로 향해 가고 있었다.

6

백주는 자신의 차를 쫓아오는 차가 있다는 걸 눈치챘다. 복사용지가 떨어져서 아직 그걸 파는 데가 있으려나 하며 집을 나섰던 길이었다. 실은 도무지 잠을 이룰 수가 없어서 어디든 나갈 핑계가 필요했을 뿐이다. 반드시 복사용지를 사야 하는 것은 아니었다. 핑곗김에 그저 잠깐 드라이브나 해도 좋을 것 같았다. 집에 있으면 내리 아래층의 여자가 생각났다.

엘리베이터를 타고 일층으로 내려올 때, 희중의 짐작과는 달리 백주는 사층에서 내리지 않았다. 사층 버튼에 문득 눈길이 갔던 것은 사실이었다. 그러나 동시에 엘리베이터 벽면 거울에 비친 자신의 얼굴을 보지 않을 수 없었다. 이해할 수 없거나, 납득할 수 없는 욕망과 고독에 지친 거대한 덩치의 사내 하나가 쓰레기봉투를 들고 울적하게 서 있는 모습이었다. 그가 자신의 모습을 바라보고 있는 동안 엘리베이터가 일층에 섰고 문이 열렸다. 백주는 쓰레기를 버린 후 바로 차에 탔다.

어둠과 헤드라이트 불빛 때문에 자신의 뒤를 쫓아오는 차를 금방 식별하기는 어려웠다. 그러나 백주는 그 차의 주인이 분명히 아래층 남자일 거라고 짐작했다. 아파트 주차장에서부터 따라붙어 자신을 그토록 집요하게 쫓아올 사람이라면 그자 말고는 달리 짐작할 수 있는 사람이 없었다.

"어디 한번 제대로 해보자는 건가……"

백주는 차 안에서 혼자 중얼거렸다. 기분이 영 좋지 않았다. 한번 해보려고 달려드는 상대가 두려워서가 아니었다. 아래층 남자가 얼마나 형편없는 약골인지는 이미 경험해본 바였다. 자신의 집 거실 바닥에 쓰러져 누워 울음을 참던 그의 모습이 다시 떠올랐다. 그런 자와는 다시 몸싸움 같은 건 하고 싶지 않았다. 맞고 싶지도 않았고, 때리고 싶지도 않았다.

백주는 아래층 남자가 제풀에 지칠 때까지 오래 차를 몰았다. 동네 한 바퀴를 다 돈 것 같은데도 뒤차의 추적은 멈추지 않았다. 백주의 입에서 한숨소리가 길게 새어나왔다. 어느새 그의 차는 신도시 진입로로 들어서고 있었다.

그때 갑자기 이상한 기분이 들었다. 이건 뭐지? 이 묘한 기시감은? 만화 배경 스케치를 위해 여러 번 신도시를 들락거렸기 때문에 자신도 모르는 사이에 차를 신도시 진입로로 몰고 간 것은 이상한 일이 아니었다. 이상한 느낌은 다른 데에 있었다. 그러니까 그의 만화…… 살해당해 죽은 아이가 나오는 만화…… 그 만화의 한 장면이 떠올랐다.

창고에 유기되는 아이의 시체, 그리고 그 아이가 살아나는 장면, 되살아나 반쪽의 몸에 붙은 팔로 살인자의 목을 조르는 장면……

신도시 도로의 전면으로 그 창고가 보였다. 아니다. 그럴 리가 있겠는가. 신도시를 들락거리는 동안 한 번도 보지 못했던 창고가 갑자기 생겨날 리는 없었다. 착각일 터였다.

어떻든 간에 그 만화를 중단한 것은 잘한 일이었다. 그는 결국 그 만화를 끝낼 수 없었을 것이다. 그것은 어느 날부터 그에게 달라붙어 떨어지지를 않던 귀신들 때문도 아니고, '섹시한 살인'의 댓글 때문도 아니었다. 그것은 목격자의 운명 때문이었다. 목격자는 무슨 까닭으로 그토록 추악하고 잔혹한 사건에 개입하게 된 것일까. 그에게는 무슨 잘못이 있는 것일까. 그의 운명이 그저 그렇게 예정되어 있었을 뿐일까. 마치, 백주 자신은 원하지 않았는데 그토록 큰 덩치로 태어나게 되었던 것처럼? 그래서 태어나자마자 모두를 놀래고, 자라면서는 모두의 놀림감이 되어야 했던 것처럼? 그래서 여자아이의 관심을 끌게 되었던 것처럼? 그 아이의 오토바이 바퀴에 펑크를 내고 그 아이가 죽는 것을 보아야 했던 것처럼…… 그 모든 것은, 생의 어느 한순간에 시작되는 불행은, 단지 모두 다 우연에 불과한 것이었을까. 그렇다면 그 우연은 어떻게 끝을 맺어야 한다는 말인가. 그는 그 우연을 끝내는 대신 만화를 끝내버렸다.

백주는 마침내 신도시의 한 공사현장 길가에 차를 세웠다. 그러고는 차에서 내려 그곳까지 자신을 쫓아온 차를 향해 섰다. 잠깐 사이에 백주의 얼굴이 지독하게 피로해 보였다.

그만합시다.

백주는 말할 작정이었다.

이런 만화 같은 짓, 아니 만화보다 더 만화 같은 짓 좀 그만하자고요.

백주는 뒷차를 향해 걸음을 옮겼다. 헤드라이트 때문에 운전석에 있는 사람의 얼굴이 금방 보이지는 않았다. 그러나 잠시 후에는 그의 얼굴을 분명히 식별할 수 있었는데, 바로 그때 백주의 눈이 휘둥그레 커졌다.

뭐야, 이 작자는……

남자의 얼굴은 그저 한번 해보자는 얼굴이 아니었다. 분명히 그랬다. 백주의 입에서 헉, 소리가 터져나온 것은 바로 그 직후였다. 아래층 남자가 액셀을 밟고 있었던 것이다. 백주가 뒷걸음질을 쳤다. 그러다가 이내 등을 돌려 달리기 시작했다. 비명이 터져나왔다. 아래층 남자는 그를 차로 깔아뭉개려고 하는 것이 분명했다.

그때 백주가 믿을 수 있는 것은 자신의 속도밖에는 없었다. 그러나 어리석은 희망이었다. 차가 쫓아올 수 없는 공사현장 안으로 백주가 몸을 날리려고 할 때, 무언가가 등에 닿았다고 느꼈고, 그는 자신의 몸이 믿을 수 없을 정도로 멀리 날아가는 것을 또한 느꼈다. 이것은 그의 속도가 아니었다. 분명히 그랬다. 잠시 후, 백주는 낙하했다. 통증조차 느껴지지 않았다. 차가 후진했다가 다시 돌진하는 것이 보였다.

7

바로 그 순간, 상윤은 추돌사고를 일으켰다. 고속도로를 빠져나와 조안이 살고 있는 동네 쪽으로 진입하는 인터체인지 부근에서였다. 앞차에서 운전자가 뒷목을 잡고 내렸다. 이런, 씨발, 씨발, 씨발! 그대로 달아날 수 있는 상황도 아니었고, 그러려고 해도 빠져나갈 수 있는 공간이 없었다. 상윤도 결국 차에서 내렸다. 자정을 이십 분 남겨놓은 시간이었다.

8

희중은 집에 돌아왔다. 비밀번호를 눌러 문을 열었고, 불이 켜져 있는 거실로 들어섰다. 거실은 비어 있었다. 음소거 버튼을 눌러놓은 전화기에서만 불이 연신 깜빡거렸다. 침실도 비어 있기는 마찬가지였다. 거기에는 반짝이는 것조차 없었다. 희중의 걸음이 베란다로 향했고, 조안은 짐작대로 거기에 있었다. 베란다 창문을 열어놓고 창틀에 손을 얹은 채 밖을 내다보고 있는 중이었다.
"왜 거기 있어?"
희중의 목소리에 조안이 돌아보았다. 미소를 띤 얼굴이었다.
"당신 올 거 같아서. 차가 들어오나 보고 있었어."

"자정이 넘었는데."

"그러게. 그렇지만 왔잖아. 차를 멀리 세웠나봐. 들어오는 거 못 봤어."

"지하에 넣었어."

"아직 빈자리가 있었나보네."

"여름방학이잖아. 다들 바캉스라도 갔는지 주차장이 한가하데."

조안의 눈빛이 슬퍼졌다. 아직 한여름이 오기도 전에 희중은 여름 방학을 얘기하고 있는 것이다.

"들어와. 식탁에 앉아서 얘기하자. 당신 식탁에 앉는 거 좋아하잖아."

"엄마, 괜찮으신 거야?"

조안이 안으로는 들어서지 않고 베란다에서 물었다. 희중은 응, 이라고 짧게 대답했다.

"그래도 하루도 안 자고, 이 밤에 왔어?"

"당신, 기다릴까봐."

"그래, 기다렸어."

"……왜?"

"보고 싶어서."

또다시 미소짓는 조안. 그러나 여전히 슬픈 미소였다. 희중은 조안이 들어오는 것을 기다리지 않고 베란다로 나갔다. 그는 조안의 곁에 서서 조안과 같은 자세로 창틀에 손을 얹었다.

"똑같지 않아?"

"뭐가?"

"오층에서 보나 사층에서 보나 똑같아. 모든 게 다."

"……비슷해."

"비슷한 정도가 아니라 똑같아. 달라진 게 아무것도 없다고, 조안."

희중의 말처럼 베란다에서 내다보는 풍경은 오층에서나 사층에서나 크게 달라 보이지 않았다. 가까이 보이는 건물도 없었고 멀리 지방도로와 짓다 만 빌딩들의 골조만 보일 뿐이었다. 서향으로 지어진 집이었음에도 조안은 그 탁 트인 풍경이 마음에 들어 이 집을 좋아했었다.

그러나 어느 날 오후였다.

거실에서 바깥을 내다보았을 때, 조안은 눈앞의 모든 것이 약간씩 어긋나 있다는 것을 알았다. 서쪽으로 난 창문이 오후의 햇살로 눈부시게 환했다.

오래전, 해를 쳐다보곤 했던 기억이 떠올랐다. 어린 상윤과 누가 더 오래 해를 쳐다보고 있는지 내기를 했던 것인데, 그러다가 너희들은 장님이 되고 말 거라는 어머니의 경고처럼, 그해에 상윤과 그녀는 동시에 안경을 맞추었다. 안경을 맞추기 전, 사물들이 조금씩 그녀의 눈 속에서 흐려졌다. 조금씩 흐려지다가는 약간씩 굴절되기도 했다. 근시에 그쳤던 상윤과 달리 그녀는 난시가 심했다. 안경사가 그녀의 눈에 철제 안경테를 끼우고 차례로 렌즈를 교체할 때마다 사물들이 자신의 윤곽을 되찾았다. 모서리는 모서리에 있었고 중심은 중심에 있었다. 시력검사판의 숫자를 그녀는 또박또박 읽었고, 새와 물고기의 그림을 정확히 구분할 수 있었다. 동그라미의 뚫린 구멍을 찾을 때는 마치 고적대의 지휘자처럼 힘차게 팔을 뻗어 안경사의 웃음을 자아내기도 했었다.

　오래된 기억이었다. 그런데 그날 오후, 그녀는 왜 그런 기억이 떠올랐을까. 상윤이 눈 한 번 깜짝하지 않고 그녀를 감시하는 동안, 꺾어질 듯 고개를 뒤로 젖히고 하늘을 쳐다보던 한낮. 기억은 목의 통증으로부터 왔다. 그리고 뜨거워지던 눈동자. 자신도 모르는 사이에 줄줄 흘러내리던 눈물. 그리고 해의 잔영이 뒤덮어버린 세상의 사물들.

　그날 오후, 조안은 자신이 정상이 아니라는 것을 인정했다. 알고는 있었지만 인정하는 것은 또 달랐다. 그녀는 자신이 아픈 것은 마음이 약해서라고 믿었고, 그래서 늘 저 바깥의 어딘가에 있는 아이에게 미안했다. 그녀가 내던져버린 곳 어딘가에서 아직도 떠돌고 있을 것 같은 아이가, 가냘프게 울고 있을 것 같은 아이가, 매일매일 그녀의 마음속에서 고통스럽게 자라났다. 그러나 아이는 죽었고, 자신은 정상이 아니라는 것을 그녀는 그날 오후에 마침내 인정했다.

　슬픈 것은 정상이 아닌 게 자신만은 아니라는 사실이었다. 더욱 고통스럽게 인정해야 할 사실은 바로 그것이었다. 희중은 술만 취하면 말하곤 했었다. 자기가 술을 마셨다는 것을 악착같이 감추면서, 그 어느 때보다 맨정신인 것처럼, 그러나 술기운 때문에 형편없이 흔들리는 목소리로, 말하고 또 말하곤 했다. 여긴 안전해. 조안, 여기서만은 아무 일도 일어나지 않을 거라고. 누구도 죽지 않고 누구도 죽이지 않을 거야. 그러니까 가지 마. 아무데도 가지 마.

　희중은 그녀보다 더 겁에 질려 있었다. 두려움은 공포가 되었고, 공포는 질병이 되었다. 조안은 그 사실을 알면서도 알은체할 수가 없었다. 다만 조안은 마음속으로만 말했을 뿐이다. 나의 불쌍한 남편, 나의 불쌍한 연인, 나의 불쌍한 아기…… 내가 빨리 나아서 당신을 지켜줄게.

그러나 모든 날들이 그렇게 아픈 마음으로만 가득 찼던 것은 아니었다. 어느 날은 정말이지 죽더라도 이 집을 뛰쳐나가고 싶었고, 그런 밤에는 곁에서 잠들어 있는 희중이 무섭게 여겨졌다. 희중이 원하는 것은 어쩌면 그녀의 평화가 아닐지도 몰랐다. 그가 지켜줄 수 있는 안전한 세상에서 평생토록 아무 일도 없이 살아가는 게 아닐지도 몰랐다.

희중이 원하는 것은 반 토막이 나서 살아남은 그들의 세계가 아니라, 다시 완전해지는 것일지도 몰랐고, 그러기 위해서는 조안이 벌을 받아야 하는 거라고 믿고 있는 것일 수도 있었다. 그것이 희중의 생각인지 자신의 생각인지는 몰랐다. 그러나 항상 이런 목소리가 들리는 것만 같았다.

너는 아이를 집어던졌어, 조안. 팔 개월밖에 안 된 아기를 창밖으로 집어던졌다고, 조안! 그러니까 벌을 받아! 살아 있는 너의 감옥에서 평생 동안 내 채찍을 받으라고 조안!

"여기 혼자 서 있는데, 무서웠어, 여보."

조안은 희중을 여보라고 불렀다.

"내가 다시는 행복해질 수 없을 것 같았고, 그런 생각을 하는 내가 무서웠어. 다시는 행복해질 수 없을 것 같아서가 아니라 아직도 행복해지기를 바라는 게 말이야."

"……그래, 우리는 그럴 수 없을 거야."

희중이 조안과 똑같은 어조로 말했다.

"우리는 다시 행복해질 수 없을 거야. 여름방학 때부터 줄곧 그랬

320

던 거야."

"당신, 왜 자꾸 여름방학 얘기를 해?"

문득 희중의 어깨가 굳는 듯했다. 희중이 조안을 쳐다보았다.

"무슨 소리를 하는 거야, 조안?"

"……"

"당신이 왜 여름방학 얘기를 해?"

"그건 내가 아니라 당신이……"

희중이 갑자기 조안의 손목을 거머쥐었다. 무섭게 힘이 들어간 손이어서 금방이라도 손목이 부러질 듯했다.

"그건 거짓말이야. 그건 상상 속에서 있었던 일이라고!"

"여보……"

희중이 조안의 손목을 놓았다. 갑자기 모든 것이 혼란스러운 얼굴이었다. 그가 조안의 손목을 잡았던 손으로 자신의 얼굴을 감싸쥐었다. 잠시 후, 그 손을 떼어내고 다시 조안을 바라보았다.

"……사람을 죽였어."

"여보……"

"내가 그랬다고. 그러니까 우린 이제 어떻게 해도 다시 예전처럼 돌아갈 수 없어."

"당신 자꾸 왜 그런 소리를 해?"

"이번 건 상상 속 얘기가 아니야. 내가 위층 그 새끼를 차로 밀어 죽여버렸어. 바깥에서는 항상 그런 일이 일어나는 거야, 여보. 내가 그랬잖아. 바깥은 정말 위험하다고. 그러니까 나가서는 안 된다고."

"……여보."

"방금 전에, 내가, 그랬어. 참을 수가 없었거든. 정말이지 참을 수가 없었어. 그런 새끼가 당신을 나한테서 뺏어가려고 하는 걸 보고 있을 수는 없잖아. 내가 당신을 어떻게 지켰는데, 그따위 새끼가 그걸 깨려고 하는 걸 보고 있을 수만은 없는 거잖아."

조안의 아랫입술이 파르르 경련했다. 곧 그 입술이 푸른빛이 되었다. 희중이 하는 말이 거짓말 같지가 않았다. 상상 속의 이야기도 아닌 것 같았다. 그러나 어떻게 그런 말을 믿을 수가 있단 말인가.

"나도 무서웠어, 조안."

희중은 다시 조안의 손을 잡았다. 좀 전과는 달리 억센 힘이 들어가 있지는 않았다. 그러나 차갑고 축축한 손이었다. 혹은 끈적한 손이었다. 마치 피라도 묻어 있는 것처럼.

"혼자가 되는 게 무서웠다고. 얼마나 무서웠는지 몰라. 다시 여름방학으로 돌아가고 싶지 않았어. 그런 개 같은 시절로 다시 돌아갈 수는 없었다고! 나한텐 당신도 있고, 아이도 있는데…… 우린, 그렇게 다시 완전해질 수 있는데…… 절대로 다시는 혼자가 될 수 없었어, 조안."

"……아이는 없어, 여보."

"있어! 조안!"

희중이 비명처럼 소리를 질렀다. 그러다가 다시 목소리를 낮추었다.

"저기 밖에 있는 거 알잖아, 조안. 아이가 당신을 기다리고 있는 거 알잖아, 조안."

"……여보."

"이번엔 내가 지켜줄게. 이번엔 정말이지 아무 일도 없게 내가 지

322

켜줄게. 그러니까 걱정하지 마, 조안. 이번엔 나도 함께 갈 거니까. 이젠 이 집도 안전하지가 않거든."

희중이 조안의 등에 손을 얹었다. 조안이 본능적으로 한 걸음을 뒤로 물렀다. 그러나 희중의 또다른 손이 조안의 팔을 잡았다. 조안이 희중의 그 손을 떼어내려고 하자 이번에는 그 손이 조안의 목을 잡았다.

"걱정하지 마, 조안. 다, 잘될 거야. 내가 지켜줄 거라고. 그리고 나도 같이 갈 거라고."

"여보!"

악을 쓰는 조안의 입을 희중이 손으로 막았다. 연약한 여자였다. 집 안에서만 지내는 동안 그 연약함이 마치 바짝 말라버린 나뭇가지 같아졌다. 조금만 힘을 주어도, 손가락 두 개만으로도 부러뜨릴 수 있을 것 같은 여자였다. 희중이 조안의 입을 막고, 자신의 몸으로 조안을 가둔 후, 한 손으로 조안의 머리를 밀어 베란다 바깥을 내려다보게 했다.

"그러니까 조안, 잘 봐둬야 하는 거야. 지난번처럼 실패를 하면 안 돼. 그러면 당신 혼자 되게 될 거야. 당신도 그렇게 되고 싶지는 않지? 나하고 같이 있고 싶은 거지? 그러니까 잘 봐둬. 어느 쪽인지 잘 봐두라고. 나무를 피해야 해. 나무 따위에 지지 말라고. 이번엔 한 번에 잘 떨어져야 한단 말이야. 우린 정말로 안전한 곳에 가게 될 수 있을 거야."

희중이 조안의 몸을 조금씩 밀었다. 키 큰 관목들이 없고 꽃만 몇 송이 피어 있는 화단 쪽이었다. 조안이 멀리만 뛸 수 있다면 그 꽃들까지도 피할 수 있을 것이다. 그건 어렵지가 않은 일이다. 그녀가 진실로 그와 함께 있기를 원하기만 한다면, 조안은 정말이지 멀리 뛸 수 있을 것이다.

조안, 사랑해.

희중은 입속으로만 말했다.

어느 한순간도 너를 사랑하지 않은 적이 없었어. 늘 미칠 듯이 너만을 사랑했어, 조안.

그리고 희중의 한 손이 조안의 등으로 갔다. 팔 개월짜리 어린아이를 집어던지듯이 가볍게 집어던질 수 있을 것 같았다. 그러나 순간 조안이 입을 막고 있던 희중의 손을 깨물었고, 희중은 소리를 지르며 손을 떼어냈다.

"조안…… 어떻게 이럴 수가 있어……"

잇자국이 난 손을 흔들며 희중은 믿을 수 없다는 듯이 중얼거렸다. 그사이에 조안이 달아났다. 희중이 막고 서 있는 출입구 쪽으로는 갈 수가 없어서 창고 쪽이었다. 조안은 창고 문에 등을 기대고 서서 울기 시작했다.

희중이 그런 조안의 머리채를 잡았다. 소리지르면 이번엔 입을 갈길 것이다. 이 세상의 모든 쓸모 있는 말들이 사라져 구멍으로만 남은 입이다. 희중은 그 입을 갈겨 소리를 막을 것이고, 그리고 그녀를 집어던질 것이다. 가볍게, 아주 가볍게, 종이비행기처럼. 그러니, 조안, 조용히 해. 이리로 오라고. 이리로 오란 말이야!

희중이 조안의 머리를 잡아 다시 열린 창문 쪽으로 조안을 끌어당겼다. 흐느낌과 공포 때문에 조안은 비명조차 지르지를 못했다. 그리고 어쩌면 순간 생각했을지도 모른다.

그렇다. 어쩌면 희중의 말이 맞을지도 모른다. 나는 다시 세상 밖으로 나가, 저기 어딘가에 있는 아이를 만날 것이고, 우리는 다시 완전해질지도 모른다. 희중이 그들을 다시 그렇게 만들어줄지도 모른다.

조안의 몸에서 저항하던 힘이 빠지고, 눈이 감겼다. 그리고 희중의 손이 조안의 등허리 쪽 옷자락을 잡았다. 그때 조안이 뭐라고 한마디를 했는데, 그건 사랑한다는 말이었을까. 아니면 안녕, 아기야, 라는 말이었을까. 희중은 분명히 조안의 구멍 같은 입에서 흘러나온 무슨 말을 들었다고 생각했다.

쾅!

그것은 조안의 입에서 나온 소리가 아니었다.

다시, 쾅!

그것은 세상이 폭발하는 소리였다. 하나의 세계가 깨지고, 또하나의 세계가 열리는 소리였다. 희중이 그 소리를 향해 자신도 모르는 사이에 고개를 돌렸다.

쾅!

희중의 입에서도 같은 소리가 흘러나왔다.

"쾅……"

그러고는, 발작 같은 고함이 이어졌다.

"쾅! 빌어먹을! 조안! 쾅! 이리 오란 말이야! 쾅, 쾅, 쾅!"

쾅, 쾅, 쾅, 세상이 깨어지는 소리가 계속 울려대고 있었다.

희중은 꿈을 꾸었다. 아버지와 함께 산을 오르는 꿈이다. 열두 살 아이를 위해 아버지는 어려운 등산로를 택하지 않았다. 그랬음에도 약초를 캐러 가는 등산로는 가팔랐다. 열두 살 사내아이는 아버지의 생각만큼 약하지 않았다. 아이가 아버지를 앞설 때가 많았다. 땀을 줄 줄 흘리느라 얼굴이 땟국물로 뒤범벅이 된 아이가 뒤따라오는 아버지를 돌아보았다. 아버지의 얼굴이 푸른 숲 그늘에 묻혀 있다. 다정한 미소가 시원한 산바람처럼 건너온다. 희중이 푸른 나뭇잎처럼 마주 웃는다.

웃으며 묻는다.

아버지가 그런 거 아니죠?

아버지는 대답이 없다.

희중이 다시 산을 오른다. 열두 살 어린 희중에게는 등산화가 따로 없어서 돌에 걸린 운동화 앞부리 속 발가락이 아프다. 그러나 소년은 개의치 않는다. 소년은 날다람쥐처럼 날쌔기만 할 뿐이다.

어라, 아버지가 어느새 그의 앞으로 가고 있다. 아버지를 따라잡아야지! 소년이 달려가 아버지를 앞지른다. 그리고 아버지를 향해 돌아선 순간 소년의 얼굴이 하얗게 질린다.

아버지의 얼굴이 너무나 무서웠다. 아버지가 그에게 벌을 내리려고 하고 있는 것이다.

너는 거짓말을 한 벌을 받아야 해! 이리 와라, 이놈의 자식! 내가 너를 여기서 던져버릴 테다!

희중이 비명을 지르며 눈을 감았다가 뜬다. 아버지의 품에 안긴 아기가 보인다. 팔 개월짜리 아기이다. 희중이 그 아기를 향해 손을 뻗는다. 아기의 입이 벌어져 방긋 웃음이 새어나온다. 그리고 희중이 꿈속에서 울기 시작한다.

안 돼, 아기야. 거기 있으면 안 돼. 그 사람은 널 해칠 거야. 널 던져버릴 거라고.

아기가 아버지의 품속에서 점점 자라고 있다. 그러더니 어느새 그 것은 열두 살 희중이다. 열두 살 희중이 서른다섯 살 희중에게 손을 흔든다. 희중은 걷잡을 수 없이 눈물을 흘린다. 누군가가 그런 희중의 손을 가만히 잡아주었는데, 돌아보니 조안이었다. 조안이 미소짓고 있었다.

사랑해, 조안. 어느 한순간도 너를 사랑하지 않은 적이 없었어.

간신히 눈물을 그친 희중이 조안을 향해 마주 미소지었다.

그리고, 내가 이런 말을 한 적이 있었던가. 비밀 같은 건 무섭지 않 았어. 세상의 모든 걸 합쳐놓은 것 같은 어떤 비밀도, 어떤 거짓말도 무섭지 않았어. 너를 잃는 것보다는 덜 무서웠다는 소리야. 조안, 사 랑해.

조안이 그의 얼굴을 가슴에 묻어주었다. 따듯한 가슴이 부드럽게 출렁였다. 조안이 희중에게 말했다.

사랑해, 여보.

9

"교통사고는 어디에서 당하신 거죠?"

경찰이 백주에게 물었다.

"신도시에서요. 어두웠고요."

"그래서 차량도 운전자도 기억하지 못한다고요?"

"그런 일을 그렇게 당하면 그쪽도 마찬가질걸요."

"그런데 417호 문은 왜 그렇게 한 겁니까?"

백주는 사층 주민들과 경비원의 신고로 경찰에 붙잡혔다. 경비원이 핸드폰으로 경찰에게 전화를 걸어 한 남자가 어떤 집을 무지막지한 쇠뭉치로 두드려 부수고 있다고 했다. 그 무지막지한 쇠뭉치는 사실 크기가 그리 크지도 않은 스패너였다. 백주는 그 스패너를 자신의 차 공구함에서 꺼냈는데, 제일 먼저 손에 잡힌 것이 그것이었기 때문이다. 망치가 먼저 손에 잡혔다면 보다 극적이었겠지만, 드라이버가 먼저 손에 잡혔더라도 그는 그걸 들고 뛰어올라갔을 것이다.

"다툼이 좀 있었거든요. 그 아랫집 남자하고."

"무슨 다툼이요, 언제요?"

"한참 동안이요. 시끄럽다고 자꾸 항의를 했어요."

"그런다고 남의 집 문을 스패너로 내리쳐요? 그 한밤중에? 그것도 그런 몸을 해가지고? 그런 교통사고를 당한 직후에?"

"그 몸을 끌고 간신히 집에 돌아왔는데 그 새끼가 또 항의를 했다고요!"

"위층으로 올라와서요?"

"아니요, 인터폰으로요! 그래서 내가 빡이 나갔었다니까요!"

백주가 보호하려고 하는 것은 희중이 아니었다. 신도시 공사장에서 깨어났을 때, 온몸의 모든 관절이 조각난 듯한 통증을 느끼며 몸을 일으켰을 때, 그러나 자신이 아직 걸을 수 있을뿐더러 차를 운전할 수도 있다는 것을 알았을 때, 그가 한 생각은 오직 한 가지뿐이었다.

너야말로 이젠 죽었다, 이 새끼!

그는 아파트 안으로 들어가기 전에 베란다에 서 있는 희중의 모습을 보았다. 밖은 어두웠고 안은 밝았기 때문에 희중의 모습이 또렷이 보였다. 여자가 보였는지는 알 수 없다. 그때는 여자 생각 같은 건 나지도 않았다. 백주는 차량 공구함을 열어 가장 먼저 손에 잡히는 공구를 꺼냈다. 그 집의 벨을 눌렀던지는 기억나지 않는다. 눌렀다면 몇 번이나 눌렀던지도. 아무튼 문은 열리지 않았다. 그는 문 열라고 악을 쓰며 스패너로 문을 찍기 시작했고, 옆집에서 사람들이 나와 보기 시작한 후에도 멈추지 않았다. 옆집 사람들이 먼저 비명을 질렀다. 엄청난 거구의 사나이가 피투성이가 되어 어느 집의 문을 깨부수고 있었던 것이다.

옆집 사람들은 백주가 들고 있는 스패너에 놀라 백주를 저지하는 대신 경비원을 불렀다. 경비원도 어느새 그 굉음을 들었기 때문에 엘리베이터를 기다리지 못하고 계단으로 뛰어올라오고 있는 중이었다. 경비원보다 먼저 계단을 뛰어올라가고 있는 사람도 있었다. 온몸이 땀에 흠뻑 젖어 숨이 턱에 찬 상윤이었다.

그리고 느닷없이, 정말로 갑작스럽게, 문이 열렸다. 그때 스패너를 공중에 쳐들고 있던 백주는 당장이라도 그 스패너로 안에서 나오는 자의 머리를 깨줄 작정이었는데, 그래도 본능적인 무언가가 그를 잠깐 멈칫하게 했다. 뛰어나온 것은 여자였다. 맨발이었다. 그자는 거실에 있었다. 두 팔을 내려뜨린 채 서 있었는데 동공이 풀려 완전히 귀신 같은 모습이었다.

백주는 그자의 머리통을 깨기 위해 집안으로 들어갈 수 없었다. 상윤이 달려들어 백주를 쓰러뜨려버렸던 것이다. 백주가 바닥으로 쓰러지자마자 상윤은 이번에는 조안을 끌어안았다. 조안을 품에 안고 상윤이 악을 썼다.

"씨발, 아무 일도 아니니까 다들 들어가요! 다들 들어가서 잠이나 처자라고요, 씨발님들!"

그러나 그때는 이미 경비원이 경찰을 부른 후였다.

백주는 희중을 보호할 생각이 없었다. 자기를 죽이려고 했던 자였다. 그것은 너 한번 죽어볼래, 식의 위협이 아니었다. 그자는 그를 차로 깔아뭉개려고 했다. 첫번째 충돌 후 도랑 속으로 굴러떨어지지 않았다면, 백주는 분명 지금쯤 이 세상 사람이 아닐 것이다.

백주는 그 처죽여야 마땅할 자식을 경찰 따위에게는 넘길 수가 없다고 생각했는데, 그랬다가는 지금 자신이 당하고 있는 것처럼 '신사적인 질문' 몇 가지를 받을 것이고, 그러다가는 감옥에 가게 되겠지만 사형을 당할 리는 분명히 없을 것이고, 자신이 겪었던 것과 같은 육체적 고통과 공포를 느끼게 될 리도 없을 것이다. 혹시 운이 그것밖에 안 돼 감방에서 더러운 놈을 만나고, 그래서 그놈한테 자신이 당한 것보다 더한 폭행을 당할 수도 있기는 하겠지만, 미국 드라마에서 자주보는 것 같은 그런 광경을 상상할 수 있기는 했지만, 그렇더라도 그것은 자신의 복수가 아니고, 감방의 더러운 놈이 그의 복수를 대신해서 해주는 것도 아닐 터였다.

그러나 머지않아 백주는 깨닫게 될 것이다. 자신은 결과적으로 그자를 보호했으며, 자신도 모르는 사이에 그렇게 했던 것은 결국 그 여자 때문이었다는 것을.

"살아 있군요!"

그날 밤, 여자가 휘파람 양아치의 품을 벗어나 그에게로 달려들었다.

"살아 있는 거 맞지요!"

그리고 그를 있는 힘을 다해 끌어안은 채 말했었다.

"오오, 하느님! 고마워요. 고마워요."

그토록 슬픔에 차고, 그토록 절박하던 목소리.

하느님, 맙소사, 그리고 그는 또 깨닫게 될 것인데 첫사랑 이후 자신이 단 한 번도 연애란 걸 해본 적이 없다는 사실, 그 어떤 여자도 그를 그토록 간절히 끌어안은 적이 없다는 사실일 터였다. 그리고 그렇게 애절한 목소리로 그에게 '고맙다'는 말을 한 여자도 없다는 사실 또한. 정희에게 듣고 싶었던, 단 한 번만이라도 꼭 듣고 싶었던 말이 바로 그 말이었다는 사실 또한. 언감생심 좋아한다는 말은 기대하지도 못해서, 딱 한 번만이라도 듣고 싶었던 말이 고작 그것이었다는 사실을.

'고마워, 백주야.'

그러면 대답해주었을 텐데.

'아니야, 뭘…… 괜찮아.'

그 여자, 그의 마음을 흔들어버린 아랫집 여자는, 그러나 백주가 집에 돌아왔을 때 더는 아래층에 있지 않았다. 여자는 떠났고, 그 쳐죽여야 마땅할 자식도 마찬가지인 것 같았다. 그러나 언젠가는 돌아올 것이다. 이사를 한 것은 아니라고 했으니 언젠가는 돌아올 것이다. 백주는 기다렸다. 이제 아파트의 모든 이웃들이 그를 신기한 덩치로만 보는 게 아니라 끔찍한 괴물처럼 바라보며 피한다는 걸 알았지만, 그래도 집을 떠나지 않고 마냥 기다렸다. 그에게는 아직 할말이 남았기 때문이다.

'아닙니다. 괜찮습니다.'

그는 그렇게 말해주고 싶었다.

가을이 오고 또 겨울이 왔다. 그는 여전히 때때로 아이 울음소리를 들었다. 그러나 이제 와서는 기억 속의 환청에 불과했다.

그랬음에도 그 환청은 주기적으로 반복되었고, 그때마다 그는 의문에 사로잡히지 않을 수 없었다. 환청이 대낮에 들릴 때는 더욱 그러했다. 아이의 울음소리가 아랫집 남자가 재생시킨 동영상에서 들린 것이었다면, 대낮의 울음소리는 어떻게 해석해야 하는 것일까. 그가 알지 못하는 사이에 아랫집 남자가 시도 때도 없이 집엘 들락날락했다는 소릴까. 수시로 동영상을 재생시키기 위해? 아무래도 그건 말이 안 되는 소리 같았다.

의문은 또 있었다. 자신은 어쩌다가 살해당해 죽은 아이가 등장하는 만화를 그리게 되었던 것일까. 혹시 그를 그토록 미치게 했던 아이의 울음소리는 그 만화 속에서 나왔던 것은 아닐까. 그 아이와 그를 둘러싸고 있던 귀신들은 왜 그를 쫓아왔던 것일까.

"이젠 그만 좀 해, 백주야."

삼촌이 다시 나타나 말했다.

"하마터면 죽을 뻔했잖아. 그랬으면 이제 됐잖아."

"……"

"이제 정희 생각은 그만하라고."

백주는 한동안 입을 다물고 있었다.

"네가 그런 거 아니잖아."

"내가 그런 거 아니야."

백주는 간신히 말했다.

"그런데 왜 그래?"

백주는 다시 입을 다물었다. 오래전에 정희가 죽었다. 정희가 탔던 오토바이에 그가 펑크를 냈었다. 사고가 그 때문이었던 것은 아니었다. 오토바이 수리점에서 그들이 바퀴를 교체했다는 것을 백주는 얼마 후에 알게 되었다. 그렇더라도 정희가 죽었다는 사실은 달라지지 않았다. 정희가 마지막으로 탄 오토바이 바퀴에 그가 펑크를 냈었다는 사실도 달라지지 않았다. 그는 정희를 잊을 수가 없었고, 끔찍하게 외로웠으며, 고통스러웠다.

"그렇지만 미안하단 말을 못했잖아."

한동안의 침묵 끝에 백주가 입을 열었다. 삼촌도 한동안 침묵했다. 잠시 후 삼촌이 말했다.

"나한테 해. 내가 받아줄게."

"그럼 이제 끝이야?"

"응, 끝."

또 한 편의 만화가 이렇게 끝나가고 있는 것 같았다. 해피엔딩일까. 포에버 앤드 에버, 이어지는?

"백주야. 나한테 해. 내가 정희한테도 전해줄게."

"미안해."

백주는 말했다. 기억에게 그리고 슬픔에게. 그리고 그는 이제 다시 한 편의 만화를 시작해야 할 것 같았다. 어쩐지 완전히 새로운 만화가 될 것도 같았다.

모든 빛깔들의 밤

1

조안은 희중과 이혼했다. 모처럼 햇살이 좋아 그리 춥지 않게 여겨지던 겨울의 한낮이었다. 법원의 마당에 햇살이 가득했다. 아직 3월도 되지 않았는데 곧 봄이라도 올 것 같은 기세였다. 그럼에도 희중은 추워 보였다. 그사이에 형편없이 체중이 줄어 코트의 목깃이 헐렁했기 때문이다. 목도리를 챙겨줬어야 했다고 조안은 생각했다. 상윤이 집에서 가져다준 짐들 속에 희중의 물건들이 많이 섞여 있었다. 그중에는 목도리도 있었다. 조안이 결혼기념일에 선물했던 것이다. 이혼 법정으로 오면서 그 목도리를 가지고 나올 수는 없었다.

사건 이후 조안은 상윤의 집으로 거처를 옮겼다. 약을 먹는 것은 여전했다. 희중이 챙겨주지 않아도 조안은 꼬박꼬박 시간에 맞춰 약을 먹었다. 그녀는 더는 아프고 싶지 않았다. 그리고 아프지 않을 수 있는 방법은 약을 먹는 것밖에는 없었다. 희중도 약을 먹는다고 했다. 병원에 입원하는 대신 정기적으로 상담을 받고, 또 자신이 처방한 약을 복용하는 모양이었다. 아무리 약사라고는 해도 자기가 자기 자신의 약을 처방할 수 있는 것일까. 그러나 어쩌면 그보다 더 정확한 약은 있을 수 없을지도 모른다. 조안이 집을 떠난 것처럼 희중도 집을 떠났다. 약국에서 먹고 자는지, 작은 방 한 칸이라도 얻었는지 어쨌든 희중은 그날 이후 다시 그 집으로는 돌아가지 않았다고 했다.

희중은 만날 때마다 체중이 점점 더 빠져 나중에는 거의 뼈만 남은 것 같은 모습이었지만, 표정은 고요했다. 조안이 희중을 만날 때마다 상윤이 그들의 자리에 동석했다. 상윤은 여전히 희중을 믿지 못하고 있었고, 그건 희중 본인 역시 마찬가지인 듯했다.

기차사고나 테러, 혹은 전쟁같이 불가항력적으로 집단사고를 당한 사람들의 대다수가 정신과적인 증상을 보인다는 기사가 실린 잡지를 상윤의 집에서 발견했었다. 시사잡지 따위를 읽을 리가 없는 상윤이었지만 아무래도 그 기사 제목에 이끌려서 잡지를 사지 않을 수 없었을 것이다. 조안도 그 잡지를 펼쳤다. 외상 후 스트레스 장애. 그 소제목 아래에 적힌 증상들은 발작부터 대인기피, 불면증까지 다르면서 모두 같았다. 그런 증상을 몇 달이 아니라 몇 년 동안이나 겪는 사람도 있다고 했다. 어쩌면 죽는 날까지도 그 병에서 벗어나지 못하는 사람도 있을 것이다. 죽었어야 할 자리에서 죽지 못하고 살아남은 삶이 죽음보다 못한 사람도 있을 것이다. 수십 명 수백 명이 죽어나간 사고에서 천운으로 살아난 사람이 스스로 목숨을 끊는 경우도 있다고 기자는 적고 있었다. 조안은 그들 모두를 이해했다. 기사에 적혀 있는 복잡한 의학 용어는 이해할 수 없었지만, 의학 용어로는 결코 다 표현할 수 없을 그들의 고통과 고독은 이해했다. 아무 이유도 없이, 혹은 모든 이유를 다 합쳐, 세상은 그들의 적이었다.

상윤의 집으로 옮긴 후에 잡지를 읽을 수 있게 된 것처럼, 조안은 컴퓨터도 다시 만지기 시작했다. 아무리 세상이 그녀를 맹렬히 위협한다고 하더라도 그녀는 다시 세상 바깥으로 나가야 했고, 그러기 위해서는 먼저 적응해야만 했다. 그녀가 일부러 클릭하지 않아도 알아서 뜨는 포털사이트의 뉴스에서는 매일같이 새로운 사고 소식이 올라왔다. 그녀는 여전히 집 밖으로 나가는 것이 두려웠고, 집 밖으로 나가자마자 심장이 오그라드는 것 같은 증상도 똑같았고 세상이 더 넓은 감옥같이 여겨지는 것도 마찬가지였지만, 그래도 안간힘을 써서 조금씩 나가는 범위를 넓혔다. 어느 날은 상윤의 차를 타고 밤거리를 드라이브하기도 했다. 기차는 아니었지만, 가끔 전철이 달려가고 있는 게 보였다. 차를 멈추게 하고 조안은 달려가는 전철을 바라보았다. 조안은 울지 않았다.

그녀는 또 포털사이트를 통해 기차사고에 관련된 공판이 마무리되었다는 기사를 보았다. 일 년 가까이나 질질 끌었던 공판이었음에도 관계자들에 대한 처벌 수위는 크게 달라진 것이 없었다. 대통령의 형이 뇌물 수수로 오 년의 실형을 받았고, 건설회사의 사장과 중역들이 칠 년부터 집행유예까지의 판결을 받았다. 곧 3월이 올 테니 삼일절 특사가 있을 것이다. 부처님 오신 날 특사도 있을 것이고, 있으려면 단오절 특사도 있을 것이다. 기사를 올린 기자의 논조가 매우 강경해 마치 화가 난 채로 기사를 쓴 것처럼 보였다. 그러나 아마도 조안이 그렇게 생각하고 싶은 것일 터였다. 누군가는 여전히 그녀를 대신해 화를 내고 있다는 것……

정작 그녀는 이제 모든 것을 잊었다. 아이를 잃었을 때 생겨난 구멍이 더 커져 이제는 몸 전체가 하나의 커다란 구멍 같았다.

조안은 희중과 이혼까지는 하고 싶지 않았다. 이혼이 모든 것의 해결책이 되리라고는 믿지 않았고, 무엇보다도 조안은 여전히 희중을 사랑했다. 굳이 하게 되더라도 지금은 아닐 것 같았다. 좀더 시간이 흐르기를 바랐다. 그러나 이혼을 원한 것은 희중 쪽이었고 조안은 희중의 생각을 돌릴 수 없었다. 그는 여전히 자신이 조안을 해칠 수도 있다고 믿고 있는 것 같았다. 그러니까 여전히 자신의 마음속에 무엇이 들어 있는지 알 수 없다고 생각하는 것이다.

법원의 계단에 서서 조안은 희중의 손을 잡았다. 희중이 있는 힘을 다해 웃는 듯한 표정을 지어 보였다. 판사가 그들에게 이혼을 합의한 게 사실이냐고 물었을 때, 희중이 불쑥 조안을 향해 미소지어서 법정에 있는 사람들을 어리둥절하게 했었다. 그 미소는 마치 결혼식장에서 영원히 사랑하겠느냐 묻는 주례자 앞에서나 지을 법한 미소였다.

상윤이 법원 마당에 차를 주차시켜놓고 있었다. 희중은 차를 가져오지 않았다. 백주를 친 그날 밤 이후로 그는 다시는 운전을 하지 않았다. 아마도 그는 택시를 타야 할 것이고, 또 고속버스를 타야 할 것이다. 이혼 후 희중은 대전에 내려가 있을 작정이라고 했다. 약국은 이미 최약사에게 넘겼다고 했다.

지난밤, 조안이 대전 어머니에게 전화를 걸었다. 다른 때처럼 엄마, 부를 수가 없어서, 그냥 저예요 하고 말았다. 어머니가 침묵했다. 그리고 조안이 죄송하다고 했다. 노인이 화를 내거나 그러지 않더라도 노여운 말 한마디쯤은 내뱉을지도 모른다고 생각했는데 뜻밖의 말을 했다.

"괜찮다. 괜찮아. 다 괜찮아질 거야. 하나님께서 다 바로잡아주실 게다."

노인은 여전히 자신만의 세계에 갇혀 있는 것 같았다. 그러니까 비밀과 거짓 사이에서 절대로 어느 쪽의 문도 열지 않으려고 하면서.

희중의 열두 살 여름방학 때에 정확히 무슨 일이 있었던 것일까. 상윤의 전문직 형님들이 이번에는 그 전문성을 아주 잘 발휘했다. 상윤은 조안에게도 그들이 알아낸 사실을 알려주었다.

"형 아버지 말야."

상윤은 여전히 희중을 형이라고 불렀다.

"형 아버지가 그런 거 아닌 모양이더라고."

조안은 듣고만 있었다.

"용의 선상에는 올랐었던 모양이야. 알리바이도 없었고. 그 양반이 어떤 어린 여자아이랑 같이 있는 걸 봤다는 증언도 있었다고 하고. 그렇지만 증언이 왔다갔다한데다가 증거도 없었대. 나중에는 오히려 다른 놈 하나가 더 주요 용의자로 조사를 받았다더라고. 안 그랬으면 형 아버지가 사고로 죽은 게 그렇게 쉽게 넘어가지도 않았을 거고."

"넌 어떻게 그런 걸 다 알았어? 이십 년도 더 전의 일인데."

"알려고만 들면야, 뭐……"

"고마워, 상윤아."

조안이 쓸쓸하게 미소지으며 말했다. 그러나 조안은 그렇게 말하면서도 상윤의 말을 온전히 믿을 수가 없었다. 어쩌면 상윤이 그녀를 위해 거짓말을 하는 걸 수도 있다고 생각했다. 그런데 그걸 캐물을 수가 없었다. 희중의 아버지가 무고한 게 사실이라면, 그녀는 무슨 말로 희중을 위로할 수 있을까. 그렇다고 해서 희중을 위로하기 위해 희중의 아버지를 살인자로 믿고 싶은 것도 아니었다. 어떤 진실은, 거짓보다도 더 무서웠다.

조안이 이혼 전날 대전 어머니에게 전화를 건 것은 며느리로서 마지막 인사나 건네자고 한 것이 아니었다. 어쩌면 어머니는 진실을 알고 있는 유일한 사람일 것이다. 그러므로 하나님이 아니라, 어머니가 바로 모든 일을 바로잡아야 할 사람이었다. 조안이 그런 말을 하자 어머니는 침묵했다. 주문처럼 이어지던 괜찮다는 말이 그때야 끊겼다. 잠시 후, 어머니가 울기 시작했다. 수십 년을 묵혀두었던 것 같은 울음이었다. 조안은 그 울음이 그치기를 기다리지 않은 채 전화를 끊었다. 괜찮은 것은 아무것도 없었다. 말은 아무것도 괜찮게 할 수 없었다.

그러나 한 가지 확실한 것은, 진실이 무엇이든 간에, 죄는 지은 자의 것이라는 거였다. 여자아이의 죽음은 분명히 희중의 죄가 아니었다. 아버지의 죽음에 대해서도 마찬가지였다. 희중은 이미 그가 할 수 있는 만큼의, 혹은 하지 않아도 될 것까지, 모든 대가를 다 치렀다. 어려서 그는 발작과 함께 살았고, 그 때문에 제대로 된 친구도 사귈 수가 없었다. 어머니는 그를 사랑했지만 그를 괜찮게 하는 대신에 늘 절벽으로 밀었다. 뛰어내리든가, 버티든가. 그는 늘 목숨을 걸고 무언가를 선택해야 할 것만 같았다. 그는 충분히 불행했고, 충분히 외로웠다. 그러니 그에게 그 어떤 부주의한 실수가 있었더라도 그는 이제 다 잊고 살 수 있었을 것이다. 가끔은 떠오르겠지만, 그래도 또 잊을 수 있었을 것이다.

　사고가 모든 걸 다 바꿔버렸다. 그러니 누군가는 책임을 져야만 했다. 피해자 대책위 모임 회장이 했다던 말처럼, 책임은 기차가 아니라 사람이 져야 했다.

　그들에겐 아무 일도 일어나지 않을 수도 있었다. 그러면 그들도 남들처럼, 어느 순간에는 서로에게 무심해졌을 것이고, 둘 중의 하나는 뜻밖에 한눈을 팔았을지도 모르고, 그래서 온갖 저주의 말을 퍼부어가며 싸움을 했을 것이고, 그럼에도 같이 살다가 문득 행복을 느꼈을 것이고…… 그저 그렇게 늙어갔을 것이다. 그리고 아주 늙은 어느 날의 하루, 생각했을 것이다. 세월이 모든 것을 증거한다고. 그걸 사랑이라고 부른들 어떻겠느냐고. 아니, 이것이야말로 사랑이 아니겠느냐고. 그러나 늙은 입으로는 차마 사랑한다는 말을 하지 못해, 손과 손을 꼭 마주 잡았을 것이다.

　사고 때문에 모든 것이 달라져버렸다. 그들은 무서웠고, 너무나 무서운 나머지 사랑만이 전부였다. 무서워서 고독했고, 고독해서 무서웠고, 그래서 사랑하지 않을 수 없었다. 마치 종교처럼, 마치 광신처럼…… 사랑해, 사랑해. 영원히 너만을 사랑해. 그 마음이 너무나 뜨거워서 두려울 지경이었다.

　조안은, 다시는, 그런 사랑을 할 수 없을 것이다.

　상윤에게서 들은 이야기를 조안은 희중에게는 하지 않았다. 그의 여름방학에 대해서도 다시 이야기하지 않았다. 위층 남자에 대해서도

340

마찬가지였다. 조안은 그 남자를 다시 만난 적이 없었다.

그러나 어느 날 아침 이메일을 열었을 때, 그녀의 메일함에 매일매일 배달되는 만화가 있는 것을 발견했다. '대나지'의 만화였다. 웹툰 사이트로 링크가 되어 있는 그 이메일을 열어보았을 때, 러닝머신을 타고 있는 귀여운 백곰이 먼저 보였다. 이 남자의 만화 제목이 '잠자는 숲속의 공주'라고 하지 않았던가? 그날 이메일 주소를 가르쳐주었더랬는데. 그랬더니 공주가 영원히 행복하게 되는 이야기를 보내준다고 했는데.

그러나 조안에게 매일 배달되고 있는 대나지의 만화는 〈잠자는 숲속의 공주〉가 아니었다. 〈빨강과 사랑〉. 새로 그리기 시작한 만화인 모양이었다. 그런데 빨강은 무엇을 뜻하는 것일까. 불, 열정, 혹은…… 피를 생각하고 싶지는 않았다. 어쩌면 주인공인 여자아이가 가장 좋아하는 색깔이 빨강일지도 모른다. 빨간색 막대사탕을 좋아하는 순정만화의 여자 주인공을 떠올리자 문득 기분이 좋아졌다. 그래서 그녀는 댓글에 이렇게 적었다. 제목이 근사해요. 그러나 댓글 입력을 클릭하지는 않았다. 언제까지 배달이 되어올지는 모르지만, 그녀는 아침마다 그 만화를 볼 것이고, 금방이라도 코카콜라 뚜껑을 딸 것 같은 그 귀여운 백곰 캐릭터에 웃음을 흘릴 것이고, 가끔 미안해질 것이다. 그리고 고마워할 것이다.

고마워요, 지켜줘서.

세상 모두가 적은 아니었다. 누군가는 그녀를 지키기 위해 상처를 입고 피를 흘렸다. 그러니 그녀는 이제, 세상 밖으로 나가야만 했다. 비록, 세상이 여전히 너무나 무서운 정글이라고 하더라도. 그 정글 속에 온갖 괴물들이 들끓고, 괴물보다 더 무서운 인간들이 서로를 할퀴고, 좀비가 되어 이승을 떠나지 못하는 유령들이 그 틈을 메우고 있다고 하더라도, 그녀는 나가야만 할 것이다.

희중이 조안의 손을 놓고 법원 마당으로 내려서기 직전, 무슨 말인가를 하려는 듯 입술이 움직였다. 사랑해, 조안. 희중의 말을 조안은 알아들었다. 그러나 희중은 끝내 입을 열지는 않았다. 그런 그와 조안을 상윤이 차 안에서 바라보고 있었다.

"여자아이가 머리핀을 하고 있었대. 그런데 그게 사라진 거지. 뭐 그냥 문방구에서도 살 수 있는 그런 흔한 머리핀이었던 모양이야. 그래도 현장에서 사라진 게 그것뿐이니까 경찰이 그걸 찾으려고 무진 애를 썼다더라고. 그런데 동네 아이들이 그 머리핀 이야기를 하고 돌아다니더라는 거야. 경찰이 어디다 말을 흘린 적도 없는데 노란색 나비 모양 머리핀이라고, 색깔이랑 모양까지 아주 정확히 말하더라고. 뭐, 흔한 머리핀이긴 하지. 어린 여자애 머리핀 하면, 그냥 떠오를 정도로 흔한 거잖아. 머리핀 얘기 말고는 다 황당한 얘기들뿐이었대. 우산으로 찔러 죽였다느니, 범인이 황금박쥐 복면을 하고 있었다느니. 그래도 경찰로서는 무시할 수 없었겠지. 아무래도 여덟 살짜리 여자애가 그렇게 죽은 사건이었으니까."

상윤은 자신이 알게 된 모든 사실을 조안에게 말하지 않았다. 어떤 말이 조안을 안심시키고 어떤 말이 그러지 않을지를 알 수 없었기 때문이다. 다른 용의자가 있었다는 것은 사실이지만, 경찰이 그쪽을 진범으로 생각하고 있다는 얘기는 그가 덧붙인 것이었다. 희중의 아버지가 그렇게 죽은 후, 경찰도, 보험회사에서도 그것이 자살일 거라는 심증이 컸다. 희중의 어머니는 남편이 죽은 후에도 경찰과 보험회사와 세상의 공격적인 눈초리와 싸워야만 했다. 홀로 견뎌내야 하는 싸움이 너무 지독해서 희중의 어머니는 한동안 교회에서만 살았고, 어린 희중은 그냥 방치했다. 다시 정신을 차릴 때까지 오랜 시간이 걸리지는 않았지만, 어렸던 희중이 홀로 견뎌야 했던 시간은 참혹했을 것이다. 어머니의 기도가 자신을 용서하기 위한 것인지, 아니면 아버지를 용서하기 위한 것인지도 결코 알 수 없었을 터이므로.

그런 모든 얘기를 조안에게는 할 수 없었다. 자신이 형님에게 물었던 말에 대해서도 마찬가지였다.

"그 죽은 여자애 부모는 어떻게 됐대요?"

"어떻게 되긴…… 뭐 그걸 봐야지 알겠냐? 너라면 제대로 살겠냐, 딸이 그렇게 됐는데? 제대로 사는 것처럼 보인다고 해도 그 속이 제대로겠냐. 내 딸년이 올해 열일곱 살밖에 안 처먹은 게 머리를 노랗게 물들이고, 아주 폼나게 핀까지 꼽고 있더라. 개 같은 년, 당장 머리 제대로 해놓으라고 내가 아주 혼쭐을 내줬다. 계집애가 울지도 않고 나를 도끼눈을 하고 쳐다보는데, 그래도 내가 속으로는 고맙다는 소리가 절로 나오더라. 어쨌든 나 같은 애비의 새끼에 바람만 잔뜩 든 년이라고 하더라도 무사히 잘 살고 있으니 고맙지 않겠냐."

형님은 잠시 간격을 둔 후 시외버스 운전사를 하던 그 여자아이의 아버지의 죽음에 대해서 말하기 시작했다. 여자아이의 아버지는 딸이 죽고 나서 일 년이 되었을 무렵, 오토바이 폭주족과의 집단 충돌사고로 식물인간이 되었다. 그후 몇 년 동안이나 병상에 있다가 죽었다고 했다. 그러느라 그 집안이 전부 풍비박산이 나버렸다. 형님조차도 세세히 입에 올리고 싶은 사연들이 아니었다. 그래서 형님은 대충 말을 끝내면서 이어 말했다.

"넌 그냥 어디서 여자나 하나 얻어서 살든가 말든가 하고, 자식 새끼 같은 건 낳지 마라. 자식, 그게 업보다."

상윤으로서는 그렇게 말하는 형님이 처음으로 제법 인간 같고, 또 아버지 같아 보여서 공연히 뭉클했었다.

조안은 이제 다시 그의 하나가 되었다. 아니, 자신이 조안의 하나가 된 것이다. 그래서 상윤은 두 눈을 부릅뜨고 조안과 희중의 모습을 지켜보았다. 그런 시선으로 희중을 바라봐야 할 때마다 마음이 쪼개지는 듯했지만, 자신이 얼마나 저 인간을 좋아했었는지가 생생히 떠올라 울컥울컥 울음이 쏟아져나올 것 같기도 했지만, 여전히 그렇게 하지 않을 수 없었다. 내리 조안을 바라보던 희중의 시선이 문득 어느 쪽으로 옮겨가는 것 같았다. 그 눈빛이 햇살을 받아 번쩍, 했다.

어, 저거…… 뭐야.

희중의 시선을 쫓아가던 상윤의 입에서 그런 소리가 터져나왔다.

화창하게 밝은 날의 대낮에 우산을 든 사내 하나가 법원 마당을 걸어가고 있었다.

2

햇살이 따뜻한 이른 봄의 어느 날, 세 명의 양아치들이 점심때도 되기 전부터 해장술에 취해 있었다. 전날 늦게까지 술을 마시고 같이 뒹굴고 자다가, 간신히 일어나 해장을 한다는 것이 다시 만취로 이어진 것이다. 술기운에 친구란 친구에게는 다 전화를 돌렸는데 그 아침에 받는 사람이 거의 없었다. 그들처럼 아직 술이 덜 깬 채 전화를 받았다가 해장이라는 말에 혹한 두 명의 양아치만이 나오겠다고 했으나, 시간이 흘러도 나타날 기색이 없었다. 그러는 동안 술병이 점점 더 늘었다.

멀리 기차 선로가 바라보이는 식당이었다. 한 놈이 불쑥, 저 선로 부근에서 귀신이 나온다는 얘기 들어본 적 있어? 물었다. 나머지 두 놈 중 한 놈은 피식 웃었고, 스포츠머리를 한 놈은 하품을 했다. 귀신 이야기 따위에 홀리기에 그들은 나이가 많았다. 스무 살, 스물두 살, 스물세 살, 그들은 전설적인 조폭이 되기 위해 결의를 뭉치고 있는 위대한 청년들이었다. 위락지가 완공되면 그들도 그들의 나와바리를 챙기게 될 거라고 믿었다. 그러나 중단된 공사는 다시 재개될 낌새가 없었다. 파헤쳐진 채 중단된 공사장에서 밤이면 귀신이 나온다는 소문이 동네 꼬마들 사이에서 퍼졌다. 그런 건 꼬마들이나 좋아하는 이야기였다.

그러나 그 봄날의 아침에, 그들이 세상에서 가장 무서운 이야기를 화제로 삼기 시작한 것은 바로 그 때문이었다. 할 일도 없고, 기다려도 나머지 두 명은 나타나지 않았고, 나타난다고 해도 뭐 별다른 일이 생길 것 같지도 않은, 다른 날과 똑같이 무료한 하루일 뿐이었다.

"이건 형님께서 얘기해준 건데."

어느 형님일까. 아무도 묻지 않았다.

"이십 년 전쯤에 여기서 살인사건이 있었다는 거야."

"작년에도 있었잖아."

"아, 씨발아. 작년 건 범인 잡혔잖아!"

"알았어. 그래서?"

"그때만 해도 여기에 여자중학교가 있었다데."

"쓰발, 하필이면 중학교야? 고등학교 정도는 돼야 여고괴담이라도 찍지. 여중괴담, 그거 얘기나 되냐?"

"요즘은 중이가 더 무섭거든? 조폭보다 더 무섭고 귀신보다 더 무서운 게 중이거든?"

"알았어, 알았다고."

"거기서 살인사건이 있었다는 거야. 어린 계집아이가 완전히 피떡이 돼서 발견이 되었대."

"중학생이?"

"……그 학교에서 발견됐으니까 당연히 그 학교 애였겠지, 짜샤!"

"어째 너 방금 전에 잠깐 머뭇거린 거 같다? 무서운 얘기는 말야, 인마. 말 끊기는 순간에 완전 찐따 되는 거거든?"

"씨발, 너나 말 끊지 마셔."

"그래서?"

"범인이 그 학교 선생이었대."

"조낸, 범인부터 말하는 무서운 얘기가 어디 있냐. 쪼다 같은 새끼."

"들어봐, 인마. 그런데 그걸 알아낸 게 바로 그 범인의 아들이었고, 그 아들의 친구가 바로 형님이셨다는 거지."

두 명의 양아치들이 비로소 이야기에 흥미를 갖기 시작하는 것 같았다. 사실은 이야기가 시작될 때부터 이미 그랬다. 그 한 놈의 별명이 '최이빨'이었다. 성이 최씨여서가 아니라 '최강이빨'이라는 뜻이었다. 주먹질도 못하고 도망질도 잘 못 치는 놈이었지만, 구라는 정말이지 죽여주게 쳤다. 동네 양아치가 동네 중학생 삥을 뜯은 정도의 이야기도 놈의 입을 통하면 전설의 혈전으로 바뀌었다. 거짓말인 줄 알면서도 그 이야기에 빠져들지 않을 수 없었다. 빤히 보이는 거짓말인데도 그게 거짓말이 아닐지도 모른다고 생각하는 놈들이 생겨났고, 그 거짓말에 또 살을 붙여 옮기는 놈이 생겨났고, 그러면 어느 틈엔가 그 거짓말이 사실이 되어 있기도 했다. 하여간에 이빨 하나는 대단한 놈이었다.

놈의 이야기가 이제 슬슬 기름져지기 시작했다.

"형님의 어린 시절 친구분께서 말씀이시다. 어느 여름날 비가 억수같이 쏟아지는 저녁에 부친께서 귀가하시는 것을 보셨다 이거다. 그런데 그 우산 아래로 흘러내리는 게 빗물이 아니라 핏물이더라 이거야. 우산 속에다가 시체 하나라도 숨겨놓은 것처럼 피가 콸콸 쏟아지는 게!"

두 놈의 귀가 솔깃해졌다.

"아니라, 그럼 당연히 아니지, 그러면 그걸 그 아들만 봤겠냐. 그냥 피 같은 게 보였던 거겠지. 아들은 그저 아버지가 어딜 조금 다치신 모양이다 생각했지. 그러고는 잊어버렸던 거야. 그런데, 근처 공원에서 여자아이가 피떡이 된 시체로 발견이 되었네!"

"학교가 아니고?"

"이런 븅신 같은 새끼. 여고생은 여고에서만 죽냐, 씨발놈아?"

"여중생이라며?"

"아무튼, 그때에도 이 아드님께서는 자기 아버지가 범인일 수도 있다고는 생각도 못한 거지. 그런데 어느 날, 이번에는 비도 안 오는데 아버지가 우산을 들고 밖에서 들어오는 거라. 그리고 그 우산이 쫙 펴지는데, 그 안에서 사시미 칼 하나가 떨어져나오는 거라."

"어째 얘기가 점점 더 산으로 간다?"

"그래, 사시미 칼은 아니고, 그건 내가 붙여낸 얘기고, 형님 얘기만 고대로 전해 옮기면, 그 아들이 아버지 바지주머니 속에서 머리핀을 발견했다는 거야."

"여자애 거?"

"그렇겠지."

"그래서?"

"이때에는 이 아드님도 어째 기분이 이상하셨다지. 그래서 왜 아버지가 여자애 머리핀을 가지고 있느냐 물어보려고 아버지 방으로 건너가는데, 그때 마침 아버지가 늦은 밤에 바깥으로 나가더라는 거야. 아드님께서 쫓아나가셨네. 음산하게 바람이 부는 아주 어두운 밤이었지. 아들은 어쩐지 겁이 났어. 그래서 아버지, 하고 불렀네. 마침 외등 아래에 있던 아버지가 걸음을 멈췄어. 아들이 또 아버지 하고, 불렀지. 아버지가 돌아서셨네. 그리고 하는 말이……"

"내가 네 아버지로 보이냐."

한 놈이 김새게 끼어드는 바람에 이야기의 긴장이 풀려버리고 말았다.

"조낸 무섭다, 새꺄!"

또 한 놈이 낄낄대며 웃음을 터뜨리는데, 식당 문이 열렸다. 나머지 두 명이 이제야 나타나는가 하고 쳐다보는데, 엄청난 떡대 하나가 식당 안으로 들어서고 있었다.

휘익, 한 놈이 휘파람을 불었다.

"어우, 형씨 떡대 한번 끝내줍니다!"

그들은 떡대의 등뒤로 트럭 한 대가 지나가고 있는 것은 보지 못했다. 떡대에게만 정신이 팔리지 않았다면, 그 아침부터 음주운전 기색이 역력한 그 트럭을 봤을 수도 있었다. 봤다고 해도 달라질 것은 없을 터였다. 그러나 그로부터 얼마간의 시간이 지나면 '쇠이빨'의 이야기에 트럭이 등장하게 되었으리라. 그리하여 이야기는 더 멀리, 더 흥미진진하게 뻗어나갔으리라. 말하자면 포에버, 앤드 에버, 영원히 계속될 이야기.

3

스물두 살의 여름, 희중은 첫사랑에 빠져 있었다. 고등학교 때 홀로 써놓고 부치지 못했던 편지 같은, 그런 짝사랑이 아니었다. 같은 과 동기였고, 처음으로 손을 잡아봤고, 처음으로 입술도 가지게 된 여자였다. 그리고 그 아이와 처음으로 잠을 자던 날, 희중은 생각했다. 사랑의 이름으로 비밀 같은 건 가지지 않으리라. 사랑이란, 그런 거니까. 그래야 하는 거니까. 그리고 사랑은 위로받아도 되는 거니까.

자취방의 좁은 침대에 나란히 누워 희중은 여자아이의 손을 잡고 열두 살의 여름방학에 대해 이야기했다. 천장만 바라보며 이야기를 했는데 베개가 어느새 축축했다. 그는 돌아누웠다. 그러면서 여자아이가 그를 안아서 다시 돌려눕혀주기를 바랐다. 여자아이는 꼼짝도 하지 않았다.

잠시 후, 희중은 여자아이가 떨고 있는 것을 알았다. 희중은 그 떨림이 슬픔 때문인 거라고 생각했다. 그래서 여자아이가 돌려눕혀주지 않았음에도 스스로 돌아누웠고, 그리고 여자아이를 안으려고 했다. 여자아이가 비명을 질렀다.

여자아이가 허겁지겁 옷을 챙겨 입고 그의 자취방을 떠날 때, 그러고는 문고리를 잡은 채 왈칵 다 쏟지 못한 눈물을 마저 쏟을 때, 그리고 미안해, 미안해, 라고 거듭해 말할 때, 그러면서도 문고리는 절대로 놓으려고 하지 않을 때, 스물두 살 희중은 다시 열두 살의 여름방학에 있었다.

여전히, 그의 첫사랑인 여자아이가 두려워하는 것이 비밀인지 거짓말인지 알 수 없다고 생각하면서. 악문 어금니가 그날 부서졌다. 그리고 그는 결심했다. 있는 힘을 다해, 생의 모든 힘을 다해, 살아낼 거라고. 살고, 살고, 또 살 거라고.

그날 그는 처음으로 진심으로 기도라는 걸 했다. 난 살 거예요. 그게 당신이 원하는 거잖아요. 시작할 때는 신에게였는데 하다보니 아버지에게인 것 같았다. 희중은 그날 많이 울었다. 죽는 날까지, 내 생애 다시는 이렇게 울지 않으리라 결심했던, 그렇게 폭풍 같던 울음이었다. 그리고 희중은 그렇게 했다. 스물두 살의 그 여름부터 서른한 살의 여름에 조안을 만날 때까지.

조안을 만난 후, 희중은 열두 살의 여름방학 이야기를 하지 않았다.

그것은 무덤까지 가져갈 비밀, 혹은 거짓말이었다. 자신을 지키기 위해서였지만, 조안을 지키기 위해서이기도 했다. 어떤 이야기는 공포를 감염시키고, 고독을 감염시킨다. 그리하여 타인의 죄를 평생 등에 업고 살게 되기도 하는 것이다. 어쩌면 스물두 살 때 그와 처음으로 같이 잠을 잤던 여자도 그렇게 살고 있을지 모를 일이다. 그리고 이제 모든 사실을 알게 된 조안의 남은 삶도 그렇게 될지 모를 일이다.

희중이 이혼을 고집한 것은 조안을 위해서였다. 조안이 자신의 짐을 지고 사는 것을 원치 않았기 때문이다. 이혼이 조안에게는 복잡하게 얽혀 있던 인생의 고리를 끊는 것과 같은 일이 될 거라고 믿었다. 자신으로 말하자면 더 끊어야 할 고리 같은 것은 없었다. 아버지가 그렇게 죽었고, 아이도 그렇게 죽었고, 조안도 잃었다. 무엇을 더 끊어야 할 게 있단 말인가. 그랬음에도 이혼을 하고 바로 그 이튿날 그는 오래전에 살던 동네를 찾아갔다. 살해당해 죽은 여자아이의 집은 그대로 있었다. 그러나 주인이 바뀌어 있었다. 그는 여자아이의 집이 바라보이는 구멍가게의 평상에 한나절을 앉아 있었다. 추위에 온몸이 꽁꽁 얼어붙었으나 움직이지 않았다. 끊어낼 것이 남아 있었다. 그는 미안하다고 말하고 싶었다. 누구의 죄로 그 여자아이가 죽었는지는 상관없었다. 그는 다만 미안하다고, 정말로 미안하다고 말하고 싶었다. 그가 평상에 앉아 있는 동안 어머니에게서 전화가 걸려왔다. 오래운 것처럼 잔뜩 잠긴 목소리로 어머니가 집에 들르라고 말을 했다. 희중은 그러겠다고 대답했지만 정작 그렇게 하지는 않았다. 조안에게는 대전 어머니에게 가 있을 작정이라고 말을 했지만 실제로 그럴 생각은 없었다. 아직은 어머니를 만나고 싶은 기분이 아니었다. 여전히 그에게는 시간이 필요했다.

조안을 하마터면 죽일 뻔했던 날 이후로, 희중은 다시는 그의 아파트로 돌아가지 않았다. 417호든 517호든 마찬가지였다. 약국은 일찌감치 현정에게 넘겼지만 그는 현정의 배려로 밤에는 약국 안에다 간이침대를 펴고 잠들 수 있었다. 낮에는 그저 하염없이 걸어다녔다. 걷다 지치면 앉아 있고, 앉아 있다 지치면 걸었다. 얼마나 오랜 시간 동안 그랬는지 기억조차 나지 않았다. 며칠인지, 몇 주인지, 몇 달인지도. 밤에는 약국으로 돌아갔지만 잠이 오는 날은 없었다. 눕지도 않고 앉은 채로 밤을 보내는 날이 많았다.

조안이 이혼을 받아들인 날부터 희중이 마음을 가다듬었다. 망가진 모습으로 이혼 법정에 서고 싶지는 않았다. 그렇게 하는 것이 조안을 더욱 괴롭히는 일이 될 거라고 믿었기 때문이었다. 그는 더는 거리를 헤매고 다니지 않았다. 깨끗이 씻고, 새 옷을 갈아입고, 잘 먹으려고 노력했다. 현정의 약국 일도 도왔다. 그러나 밤이면 잠이 오지 않는 것은 여전했다.

약국에는 그의 노트북이 그때까지 잘 보관되어 있었다. 이혼 전까지 그는 그 노트북을 열어볼 수가 없었다. 자신의 집으로 돌아갈 수 없는 것과 마찬가지 이유에서였다. 노트북에는 조안을 녹화했던 동영상의 일부분이 남아 있었다. 그것을 다시 볼 용기를 낸 것은 이혼을 한 후였다. 이제는 마음껏 그리워해도 되는 것이다. 자신으로부터 무사해진 조안을 더는 두려움 없이 마음껏 그리워하고, 마음껏 사랑해도 되는 것이다. 그는 조안의 살을 만지듯 노트북을 어루만지며 노트북이 따듯해지기를 기다렸다.

조안이 나타났다.

안녕, 조안……

그는 조안에게 인사를 건넸다.

사랑해. 보고 싶다.

그렇게 말을 건네기도 했다.

그는 하루 스물네 시간의 동영상을 건너뛰지도 않고, 빨리 돌리지도 않고 보았다. 그럴 때 그는 조안과 함께 숨을 쉬는 것 같았고, 조안과 함께 잠을 자는 것 같았다. 그 긴 영상이 조금도 지루하지 않았다.

조안이 작은방의 문을 열고 들어가는 장면을 발견한 것은 남아 있는 것 중 사흘째의 동영상을 돌려보고 있을 때였다. 조안이 침실에서 부스스한 모습으로 걸어나왔다. 낮잠에 든 지 삼십 분이 채 지나지 않았을 때였다. 화장실엘 가려는가 했는데, 조안의 발길이 작은방 쪽으로 향했다. 조안의 걸음걸이가 이상했다. 조안이 꿈을 꾸고 있는 게 분명해 보였다. 꿈속의 조안이 작은방의 문을 열었다. 그리고 컴퓨터 앞에 주저앉았다. 희중이 작은방 쪽을 비추는 화면을 확대했다.

데스크톱의 화면이 밝아졌다. 아이의 동영상이 돌아가기 시작했다. 아이가 그 안에서 울고 있었다. 희중이 아이를 떨어뜨리던 날에 녹화된 영상이었다. 컴퓨터 앞에 주저앉아 있는 조안의 어깨가 흔들렸다. 울음소리가 들리기 시작했다. 녹음기능이 고장난 카메라로 찍은 화면에서 울려나오는 울음소리가 아니었다. 그것은 희중 자신의 울음소리였다.

조안이 작은방에서 걸어나오고 있었다. 그리고 다시 침실. 침대에 누운 조안의 발바닥이 더러웠다. 작은방의 묵은 먼지를 묻혀 나온 것이다. 희중이 조안의 더러워진 발바닥을 보며 또 울었다. 그 이튿날도 조안이 아이의 방문을 열었다. 그리고 똑같은 장면이 반복되었다. 희중 역시, 다시 울었다.

컴퓨터에는 아이의 동영상이 수도 없이 많이 저장되어 있었다. 웃는 아이, 옹알이를 하는 아이, 뒤집기를 하는 아이, 목욕을 하는 아이…… 그러나 조안이 보고 있던 것은 그중에서도 울고 있는 아이의 동영상이었다. 그것도 자지러지게 우는 아이의 울음소리가 담긴…… 아마도 그것이 조안의 마음이었을 것이다. 꿈속에서라도 잊히지 않는 마음이었을 것이다. 어느 한순간도 그치지 않고 울음이 터지는 마음이었을 것이다.

그런데 왜 데스크톱이 방 한가운데에 있는 것일까? 의문은 뒤늦게 찾아왔다. 조안이 없어졌다고 생각하고 동영상 프로그램을 재생하기 위해 컴퓨터가 필요했던 날, 그는 아이 방의 벽장에서 컴퓨터를 꺼냈었다. 무슨 상관인가. 만취를 했던 밤마다 자신이 그 컴퓨터를 꺼냈다가 집어넣었다 하기를 반복했을지도 모를 일이다. 기차사고 이후 필름이 끊긴 밤이 하루이틀이 아니었다. 아무려나, 이제 와서는 아무 의미도 없는 의문이었다. 희중이 노트북을 끄려고 하는 순간이었다. 동영상 프로그램이 다시 돌아가기 시작했다. 오작동이었다. 동영상이 저 혼자 리와인드와 포워드를 거듭했다. 희중이 그 와중에 정지 버튼을 급히 눌렀다.

또다시 작은방의 문이 열리고 있었다. 그런데 뭔가가 이상했다. 분명히 뭔가가 이상한 것 같았다. 침실 쪽을 비추는 카메라 화면을 확대했다. 침실 문은 열려 있었고 조안의 발은 침대에 가지런히 놓여 있었다. 그런데 작은방의 문이 홀로 열리고 있는 것이다.

희중의 입에서 헉, 하는 소리가 터져나왔다. 누군가 모니터를 들여다보고 있었다. 조안처럼 바닥에 주저앉아 모니터를 들여다보고 있었다. 오오, 하느님…… 희중의 입에서 신음소리가 흘러나왔다.

여자아이였다.

여자아이의 어깨가 천천히 움직였다. 여자아이가 카메라를 똑바로 쳐다보았다. 희중과 눈이 마주쳤다. 희중을 똑바로 쳐다보며 웃고 있는 여자아이의 머리에서 노란색 나비 모양의 머리핀이 날아올랐다.

문학동네 장편소설
모든 빛깔들의 밤
ⓒ 김인숙 2014

1판 1쇄 2014년 12월 1일
1판 3쇄 2018년 6월 20일

지은이 김인숙
펴낸이 염현숙
책임편집 황예인 | 편집 김내리 정은진 조연주
디자인 고은이 유현아 | 마케팅 정민호 박보람 나해진 우상욱
홍보 김희숙 김상만 이천희
제작 강신은 김동욱 임현식 | 제작처 영신사

펴낸곳 (주)문학동네
출판등록 1993년 10월 22일 제406-2003-000045호
주소 10881 경기도 파주시 회동길 210
전자우편 editor@munhak.com | 대표전화 031) 955-8888 | 팩스 031) 955-8855
문의전화 031) 955-3576(마케팅) 031) 955-8864(편집)
문학동네카페 http://cafe.naver.com/mhdn | 트위터 @munhakdongne

ISBN 978-89-546-2656-9 03810

www.munhak.com